내가 키운 S급들

근서 장편소설

4

내가 키운 S급들

근서 장편소설

CONTENTS

1장 　　청소는 역시 물청소　　7p

2장 뒷정리도 확실하게 합시다 67p

3장 　　던전 브레이크　　117p

4장 　　회귀 전의 조각들　　181p

5장 　　벌집 제거　　257p

6장 　　용남매　　293p

[외전] 　　사냥　　331p

[외전] 　　박예림 상담 일지　　343p

1장 청소는 역시 물청소

1장
청소는 역시 물청소

 납치 계획을 세우자마자 가장 먼저 찾아간 곳은 다름 아닌 '행복한 햄스터네'였다. 장사할 생각이 전혀 없어 보이는 허름한 햄스터 전문 펫샵. 그곳에 도하민이 있었다.
 알고 보니 흥신소는 부업이고 본업은 펫샵이란다. 부업으로 번 돈을 본업이 죄다 잡아먹고 있었지만. 겉보기와 달리 내부는 햄스터 위주로 깔끔하게 꾸며 놓은 가게에서 도하민을 붙잡았다.
 '난 그냥 사람 찾는 거 좀 도와줬을 뿐이야!'
 라고 소리치는 그를 구슬리는 건 어렵지 않았다. 고생을 덜 해서인지 내가 알고 있던 도하민보다 훨씬 말랑말랑하니 겁 많은 성격인 덕이었다.
 '너, 이미 너무 많이 알려졌어. 이대로 가면 머잖아 목숨 걱정해야 할 걸.'
 회귀 전 도하민이 내게 말해 줬던 수난들을 바탕으로 그를 노리게 될 몇 명을 들먹거리자 녀석의 안색이 금방 창백해졌다. 내 밑으로 들어오면 보호는 물론이고 월급도 만족할 만큼 챙겨 주겠다는 말에 도하민은 길게 고민치 않고 고개를 끄덕였다.

'빌딩에 펫샵 내게 해 주면.'

일반인은 드나들기 힘들다고 했지만 인터넷 거래가 주니까 상관없단다. 햄스터 용품을 노 마진에 가깝게 판매하고 있다나. 그 뒤 완전히 마음 놓은 도하민으로부터 다양한 햄스터의 매력에 대한 열변을 한참 동안 들어야 한 건 고역이었지만, 별 어려움 없이 그를 손에 넣을 수 있었다.

"이것 좀 드실래요?"

도하민은 지금도 정기적으로 내 위치를 확인하고 있겠지. 명우가 면회 오면서 가져다준 도시락 통을 가리키며 묻는 말에 송태원이 덤덤히 대답했다.

"사양하겠습니다."

"맛있는데."

저녁이야 이미 먹었고 남은 건 주전부리뿐이다. 그마저도 반쯤 비웠지만. 명우가 만들어 준 거야 다 맛있지만 특히 약과가 끝내줬다. 송태원 입에 물려 주면 저 돌처럼 굳은 얼굴도 조금쯤은 녹아내리지 않을까.

"과하게 마음 편해 보이는군요. 한유진 씨 자체가 목적이라 직접적인 위해를 가해 올 일은 없다 해도 긴장을 늦추진 마십시오."

"걱정해 주시는 겁니까? 저한테 유감 좀 쌓이셨을 텐데, 친절하시네요."

"유감 같은 건 없습니다. 제 직책상 한유진 씨의 신변을 걱정하는 건 당연한 일입니다."

목석같은 대답이다. 취조실에서의 대화 이후로 어째 나한테 더 딱딱하게 구는 것 같았다. 송태원은 정중하고도 사무적인 태도로 조심하라는 인사를 남긴 뒤 자리를 떠나갔다.

마지막 남은 약과를 입에 넣으며 십자말풀이를 하고 있을 때, 닫혀 있던 문이 다시 열렸다. 말속에 뼈가 있다, 이게 뭐였더라.

"한유진 헌터, 외부 사정상 다른 구치소로 이동하게 되었습니다."

수용실 안으로 들어선 남자가 말했다. 복장은 구치소 소속 헌터 정복이다.

"슬슬 이 방과 정들 참이었는데 아쉽군요. 그런데 이렇게 늦은 시간에도 일하시는 겁니까?"

"사건사고에는 낮밤이 없으니까요."

"그것참 수고가 많으십니다."

펜을 내려놓고 자리에서 일어났다. 남자가 내게 수갑을 내밀어 왔다. 순순히 양손을 내어주며 입을 열었다.

"제 동생, 해연 길드장 한유현 말이에요. AB형입니다. 전 B형이고요. 그쪽은 혈액형이 뭡니까?"

남자가 웬 실없는 소리냐는 표정을 짓고, 이어 저주 저항이 발동되는 게 느껴졌다. 한유현의 혈액형을 남에게 알려 주지 말 것. 작성한 계약서들 중 첫 번째 것의 조건이었다.

1번 계약서 파기의 뜻은 '납치범들이 찾아왔다'.

저주 저항을 바탕으로 한 통신 수단으로 계약서를 이용한 것이었다. 전화를 쓸 수 없는 상황에서도 언제든지 내 상태를 유현이에게 알릴 수 있도록. 혹 잊어먹을세라 계약서 목록을 적은 쪽지도 인벤토리에 넣어 놓았다. 저주 저항 덕에 인벤토리 봉인도 안 통하니까.

'평생 쓸 계약서를 다 쓴 기분이었지…….'

대가가 중첩되어선 안 되기에 별의별 걸 다 걸었다.

"가시죠."

밖으로 나가는 도중에 다른 헌터와도 마주쳤지만 하나같이 별다른 반응을 보이지 않았다. 헌터용 구치소 특성상 경비 수가 적긴 했지만 그래도 죄다 무반응이라니.

내가 옮겨 가게 되었다고 거짓 통보를 받은 걸까, 아니면 다 한통속인 걸까. 부디 전자이길 바란다. 썩어도 적당히 썩어야지.

노아 루히르는 소리 없이 밤의 하늘을 가로질렀다. 화려한 황금색 비늘은 어둠 속에서도 그 빛을 잃지 않았지만, 그에게는 은신 스킬이 있었다. 디오발쉐시스의 쌍둥이 칭호 스킬 중 하나인 안개 속의 용. 시전자의 모습을 흐릿하게 만들어 줘 A급 헌터의 감각도 속일 수가 있었다.

[지금 막 구치소를 빠져나갔어요.]

노아의 귀에 걸린 얇은 헤드셋에서 도하민의 목소리가 흘러나왔다. 흐린 안개를 휘감은 드래곤이 구치소 상공을 한 바퀴 천천히 돌았다. 그의 눈에 도로로 들어서는 차 한 대가 비쳤다.

- 발견했습니다.

차가 속도를 올리기 시작했지만 노아는 날개를 가볍게 한번 흔드는 것만으로 금세 따라잡았다. 번호판을 확인해 알려 준 뒤 계속해서 그 뒤를 쫓았다. 한적한 길가에 차가 멈추고, 대기하고 있던 다른 차로 갈아탄다.
한유진의 모습이 나타나자 노아는 무심코 머리를 작게 움직였다. 얼마든지 낚아챌 수 있건만 눈앞에 두고도 참고만 있으려니 초조함이 비늘을 간지럽혀 왔다.

- 다른 차로 옮겨 탔습니다. 차량번호 ○○우 ○○○○. 다시 출발합니다.

한참을 달리던 차가 도착한 곳은 다름 아닌 공항이었다. 후미진 곳에 멈춰 선 차로 외국인 여자가 다가갔다. 그녀가 한유진의 팔을 잡은 직후, 두 사람의 모습이 사라졌다.

- 순간이동 스킬을 쓴 듯합니다!

[잠시만요, 북동쪽으로 약 300미터. 그리고 다시-.]

도하민의 지시에 따라 노아가 움직였다. 실내로 들어간 것인지 공중에서는 한유진의 모습이 보이지 않았다. 노아가 다시 두 사람을 발견한 것은 전용 비행기 옆이었다. 노아는 얼른 비행기의 표식을 알려 주었다.

- 출발 준비를 하는 모양입니다. 이대로 따라가겠습니다.

[잘 부탁드립니다.]

한유현의 목소리였다. 금빛 용이 비행기 위로 가볍게 내려앉았다.

범죄 저지르기 좋은 세상이다.

등급 잘 받고 각성하면 힘 강해져, 유용한 스킬도 생겨. 그걸 휘두를 대상인 일반인들도 넘쳐 나니 어긋난 충동을 느끼는 사람이 많을 법도 했다.

만약 던전 없이 각성자만 나타났더라면 심각한 사회 문제가 발생했을지도 모른다. 물론 던전이 각성자들의 욕구를 채워 줬다고 하여 각성자 범죄가 일어나지 않는 건 아니지만.

'순간이동은 구린 짓에 쓰기 참 좋은 스킬이긴 하지.'

공간이동이 최고긴 하지만 이건 도깨비 외엔 가진 사람을 본 적 없다. 순간이동만 되어도 증거 남기지 않고 나쁜 짓 하기 충분하고.

나를 비행기까지 데리고 온 것처럼 말이다.

'이렇게 빨리 출국하게 될 줄은 몰랐는데.'

한국을 뜬다고 해도 해상을 통할 줄 알았지 전용기라니. 준비 많이 해 놓으셨네. 비행기 안이라곤 믿지 않을 만큼 너른 좌석의 맞은편에 앉아 있는 여자 헌터를 바라보았다.

"저기, 어디로 가는지 물어봐도 될까요?"

"홍콩이요."

그리 멀지는 않구나. 홍콩이면 윤윤의 초장거리 게이트로 한 번에 올 수 있는 거리던가? 노아가 따라오기로 했으니 위급 시엔 그의 도움을 받으면 되긴 하지만.

'은혜에 귀걸이 방어막 스킬도 있고.'

귀걸이를 빼앗으려는 것을 유사시에 날 지킬 방법이 있어야 하지 않겠냐면서 막아 냈다. 은혜는 인벤토리에 넣어 뒀다가 몸수색 후 슬쩍 꺼내 발목에 차고 옷으로 감추었다.

주눅 든 척 얌전히 앉아 있자니 비행기가 서서히 움직이기 시작했다.

'첫 해외여행이 납치라니.'

여권도 없는 불법 입출국이다. 돈도 한 푼 없고. 계획상으론 3일 정도 납치되어 있기로 했으니 여유 생기면 기념품이라도 사 가고 싶은데. 돈 빌려 달라고 해 볼까.

졸지 않으려고 애쓰는 사이 비행기가 착륙했다.

홍콩은 던전 브레이크 피해가 큰 곳 중 하나였다. 무엇보다도 상급 헌터의 상당수를 중국 본토에 강탈당한 탓이 컸다. 상급 던전 관리가 제대로 안 되니 몇 번 터져 나갔고, 땅덩어리도 작다 보니 그때마다 도심지가 걸

잡을 수 없이 파괴되었다.

그런 불안정성 때문에 경제 수준도 급속도로 하락한 상태였다. 반중 감정도 던전이 나타나기 전보다 훨씬 심해졌다고 들었다. 그럴 만하지.

"어서 오십시오, 한유진 헌터."

비행기에서 내려서자 인상 좋은 중년 남자가 활짝 웃으며 맞이해 주었다. 뭐지, 이건. 납치 피해자로서 어떻게 반응해야 할지 잘 모르겠다. 심지어 수갑도 바로 풀어 주었다. 인벤토리 봉인 팔찌는 채웠지만.

"헨리 그렉슨입니다."

동양인으로 보이는 그렉슨 씨가 악수를 청해 왔다. 뭐냐, 진짜.

"여기까지 오셨으니 이왕이면 마음 편히 가지십시오."

"…아, 네."

마음 편히… 납치범 새끼가 대체 뭔 개소리야. 스톡홀름 증후군이라도 걸리라는 건가. 검문도 없이 공항을 빠져나가자 리무진이 대기하고 있었다. 운전기사가 서비스 정신 가득한 미소와 함께 차 문을 열어 준다.

…관광하고 싶다고 하면 풀코스로 안내해 주다 못해 여비까지 챙겨 줄 분위기인데. 뭐지. 애들 줄 기념품 사야 하나.

"솔직히 상당히 당혹스럽습니다만, 저는 납치된 거고 그렉슨 씨는 납치범… 맞으시지요?"

나와 함께 리무진에 탄 그렉슨 씨가 허허 웃었다. 물론 그 혼자는 아니고 경호원쯤으로 보이는 헌터도 동승했다.

"한유진 헌터가 스탯 C급만 되었어도 그리 온화한 분위기는 아니었을 겁니다. 하지만 일반인이나 다름없는 사람을 굳이 핍박할 필요는 없지요."

그러면서 그렉슨은 자신을 각성자 매니저라고 소개했다. 주로 빈곤한 개발도상국에서 쓸 만한 각성자를 찾아내 일자리를 찾아 주는 일을 하고 있다고 말했다.

"그냥 인신매매 아닙니까?"

"중개 수수료가 약간 비쌀 뿐이지요. 한유진 헌터의 수수료는 역대 최고가가 되지 싶어 기대가 큽니다."

할 말은 많은데 할 말이 없네. 정말 대단히 뻔뻔하시군요. 이 새끼 죽이고 집에 가고 싶다. 당장이라도 노아 씨를 부르고 싶은 마음을 억누르며 놈에게 물었다.

"그럼 그렉슨 씨가, 절 납치한 주모자입니까?"

"그럴 리가요. 아쉽지만 이번에는 진짜 중개인입니다. 물건을 입수, 배송해 준 사람은 따로 있지요."

이놈이 아니구나. 역시 협회와 관련된 내국인인 모양이다. 지금쯤 해연과 세성에서 꼬리를 차근차근 밟아 가고 있겠지.

파괴의 흔적이 군데군데 남아 있는 거리를 지나, 리무진은 으리으리한 호텔 앞에 멈춰 섰다. 천장도 바닥도 번드르르하게 빛나는 로비에 들어서자 더더욱 어이가 없어졌다. 내가 상상한 건 이런 게 아닌데. 아니 뭐, 살벌한 감옥보다야 5성급 호텔이 더 좋긴 하지만.

"먼 길 오시느라 피곤하실 텐데 푹 쉬십시오."

혹 필요한 게 있다면 뭐든 말하라며 노예상 놈이 웃었다. 그럼 통신 가능한 스마트폰을 달라고 해 봤지만 그건 안 된다며 거절했다.

이어 안내된 곳은 뷰가 죽여주는 최고급 스위트룸이었다. 내 첫 5성 호텔 스위트룸이 납치 감금 장소라니. 인생사 정말 앞날을 알 수가 없구나. 유현아, 형은 편하게 잘 지낼 거 같으니 너무 걱정하지 마라.

"머무시는 데 불편하지 않도록 경비는 문 앞에 세워 두겠습니다. 호텔 서비스는 마음껏 이용하십시오. 수영장이나 피트니스 클럽, 라운지 등의 시설 이용도 물론 가능합니다."

"예… 에."

시발, 감사하다고 말할 뻔했다. 노예상은 재차 편히 쉬라며 말하곤 방을 빠져나갔다. 아니, 진짜 혼자 남겨 두는 건가? 물론 나 혼자 힘으론 도망 못 치겠지만 그래도 이게 뭐야.
 노아 씨가 근처에 와 있나 싶어 테라스로 나가려 했지만 문이 단단히 잠겨 있었다. 몇 번 밀고 당겨 보다 포기하는데 유리문 너머로 종이 한 장이 찰싹 달라붙었다.

[괜찮아요?]

이제 막 한글을 배우기 시작한 어린애의 작품처럼 삐뚤빼뚤한 글자였다. 모습은 보이지 않았지만, 노아 씨구나.

'괜찮아요. OK.'

감시카메라 정도는 있지 싶어 입만 벙긋거리며 고개를 끄덕였다.

[조심. 여기 있어요.]

여기 있다고? 음, 설마 테라스에서 지키고 서 있겠다는 건가. 그냥 자러 가지. 뭐라 말은 못 해 주고 웃어라도 주었다.
 소파로 가서 쿠션으로 손을 가린 채 인벤토리에서 틸리라 가지를 꺼내 뚝 부러뜨렸다. 유현이가 준 틸리라 가지를 부러뜨리지 말 것. 다섯 번째 계약서의 조건이다.
 저주 저항이 발동되었다. 계약서의 뜻은 나는 잘 있어, 무사해였다.

 다음 날 아침, 비싼 방이니만큼 편하긴 했기에 푹 잘 자고 일어난 내게 손님 하나가 찾아왔다. 여기서 마주칠 줄 몰랐던 낯익은 얼굴이.
 "…댁이 왜 여기 있습니까?"

"투숙객이네만."

세성 길드장님이 말했다. 뭐라는 거야, 미친.

한유진이 실종되었다.

오전 9시, 면회 가능 시간이 되기가 무섭게 제 형을 만나러 갔던 해연 길드장은 텅 빈 수용실에 분노했다. 한유현에게 멱살 잡힌 구치소 담당 헌터는 벌벌 떨며 한유진의 이동 명령이 내려왔었노라 변명하였다.

하나 한유진을 태우고 구치소를 벗어났던 차량의 행방이 묘연해졌다.

헌터협회가 뒤집어지고 곳곳에 임시 검문소가 설치되었다. 각 포털 사이트는 순식간에 관련 기사로 도배되었다. 해연 길드장의 참담한 심정을 담은 인터뷰가 속보로 떴다.

- 세계 유일의 마수 사육사, 한유진 헌터의 행방은?
- 이미 한국을 벗어났을 가능성이 커
- 헌터협회의 부실한 관리 체계가 낳은 비극
- 마수 사육 스킬이 지닌 경제적, 사회적 가치

오후로 접어들기도 전에 나라 전체가 들썩거리기 시작했다. 과거 한유진이 출연했던 방송과 며칠 전의 생방송 영상이 몇 번이나 TV 화면을 채웠다. 단순히 실종된 사람을 걱정하는 말도 많았지만 주된 여론은 한유진의 가치에 더욱 집중했다.

그가 마수를 키워 냄으로써 생기는 경제적 이득과 던전 관리의 안정성. 해외의 헌터들이 한유진에게 새끼 몬스터를 맡기기 위해 얼마나 안달들을 하는가. 외화벌이에 대한 기대 등등.

한유진의 실종이 나라에 얼마나 큰 손해인지 온갖 매체들이 쉼 없이 떠들어 댔다.

그리고 오후 늦게.

"제가 아저씨를 지켜 줬어야 했는데. 지켜 준다고 약속했었는데……."

던전에서 막 나와 뒤늦게 소식을 들은 박예림이 카메라 앞에서 눈물 섞인 호소를 했다. 한유진과의 사연을 중간중간 섞어 말하며 납치범이 보고 있다면 부디 아저씨를 무사히 돌려 달라고 훌쩍거렸다.

유명우 또한 그림자가 잔뜩 드리운 얼굴로 친구를 걱정했다. 구르기 시작한 눈덩이처럼, 실종 사태에 대한 관심은 커져만 갔다.

"난데없이 홍콩이라니요!"

언제 울었냐는 듯 말끔한 얼굴로 박예림이 소리쳤다.

"저도 갈래요! 가서 아저씨 구하고, 관광도 하고! 홍콩에 디○니 랜드 있었죠?"

"작년 말 A급 던전 브레이크 여파로 폐장됐습니다."

석시명의 말에 박예림이 안타까운 얼굴을 했다. 아저씨랑 놀이공원 가고 싶었는데. 그녀의 구시렁거림에 테이블 위에 줄줄이 늘어놓은 계약서를 뚫어져라 지켜보고 있던 한유현이 고개를 들었다.

"언제 무슨 문제가 생겨날지 알 수 없습니다. 가볍게 생각하지 마십시오."

"그러니까 더더욱 제가 가야 한다고 생각해요. 저 순간이동이랑 비행 스킬 있으니까 노아 오빠처럼 몰래 비행기 타고 갈 수 있다고요. 아저씨를 재빨리 빼 올 수도 있고요."

"은신 스킬은 없잖습니까. 자칫 들켰다간 형이 위험해질 수 있습니다."

은신 스킬도 없이 솜씨 좋게 몸을 숨기기엔 박예림의 경험이 부족했다. 냉랭한 말에 박예림은 입술을 삐죽거리다가 크게 한숨을 내쉬었다.

"아저씨 밥은 잘 챙겨 먹고 있을까요. 빨리 협회인지 뭔지 밀어 버리고 데리고 와야 하는데. 진짜 딱 삼 일이면 되죠?"

"송 실장 팀과 합세해 이미 관련자들 추적은 거의 끝나 가고 있습니다."

석시명이 말했다.

"다만 완전히 소탕하기 위해 신중을 기해야 할 필요가 있으니 이삼일은 더 소요하게 되겠지요."

"…그냥 내 스킬 써도 되는데."

하얀 사체. 시체로부터 기억을 뽑아내는 스킬을 사용한다면 한유진의 납치와 연관된 자들을 훨씬 쉽고 빠르게 잡아낼 수 있을 것이다. 하지만 한유진은 사람을 죽여야만 쓸 수 있는 그 스킬을 가능한 사용 않길 바랐다. 정말로 어쩔 수 없는 경우가 아니고선 예림이가 스킬을 쓰지 못하게 하라고 신신당부도 해 놓았다.

"참, 세성은, 세성 길드장 아저씨는 뭐 하고 있대요?"

그래도 그 아저씨가 능력은 좋은 거 같던데. 도와주면 더 빨리 끝나지 않겠냐며 박예림이 강소영에게 전화라도 해 보겠다 말할 때였다.

"저기……."

통신장비 앞에 자리 잡고 앉아 있던 도하민이 눈치를 살피며 입을 열었다.

"방금 노아 씨로부터 연락이 왔는데요."

사람들의 시선이 그에게로 쏠렸다. 아직 상급 헌터들이, S급 헌터들 앞에 놓인 자신의 처지가 익숙지 않은 도하민이 동그란 안경을 추켜올리며 쩔쩔맸다.

"그게… 세성 길드장님이, 홍콩에 있다는데요."

"…예?"

한유현이 당황한 소리를 흘렸다. 박예림 또한 눈을 동그랗게 떴다.

"그것도 건물주님, 한유진 씨와 같은 호텔에-."

"아, 뭐야. 그 아저씨 발 되게 빠르네! 역시 나도 갈래요!"

박예림이 빼액 소리쳤고 이번에는 한유현도 그녀를 말리지 않았다.

벽면을 가득 채운 유리 너머로 아침 햇살이 쏟아져 들어왔다. 침착하게 시킨 룸서비스가 테이블 위에 차려졌다. 스크램블에그에 베이컨, 소시지, 구운 버섯 등의 간단한 아침 식사다. 진한 망고주스도 한 잔 가득이다.

탱글한 소시지를 포크로 찍으며 맞은편에 앉은 남자를 쳐다보았다. 진짜 투숙객이긴 한 건지 느슨할 정도로 가벼운 차림새였다.

'성현제 출몰 계약서도 한 장 만들어 놓을 걸 그랬나.'

내가 무슨 점쟁이도 아니고 저 인간이 여기서 튀어나올 줄은 꿈에도 몰랐지만. 심지어 아무런 소란 없이 평범하게 호텔 키로 문 열고 들어왔다. 즉, 노예상으로부터 내 방 카드키를 받았다는 뜻이다. 강탈했을 가능성도 없진 않지만, 그렇다기엔 너무도 평화로우니.

"혹시 저를 노리는 자들에 대한 정보를 알 수 있었던 건 한통속이라서입니까?"

놈들과 같은 편이고 나를, 우리를 속인 거였냐, 라는 물음에 성현제가 느긋한 미소를 머금었다.

"그럴 리가. 나는 어디까지나 초대받은 손님이라네. 귀한 물건이 들어왔으니 구경해 보지 않겠냐는 권유를 받고 온 거지."

"다른 사람도 아니고 세성 길드장을 초대했다고요? 해연에는 초대장 안 갔답니까."

"초대받은 건 세성 길드장이 아니야."

달걀이 부드럽군.

"나는 대리인 자격으로 온 거라네."

"자기 자신의 대리인 말입니까?"

성현제는 대답하지 않았다. 테이블 한쪽에 놓인 소리 차단 아이템에 눈길을 두었다가 다시 입을 열었다.

"해외에서 S급 헌터를 두 명이나 데리고 오셨지요."

노아 루히르와 에블린 밀러. 그 둘을 손에 넣었을 정도라면 해외에서의 영향력도 한국의 세성 이상으로 크지 않을까. 어쩌면 그쪽의 성현제가 본체일지도 모른다.

국외 일까지 신경 쓸 마음은 없었기에 그간 깊이 생각지 않았지만.

"전 이미 많이 보여 줬는데, 그쪽도 패 한두 장 정도는 뒤집어 주시지요."

"이렇게 직접 와 있지 않나."

"아, 예. 대리인 아니시라고요. 각성하기 전에 뭐 하고 사셨는지 참으로 궁금하네요."

그에 대해서 알려진 바는 적었다. 일단 한국 국적을 가지고는 있다는데, 각성 이전 행적은 영 불명에 색소 옅은 외양 탓에 알고 보면 외국인, 또는 혼혈 의혹도 나왔었다. 중범죄자지만 S급 각성자라 나라에서 과거를 묻어 줬다는 지라시도 있었다. 세성 길드가 빠르게 자리 잡은 것으로 보아 각성 이전부터 상당한 자산가라는 추측도 정설처럼 나돌았다.

그뿐일까. 각성 이후의 행적은 더 기가 막힌다.

랭킹전 1위의 세계 최강. 한국 탑 길드의 주인. 해외에도 숨겨 둔 세력이 있으며 효도중독자와 패륜아 양쪽 모두와 손을 잡은 인간.

픽션 속의 세상을 구하는 주인공에 어울리는 스펙이었다. 성격은 영 아니지만. 나이도 좀 많나. 예외도 있지만 혈기 왕성한 젊은 애들이 주로 나오니까.

'현실적으로는 어린애들보단 경험 많고 사회에서 자리 잡은 능력 좋은 어른이 세상을 구할 가능성이 더 크겠지만.'

만약 내가 회귀하지 않았더라면 어떻게 되었을까. 저 잘난 인간은 어쩌면 던전을 무사히 막아 내고 백 년의 유예 기간을 얻어 냈을지도 모른다. 그렇지 않더라도 내가 회귀함으로써 성현제가 5년간 쌓아 온 것들이 일순간에 물거품이 되고 만 셈이다.

양심이 아아주 살짝 찔리는군.

"만약 제가 성현제 씨에게 엄청난 손해를 입혔다고 하면 어쩔 겁니까."

"선전포고인가, 그거?"

그답지 않게 눈을 빛내며 미소 짓는다. 그 꼴을 보니 조그맣게나마 고개를 치켜들려던 죄책감이 깨끗이 사라졌다. 내가 회귀해서 댁 일을 망쳤네요, 라고 해 봤자 재밌어나 하겠지.

성현제가 도마뱀 주인 놈의 계약을 벗어난 뒤, 실종된 후엔 뭐 하고 지냈을지 새삼 궁금해졌다.

"전 앞으로 사흘간 휴가나 즐기다가 돌아갈 생각입니다만."

빈 접시에 포크를 내려놓으며 그쪽은 어쩔 거냐고 물었다. 내 귀갓길 발목 잡진 않았으면 좋겠는데.

"세 번의 도움 중 하나를 쓸 생각이지."

하필 지금 그걸 꺼내 드냐.

"뭘 시키려고요."

"허니팟."

왜 또 허니냐.

"한유진 군은 정말 좋은 미끼야."

"압니다. 그래서 뭘 낚으시려고요."

"낚시보다는 청소라네."

"평생 책상 한번 안 닦아 봤을 인상이신데."

"닦는 대신 통째로 없애 버리는 것도 청소의 한 방법이지. 깨끗해지는 건 마찬가지잖나."

이 세상 청소법이 아니다. 아무튼 과격파 청소부께선 내가 얌전히 상품 노릇을 하여 청소거리들을 모아 주길 원했다.

"그러다 진짜로 팔려 나가 버리면 어떡합니까."

"책임지고 낙찰받아 주겠네."

"그 돈 또 빚으로 얹고요?"

"경비 처리 해 줄 생각이었네만, 굳이 갚고 싶다면야-."

"경비죠, 당연히."

남은 망고주스를 마시며 상황을 정리해 보았다.

성현제는 각성자의 매매 행위가 마음에 들지 않는 듯했다. 인신매매는 범죄입니다, 같은 도덕적인 이유는 물론 아니었다. 그냥 자기 눈에 거슬리니까 엎어 버리고 싶은 모양이었다.

"무엇보다도 단순히 사고파는 건 재미가 없지."

"세상 사는 기준이 재미입니까? 뭐 다른 성실한 목표 좀 추구해 보시죠."

"다른 건 다 가져서."

시발 그래 잘나셨다. 아, 짜증 나.

어쨌든 나도 이유는 다르지만 사람 사고파는 개새끼들을 쓸어버리자는 것에는 찬성이었다. 명우가 노예 계약서 썼던 게 생각나네. 그 개새끼들은 지금쯤 어디서 뭘 하고 있을까.

불합리한 계약서로 목줄 거는 것도 질이 나쁘지만, 아예 대놓고 납치 매매 하는 놈들에 비할 바는 못 된다. 심지어 함정수사의 결과이긴 하지만 내가 피해자인데 봐줄 필요는 없지.

"좀 더 화끈하게 엎어 버릴 방법이 하나 있는데, 들어 보시겠습니까."

꿩 먹고 알 먹고 둥지 털어 불 때고. 마침 홍콩이니 딱 좋은 위치였다.

내 설명을 들은 성현제가 유쾌하게 웃었다.

"한유진 군을 향한 내 마음을 어떻게 표현해야 할까."

"표현은 무슨, 됐거든요. 반하겠단 소리 이미 두 번이나 들었습니다. 슬슬 지겨워질 거 같으니까 레퍼토리 좀 바꾸시죠. 입으로만 때우지 마시고."

"장미는 불타고 시계는 내동댕이쳐졌으니 이제 남은 건-."

"아, 진짜 됐고 그냥 돈이나 좀 줘 봐요. 기념품 사게."

한 푼도 없이 끌려와 버려서. 성현제가 웃는 낯 그대로 지갑 속에서 카드 한 장을 꺼내 주었다. 한도 넉넉하겠지? 애들한테 뭘 사다 줄까.

내내 늘어져 있다가 저녁까지 룸서비스로 시켜 먹고 나서야 객실을 빠져나와 라운지로 향했다. 호텔 직원들은 무척이나 친절했다. 엘리베이터 버튼부터 라운지 문은 물론 테이블의 의자까지 내 손 닿을 틈이 없었다.

과거에 비해 빛바랜 야경을 바라보며 차와 마카롱을 먹고 있는 내게 그렉슨이 다가왔다. 여전히 사람 좋은 얼굴을 하고서 어제보다 편안해 보인다며 말을 걸어오는 것에 미소를 돌려주었다.

"대접이 좋으니 절로 마음이 풀리네요. 앞으로가 걱정 안 되는 건 아니지만."

"어딜 가나 이보다 더 대우받을 테니 너무 걱정하지 마십시오."

날 팔아먹으려는 놈과 하하호호 담소를 나누는데 라운지로 한 무리의 사람들이 들어섰다. 무리 가운데에 보호받듯 감싸진 노년의 남자가 나를 유심히 살펴보았다. 잠시 뒤 들어온 역시나 헌터를 경호원으로 둔 사람 또한 내게 시선을 두었다.

손님들이신가 봐. 기분은 더러웠지만 한동안은 모범적인 상품 노릇을 해야 하니 웃는 낯으로 눈길을 받아 주었다. 아, 빨리 청소 시작했으면 좋겠다.

노예상 놈이 자리를 떠나자 손놈들이 접근해 오다 못해 급기야 말까지 걸어 댔다. 진짜도 아닌데 이렇게까지 비위 맞춰 줘야 하나 싶어져 다시 방으로 올라갔다.

"에휴, 애들 보고 싶어진다. 피스야, 삐약아-."

- 삐약.

…응? 내가 환청을 들었나.

- 삐약.

재차 귀에 익은 새끼 새 소리가 들려왔다. 이어 부드러운 카펫 위를 새하얀 솜털 뭉치가 종종종 가로지르더니 내 발끝에 멈춰 섰다. 까만 눈알이 나를 올려다보더니 기쁘게 부리를 연다.

- 삐약, 삐!

…얘, 얘가 왜 여기 있어?

머릿속이 새하얘졌지만 몸은 빠르게 움직였다. 얼른 삐약이를 안아 들며 TV를 켜 음량을 높였다. 이어 수건으로 삐약이를 감쌌다. 감시카메라가 있는지 없는지 모르겠지만 들키면 뭐라고 하지. 새끼 새가 어디서 들어왔네요, 라기엔 SNS에 이미 사진 다 올라가 있고.

- 삑삑삑삐!

수건에 감싸여 안긴 삐약이가 울기 시작했다. 배고프다고 보채는 소리다.

인벤토리 쓸 수 있다는 거 들키면 안 되는데. 주위를 두리번거리다가 이불을 뒤집어썼다. 근데 진짜 왜 삐약이가 여기 있지. 혹시 꿈인가.

삐약이 밥용 마석은 거의 다 집에 꺼내 놓았기에 인벤토리에는 몇 개 없었다. D급 마석을 둘 먹였지만 삐약이는 여전히 삑삑 서럽게 울었다.

"삐약아, 조금만 참아. 아니, 근데 진짜 너 맞긴 한 거야."

- 삑삑삑! 삐이삐약! 삑삐약!

진짜 많이 배고픈가 보다. 하지만 지금 인벤토리에 남아 있는 마석은 은혜 충전용 S급뿐이었다. 가서 마석을 얻어 오기라도 해야-.

- 삐이이······.

"삐, 삐약아?"

삑삑대던 새끼 새가 바람 빠지는 듯한 소리와 함께 축 늘어졌다. 왜, 왜 이래? 허기 탓이길 바라며 S급 마석을 꺼내 들자 힘은 여전히 없는 주제에 열렬히 마석을 물어뜯기 시작했다.

- 삐이.

결국 S급 마석 하나를 다 먹어 치운 삐약이가 자리에 폭 주저앉아 날개를 파닥파닥 쳤다.

- 삐약!

"···탈 나도 모른다."

- 삐약삐약!

기운도 생겼고 꽤나 만족스러워하는 울음소리를 내고 있었다. 어휴, 일단 무사하니 다행이지만.
"삐약이 너, 진짜 어떻게 온 거야?"

- 삐약?

"설마 공간이동 스킬 같은 거라도 생긴 건가."
혹시나 싶어 떡잎 스킬을 써 봤지만 상태창은 예전 그대로였다. 물론 피스의 유체화처럼 최적화 초기 스킬 외의 스킬을 얻었을 가능성은 있지만, 공간이동 스킬은 너무 뜬금없다.
'진짜 삐약이면 갑자기 없어져서 놀랄 텐데. 삐약이 출몰 계약서도 만들어 둘 걸 그랬나.'
이렇게 나타날 줄이라곤 성현제 출몰보다 두 배쯤 더 예상치 못한 일이지만. 그보다 내가 데리고 있을 순 없고 노아 씨에게 맡기기도 그렇고.

- 삑!

배가 불러서인지 꾸벅꾸벅 졸던 삐약이가 파드득 일어나선 내 소매를 부리로 물었다. 떨어지기 싫다는 듯 꽉 깨문 채 다시 졸기 시작한다. …어쩔 수 없구만.
'성현제에게 부탁하는 수밖에.'
그가 삐약이를 빼돌려서 데리고 와 준 거라고 하면 되겠지. 삐약이 녀석 진짜, 여기가 어디라고 찾아오고 그러냐. 먼 거리를 넘어온 방법도 모르겠고 걱정도 되었지만 동시에 기뻤다. 역시 삐약이도 보통이 아니라니까. 자꾸 이러면 곤란하지만.

 다음 날 아침, 다행히 성현제가 삐약이에 대해 잘 말해 주었고 노예상 놈도 내가 삐약이를 데리고 있는 것을 허락했다. F급짜리 무해한 몬스터인 데다가 기승수 사육사를 선보이는 장식용으로도 괜찮다 생각한 듯했다.

 - 삐약삐약.

 어린이용 풀에서 삐약이가 참방참방 물살을 헤쳐 나갔다. 수심이 낮다고 해도 삐약이에게는 깊은 물이건만 수영을 제법 잘한다.
'진짜 휴가 온 거 같다.'
 화창한 하늘 아래 바다와 이어진 듯한 인피니티 풀에는 투숙객이라곤 나밖에 없었다. 호텔 직원과 경호 겸 감시원뿐이다. 느긋하게 혼자 있고 싶은데요, 말 한마디에 진짜 통으로 전세 내어 줬다. 물에 들어가진 않았지만 한가히 경치 구경하며 앉아 있는 것만으로도 기분 전환이 되었다.
'이래서 비싼 돈 들여 여행 가는 걸까.'
 내 경우는 납치된 거긴 하지만. 원래도 대접이 좋긴 했지만 협조적으로 나갔더니 더더욱 호사스러워져서……. 게다가 강제적인 휴식이다 보니 한국에 두고 온 일들에 대한 양심의 가책도 별로 없었다. 내 잘못 아니니까.
"저녁엔 바에 가 볼까."
 분위기며 야경이 끝내준다고 추천하던데. 독 저항 끄고 한잔하는 건 좀 그렇겠지. 피스와 블루도 같이 왔으면 좋았을 텐데. 놀러 온 건 아니지만 그래도 아쉽다.

"여기 망고주스입니다~."

호텔 직원이 발랄한 목소리와 함께 주스 잔을 내밀었다. 목소리가 어리네. 고개를 돌리자 키가 작은 여직원이 생글생글 웃고 있는 게 보였다.

"삐약이 진짜 여기 있네요."

"…예?"

"저예요, 예림이."

작게 속삭여 오는 말을 듣는 순간 여직원의 모습이 변했다. 옷은 그대로지만 키 작은 성인 여성이 아닌 중학생 소녀가 되었다. 알이 없는 안경을 쓴 채, 예림이가 씨익 웃는다.

"명우 아저씨가 밤새워 만들어 준 아이템이에요. 이걸 쓰면 지정한 사람의 모습으로 보이게 돼요. 사용 조건이 까다로운 데다가 원래 모습을 한 번이라도 인식한 상대에게는 효과가 없긴 하지만요."

안경을 만지작거리며 예림이가 말했다. 편리한 아이템인데, 조건이 까다롭다라.

"…네가 모습을 빌린 호텔 직원은?"

"잘 모셔 놨어요. 깨어 있으면 안 되거든요."

다행이다. 죽인 건 아니구나. 타인의 모습을 빼앗는 아이템은 상대를 죽여야 하는 조건이 붙는 경우가 많았다. 명우가 그런 걸 만들 리 없긴 하지만 혹시 몰라 걱정되었다.

"바로 빠져나갈까요? 순간이동 스킬 써요?"

예림이가 주위의 눈치를 살피며 작게 말했다. 원래라면 더는 여기 있을 필요가 없다. 잡으려던 건 한국 협회지 해외의 인신매매범들이 아니니까. 하지만.

"아니. 며칠 더 있어야 해."

내 말에 예림이가 고개를 갸웃 기울였다.

"며칠씩이나요? 설마 아저씨, 이참에 푹 쉬려고…….."

"어쩌다 보니 쉬고 있긴 하지만 다른 이유가 있어. 아무튼 마침 잘 왔다. 안 그래도 부르려고 했는데. 네 도움도 필요하거든."

"제 도움요? 여기 쓸어버려요?"

우리 예림이, 과격하기도 하지. 쓸어버리긴 할 거지만.

"스킬 연습은 많이 했어?"

"네. 이젠 물도 잘 다룰 수 있어요. 호수 던전 때에 비하면 보잘것없지만요."

"보잘것없다니, 비교 대상이 신화급 스킬인걸. 애초에 완벽히 익히는 건 불가능에 가까워. 아주 살짝 빼 오는 것도 평범한 사람은 못 할걸? 나만 해도 그렇잖아."

예림이처럼 타고난 재능이 있지 않고서야 스킬 한 번 써 본 걸로는 흉내도 못 낼 것이다. 열심히 했다고, 정말 대단하고 고생 많았다 말하자 조금 쑥스러운 듯 배시시 웃는다.

"가능한 근처에 있을 테니까 도움이 필요하면 언제든지 부르세요."

"그러지 말고 이왕 여기까지 온 거 관광이라도 해. 디○니 랜드 있지 않았나?"

"폐장했대요."

벌써 문 닫았냐. 던전 브레이크의 폐해다. 자유의 여신상도 이때쯤 반토막 났었지 아마.

"참, 길드장님도 같이 왔어요."

"뭐?"

유현이가? 당황하며 직원들이 있는 쪽을 살펴보았지만 전부 낯선 얼굴뿐이었다.

"한국 일은 어쩌고?"

"동생이 직접 형 구해 오는 스토리로 가기로 했습니다~."

그것도 괜찮겠네. 예림이가 빈 잔을 들고 자리를 떠나갔다. 유현이 녀석은 어디 있는 거지.

호텔의 투숙객이 속속 늘어갔다. 의외로 헌터 길드의 길드장은 몇 없고 일반인 권력자가 대부분이었다. 마수 사육 스킬은 새끼 몬스터 수급 문제 때문에라도 다른 길드들과 거래를 해야 한다. 비각성자 감별도 상대를 스카웃하고 각성시켜 줘야 한다는 번거로운 작업이 필요했다.

던전 공략이 주된 활동인 헌터 길드로서는 관리하기 은근 귀찮을 것이다. 길드로 끌어들이느니 그냥 적당한 대가를 주고 몬스터 새끼를 맡기는 게 더 편하다. 내가 중립을 유지하며 사육 시설을 만들 수 있었던 것도 그런 이유가 컸고.

'다른 스킬도 밝혀지면 상황이 달라지겠지만.'

스킬 다 까발리고 경매 들어가면 전 세계의 유명한 S급 헌터란 헌터는 죄다 구경할 수 있지 않을까. 그런 불상사는 일어나선 안 되겠지만.

"평범한 연회석상에서 거래가 오간다니 의외네요. 인신매매에 경매 하면 그보다 더 어두운 광경이 떠오르는데 말입니다."

"요즘 시대엔 어울리지 않죠."

그렉슨이 친절한 미소를 머금으며 말했다.

"고전적인 분위기를 원하신다면 얼마든지 준비해 드릴 수 있습니다."

"아뇨, 괜찮습니다. 현대적인 게 더 취향이라서요."

고전적인 분위기면 발목에 쇠고랑이라도 채우는 거냐. 죽을상에 옷도 허름해야 하고 노예상이 채찍 휘두르고. 역시 고전보다는 현대지.

"그보다 제안드리고 싶은 게 있는데요."

노예상의 맞은편에 앉으며 말했다. 뭐든 말해 보라는 관대한 얼굴이다.

"제게 거부권을 두어 장 정도 주셨으면 합니다."

"거부권이요?"

"예. 지금의 처지를 받아들이긴 했다지만 역시 아무한테나 가는 건 내키지 않아서요. 제 스킬 특성상 억지로 끌려가면 효율도 좋지 않답니다."

마음이 편해야 애도 정성껏 잘 키우지.

"상품이 구매자를 평가하는 것도 나름의 여흥 아니겠습니까. 다만 전부 오늘 처음 보는 사람들이니까, 거부권을 쓰기 위한 구매 희망자들의 평가는 아이템으로 하죠."

"아이템으로 평가를 하시겠다는 말씀은."

"요즘 세상엔 돈보단 역시 아이템 아니겠습니까. 귀한 아이템을 손에 넣는 수완도 보고, 또 그걸 거침없이 내어놓는 배포도 보고."

"등급 높은 아이템을 내놓을 리 없잖습니까."

"당연히 진짜로 주는 건 아니죠. 일종의 퍼포먼스입니다. 자, 계속 들어 보세요."

그렉슨을 설득하는 건 어렵지 않았다. 나쁜 이야기는 아니었으니까. 오히려 그 반대지. 내 속셈을 까맣게 모른다면 말이다.

내 인권 팔아먹는데 콩고물 정도는 얻어 가야 하는 거 아니겠냐.

"준비는 다 끝났습니까?"

"물론이지."

성현제가 바다 쪽으로 눈길을 살짝 주며 대답했다. 커다란 유리창 너머의 바다는 코앞처럼 가까웠다. 약간 흐린 날씨 아래 잠잠하게 물결치고 있다. 밤에 비는 안 왔으면 좋겠는데.

내 경매 파티는 오늘 밤이다. 미끼 역할도 자처했고 성현제 제안도 받아들이다 못해 직접 더 키우긴 했지만, 그럼에도 뭐 하는 짓이냐는 회한이 진하게 왔다. 입에서 욕 나올 거 같네.

"…두 개 까요. 하나론 억울해서 안 되겠습니다."

"요즘 억울한 사람은 애완동물과 트레이닝 기구 순회를 하는 모양이군. 무척이나 즐거워 보였네만."

아니, 삐약이가 노는 게 귀여워서. 그건 또 언제 봤냐. 에휴, 회귀하면 얌전히 편하게 살 거라고 다짐한 지 얼마나 지났다고 이 꼴이지. 내 인생은 어디로 흘러가는 거냐고 신에게 묻고 싶다.

- 삐약.

품 안의 삐약이가 파닥거렸다. 동그란 머리를 쓰다듬어 주는데 우리 쪽으로 서른 중후반쯤의 남자가 다가왔다. 성현제와 함께 있으면 웬만해선 접근을 못 하거나 안 하던데, 누구지.

"형."

목소리는 다르게 들렸지만 그 한마디에 바로 눈치챌 수 있었다. 이어 남자의 모습이 바뀌었다. 유현이다. 성현제 또한 재빠르게 알아차리곤 입꼬리를 올렸다.

"역시 도련님도 와 있었군."

"진짜 이 웃기지도 않은 짓거리를 계속할 셈이야?"

성현제 쪽은 쳐다도 보지 않은 채 유현이가 말했다. 안경 은근 잘 어울리네.

"호텔 직원은 아니고, 누구냐?"

"경매 참가자."

"잘도 잡아다 모습을 바꿨네."

"노아 헌터가 도와줬어."

은신 스킬이 있는 노아 씨가 협력한다면 사람 하나 조용히 납치하는 것쯤 어렵지 않겠지. 심지어 둘 다 S급 헌터니까.

"둘이 손발 척척 잘 맞구만. 계속 그렇게 친하게 지내."

"엉뚱한 소리 하지 말고. 원래는 적당히 빠져나오기로 했잖아. 그런데 경매라니."

"혹시 일이 틀어지면 네가 낙찰 좀 받아라."

예림이가 제가 아저씨 사고 싶어요! 하고 의욕을 보이긴 했지만 아직 빚도 다 못 갚은 애가 사긴 뭘 사. 성현제는 도중에 빠져나가야 하니까 유현이가 참가자로 와서 다행이다. 엉뚱한 놈이 낙찰받아 봤자 바로 틸 거긴 하지만 그래도 기분 더럽잖아.

"…미끼로 나서겠다는 것부터 막아야 했어."

"야, 나 생채기 하나 안 났다. 잘 먹고 잘 잤어."

약속대로 아주 멀쩡하건만 동생 놈은 찌푸린 표정을 펴지 않았다. 아니, 뭐 살다 보면 이런 일도 생길 수 있고… 는 보통은 아니겠지만.

"도련님도 너무 딱딱하게 굴지 말고 상황을 즐기지 그러나."

"당신 같으면 가족이 이따위… 아니, 됐습니다."

성현제라면 즐기다 못해 판을 더 키우고도 남겠지.

"진정하고 점심이나 같이 먹자."

이 동네 해산물 요리 비리지도 않고 맛있더라. 일 잘 끝나면 관광도 하고. 이왕 받은 카드 한도치까지 알뜰하게 써 줘야지.

잔심부름을 시키겠다는 핑계로 예림이도 불러다가 저녁까지 즐거운 시간을 보냈다. 동생 놈이 간간이 투덜거리긴 했지만 기분은 많이 풀린 듯했다. 귀국하면 다른 애들까지 함께 놀러 한번 갈까 보다.

이윽고 해가 지고 야경이 반짝거리는 밤이 되었다. 나는 화려한 호텔 연회장에서 마이크를 받아 들었다.

"신사숙녀 여러분, 오늘 이 자리를 함께해 주셔서 감사합니다. 익히 아시고 계시겠지만 제가 바로 오늘의 특별 경매 상품입니다."

참가자 여러분, 제 경매 진행은 제가 합니다.

홍콩의 야경은 아름다웠다. 땅의 별은 수차례 난폭하게 할퀴어져 나갔지만, 그럼에도 무수한 빛이 남아 있었다. 노아의 두 눈이 그 빛무리를 내려다보았다.

스치는 바람에 바다 내음이 짙게 섞여 있다. 해가 졌음에도 공기는 여전히 후덥지근하다. 동시에 에어컨 바람이 약간 서늘할 정도로 피부를 감싼다.

전혀 다른 온도를 동시에 느끼며 모여 있는 사람들을 바라보았다.

"상품이 말도 할 줄 안다는 것에 대해 너무 놀라시지 않길 바랍니다. 일단은 저도 여러분과 같은 인간이라서요."

인간 자체에 등급을 나눠 붙이는 분들일 수도 있겠지만. 밑바닥 하층민이 왜 내 앞에서 말을 하지, 같은. 아직 신분제가 남아 있는 동네도 있고.

그래도 이곳에 진짜 윗대가리는 거의 없었다. 직접 행차하실 신분이 아닌 거물들은 측근을 보내었다. 그 측근도 한가락 하는 권력자들이었지만.

"상품 설명을 길게 늘어놓는 건 시간 낭비겠죠. 혹 깜박 잊으셨다면 제 머리 위로 시선을 살짝 옮겨 주십시오."

- 삐약!

손가락으로 자기를 가리키자 삐약이가 파닥거리며 울었다. 몇몇 사람이 무심코 미소를 띠었다. 우리 삐약이가 귀엽긴 참 귀엽지.

일반적인 투박한 모양새가 아닌, 장식품처럼 가는 곡선을 매끄럽게 그리는 마이크를 손끝에서 빙글 돌렸다. 나를 위해 마련된 테이블에는 마나 포션이 담긴 잔이 놓여 있었다.

대부분의 나라는 자체 포션 제작을 한다. 그래서인지 맛도 나라마다 달랐다. 중국에는 각종 차 종류가 많았고 영국엔 홍차 맛이, 러시아엔 보드카 포션이 있다고 들었는데 우리나라는 왜 사과랑 오렌지지. 다른 맛 좀 수입해 줘라. 안 하겠지만.

다양한 포션 잔들 중 망고 맛을 몇 모금 마시고 삐약이를 옆에 내려놓았다. 얌전히 있어라.

"오늘 진행될 경매에 대한 안내 사항은 이미 전달받으셨을 겁니다."

걸음을 옮길 때마다 따라붙는 시선들이 기분 나쁘다. 원래 이목이 집중되는 거 별로 좋아하지 않기도 했고.

눈을 가볍게 감았다. 발아래, 온 세상이 반짝거린다. 기분 전환 제대로 되네.

"경매 방법이야 다들 잘 아시겠지요. 다만 일반적인 경매와 달리, 상품에겐 거부권이 세 장 주어져 있습니다. 세 장을 다 쓸 수도 있고, 한 장도 쓰지 않을 수도 있겠지요."

말 잘 듣고 협조적인 상품을 위한 관문이라고 생각해 주세요. 가볍게 몇 마디를 덧붙이며 설명을 이어 갔다.

"거부권은 마음에 들지 않는 낙찰자에게 사용할 수도 있지만, 마음에 드는 2~4위 입찰자를 위해 쓸 수도 있습니다. 그러니 여러분, 처음이자 마지막으로 상품의 눈에 들기 위한 노력을 약간이나마 해 주세요."

댁들 이럴 일 없었을 거잖아. 잘만 하면 괜찮은 기회이기도 하고.

"다만 여기 계신 분들 대부분이 제 진짜 주인 되실 분은 아니시기에, 평가는 아이템으로 하겠습니다. 요즘 세상엔 성능 좋은 아이템이야말로 재력의 상징이지요. 엘리베이터 대신 미니포털, 방탄조끼 대신 방어 스킬 재킷. 무엇보다 손발이 되어 주는 여러분들을 위해 얼마나 좋은 아이템을 내려 주느냐로 예비 주인의 배포를 엿볼 수 있지 않겠습니까.”

전 손 작은 사람은 싫어요.

"그러니 여러분, 자신 있는 아이템을 아낌없이 내어주시면 감사하겠습니다.”

비록 돌려받지는 못하겠지만. 뭐, 오늘 이후로 무사히 목숨 건지고 자유의 몸이 되시거든 돌려 달라고 연락하시든가.

약간의 웅성거림이 일었다. 서로 시선이 오가는 사이 먼저 나서는 사람은 없었다. 귀한 아이템을 잠시나마 내어놓기도 불안할뿐더러 거부권에 대한 경쟁을 아예 시작하지 않는 편이 나을 수도 있다는 판단 때문일 것이다.

이럴 때 필요한 건 뭐다.

"건방진 소리를 하는군.”

다름 아닌 바람잡이다. 근데 대사가 왜 저래.

성현제가 앞으로 나서자 사람들이 상어를 만난 물고기 떼처럼 갈라진다. 그 외의 S급 헌터가 없는 건 아니지만 급이 다르다. 원래 저 인간에게 부탁할 생각은 없었는데 심심했는지 하겠다고 나서는 바람에…….

"저런, 제가-.”

차르르-.

시발, 내가 진짜 미치겠네. 불길한 소리와 함께 금색 가는 사슬이 뱀처럼 내 목을 휘감았다. 반대쪽 사슬 끝을 손끝에 가볍게 쥔 채 그가 입꼬리를 거만하게 비틀어 올렸다.

"상품은 상품답게 좀 더 공손히 굴어야지.”

상대를 발밑에 두고 하찮게 내려다보는 눈빛이요 어조였다. 이건 또 무슨 망할 컨셉이야 싶었는데.

'…와, 다들 좋아하네.'

손님들은 성현제의 연기가 무척이나 흡족들 하신 모양이었다. 상품의 태도가 거슬리긴 하지만 거부권 때문에 직접 나서진 못하는 마당에 대신 사이다 먹여 주는 그런 건가.

금속성 소리와 함께 나와 성현제 사이에 느슨히 늘어져 있던 사슬이 팽팽하게 당겨졌다. 반응이 좋으니 맞춰 줘야지 어쩌겠어. 과하진 않게 살짝만 쫄아든 채로, 완전히 기죽진 않고 더 반항하는 게 좋겠지.

"모르는 사이도 아닌데 협조는 못 해 줄망정 너무하신 거 아닙니까."

"첫 대면부터 주제를 모르고 건방졌지. 여기까지 와서도 그 버릇, 쉽게 안 고쳐지는 모양이야."

"고작 며칠 만에 고쳐지면 버릇이 아니죠."

"그래서 내가 도와주려는 게 아닌가. 모르는 사이도 아니니까."

가늘게 휘어지는 눈웃음이 사납다. 그에 맞춰 겁먹은 듯 시선을 피했다. 쐐기를 박으려는 듯 사슬이 강하게 당겨지고 그대로 끌려가려는 그때.

"이쯤 하시죠."

사슬을 잡아 멈추는 손이 있었다. 동시에 짧은 힘겨루기가 오간다. 손의 주인은 어느새 내 옆으로 다가온 유현이였다. 사람들의 눈에는 다른 얼굴로 보이겠지만.

근데 유현이 넌 또 왜 끼어드냐. 애드리브도 어느 정도여야지 예정에 없던 배역까지 나타나면 곤란하다.

"이거 놀랍군요. 이안 홀튼 씨가 상급 헌터라는 말은 듣지 못했는데. 애초에 각성자도 아니지 않았습니까."

"각성이야 하루아침에도 하는 법이고, 성현제 씨에게 알릴 이유는 전혀 없지요."

둘의 시선이 날카롭게 맞부딪친다.

나는 잘 못 느끼겠지만 단순히 말과 시선만 오가는 게 아닌 듯했다. 주위 사람들이 점점 더 뒤로 물러나는 걸 보니 말이다. 겁먹은 걸 애써 감추려는 얼굴들도 더러 보였다.

바람 잡으랬더니 가판대 엎으려 들고 있네. 장사 다 망하겠다.

"괜찮으십니까, 한유진 씨."

"그, 네⋯⋯."

동생의 물음에 어색하게 대답했다. 계획과는 다르잖아. 설마 예림이도 끼어드는 건 아니겠지. 이게 다 성현제 때문이다. 그냥 내가 첫 타자, 하고 아이템 적당히 던져 주고 사라질 것이지.

"감사합니다, 홀튼 씨. 정말 친절하시네요."

"아이템을 꺼내기도 전에 넘어가다니 너무 쉬운 거 아닌가."

"세성 길드장님께서 너무 난폭하신 거겠죠. 제게 거부권이 있다는 사실을 잊지 말아 주셨으면 합니다."

이제 좀 꺼져 달라는 마음을 담은 눈빛에 성현제가 쥐고 있던 사슬을 놓았다. 순식간에 줄어든 사슬 끝이 내 가슴께에서 흔들린다.

"그걸 걸어 두고 물러나지."

아직 랭킹전이 열리기 전임에도 알 사람은 다 아는 유명한 무기를 넘겨주는 것에 여기저기서 감탄사가 작게 일었다. S급 아이템 중에서 무기는 특히나 더 귀하다. 아마 이곳에 모인 사람들이 지닌 아이템 가운데 수색자의 사슬보다 가치 있는 것은 없을 터다. 심지어 저 사슬은 SS급 무기로 알려져 있었다. 현재로서는 단 하나뿐인 SS급 무기.

그러니 아이템만 보자면 게임 끝이지만.

'저 지랄 해 놨으니 성현제에게 당연히 거부권 한 장이 갈 것이라 생각들 하겠지.'

즉, 유력한 경쟁자 한 명이 사라짐과 동시에 더없이 귀한 아이템이 등장했으니 아이템을 내놓는 것에 대한 거부감이 흐려졌을 것이다. 사람들이 술렁이는 가운데 유현이도 인벤토리에서 팔찌 하나를 꺼내었다.

"준비가 모자라 드릴 만한 것이 없군요."

정확히는 정체를 들키지 않을 만한 S급 템이 없는 거겠지만. 유현이야 아직 성현제에 비해 이름값이 떨어지지만, 내 동생인 이상 적어도 여기 사람들은 유현이에 대해 자세히 조사해 놓았을 것이다.

"A급이라 해도 전 이쪽이 더 좋습니다."

나한테 점수 판 홀튼 씨는 고작해야 A급 팔찌를 내놓았다. 자, 이제 진짜 해 볼 만하지 않겠는가. 팔찌를 받아 든 직후.

팔랑.

푸른색 긴 천이 내 머리 위로 떨어져 내렸다.

"S급 물결의 마고스 숄! 키이라 그레이다, 기억해 둬!"

앗, S급 숄이라니! 그것도 명우가 만들어 내지 못하는 천 아이템! 예림아, 너 줄 S급 장비 하나 생겼다. 얼른 숄을 받아 들며 진심을 듬뿍 넣어 활짝 웃었다.

"키이라 그레이 씨, 정말 화끈하시네요. 얼른 기록해 주세요."

태블릿을 든 보조가 아이템과 소지자 명단을 적어 넣었다. 저렇게 기록해 봤자 돌려줄 일은 없지만. 이어 중국인 남자가 A급이 아닌 S급이라 강조하며 팔찌를 내밀었다. 이야, 역시 잘나신 분들이라서 그런지 S급 템이 많네. 비각성자도 더러 있건만 아이템 적용은 아무에게나 되다 보니 헌터들도 없어서 못 쓰는 템이 팍팍 튀어나왔다.

이러니까 중하급 헌터들이 템 인플레에 시달리며 장비 마련하느라 버는 족족 다 꼴아박지.

"아, 이건 로브 카디건이네요. 역시 실생활에 사용할 수 있는 아이템이 좋죠. 저도 혜택을 받을 수 있을 테고요."

무기류는 잘 내놓지 않았지만 명우가 있으니 필요 없다. 비교적 잘 나오는 다른 장비 만들 시간에 무기에 집중하는 편이 훨씬 낫지.

"수량으로 승부 보셔도 좋습니다. S급 하나보다는 A급 여럿이 전 더 좋거든요."

예림이 팀 만들려면 A급 장비도 많이 필요하다. 김성한 씨도 아직 팀 제대로 못 꾸렸고. S급이 최고긴 하지만 팀원까지 S급 도배는 현재로서는 무리니까.

그러니 A급도 환영합니다!

"귀걸이만 벌써 다섯 개째군요. 오늘 모이신 분들의 대단함에 감탄을 금치 못하겠습니다."

우롱차 맛 마나 포션 잔을 비우며 테이블에 쌓인 템들 위에 은색 링 귀걸이를 올려놓았다. 삐약이가 아이템의 산을 빤히 쳐다보았다.

여기 모인 템값이 내 몸값보다 더 나가겠는걸. 수색자의 사슬만 해도 얼마냐. 이건 꿀꺽할 수 없겠지만.

분위기가 무르익어 갈 즈음, 성현제가 자리를 떠나갔다. 조금 전 선생님 스킬을 걸어 두었기에 그가 어디로 향하는지 볼 수 있었다.

"성원에 다시 한번 감사드립니다. 특히 마르셀 바르도 씨, 세르게이 아르샤빈 씨-."

씀씀이 넉넉한 사람들은 특별히 더 언급해 주는 것도 잊지 않았다. 이름과 얼굴을 외우느라 힘들었지만 상급 아이템을 퍼 주는데 그 정도 수고쯤이야.

그사이 검은 하늘이 보였다. 성현제는 호텔의 옥상에 올라서 있었다. 동시에 노아의 시선이 그를 내려다보았다. 드레스 코드에 맞춘 연미복의 자락이 바람결에 흔들린다.

'시작하시죠.'

전해지진 않겠지만 속으로 중얼거렸다. 마치 듣기라도 한 듯 그가 움직이기 시작했다. 주위로 빛이 튄다. 가볍게 휘두르는 손끝을 따라, 번개가 아래에서 위로 솟구쳤다. 거의 동시에, 노아가 들고 있던 펼쳐진 우산살과도 같은 아이템을 공중에 던지고 몸을 피한다.

콰르릉!

"천둥인가?"

"비가 온다는 소리는 없었는데."

굉음이 연회장을 한차례 뒤흔들어 놓았다. 술렁임이 일었지만 귓등으로 흘려보냈다.

지금 내 눈과 귀를 사로잡은 것은 무섭게 퍼져 나가는 전류였다.

빛은 노아가 던진 아이템을 휘감으며 사방으로 화살처럼 쏘아졌다. 호텔 반경 수 킬로미터 내의 건물에 유도를 위한 피뢰침이 세워져 있었다. 다만 접지 전선은 없는 것이었다.

전류가 눈 깜짝할 사이에 각각의 목표, 일정 높이 이상의 건물을 향해 내리꽂혔다. 그리고 다시 튀어 오르며, 퍼져 간다. 직격당한 건물만이 아니라 그 주변 크고 작은 건조물까지. 그 주인의 지시에 따라 하나둘 차례로 빠르게 목표물을 어둠 속에 잠기게끔 만든다.

불이 꺼져 간다.

옷차림 때문일까, 어둠을 유도하는 남자가 마치 지휘자처럼 느껴졌다.

그리고 이윽고, 단 하나의 빛만을 남기고 주위가 깜깜해졌다.

"여러분, 이제는."

높게 우뚝 선 호텔. 경매를 위해 일반 직원들을 내보내기 전에 그렉슨에게 부탁했다. 호텔의 모든 방의 불을 켜고 커튼을 걷어 달라고. 호텔 전체를 빛내는 퍼포먼스를 원한다는 말에 노예상은 기꺼이 고개를 끄덕여 주었다. 별거 아니었으니까.

그리하여 호텔은 홀로 화려하게 빛나고 있었다. 바다를 향해, 누군가에게 무척이나 매력적인 자태로.

"본게임을 시작할 시간입니다."

아이템이 쌓여 있는 테이블로 다가가며 말했다. 사람들의 시선이 일제히 나를 향한다. 내 시선은 그 너머를, 어둠에 잠긴 전면 창과 다시 그 너머를.

솟아오르는 바다를 향하고 있었다.

시커멓게 물이 기어오른다. 뒤집어진 폭포수처럼. 입가가 절로 미소를 그려냈다.

"경매 시작가가 얼마라고 했지요. 10억 달러?"

얼마 안 하네. 원자력 잠수함보다 싸잖아.

마이크를 전문 경매사에게 넘겼다. 마나 포션 잔을 하나 더 비우고, 삐약이를 안아 들고. 그리고 노아가 호텔 벽을 따라 날아 내려왔다.

콰장창!

유리벽이 산산조각 나는 것과, 테이블 위의 아이템을 죄다 인벤토리에 쓸어 넣는 것과, 유현이가 나를 낚아채는 것은 거의 동시에 벌어진 일이었다.

은신 스킬로 가려진 용의 몸에서 독기가 피어오른다.

"커헉!"

"독이다, 피해!"

피어오르는 독기운을 향해 한유현이 망설임 없이 뛰어들었다. 물론 나를 든 채로.

유현이가 등에 오르자마자 노아의 발톱이 바닥을 긁었다. 몸의 방향을 빠르게 바꾸곤 깨진 유리 벽 너머로 날아오른다.

빌딩을 벗어나기 무섭게 물의 벽이 코앞에 나타났다. 노아의 날개가 크게 파닥이며 가파른 수직 상승을 시작한다.

거대한 파도의 끝자락을 다 피하지 못한 채 온몸으로 통과하며 하늘 높이 솟아오른 직후.

쿠르르-.

유도등처럼 빛나던 호텔이 검은 물의 산에 삼켜졌다. 야경의 마지막 빛마

저 사라지고 완전한 어둠이 내려앉았다.

 던전은 주로 사람이 주거하는 곳에서 나타난다. 하지만 가끔 육지를 빗겨 나가 바닷속에 생기는 경우도 있었다.
 바닷속의 던전을 발견하는 일은 당연하게도 불가능에 가까웠다. 자연히 던전은 터져 나가고, 몬스터는 그대로 수장되기도 하고 육지로 기어 올라오기도 했다.
 그리고 그 몬스터들 중에서는 수중형도 있었다. 원래 물속에, 바닷속에 서식하던 몬스터. 그중에서도 보스 몬스터는 드넓은 바다에 한번 풀려난 이상 사냥하기 무척이나 까다로워졌다.
 조건을 맞추면 알아서 튀어나와 덤벼드는 던전 내에서와 달리 제멋대로 출몰했다가 사라지길 반복하기 때문이었다.
 "정말 크네."
 밤의 해변에 호텔만큼이나 거대한 덩치의 몬스터가 기어 올라오고 있었다. 수없이 많은 빨판이 달린 다리가 닿는 모든 것을 뭉개 부순다. 문어와 오징어가 뒤섞인 듯한 검붉은 괴물.
 홍콩 몰락의 상징, 2급 거대 바다괴수종 크라켄.
 작년 말 처음 발견되었으나 바닷속에만 머무는 바람에 퇴치를 포기한 S급 던전 보스였다. 크라켄은 앞으로도 대략 1년 정도는 홍콩의 섬들 사이를 배회하며 얌전히 지낸다. 하지만 던전 브레이크의 영향으로 한 해변의 사람들이 모두 대피하였을 때. 단 한 개의 빌딩만이 던전 브레이크 처리를 위한 헌터들의 임시 숙소로 사용되어 전 층 불을 환히 밝히게 되었을 때.
 어두운 수면 아래 웅크리고 있던 괴물이 움직이기 시작했다.
 '그렇게 활동을 시작한 크라켄은 반년 넘게 육지와 바다를 오가며 홍콩의

해변을 쑥대밭으로 만들어 놓았었지.'

 난데없이 등장해 불리하다 싶으면 바다로 도망치는 바람에 사냥 성공까지 길고 긴 시간이 걸리고 말았다. 심지어 바닷속에서 성장이라도 했는지 SS급의 괴물이 되어 있었다.

 그렇잖아도 위태롭던 홍콩은 반년간 지속된 크라켄의 위협 아래 완전히 몰락하고 말았다.

"예림아, 준비해."

 노아가 가지고 있던 헤드셋을 빌려 예림이에게 연락했다. 던전 안에서도 이런 거 쓸 수 있으면 좋을 텐데. 아직은 던전 내에서 사용 가능한 통신장비가 만들어지지 않았다.

[네, 아저씨!]

"공손함과는 거리가 먼 상품이 지시까지 내릴 생각인데 받아들여 주시겠습니까, 성현제 씨."

[진열대 위의 상품과 내 아이템은 당연히 대우가 다르지.]

"댁 거 아닙니다."

 소유격 떼라.

 그사이 물에 삼켜졌던 호텔이 다시금 모습을 드러내었다. 불은 죄다 꺼지고 유리도 대부분이 부서졌다. 그래도 건물 자체는 아직 멀쩡한 편이었다. 튼튼하게 지었구만.

"이미 말씀드렸지만 크라켄은 육지로 완전히 끌어 올리는 것이 공략의 기초입니다."

바닷속에 들어가 버리면 손쓸 방법이 없다. 방어력도 회복력도 전부 높아질뿐더러 드넓은 바다에서 괴물을 상대하는 건 수중 전투에 익숙한 헌터라 해도 쉽지 않은 일이다.

우리야 공격 스킬 두 배 버프로 단숨에 녹여 버릴 수 있지만, 그렇다 해도 완전히 뭍으로 끌어내 묶어 두는 게 안전하다. 만에 하나 도망치기라도 하면 곤란해지니까.

"그럼 시작하죠."

타이밍을 정확히 맞추기 위해 선생님 스킬로 예림이와 성현제의 감각을 이었다. 호텔 근처에 떠 있던 예림이가 흥건한 물을 위로 솟구쳐 올렸다. 이어 성현제가 솟아오르는 물을 따라 전격을 흘려보낸다.

물방울 하나하나에 반짝거리는 빛이 담겼다. 흥건히 적셔진 건물을 따라 작은 전구 알 같은 빛무리가 내려앉기 시작했다.

원래는 흩어져야 할 전류가 물방울 안에서 맴돈다. 겉은 순수한 얼음으로 감싸고 안은 바닷물 그대로인 빛의 구다.

"크리스마스 장식 같네."

인벤토리에서 푸른색 숄을 꺼내어 젖은 삐약이를 닦아 주며 아름답게 빛나는 호텔을 내려다보았다. 그 빛에 이끌려 크라켄이 움직이기 시작했다.

크라켄은 어둠 속 한 점의 빛에 이끌린다.

홍콩의 해변은 무수한 빛으로 가득 찼기에 괴물은 긴 시간 얌전했었다. 그런 놈을 확실하게 끌어들이기 위해 호텔 앞 물속에 A급 마석을 뿌리고 호텔 외의 건물의 불을 전부 꺼뜨렸다.

'다행히 유도는 성공적이었지. 이걸로 사람 사러 온 놈들은 크라켄의 피해자가 될 테고.'

크라켄만 처리하면 깔끔하게 끝난다. 인신매매범도 처리하고 홍콩의 미래도 구하고 아이템도 줍고. 일타 삼피네.

마력까지 듬뿍 담긴 빛은 크라켄에게 있어 더할 나위 없이 유혹적인 보석일 터다. 괴물의 긴 다리가 호텔 건물을 향해 뻗어 나간다. 백 년 만에 만난 연인 대하듯 휘감아 끌어안는다.

구그그.

압력을 이기지 못한 벽이 우그러지며 쩌저적 길게 금이 갔다. 몽환적인 빛무리 아래 미끌거리는 연체동물의 거죽이 번들거린다. 기묘한 조합의, 기괴한 광경이었다. 크리스마스와 거대 해산물은 좀 안 어울리긴 하지.

"생일 선물 받고 싶은 거 있냐?"

크리스마스 하니까 문득 떠올랐다. 미간을 약간 좁힌 채 크라켄을 내려다보던 유현이가 내게로 시선을 옮겼다.

"…생각해 본 적 없는데."

"떠오르는 거 있거든 뭐든 말해."

몇 년이나 그냥 지나가 버렸으니.

"노아 씨는 생일이 언제예요?"

귀만 쫑긋 세워 우리 이야기를 듣고 있던 노아가 화들짝 고개를 돌렸다. 연회색 눈동자가 나를 바라보다가 조금 수줍게 대답했다.

- 4월 5일입니다.

"예림이랑 같은 달이네요. 우리나라에선 식목일이에요. 나무 심는 날."

[내 생일은 8월 30일이라네. 얼마 안 남았지.]

…이 아저씬 또 왜 끼어들어. 애들 생일 이야기 중이었거든요. 나잇값 좀 하시죠. 얼마 안 남았으면 뭐 어쩌라고.

"헛소리하실 시간에 챙길 거나 얼른 챙기세요. 곧 피해야 할 겁니다. 사슬은 어쩔까요."

수색자의 사슬을 목에서 풀어내며 물었다. 이왕 손에 들어온 김에 아이템 창을 확인해 보았다.

> 고상한 수색자의 사슬 - 계약자의 등급+1(최대 신화급)
> 초승달의 가장 짙은 달빛으로 벼린 사슬.
> 금속으로 보이나 본질은 빛이다.

'…초승달이면.'

성현제와 접촉했던 패륜아다. 물론 진짜 동일 인물이라는 법은 없었다. 인어여왕도 패륜아로서는 물방울이라고 나섰으니까.

'하지만 아무리 봐도 이 초승달이 그 초승달 같은데.'

체인이라고도 했으니까 말이다. 그보다 계약자 등급보다 한 단계 위인 무기라니. 이런 것도 있었나. 만약 성현제 등급이 SS로 올라간다면 무기는 SSS급이 된다는 소리잖아. 심지어 최대 신화급까지 적용 가능하다니. 역시 사기다. 신이시여, 저 인간 한정 밸런스 망가진 거 같은데요. 버그 확인 좀.

[거리가 멀지 않으니 적당히 던지면 알아서 돌아올 거야.]

계약자 귀속 아이템이라서인가 그런 기능도 붙어 있냐. 은혜한테는 없는데.

"혹시 초승달이라고 압니까?"

[초승달? 하늘 위의 달을 말하는 건 아닐 테고, 모르겠군.]

역시 아직 접촉 전인가. 최면이라도 걸어서 미래에 대해 떠오르는 것이 없습니까, 물어봐야 하나. 회귀 전에 대체 무슨 짓을 하고 다닌 거야.
 사슬을 아래로 던지자 헤엄치는 뱀처럼 스르륵 빠르게 멀어져 갔다. 정말 좋긴 좋구만. 진짜 다 가졌네.
 혀를 쯧 차곤 다시 호텔을 휘감은 괴물에게로 시선을 돌렸다.
 속성상 예림이와 성현제는 크라켄을 상대하기 불리하다. 미끌미끌한 저 가죽은 젖어 있을 때의 방어력이 무척이나 높기 때문이었다. 동시에 냉기 저항도 높고 고무처럼 부도체에 가까운 데다가 물컹거리는 만큼 물리적인 공격도 잘 안 통한다.
 그래서 회귀 전 레이드 때 건어물 만드느라 고생들 많았었지.
 '원래는 독 스킬을 쓸까 했지만.'
 두 배 효과까지 곁들인 S급 독은 후유증이 심할 터다. 저 크기를 상대하려면 상당량을 쏟아부어야 할 테니 더더욱 던전 밖에서 쓰긴 꺼려졌다.
 덕분에 쉬운 방법 놔두고 돌아가야 하나 고민 좀 했었는데, 유현이가 여기까지 와 줬으니.
 "노아 씨, 삐약이 좀 부탁할게요."

 - 네, 맡겨 두세요.
 - 삐약!

 삐약이를 노아의 손, 앞발에 건네주었다. 비늘 덮인 발에 쥐어지는 게 마음에 안 드는지 삐약이가 조금 불만스럽게 울었다. 그러게 왜 여기까지 왔냐.
 "정령은?"
 "여기."

불도마뱀이 화르륵, 유현이의 손등 위로 뛰어 올라왔다. 크기는 예전 그대로였지만 머리에 작은 뿔이 돋아났다.

이린. 한참을 까탈스럽게 굴다가 겨우 이름을 받아들인 불의 정령이 밤의 어둠 속에서 유독 더 붉은빛을 발하였다.

"이 녀석은 우리 세계에서 최초의 정령이야."

이스무아르는 우리 세계의 소속이 아니다. 그래서 밖으로 나오지도 못하는 것이고.

"원래도 다른 어떤 화속성 스킬보다 순수한 불꽃이지만, 최초라는 특이성까지 붙었으니 앞으로 또 다른 정령들이 탄생한다 해도 린이를 따라올 녀석은 없을 거다."

내가 훔쳐 낸 지식에서 최초의 정령은 모든 정령의 시작이자 왕이었다. 물론 처음부터 마력이 존재하고 짙고 강한 자연력에서 정령이 탄생하는 세계와 우리 동네가 똑같지는 않겠지만. 유현이에게 특별한 힘이 되어 주리란 것만큼은 확실했다.

"그러니 네 스킬은 잠시 잊고 린이를 받아들여 봐. 어차피 스킬이란 거, 틀일 뿐이니까."

유현이에게 선생님 스킬을 썼다. 그리고 여전히 물을 조절하고 있는 예림이를 보여 주었다. 수속성 스킬 없이도 얼음과 물을 함께 이끌고 있는 그녀를.

물의 지배자 스킬 아이템 사용 때 유현이에게도 감각을 공유해 줄 수 있었으면 좋았을 텐데. 그랬다간 진짜 바로 기절했을 거 같아서 포기해야 했다. 다시 비슷한 기회 안 생기려나. 아쉽다.

"그럼 갈까."

콰르르릉-!

대답이라도 하듯 호텔이 완전히 무너져 내렸다. 그 파편들이 크라켄의 다리와 몸뚱이에 다닥다닥 달라붙는다.

- 키이익!

 당황한 크라켄이 몸을 뒤틀지만 그러잖아도 잔뜩 밀착되었던 젖은 돌덩이들은 예림이의 손길 아래 서서히 얼어붙은 뒤였다. 억지로 떼어 내려 들면 가죽까지 상처를 입겠지.
 예림이와 성현제에게 피하라고 알리고 혹시나 싶어 유현이와의 감각을 공유시켜 주었다. 휘말리면 안 되니까.
 "푸른 버들잎."
 푸른 잎사귀가 흩날리고 유현이가 한 팔로 내 허리를 감싸 든 채 노아의 등 위에서 뛰어내렸다. 건물의 잔해가 짓밟히는 소리가 으적으적 들려온다. 굵은 촉수의 흔들림 아래 빛의 구슬이 펑펑 터져 나갔다.
 공격 스킬 두 배 공유에 이어 은혜를 사용했다. 피해 무효 등급은 SS급으로.
 "이린."
 정령의 진정한 힘은 계약자가 이름을 부름으로써 발휘된다.
 유현이의 손끝에서 도마뱀의 형체였던 작은 불길이 커다란 꽃과 같이 펼쳐진다. 피처럼 붉고 선명하게, 꽃잎이 한 장 두 장 공중으로 떠올랐다.
 비현실적으로 새빨간 불이었다.
 "조절이 잘 안되네."
 버들잎을 밟아 건너뛰며 유현이가 작게 중얼거렸다. 미처 컨트롤하지 못하고 제멋대로 날리는 불꽃이 크라켄의 진로를 간신히 벗어난 차 위로 떨어졌다. 엄지손가락 정도의, 딱 꽃잎 크기의 작은 불꽃이 닿자마자 대형 외제차가 순식간에 전소해 버린다. 까맣게 탄 차체가 풀썩 내려앉고, 이내 형체도 없이 푸스스 무너졌다.
 …좀 과한데. 그냥 불똥 튄 정도였잖아, 저거.

"야, 조심해. 노아 씨도 최대한 멀리 떨어지세요!"

그사이 손끝에서만 모여 있던 불꽃이 길게 형체를 이룬다. 검. 아니, 그보다 길게. 언월도에 가까운 형태였다.

유현이가 불길을 무기화시키는 건 스킬 등급이 올라 혈염을 얻은 뒤였다. 평범한 불은 일정한 모양을 유지하기 힘들기 때문이었다.

고개를 슬쩍 들어 보자 동생의 두 눈이 모두 붉게 물들어 있다. 옅게 미소 또한 머금고 있었다.

밖으로 쏟아 내면 단순히 타오르는 것 이상은 조절하기 힘들던 불길이, 제 손길 아래 머리를 숙여 오고 있다. 그것이 무척이나 흡족한 모양이었다.

- 키이이.

남은 빛무리에 관심을 쏟고 있던 크라켄이 이쪽을 올려다봐 온다. 얇고 투명한 막에 뒤덮인 거대한 눈알이 당황한 듯 이리저리 구른다. 불꽃에 담긴 힘을 눈치챘는지 겁을 집어먹은 티가 났지만 무거워진 몸 탓에 쉬이 도망치진 못하고.

그러다가, 가장 긴 촉수 두 개를 쏘아 내듯 뻗어 왔다.

전봇대 서너 개를 합친 듯 굵은 다리가 더없이 위협적으로 공기를 가른다. 거대한 창과 같은 촉수를 향해 유현이가 가볍게 화염의 월도를 휘둘렀다.

스극.

아주 부드럽게. 불길은 그저 가벼이 촉수의 일부만 갈라냈지만.

- 키에엑!

크라켄의 두 다리는 녹아내리듯 사라져 버렸다. 무어라 해야 할까, 태양

속에 던져진 얼음조각과 같았다.

 이어 창으로 변화한 불길이 던져졌다. 둥그스름한 몸뚱이에 붉은 창이 들이박히고.

 - 캬르르.

 창대 끝에 나타난 자그마한 도마뱀이 그르렁거리며 검은 눈을 깜박였다. 직후 불길이 파도처럼 퍼져 나갔다. 타는 냄새마저 삼키며, 거대한 바다 괴수를 꿀꺽 삼키곤, 거뭇하게 남은 흔적 위로 불도마뱀이 팔랑 내려앉는다.
 마석까지 죄 삼킨 이린이 만족스러운 듯 혀를 날름거렸다.
 '…두 배 스킬까지 쓸 필요도 없었겠다.'
 그래도 SS급까지 성장이 머잖은 보스 몬스터인데 너무 쉽게 처리해 버리는 거 아니냐.
 땅에 내려선 유현이에게로 정령이 다가왔다. 겉보기는 작고 귀여운데, 무서운 녀석이구나, 너.
 "이제 이것 좀 놓지 그래?"
 허리를 감싼 팔을 툭툭 치자 유현이가 고개를 약간 기울였다.
 "생각해 봤는데. 이참에 이대로 실종 처리 하는 건 어때?"
 주어는 없었지만 알아들을 순 있었다. 아직 포기 안 했었구나.
 "나 안 다쳤다."
 "하지만 기회가 좋잖아."
 "좋기는 무슨. 크라켄의 공격에 휘말렸다고 하기엔 예림이에 노아 씨에 성현제까지 있잖아."
 "셋 다 입막음하면 되지."
 "그게 되겠냐. 특히 마지막 인간은 귓등으로도 안 들을걸."

"지금이라면 듣게 할 수 있어. 아니면 아예 제거해 버리거나. 그래, 역시 그 편이 낫겠다. 형도 세성 길드장이 위험하다고 생각하지?"

내게 동의를 구하는 동생을 올려다보았다. 두 눈이 아직 붉다. 이린은 유현이의 눈 속이 아닌 어깨에 올라앉아 있었다. 그리고 도마뱀의 눈은 검었다.

뭔가 잘못되었다는 직감이 뒤통수를 후려쳤다.

'부작용 같은 게 있는 건가.'

아니면 단순히 내가 너무 나댄 탓에 동생의 병(?)이 도진 걸까. 후자면 다행이지만… 다행 맞나? 부작용인 편이 더 해결하기 쉬울 거 같기도 하고.

아무튼.

"그러지 말고 관광이나 하다가 집에 가자. 이 동네 아직 볼 거 많아."

남의 카드로 흥청망청 놀 수 있는 기회다.

"응. 성현제부터 처리하고."

"…야, 내가 실종자 되면 관광 같은 것도 못 하게 되잖아."

"걱정 마. 유명우 헌터가 만들어 준 아이템 있잖아."

유현이가 안경을 벗어 내게 씌워 주며 웃었다. 어… 그렇긴 하네. 비록 내 껍데기가 되어 줘야 할 누군가의 희생이 필요하겠지만. 여기서 실종된 걸로 하고 좀 더 여유롭고 편하게 사는 것도 괜찮을지도.

순간 혹하는 마음을 다잡았다. 그래도 벌여 놓은 일이 몇인데 나 몰라라 할 순 없지. 적어도 던전 다 해결하기 전까지는 안 된다. 그리고, 되찾아 올 방법을 찾는 것도.

"그런데 너, 눈 말이야-."

- 정리 다 된 건가요?

노아가 이쪽으로 날아 내려오며 말했다. 동시에 유현이가 움직이려 하는 것이 느껴졌다. 야, 이 자식아!

"노아 씨!"

 황급히 선생님 스킬을 노아에게 걸고 유현이의 감각을 일방적으로 전달했다.

 퍼드득, 급한 날갯짓과 함께 화살처럼 날아간 불길이 허공을 가른다. 당황한 노아가 몸을 크게 돌려 하늘 위로 치솟았다.

"무슨 짓이야!"

"위협만 하려고 했어."

"아니, 위협도 하면 안 되지!"

 일단 공격 스킬 두 배부터 공유를 멈추려 했다. 그러자 메시지창이 떴다.

> 상대방이 거부하였습니다.

…망했다. 유현이도 메시지를 봤는지 입술 끝을 올려 미소 짓는다.

"이런 유의 스킬은 보통 상대의 동의 없이 취소가 불가능해. 비행 스킬 같은 걸 걸어 놓고 허공에서 취소해 버릴 수도 있으니까."

 설명해 주는 목소리가 쓸데없이 다정했다. 나도 아는데, 스킬을 직접 거는 게 아니라 공유하는 것에도 해당되는 줄은 몰랐지.

 노아 때는 그냥 잡고 있던 손 놓는 걸로 해제했고 성현제는… 매번 기절했었구나. 잠깐, 그럼 바바르 때 정신 잃은 뒤에도 계속 스킬 공유되고 있었던 건가?

 …와 씨, 진짜 위험했을지도. 그런데도 얌전히 던전 나와 준 거 보면 그 인간 내 생각보다 좋은… 좋은… 아니, 역시 이건 아니다.

― 유진 씨, 괜찮아요?

― 삐약!

공중을 크게 한 바퀴 돈 용이 다시 이쪽으로 방향을 틀었다.

"오지 마세요!"

제 동생이 지금 살짝 정상이 아닌 듯합니다. 노아를 걱정스럽게 바라보는 내게 유현이가 뾰로통한 목소리로 말했다.

"요즘 자꾸 형을 뺏기는 기분이 들어서 쓸쓸해."

"뺏기긴 뭘 뺏겨. 내 동생은 한 명뿐이다만."

"주위에 다른 친한 놈들 많잖아. 나한테는 형밖에 없는데."

이건 좀 많이 문제 있는 소릴세.

"야, 그러지 말고 노아 씨랑 친하게 지내. 아니면 강소영 씨도 있잖아. 친구도 사귀고 연애도 하고. 비각성자나 등급 낮은 사람들이야 벽이 있으니 어쩔 수 없다 해도 등급 비슷한 사람들 많잖아."

예림이를 본받아라.

"형은 모르니까 그렇게 말하는 거야."

투덜거리면서 인벤토리에서 가느다란 검을 꺼내 든다. 주로 쓰는 것이 아닌 A급 무기다. 그것을 저만치 땅을 향해 던졌다.

콱.

검이 바닥에 박혀 들고 다시 대검, 단도, 대거에 시미터 등 다양한 무기가 서로 거리를 벌린 채 땅에 꽂혔다.

"…뭘 하려고?"

선생님 스킬이 머릿속까지 읽어 내는 건 아니다. 몸이, 마력이 움직이는 걸 미리 읽어 내는 것뿐이다. 낚싯대만 꺼내 든 상태에서는 그걸로 낚시를 할 건지 사람을 팰 건지 알 수 없다.

"효율이 나빠서 잘 안 쓰는 스킬이야. 상급 무기들을 1회용으로 쓰는 건 좀 부담되니까."

좀이 아니겠지.

"무슨 스킬인지 몰라도 쓰지 마. 아깝잖아. 그리고 이왕이면 말로 해결하자."

"선생님 스킬 계속 쓸 거야? 거슬리는데."

"말로 해결할 생각 있냐."

"아니. 전혀. 스킬 거부당하면 많이 괴로워?"

"어, 많이."

"미안해, 형."

하하하. 빨간색 눈을 마주 보고 웃으며 유현이에게 건 선생님 스킬을 거두었다. 동생 놈이 만족스러워하는 표정을 짓는다.

"금방 끝낼게."

성현제 씨, 튀세요. 아무래도 동생 말리는 건 글러 먹은 듯합니다. 댁 목숨은 아깝지 않지만 스킬은 아쉬우니.

그때 불도마뱀이 스르륵 유현이의 목덜미를 돌아 반대쪽 어깨로 이동했다. 평소와 달리 까만 두 눈이 나를 바라본다. 역시 뭔가 이상하다는 느낌이 재차 바늘처럼 찔러 왔다.

"이린."

내 부름에 정령이 눈을 깜박였다. 별생각 없이, 반쯤은 습관적으로 떡잎 스킬을 썼다.

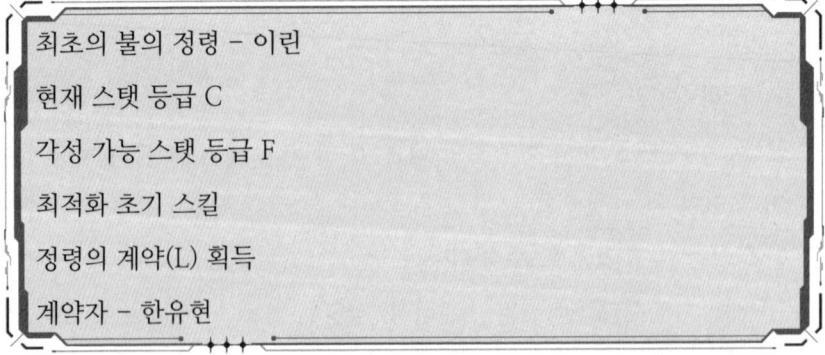

처음 봤을 때는 마치 아이템창과도 같았던 상태창이 각성자나 몬스터의 것처럼 변했다. 그보다 L급 초기 스킬이라니.

정령의 계약에 계약자 한유현. 저 스킬이 유현이에게 영향을 끼치고 있는 건 틀림없었다. L급이나 되는 게 단순한 계약 스킬일 리는 없고, 대체 무슨 효과를 가진 스킬이냐.

"도마뱀 새끼, 너 이리 좀 와 봐라."

"형?"

하여간 도마뱀이 문제야. 손을 뻗어 이린을 움켜쥐었다. 의외로 순순히 잡힌 정령이 머리를 갸웃 기울였다. 말을 못 하니 캐물을 수도 없고.

이걸 어쩌나 고민하다가 선생님 스킬을 썼다. 순간 속이 후끈 뜨거워지는 착각이 들었다.

겉모습은 손바닥 위에 올라가는 작은 도마뱀이었지만, 전해 오는 감각은 끝 모를 불길이었다. 모래알 대신 새빨간 불꽃이 날름대는 사막 속에 떨어진 기분이다.

"너……."

생각보다 장난이 아닌데. 조금 당황하면서도 스킬에 집중했다. 호수 던전에서 용인종을 파고들던 것처럼.

그리고 그때처럼.

"어?"

눈앞이 잠깐 암전되었다가, 밝아졌다. 내가 서 있는 곳은 낯선… 아니, 낯익은 거실이었다. 던전이 나타나기 전, 유현이가 각성하기 전에 살던 집.

[안녕!]

그곳 거실에서 고양이만큼 덩치가 커진 동글동글한 도마뱀이 내게 인사를 건네 왔다.

"…이린?"

[응, 맞아. 형, 이린이에요!]

활기차게 대답한 불의 정령이 입을 크게 벌리며 웃음 지었다.

박예림은 고개를 들었다. 자신에게 적용되어 있던 스킬이 사라졌다. 살벌한 병아리반 선생님, 그 스킬의 주인처럼 시각 공유까지는 불가능했지만 스킬이 사라지기 직전, 한유현이 누군가를 위협할 목적으로 공격했다는 것은 알 수 있었다.
"다른 몬스터라도 나타났나?"
"그럼 위협을 하진 않았겠지."
건물의 잔해 너머로 시선을 옮기며 성현제가 말했다. 그의 말대로 몬스터였다면 위협이고 뭐고 할 필요 없이 바로 소각해 버렸을 것이다. 그럼 대체 누굴 상대로 위협을 가한 걸까.
박예림은 얼른 공중으로 몸을 띄웠다.
"아저씨!"
물에 휩쓸린 것에 이어 크라켄이 잘 다져 놓기까지 해 원래의 흔적을 찾아보기 힘든 황폐한 땅이 그녀의 눈에 들어왔다. 그리고 의식을 잃은 제 형을 안아 들고 있는 한유현도.
"무슨 일이에요?"
당황하며 둘에게로 다가가려는 박예림의 앞으로 금빛 용이 급하게 날아와 막았다.

- 잠깐만요!

- 삐약삐약!

"노아 오빠? 삐약아?"

- 해연 길드장이 좀 이상한 거 같습니다. …멀쩡한 거 같기도 한데, 한유진 씨 말도 잘 안 듣는 거 보면 이상한 거 같아요.

- 삐약!

"아저씨 말을 안 듣는다고요? 이상한 거 맞네요!"

- 그리고 세성 길드장을 처리하겠다고 했습니다.

"그건 멀쩡한 거 같은데."

- 제게도 위협을 가해 오긴 했지만 이것도 평소와 다름이 없어서 헷갈립니다.

"앗, 노아 오빠한테 공격한 거였구나. 이상한 거 맞아요! 삐약이도 있고 뭣보다 아저씨 보는 눈앞인데!"

박예림은 한유현과 넉넉히 거리를 두고 아래로 내려섰다. 붉은색 두 눈이 그녀를 바라봐 왔다. 살의는 없이, 약간의 짜증만 깃든 시선이었지만 박예림은 본능적으로 더는 접근해선 안 된다고 판단 내렸다.

대신 노아에게 한유진이 왜 기절했냐고 물었다.

- 이유는 모르겠어요. 해연 길드장도 당황한 눈치였습니다.

"다행이다. 아저씨한테 손댈 정도로 맛 가진 않았나 봐요."

- 선생님 스킬 거부하려고 했…….

"와, 진짜 맛 갔네."

- 저희를 입막음할 생각인데 유진 씨가 말리지도 못하게 되었으니 언제 공격해 올지 모릅니다. 조심하세요.

"입막음이요? 그게 쉬울 줄 아나."
 박예림은 얼음나무 창을 고쳐 쥐었다. 어느새 다가와 둘의 대화를 듣고 있던 성현제가 눈썹을 약간 들어 올렸다.
 "까다롭겠군."
 "그래도 이쪽은 셋이잖아요. 제가 발 묶어 둘 테니 뒤통수라도 후려치세요."
 자신 있는 박예림의 말에 성현제가 냉정히 대답했다.
 "상황이 간단하지가 않아, 꼬마 아가씨. 크라켄 처리를 위해 한유현은 공격 스킬 효과 두 배 적용을 받은 상태지. 그건 한유진을 떼어 놓기 전까지는 유지가 될 거라네. 동시에 피해 무효화와 독 저항 효과를 받을 수 있는 아이템도 가지고 있는 셈이야."
 "…사기다."
 박예림은 순식간에 불타 사라진 크라켄을 떠올렸다. 변변한 화염 저항도 없는 자신은 스치기만 해도 중상을 입지 않을까.
 하지만 물러설 생각은 손톱만큼도 없었다. 되레 더욱 의욕을 불태우며 바다 쪽을 바라보았다.
 "노아 오빠, 저 마력 스탯 대여 좀!"
 이어 그림자 없는 낮이 한유현을 향해 펼쳐졌다. 그와 거의 동시에.
 화르륵-.

한유현의 주위로 불길이 둥근 장벽처럼 일어났다. 공기 중의 수분까지 바싹 말리는 열기에 박예림이 혀끝을 찼다.

"그림자에 닿기는커녕 근처도 못 가서 증발해 버리겠네! 우리 길드장님 쓸어버릴 자신 있는데, 도와주실래요?"

"빠져 달라 한다면 오히려 섭섭하지."

흑적색의 코트, 실레키아의 날개가 연미복 위로 내리덮어졌다. 사슬이 길게 몸을 흔들고 성현제의 손가락 사이에 금색 깃털이 들렸다. 황금 그리폰의 깃털. S급 황금 그리폰 사냥 시 얻을 수 있는 아이템이었다.

"선생님 스킬이 아쉽군. 알아서 타이밍 잘 잡도록. 참고로 자갈은 잘 타지 않아."

"네!"

알아들었는지 눈이 반짝거린다. 성현제는 망설임 없이 불길이 휘감아 도는 영역으로 뛰어들었다. S급 화염 저항이라 해도 완전히 무효화시키지 못하는 열기가 덮쳐들기 직전, 그의 손끝에서 깃털이 쏘아졌다.

그리폰의 깃털이 바람을 끌어들인다. 휘우웅, 공기가 요동치는 소리와 함께 커튼을 열어젖히듯 불길이 거세게 양옆으로 밀려 나갔다. 동시에.

콰르릉!

벼락이 내려쳤다. 하나 전격은 목표물에 닿지 못하고 바닥에 꽂힌 단검에 이끌려 그 주위만 할퀴었다. 흙과 돌이 튀어 오르고, 직후 단검이 폭발했다. 원래는 사방으로 비산해야 할 파편이 화살처럼 성현제를 향해 쏘아진다.

카가각-.

휘둘러진 사슬이 파편을 막아 냈으나 쏘아져 오는 방향을 알고서도 다 처리하는 건 불가능했다. 성현제의 손등과 귀 끝에 붉은 선이 그어졌다. 어깨에 반쯤 박혀 든 것도 하나 있었다. A급 무기를 희생시킨 공격에, 두 배 스킬 효과까지 더해졌다. S급 헌터라 해도 보통은 고슴도치가 되어 버렸을 것이다.

한유현은 공격을 잇기 위해 장검을 꺼내 들었다. 하지만.

"…어느새?"

발이 무겁다. 그림자 없는 낮에 걸려든 것이었다.

성현제가 그리폰 깃털로 불길을 밀어내기 무섭게 박예림이 창백한 비를 쓴 것은 알고 있었다. 하지만 직접 불에 닿지 않아도 자신의 그림자에 훨씬 못 미친 채 죄다 녹아 버렸는데.

"얼음 화살 속에 돌멩이 한두 개쯤 넣는 건 어려운 일이 아니지."

뒤로 물러서며 파편을 뽑아낸 성현제가 친절하게 설명해 주었다. 얼음은 녹아도 그 속의 자갈은 운동성을 잃지 않고 앞으로 나아갔다. 목표 지정이 가능한 스킬이 아닌, 단순히 돌을 던진 것에 지나지 않았지만 그중 한두 개는 한유현의 그림자에 닿을 수 있었던 것이었다.

벼락이 바닥을 후벼 파며 돌을 튕겨 내 눈을 속인 사이에.

대상의 등급이 높은 만큼 움직임을 묶어 둔다고 해도 그저 속도가 좀 느려지는 정도일 뿐이다. 하지만 그 정도로도 같은 S급을 상대하기에는 큰 페널티다.

"어차피 많이 움직일 생각은 없었어."

정신을 잃은 형을 내려다보며 한유현이 말했다. 잠시 밀려났던 불길이 그리폰의 깃털을 삼키며 새빨갛게 흔들린다.

사방에 꽂힌 무기들이 희미한 진동음을 내었다. 붉게 달아오른 눈이 희미한 금빛을 띤 눈을 마주 보았다.

"제일 거슬리는 벌레를 찢어 놓을 준비는 끝났으니까."

"저런, 도련님 질투심이 생각보다 강하군."

"도둑에게 질투를 왜 하지."

분노하고 처단할 뿐이다. 그때.

그그그궁-.

땅이 흔들렸다. 이어 바닥이 붕괴하는 소리와 함께.

콰과과과-!

여기저기서 물이 치솟기 시작했다. 지면을 뚫고 올라온 바닷물이 수 마리의 용처럼 꿈틀거린다. 한유현도 성현제도 무심코 밤하늘을 향해 고개 쳐든 수룡들에게로 시선을 향했다.

동시에 박예림이 소리쳤다.

"한유현, 머리 좀 식혀!"

상대적으로 초라한 불길을 향해, 거대한 물기둥이 내리꽂혔다.

2장 뒷정리도 확실하게 합시다

2장
뒷정리도 확실하게 합시다

 천장의 전등이 환한 빛을 발한다. 내 손으로 몇 번이나 갈아 끼운 기억이 있다. 거실은 그리 넓지 않았다. 소파와 TV. 벽시계는 멈춰 있었다.
 "…왜 하필 여기냐. 그보다 너, 정신계 스킬을 쓸 수 있는 거였어?"
 아니면 정령의 계약 스킬 효과 중 하나일지도.

[유현이가 좋아하는 곳!]

"유현이가?"

[응, 형이랑 같이 살던 집이에요. 그러니까 린이도 여기 좋아해.]

 도마뱀이 꼬리잡기라도 하듯 빙글빙글 돌며 말했다. 유현이에 대해 말하는 목소리에 애정이 듬뿍 담겨 있는 것이 느껴졌다. 이 녀석은 좋은 도마뱀이구나.

[이 스킬은 형 거예요.]

빙글빙글 돌던 이린이 멈추어 나를 올려다보았다. 까만색 눈이 보석처럼 반질거린다.

"내 거라고?"

[아직 제대로 못 쓰는 거 같아서, 린이가 도와주긴 했지만.]

"난 이런 스킬 없는데."

[있어요. 그런 힘.]

아니, 이건 내 거라기보단 도마뱀 주인 놈의……. 문득 좀비가 디아르마의 후계자라고 나를 칭했던 것이 떠올랐다. 그땐 저주독룡종을 조합한 것 때문이라고 생각했는데.

'…디아르마의 다른 스킬도 쓸 수 있게 된 건가?'

내가 그놈을 죽여서? 아니면 마석을 몸에 흡수해서? 기억을 직접적으로 뒤져 대서일 수도.

아무튼 그렇다 해도 스킬창에도 없고 어떻게 사용하는지도 모르겠고. 패룬아들에게 상담해 볼까.

고개를 들어 새삼스럽게 주위를 둘러보았다. 좋아하는 곳이라니, 기분이 묘해졌다.

나는 견디지 못하고 도망쳤었는데. 여기 있으면 눈이 닿는 곳마다 지난 일들이 너무도 선명히 떠올라서.

집 안 구석구석은 물론이요 별 특징 없는 하얀 컵도, 텅 빈 책상도, 화장실 슬리퍼조차 보기 싫어서 거의 몸만 빠져나오다시피 이사했었다.

그랬었는데 이제 와서 아깝다는 생각이 들었다.

"린아."

[응?]

"지금 유현이가 조금 이상한 거 같은데, 혹시 너와 관련 있어?"

[린이는 조금, 형은 많이요.]

"뭐?"

[형, 린이 안아 줘요.]

원하는 대로 도마뱀을 안아 들었다. 딱 좋을 정도로 따뜻하고 부드러우면서도 말랑거렸다. 겨울에 안고 있으면 정말 기분 좋을 거 같다.

[정령은 순수한 힘이니까요. 린이를 받아들이면서 더 솔직해진 거예요. 속성 탓에 조오금 난폭해지기도 했고? 거슬리는 걸 치워 버리고 싶고 그럴 힘도 생겼으니 참지 않은 거예요.]

"…성현제가 그렇게나 싫었나."

[성현제도 유현이를 죽이려고 했을걸요! 형이 무척이나 유용하다고 생각했을 테니까. 유현이는 그걸 눈치챈 거예요.]

이린이 꼬리를 살랑살랑 흔들며 말했다.

[예전에 형이 성현제에게 공격 스킬 효과 두 배 써 줬을 때요, 그때도 성현제가 형을 가지고 가려고 했거든요!]

"뭐? 진짜?"

[응! 그때도 유현이가 화났었는데, 형이 기절도 했으니까 참았어요. 근데 유현이도 형 스킬 효과 받아 보곤 알아차린 거예요. 성현제가 다른 사람들을 다 죽이고 형을 빼앗으려 했을 거라고요!]

만약 정말로 그랬더라면 성현제도 살아남진 못했겠지. 정확히는 내 손에 죽었을 것이다.
성현제가 진짜 그렇게까지 하려 했을까, 라는 물음에 이린은 크게 고개를 끄덕였다. 두 번이나 공유해 줬지만 별문제 없었는데.
"지금도 그럴까?"

[린이도 몰라요. 알 게 뭐야.]

이린이 시큰둥하게 말했다. 내가 자꾸 성현제를 감싸려 드는 게 마음에 안 드는 눈치였다. 만약 유현이와 예림이를 건드리면 그 누구보다도 내가 절대 가만히 있지 않을 텐데 말이야.
어쨌든 유현이 걱정해 주는 게 기특해서 이린을 다정하게 토닥여 주었다.
"내가 제대로 확인해 볼 테니까 걱정하지 마. 만약 위험하다 싶으면 딱 잘라 갈라설 거야."
아무리 성현제의 스킬과 능력이 대단하고 탐난다고 해도 애들한테 위협이 된다면 곁에 둘 수 없다. 거리를 벌려야지.

[진짜죠?]

"물론이지."
말랑거리는 도마뱀이 애교라도 부리듯 꼼지락거렸다.

[린이는 형이 유현이만 좋아했으면 좋겠어. 유현이는 형만 좋아하는데!]

"음, 내가 유현이를 제일 좋아하긴 하는데, 인간 사회라는 게 말이다. 한 명만 좋아하긴 어려워요."

[그래도. 그리고 제일 좋아하면 표현을 하라고요! 사랑한다고 많이 말해 줘요. 형이랑 한번 틀어졌었잖아요. 또 그럴 수도 있으니까 불안해하고 어쩔 줄 몰라 하는 거예요. 유현이는 아직 어리거든요!]

"넌 더 어려."

[린이는 태어날 때부터 많이 알고 있어요!]

"그래도 어린 건 어린 거야."
이린이 투정 부리듯 앞발로 내 팔을 툭툭 쳤다. 하는 짓이 제법 귀엽다. 머리를 쓰다듬어 주자 간지럽다는 듯 웃는다.
"나름 표현 많이 해 줬다고 생각했는데, 아니었나."

[좋아한다고 사랑한다고 몇 번이나 말해 줬어요?]

"음… 아니, 그걸 대놓고는 잘 말 안 하지."

[왜요? 많이 해도 돼요! 가짜 아니잖아요. 진짜니까! 유현이가 좋아할 텐데도 하기 싫어요?]

"싫은 게 아니라, 그냥 좀 어색해서? 어릴 때도 아니고. 크면 잘 안 하거든."

이린이 눈을 가늘게 뜨며 나를 탓하듯 노려봐 왔다. 아니, 진짜 보통은 잘 안 하잖아. 특히 형제간에는. 부모자식 간이고 무척이나 화목한 가정이면 자주 말할 수도 있겠지만. 내가 유현이를 키우긴 했어도 일단은 형제다.

[형.]

"…노력해 볼게. 그걸로 괜찮아지는 건가?"

[아마도요!]

아마도라니. 무책임한 말일세. 도마뱀의 말랑한 볼을 콕 잡아당겼다. 꼬리를 파닥대며 아프다고 엄살을 부린다.

[유현이는 형이랑 계속 함께 있었잖아요! 근데 갑자기 갈라졌고! 진짜 완전히 괜찮아지려면 예전처럼 돌아가야 할걸요!]

그 말에 내가 도망친 장소를 바라보았다. 나는 떠나갔는데. 동생은 나보다도 먼저 떠났었는데. 그런데도 사실은 여전히 이곳에 남아 있었던 것일까.

무심코 한숨이 새어 나왔다. 나와는 달리 잘난 놈이니까 그냥 잘 먹고 잘

살지. 나도 정말 미련하게 굴긴 했는데 유현이 놈도 만만찮은 거 같다. 등급은 달라도 피는 못 속인다는 건가. 이런 걸 닮을 필요는 없는데.

"나야 동생 하나 보고 살았다지만 걔는 가진 것도 많으면서 왜 그러냐."

[사랑받는 걸 싫어하는 사람은 없어요, 형. 인간이 아니라 그 무엇이든요. 그런 기분 아예 처음부터 몰랐다면 괜찮았겠죠. 근데 알고 나면 포기 못 해요. 유현이를 사랑해 주는 사람은 형밖에 없고요!]

"걔 이제 스물이야. 앞으로 어떻게 될진 알 수 없어."

[안 돼요! 없어요!]

"저주하냐."

없긴 왜 없어. 없으면 안 되지. 회귀까지 했는데 내가 키운 동생 놈 결혼해서 애 낳고 잘 사는 건 봐야 한다. 이젠 당당하게 혼주석에 앉을 수 있다고.

그러고 보니 예림이 때도 내가 앉아야 하나. 헉, 잠깐만. 예림이는 신부 입장도 있잖아. 한 십 년쯤 후일 테니 마흔 넘으면 꽤 그럴듯… 아, 아니다. 그때도 삼십 대구나. 어떤 새끼가 데려갈진 모르겠지만 우리 애한테 조금이라도 잘못하면 죽일 테다.

"애들 애기들 보고 싶다. 앞으로 이십 년은 더 살아야지."

[형?]

"그래서 진정되고 내가 잘 다독여 주면 앞으론 괜찮은 거냐? 네 힘 쓸 때마다 저러진 않겠지?"

[오늘 정도는 아닐걸요!]

약간은 맛이 간다는 거구만.

[아직 린이한테 익숙하지 않아서 그래요. 심하면 물이라도 끼얹으세요! 그럼 좀 진정될걸요!]

예림아, 부탁한다.
"너한테 정령의 계약이라는 스킬이 있던데, 정확히 어떤 스킬인지 알 수 있을까?"

[그냥 정령의 계약이요! 계약한 등급이 정령의 최대 등급이에요. 형, 형. 린이 등급 뭐예요?]

까만 두 눈이 빛을 머금으며 반짝거렸다. 자기 스킬인데 확인 못 하는 건가.
"L급."

[와, 린이 대단해! 린이 대단해!]

이린이 신이 나서 외쳤다. 덩달아 맞장구쳐 주며 진짜 대단하다고 칭찬해 주었다. L급까지 성장 가능하다니.
"우리 린이 앞으로 엄청 강해지겠네."

[응! 린이가 제일 강해요!]

"유현이랑도 사이좋게 잘 지내고. 계약 해지되거나 하진 않겠지?"

[한쪽이 소멸하기 전까진 해지 안 돼요!]

린아, 쑥쑥 자라 다오. 얘만 다 커도 앞날에 대한 걱정이 싹 사라지겠는데.

"다 성장하는 데 얼마나 걸릴까?"

[린이는 태어난 지 얼마 안 됐으니까, 천 년쯤이요!]

…정말 많이 느리구나. 좋다 말았다.

린이를 쓰다듬어 주며 천천히 걸음을 옮겨 갔다. 주방에는 식기도 고스란히 남아 있었다. 식탁의 의자는 두 개다. 벽에 걸린 달력은 3년 전의 것이다. 몇 장 넘겨 보았다. 내 생일에 동그라미가 쳐져 있었다.

돌아서서 방으로 향했다. 회귀 전까지 더해져, 오랜 시간이 흐른 후다. 그런데도 눈을 감고도 찾아갈 수 있을 것만 같았다.

문손잡이를 잡고 천천히 돌렸다. 방 안의 풍경도 예전 그대로였다. 다만 마지막으로 봤을 때와 다르게, 생활감이 있었다. 책상 위도 텅 비지 않았다. 교과서와 필기구가 보인다.

"금방이라도 유현이가 뒤에서 부를 거 같네."

형, 거기 서서 뭐 하냐고.

[유현이 밖에 있어요, 형.]

"응. 가 봐야겠다."

좀 더 둘러보고 싶었지만 밖에서 무슨 난리가 벌어지고 있을지 모르니까. 예림이에게 부탁해서 동생 놈 물벼락 맞게 해야지.

"다음에 또 보자, 린아."

[린이 더 크면 밖에서도 말할 수 있어요!]

"그래, 그럼."

…어떻게 나가지. 분명 둘 다 나가고자 하면 해제되는 걸로 기억하는데, 안 된다.

[형?]

"잠깐만, 될 거 같기도 하고……."

디아르마의 기억을 되살려 보자. 일단 상호 동의는 되었고, 아, 이거 그 자식 거랑은 좀 달라!

"이린아, 네가 개입해서 변질된 거 같다……."

[진짜요?]

"응."

별수 있나. 머리 맞대고 풀어 봐야지. 시스템으로 규격화되지 않은 스킬이라는 거 은근 위험하구나.

정신계 공간 스킬은 한참 만에야 해제할 수 있었다. 그래도 덕분에 스킬에 대한 공부는 제대로 했다. 연습 좀 하면 린이의 도움 없이도 사용 가능할 듯했다.

눈을 뜨자 천장이 보였다. 밖이 아닌 실내다. 시간이 얼마나 지난 거지. 커튼 너머로 빛이 어슴푸레한 게 밤은 아니다. 침대 위인 듯하고, 양팔이 각각 붙잡혀 있었다.

오른쪽으로 고개를 돌리자 유현이가 보였다. 내 쪽으로 몸을 튼 채 깊이 잠든 듯 미동도 없이 숨소리만 약하게 들려왔다.

'일단 멀쩡한 거 같네.'

반대편에는 예림이가 자고 있었다. 한 손으론 내 손목을 붙든 채 이불을 반쯤 걷어차고 대자로 뻗어 있다.

'예림이도 멀쩡해 보이고.'

다행히 별일 없었나 보다. 자리에서 일어나기 위해 유현이가 잡고 있는 팔을 뺐다. 그 서슬에 감겨 있던 눈이 살짝 떠진다.

"…형?"

"그래, 더 자라."

일어나지 말고. 가벼운 토닥임에 다시 잠에 빠져드는 게… 별일 있었던 모양이었다. S급 헌터가 피곤해질 만한 일이 말이다. 홍콩은 무사한 거겠지.

"예림아, 손 놓고 자자."

"우으… 길드장 새끼, 덤벼……."

예림이가 잠꼬대를 했다. 응, 그래. 둘이 붙었나 보구나. 무사해서 다행이다. 성현제는 살아 있나 몰라.

둘이 깨지 않도록 조심해서 침대에서 내려왔다. 셋이 아니라 넷이 자도 될 만큼 커다란 침대를 돌아보자, 절로 웃음이 나왔다.

'둘 다 잘 자네.'

아, 귀여워. 얌전히 잠들어 있으니 천사가 따로 없다. 그리고 침대 옆 바닥엔 천사의 모델로 딱 걸맞은 청년이 웅크리고 있었다.

노아 씨, 왜 바닥에서 자고 있어요. 자리 넉넉한데. 여기 다른 침실 없나?

"노아 씨, 올라가서 주무세요."

내 부름에 노아가 부스스 몸을 일으켰다. 피곤한 얼굴로 눈을 비비더니 내가 가리킨 빈자리를 보고 질겁한다.

"아, 아뇨. 저 잠 깼어요."

"예림이는 모르겠지만 유현이는 잠버릇 얌전해요."

"괜찮습니다. 세수하러 갈게요."

노아는 두 사람에게 약간 질린 시선을 던지곤 자리를 떠나갔다. 애들이 어제 좀 많이 난리 쳤나 보다.

바구니 속에 잠들어 있는 삐약이를 살펴본 뒤 조용히 침실 밖으로 나가자 너른 거실이 나타났다. 전면 창 너머로 바다가 보이는 것이 아직 홍콩인 모양이었다. 다른 호텔인가? 2층으로 올라가는 계단도 있었다. 주위를 두리번거리다가 TV를 켰다. 긴장감 어린 리포터의 목소리와 함께 뉴스 화면이 나타났다.

"…와."

저기 분명 육지였는데. 호텔이 있던 자리가 둥그렇게 사라지고 바닷물이 들어차 있었다. 군데군데 돌이 녹았다 굳은 흔적도 보였다. 지반이 십 미터 이상의 깊이로 무너지고 녹아내렸다는 리포터의 설명이 따끔따끔 귀를 찔렀다.

[2급 거대 바다괴수종 크라켄이 휩쓸고 간 흔적에 홍콩 전역은 경악에 빠져 있습니다. □□□호텔은 완전히 사라지고 현재 실종자-.]

크라켄이 저 지랄 해 놓은 것으로 알려졌구나. 그놈 덩치가 크고 파도를 부르는 스킬도 가지고 있지만 저 꼴은 못 만들어 놓지. 근데 진짜 뭔 짓을 했기에 땅이 사라졌냐. 호텔 부지를 포함해 해변까지 상당한 넓이인데도 죄다 부숴 놓다니.

"일어났군."

2층에서 성현제가 내려왔다. 그가 여기 있는 건 별로 놀랍지 않았지만.

"…힐러는 어쩌고 그 꼴입니까."

드러난 목덜미에 상처의 흔적이 있다는 건 꽤 놀라웠다. 옷에 가려진 부위는 더 넓을 듯했다.

"정령이라고 했던가. 도련님의 불길이 제법 사나웠던 덕분이지. 회복 속도를 더디게 하는 힘이 깃들어 완전히 치유되는 데 며칠 걸릴 거라더군."

혈염과 비슷한 효과를 지닌 모양이었다. 그 전에 다친 것도 신기하다.

"실레키아의 날개는 그새 어디 팔아먹기라도 했습니까?"

S급 화염 저항이면 화상이 저렇게 크게 날 일은 없었을 텐데.

"꼬마 아가씨에게 잠시 빌려줬지."

"…예?"

"꼬마 아가씨가 도련님 손에 잘못되기라도 하면 내 아이템도 무사하지 못할 테니까 말이야. 아직은 망가지지 않았으면 하거든."

내 귀가 맛이 갔나, 지금 이게 무슨 헛소리야. 그러니까 눈앞의 이 인간이 예림이를 보호해 줬다 이 말인가? 자기가 다쳐 가면서? 미쳤다 미쳤다 했더니 진짜로 드디어 미쳤나 보다.

미소 띠고 있는 얼굴을 멍하니 쳐다보다가 몸을 돌렸다. 나도 세수라도 하고 와야겠다.

치이익!

기름 두른 팬 위로 달걀이 사뿐히 내려앉았다.

"반숙? 완숙?"

"반숙으로 부탁드리겠습니다."

약간 얼이 빠진 채 대답했다. 세성 길드장이 나 먹을 달걀프라이를 하는 꼴을 보게 될 것이라곤 꿈에도 생각지 못했는데. 회귀 전에 점쟁이가 지금 광경을 예언해 줬더라면 돌팔이 헛소리도 정도껏 하라며 화냈을 거다.

이어 베이컨 굽는 냄새가 솔솔 코끝을 찔러 왔다.

"커피 드실래요? 아니면 과일 주스요?"

노아가 망고와 바나나, 오렌지가 든 바구니를 들어 보이며 말했다. 주스로 부탁하자 능숙한 손놀림으로 과일 껍질을 벗겨 낸다. 믹서 돌아가는 소리가 요란하게 주방을 울렸다.

노아야 두말할 것도 없고 성현제 저 인간도 생긴 건 과하게 멀쩡하니 잘생겨서 무슨 4D 주방 광고라도 보는 기분이었다. 둘이 카페 같은 거 하면 더럽게 맛없어도 장사 잘될 듯.

내 예상과 달리 이곳은 호텔이 아니라 별장이었다. 크라켄 건으로 난리가 나 눈에 띄지 않도록 개인 소유 별장으로 옮겨 왔다고 했다.

"…원하는 게 뭡니까?"

셔츠 목깃 사이로 드러난 화상에 어쩔 수 없이 눈길이 계속 갔다. 주문대로 덜 익은 노른자를 포크로 찔러 터뜨리며 성현제에게 물었다. 뭔가 다른 목적이 있어서 예림이를 보호해 줬다고 대답해라.

"섭섭한 소리를 하는군."

"단순히 절 생각해서 부상까지 각오하며 도와준 거다, 라고 결론 내리기엔 제 정신 건강에 좋지 않아서 말입니다. 신경 쓰이고 찝찝해서 일주일쯤은 잠 설칠 거 같거든요."

"내가 선량한 사람, 이라고는 말하지 않겠네만."

"…방금 체할 뻔했습니다."

내 옆에 앉은 노아도 떨떠름한 표정이다. 성현제가 웃음기를 머금으며 말을 이었다.

"충분한 가치가 있는 소유물에 한해선 관대해지는 편이라. 게다가 자기 것도 제대로 보호하지 못하는 건 부끄러운 일이지."

"성현제 씨 거 아닙니다. 애초에 그냥 농이잖습니까."

"나는 항상 진심이었네만."

"무서운 소리 마시죠. 진심이면 도망갈 겁니다."

"숨을 때까지 하루 정도는 기다려 주겠네."

댁이랑 술래잡기할 생각 없습니다만. 당연히 농담조로 오간 말들이겠지만 진심 어쩌고 하니까 괜히 신경 쓰였다.

"아무튼, 예림이를 보호해 주신 것은 감사드리고, 부상에 대한 대가도 치르겠습니다."

"뒤의 말은 못 들은 것으로 치지. 천만에. 한유진 군을 위해 내가 마땅히 해야 할 일이었어."

"뭘 원하냐고요."

"질리기 전까지 멀쩡했으면 좋겠군. 정신 쪽이 말이야."

"몸뚱이는 상관없고요?"

"부피가 줄어들면 휴대하기 편해지겠지."

순간 무슨 소린가 했다가, 인상을 찌푸렸다. F급 몸뚱이라 별 쓸모 없다는 건 인정하겠다만 그래도 너무하네.

"말이 심하십니다."

노아 씨가 나 대신 발끈했다. 하지만 성현제는 그를 거들떠보지도 않았다. 저 인간 유독 노아 씨를 무시하네.

"사람이 말을 하면 쳐다라도 보시죠?"

"주인을 앞에 두고 그럴 필요가 있나."

…이건 또 뭔 개소리야.

노아 씨는 기승수도 아니고 주인도 없고 멀쩡하게 독립적인 사람이라고 항의해 보았지만 씨알도 안 먹혔다. 부상 입어 가며 예림이 챙겨 준 것에 잠깐이나마 동요했다는 사실이 억울할 정도다.

역시 성격 안 좋아.

"노아 씨, 잠깐 자리 좀 피해 주시겠어요?"

간단한 아침 식사를 마치고 노아에게 말했다.

"네, 후원 쪽에 가 있을게요."

노아가 자리를 떠나고 어젯밤의 일에 대해 꺼내 들었다.

"챙길 건 다 챙기셨습니까?"

"덕분에. 상급 헌터 몇이 도망치려 들었지만 놓친 사람은 없어. 호텔을 완전히 수몰시켰으니 시체를 찾지 못하는 것도 이상하게 비치지 않겠지."

성현제가 퍽 만족스럽게 말했다.

호텔에 있던 사람들은 대부분 그의 손에 들어갔다. 살아 있든 죽었든. 시체까지 전부 챙겨 간다는 걸로 보아 세성에도 예림이의 하얀 사체와 비슷한 스킬을 지닌 헌터가 있는 모양이었다.

"쓸 만한 정보는 공유하는 거 잊지 마세요."

"해외엔 관심 없다 못해 끌어들일 생각도 하지 말라 못 박지 않았던가. 마음이 바뀌었다면 환영이네만."

"전 당연히 눈길도 안 줄 거고요, 해연에 찔러 주시면 됩니다."

국내 일만으로도 피곤한데 뭔 해외야. 일본에서 스태미너 포션, 중국에서 헌터들 정도만 건지고 신경 끌 거다.

"착용 중인 아이템들도 모아다 보내 주시고요."

인벤토리 속의 아이템은 빼앗기 힘들다. 심지어 사망하면 인벤토리와 함께 아이템도 모두 사라진다. 그래서 경매 때 부러 아이템들을 내놓게 만들었다. 그냥 사라지게 두긴 아깝잖아.

"살뜰도 하지. 기특하다니까."

"시선에 붙은 소유격 좀 떼시죠."

눈빛이 너무 노골적으로 내 거라고 말하고 있잖아. 제 아이템이라고 주장할 거면 스킬과 물물 교환이라도 해 주든가. 완전 날로 먹으려고 드네. 도둑놈 아냐, 이거.

그 밖의 후처리에 관한 이야기가 오가는데…….

"악! 한유현이잖아! 으아악!"

바퀴벌레라도 만진 것처럼 비명을 지르는 예림이의 목소리가 들려왔다. 언제는 잘생기고 능력 있는 오빠라고 하더니, 많이 변했구나.

"아저씨! 언제 일어났어요?"

예림이가 쾅쾅 요란한 발소리를 내며 침실을 뛰쳐나왔다.

"옆에서 F급짜리가 움직여도 까맣게 모르는 수준이면 문제 있는 거다, 너."

"너무 피곤해서 그런 거예요. 빵 있어요?"

"여기. 그 정도로 지치는 거 자체가 문제라는 거야. 몸에 부담이 갔다는 뜻이니까. 그거 쌓이면 S급이라도 탈 난다. 목숨이 오가는 상황에서야 어쩔 수 없지만 웬만하면 무리하지 마. 유현이 너도."

아직 졸음기가 남은 얼굴로 주방에 들어서는 동생을 바라보며 말했다.

"S급 던전 둘이서 기어들어 가는 짓 같은 거 하지 말라고."

"응. 근데 무리하는 건 형이 제일 심하잖아."

"맞아요. 툭하면 기절하고. 심지어 스탯 F면서."

툭하면 이라니. 그렇게 많진 않았던 거 같은데. 한 세 번쯤 아니었나? 얼마 안 되네.

"집에 처박혀 있는 나랑 던전 도는 너희가 같냐."

"최근에 형이 돈 던전이 몇 갠데. 진짜 집에만 있었으면 걱정도 안해."

음, 어쩌다 보니 말이야. 할 말 없군. 나도 이렇게까지 열심히 던전 들락거릴 생각은 전혀 없었는데. 세상사 뜻대로 되는 게 아니라서.

"나도 계란! 완전히 익혀서!"

달걀을 꺼내 드는 유현이에게 예림이가 소리쳤다. 못마땅하게 인상을 찌푸리면서도 유현이의 손에 달걀이 하나 더 들렸다.

"내가 해 줄게. 앉아 있어."

"괜찮아."

팬을 드는 유현이의 어깨 위로 이린이 나타났다. 손 인사를 해 보았지만 별다른 반응이 없다. 말만 못 하는 게 아닌가? 지적 능력도 제한되는지 평범한 도마뱀같이 행동한다.

"세성 길드장님, 코트는 고마웠어요. 그래도 챙겨 주기로 한 건 잊지 마세요!"

"물론이지."

"…챙겨 주다니? 뭘?"

내 물음에 예림이가 빵을 길게 찢으며 아무렇지 않게 대답했다.

"어제 시체랑 사람 옮기는 거 좀 도와줬거든요. 그 알바비요!"

"뭐? 아니, 왜 애한테 그런 일을 시킵니까?"

"단순한 운송 아르바이트였네만."

"단순하긴 뭐가-!"

턱, 성현제의 손에 식칼의 날 부분이 붙잡혔다.

"내 형과 해연 길드원 건드리지 마십시오."

유현이가 무뚝뚝하게 말하며 계란프라이 접시를 식탁에 내려놓았다. 둘 다 반숙이다.

"완숙이랬는데!"

"우리 집은 반숙만 취급해."

싫으면 먹지 말란 차가운 말에 예림이가 투덜대며 계란프라이를 입에 집어넣었다. 그래도 예전보다 좀 가까워진 거 같은 느낌이 드는데. 역시 애들은 싸우면서 친해지는 건가.

성현제가 자신을 향해 날아들었던 식칼을 다시 유현이에게로 가볍게 던졌다. 포크가 식칼을 툭 치고 공중에서 빙그르 돈 칼날이 식탁에 내리꽂힌다.

대리석 식탁인데 저게 절반 가까이 들어가 버리네.

"나이도 있으신 분이 밥상머리에서 장난치지 마시죠."

"도련님이 먼저 시작했네만."

"누가 어린애에게 불법 알바 알선하라덥니까? 유현아, 거슬리는 건 잘 알겠지만, 부엌에서 칼 던지면 안 돼."

"응, 미안."

그러곤 잠시 머뭇거리더니 야단맞은 강아지 같은 눈으로 나를 바라보았다.

"…어제는 내가 잘못했어. 형은 약속을 지켰는데 제멋대로 굴어서 정말 미안해."

역시 내 동생은 착하다. 바로 사과하는 것 좀 봐라.

"괜찮아. 사람만 안 다쳤으면 됐지, 뭐."

성현제가 조용히 손을 들어 올렸다. 어쩌라고요. 그래도 화상 자국이 눈에 들어오자 쪼오끔은 미안하고 양심이 따끔거리긴 했기에 다시 말했다.

"죽은 사람 없으니까 괜찮아. 좀 다치면 어때. 포션에 힐러 있는데."

"와, 그게 뭐예요. 아저씨는 한유현 때문에 세상이 멸망해도 사과만 하면 괜찮아, 하고 말 게 틀림없다니까요."

아니, 아무리 나라도 그렇게까진……. 세상이 멸망하면 유현이도 살기 불편해질 테니까 그 전에 막아야지.

"그리고 정령 때문이기도 해. 불의 정령이 원래 좀 그렇다더라. 힘을 쓰고 있을 땐 자제심이 약해지고 난폭도 해진다나. 아직 네가 익숙지 않아서 더 그렇고."

으음, 그리고. 말을 해야 하나. 이린이 재촉하듯 나를 빤히 쳐다보고 있었다. 그냥 보는 것일 수도 있지만.

"뭐, 네가 사고 좀 친다 해도 말이야. 그래도 난 널 사랑한다, 유현아. 그러니까 너무 신경 쓰지 말고······."

···린아, 형 힘들다. 쪽팔리면 망하는 거다. 진정해. 아무렇지 않게, 태연하게 굴자. 다행히 유현이는 별다른 말 없이 배시시 웃었다.

"아저씨, 나는요!"

"물론 예림이 너도 사랑하지. 1순위는 내 동생이지만."

"아, 그건 당연하고요. 아니라고 하면 더 놀랍죠."

당연하기까지 하냐. 그때 성현제가 휴대폰 메시지를 보고 자리에서 일어났다.

"도착했군. 잠깐 와 주시겠나, 애들 아빠."

그러면서 현관문 쪽으로 나간다. 뭔가 싶어 따라가자 문이 열리고 강소영과.

- 끼아아앙!

"피스야?"

피스가 풀쩍 뛰어 내 품에 안겨 들었다.

- 끼우웅.

"그래, 그래. 여기까진 어떻게 왔어."

"제가 데려왔죠."

강소영이 지친 얼굴로 말했다.

"피스가… 한유진 님 안 계시니까, 조금… 까칠하더라고요. 그래도 한유진 님한테 간다는 말을 알아들은 건지 협조해 주긴 했지만……. 블루까진 데리고 올 수 없었어요."

"감사합니다. 고생 많으셨어요."

그녀가 힘없이 웃으며 괜찮다고 말했다. 돌아가면 코메트부터 빨리 키워 줘야겠다. 미안하네.

"노아 씨도 여기 있다고 했죠? 저 잠깐 들어가도 될까요?"

"아, 네. 아까 후원 쪽으로 갔어요."

"감사합니다!"

단숨에 기운을 차린 강소영이 후원을 향해 달려갔다. 노아의 놀란 외침이 희미하게 들려왔다. 진정하세요, 소영 씨. 내 품 안의 피스는 반갑다는 듯 쉴 새 없이 꼬리를 흔들고 있었다.

"빨리 돌아갈 생각이었는데 오래 걸려 버렸네. 미안해, 피스야."

- 끄앙, 꺙!

피스를 달래 주며 성현제를 돌아보았다.

"음, 신경 써 주셔서 감사합니다."

친절이 과한 게 찝찝하긴 해도 피스 데리고 와 준 건 솔직하게 고마웠다.

"이제 별점 세 개 정도는 되었겠군."

"그렇다고 해 드리죠."

"바닷물 알레르기도 사라졌길 바란다네. 알다시피 이 동네가 섬이라. 덧붙여서 이번 관광은 확실하게 노 옵션 노 팁입니다."

"애들 셋에 애완동물 동행도 가능합니까?"

"물론이지요."

그렇게까지 조건이 좋다면 거절할 수 없지. 안 그래도 애들이랑 여기까지 와서 그냥 돌아가긴 섭섭했는데. 너무 눈에 띄지 않을까 걱정되었지만 과하게 잘난 관광 가이드니 어련히 알아서 해 줄 것이다.

"진짜요? 바로 돌아갈 줄 알았는데! 잠깐만요, 저 검색 좀 해 볼게요! 기념품도 사야지!"

안으로 들어가 홍콩 관광 가자고 하자 예림이가 잔뜩 신나서 폴짝폴짝 뛰어 댔다. 유현이도 좋아하는 기색이었다. 아직 자고 있는 삐약이도 깨우고, 노아에 이어 강소영까지 합세해 밖으로 나섰다.

하루로는 부족해 그다음 날까지 즐거운 시간을 보내었다. 중간중간 약간의 사고가 있긴 했지만 큰 문제는 생기지 않았다. 애들이 한둘도 아닌데 무사고는 무리지.

다만 마지막 날 야시장에는 애들끼리만 보냈다. 내가 피곤하니 빠지겠다고 하자 유현이가 자기도 가지 않으려 들었지만, 제일 어른이 애들 좀 돌보라며 억지로 내보냈다. 속마음은 잠깐이라도 애들끼리 놀았으면 좋겠다, 였지만.

너무 빨리 돌아올까 봐 시간도 정해 주었다. 넷이서 잘 놀다 왔으면.

[소중한 사람입니다. 국가적인 중요성과 헌터계에서의 가치를 제하더라도, 그 개인적으로도.]

노트북 모니터 속의 석시명이 말했다. 생방송은 아니다. 녹화분이다.

차분한 목소리에는 과하지 않을 정도의 비통이 어려 있었다. 귀에 부드럽게 스며들다 못해 가슴까지 파고드는 목소리다. 음향 시설에 돈깨나 썼겠는걸.

구김 하나 없는 정장에 쓸 필요 없는 얇은 테의 안경까지. 원래도 지적인 이미지가 강한 인상이었지만 신경 쓴 코디와 헤어스타일이 더해지자 더더욱 목소리의 설득력이 높아졌다. 태양이 지구를 돈다고 주장해도 무심코 고개를 끄덕여 버릴 것만 같다.

'저 사기꾼, 진짜.'

내가 납치된 사이 적당히 밑밥 깔아 달라 부탁은 했다만, 너무 과한 거 아니냐고.

테이블 위의 자료들을 다시 훑어보았다. 주요 기사들과 그에 대한 반응 요약본 등이었다. 주가 지수 떨어진 것 좀 봐라. 옵션 거래 했으면… 일부러 납치당한 거니 사기인가.

'아무튼 저 아저씨, 여론에 불길을 댕기다 못해 활활 타오르게 만드셨네.'

방법은 간단했다.

우선 우리는 할 만큼 했다고 차분하고도 정중하게 실드질 하는 협회 상대로 제 감정 조절 못 하는 사람처럼 굴었다. 협회가 잘못한 거 맞고 해연이 화낼 만했지만 석시명의 도를 살짝 넘어서는 태도에 그를 탓하는 어그로 기사가 쏟아졌다.

여론이 석시명 말이 너무 심했다, 협회도 할 만큼 했다, 로 기울어진 바로 그때. 대국민 사과 연설이 등장했다.

자신의 태도가 과하였다는 백 점 만점짜리 모범적인 사과와 함께 협회를 향해, 사실상은 국민을 향해 호소하는 협회의 문제점과 해연의 슬픔과 납치 사건으로 인한 안타까움과 크나큰 국가적 손실.

그리고 다시 언론이 파드닥거렸다. 종전과는 정반대의 내용으로.

멀끔한 얼굴과 쓸데없이 좋은 목소리가 언론과 합세해 국민에게 심어 준 것은 다름 아닌 죄책감이었다. 저 사람이 좀 과하긴 했지만 틀린 말은 아니었고 침착하게 생각해 보니 그럴 만도 했는데, 근데 잠깐의 분위기에 휩쓸려서 같이 욕해 버렸다.

원래는 남의 일이었다. 국가적 손실이니 해도 직접적인 관련은 없으니까. 하지만 죄책감이 들어 버렸다면 강 건너 불구경에서 벗어나 양심의 찜찜함을 지워 내기 위해서라도 한마디 더 거들게 되는 게 사람 마음인 것이다. 그에 더해 휩쓸리지 않은 사람들은 도덕적 우위에 서서 목소리를 높일 수 있게 만들어 주었다.

안 그래도 불쌍한 피해자인데 못 할 짓을 해 버렸네. 이게 다 협회 때문이다. 원흉인 협회를 조지자, 로 이끄는 건 그리 어려운 일이 아니었을 것이다.

'언론에 압력도 좀 들어갔겠지.'

저 정도로 술술 일을 진행한 걸 보면 말이다. 해연만으로는 힘들었을 테고, 세성 쪽에서도 협력했을 것이다.

그리고 그것은 한유진 불쌍해. 우리가 지켜 줬어야 했는데. 나라가 보호해 줘야 할 귀한 헌터를 팔아먹게 내버려두다니. 이제라도 지켜 주자! 로도 이어져 버리고 말았다, 망할.

동네에서 광고 전단지 좀 돌려 주세요, 했더니 공중파에 고퀄리티 CF 흩날리는 짓을 하다니. 심지어 유명 연예인이 아닌 내가 메인이다. 앞으로 어떻게 얼굴 들고 다니라고.

'…그래도 이왕 판 깔아 준 거 버리기는 아깝고.'

써먹긴 해야지. 무릎 위의 피스를 쓰다듬으며 고개를 돌려 한쪽에 마련된 와인 바에 앉아 있는 남자를 바라보았다. 그의 앞에 놓인 노트북과 종이 뭉치에는 내 것보다 훨씬 살벌한 내용이 들어 있을 터였다. 호텔 수거물에 대한 것이라거나.

"성현제 씨."

내 시선 뻔히 눈치채고 있었을 거면서 몰랐던 척 이쪽을 돌아본다.

"물어보고 싶은 게 있습니다만."

"도련님이 접근은커녕 말도 섞지 말라고 으름장을 놓아서 대답해 줄 수 없다네."

유현이가 나가기 전에 그러기는 했지만.

"시답잖은 소리 마시고요. 언제부터 그런 거 신경 썼다고."

"한유진 군이 동생 날뛰는 걸 못 봐서 그래. 화상 자국도 아직 이렇게나 남아 있잖나."

"그놈의 화상 평생 우려먹을 겁니까? 됐고요, 송태원 씨 말입니다."

"쉽지 않을 텐데."

성현제가 자리에서 일어났다. 와인 한 병과 잔 두 개를 들고서 이쪽으로 다가왔다. 이쪽이나 저쪽이나 취기 오를 일은 없지만 주는 대로 잔을 받아 들었다.

와인을 따고 잔에 따라 주는 솜씨가 쓸데없이 능숙했다. 짜증 나게 폼 나기도 했고. 이런 와인이야 별로 안 마셔 보긴 했는데, 이건 달달하니 맛이 괜찮네. 보통은 쓰던데.

"어긋나 있기론 둘째가라기에 서러울 남자라."

"성현제 씨 입에서 나올 말입니까."

"주위를 비트는 것과 자기 자신을 비트는 것은 전혀 다르지. 무엇보다 나는 스스로를 속이지는 않아."

그것참 부러운 소리구만. 나는 나한테 거짓말 많이 하고 살았는데. 돌연 독 저항을 꺼 버리고 싶어졌다. 여기서 취하면 절대 안 되지만.

"제가 궁금한 건 친애하는 송 실장님께서 어디까지 인내할 수 있는가, 입니다. 전에 보니 시비 참 많이 걸어 보신 가락이 보이시던데."

"여러 번 건드리긴 했지."

"어디까지 해 보셨는데요?"

"내 앞에서 무릎 꿇고 비는 정도?"

…미친, 대체 무슨 짓을 한 거야. 어이없어하며 쳐다보자 1인용 소파에 느긋이 기대 있던 미친놈이 장난스럽게 미소 지었다.

"뭘 한 겁니까."

"컨디션 난조로 인한 휴가."

"…S급 던전 터져 나가기 직전이고요? 다른 S급 헌터들은 공략 들어갔을 테고, 송태원 씨도 자리를 비울 수 없었겠지요. S급 던전이 두 개 동시에 아슬아슬한 상태였습니까."

"협회가 과욕을 부리고 있었다, 까지 추가하면 정확하다네."

헌터협회가 감당 불가능한 수와 등급의 던전을 손아귀에 억지로 쥐고 있다가 일 터졌던 모양이로군. 송태원은 협회와 성현제의 힘겨루기에 등 터진 꼴이었을 테고.

"그럼 협회장을 무릎 꿇리든가요. 왜 애꿎은 사람에게 행팹니까."

"무고한 피해자는 아니지. 협회가 목 뻣뻣이 세울 수 있는 가장 큰 원인이 송 실장 아니던가."

틀린 말은 아니다. 아니, 솔직히 말해 송태원의 잘못이기는 했다.

스스로가 지닌 힘에 대해 잘 알고 있으면서도 의지 없는 무기 노릇을 하고 있다. 공직자라는 언제든지 끊어 버릴 수 있는 얄팍한 실에 휘감긴 채. 덕분에 방해받는 입장으로선 시발, 끊으라고 소리가 절로 나오는 거고.

"그래도 성의를 보아 피곤한 몸 이끌고 나서 주기는 했다네. 원래라면 끝까지 구경만 할 생각이었지."

"민간인 피해 좀 생각해 주시죠."

"관리 못 할 던전의 권리를 세성에 넘긴다는 쉽고 빠른 방법을 두고서 국민의 안전을 인질로 잡은 건 내가 아니었네만."

"주도권 싸움이 팽팽했던 모양이로군요."

"당시 내가 너무 봐준 게 아닌가 싶기도 해."

언제쯤 일이었을까. 2년 차 초까지는 S급 던전의 수가 몇 없었으니 일 년에서 일 년 반쯤 전? 상급 던전이 갑자기 늘어난 시기였을 가능성이 크다.

아귀다툼 속에서 유현이도 고생 많았겠지. 가뜩이나 나이도 어린데.

"도련님도 이리저리 꽤 치이던 시기였지."

내 속을 읽기라도 한 듯 성현제가 말했다.

"어린애 상대로 어른들이 양심도 없었군요. 하긴 지금도 없죠."

더 자세히 듣고 더 깊이 생각했다간 2층 테라스로 올라가 수영장으로 뛰어내려 버릴 테니 다시 원래 주제로 돌아갔다. 아니면 와인이라도 머리에 끼얹을까.

"동굴에 처박혀 있는 거 멱살 잡고 끌어내다가 싫은 자리에 앉히고 협박해 대면, 저 죽이려 들까요?"

"한유진 군이 스탯 F급에 공격 스킬이 없는 이상, 무슨 짓을 해도 목숨까지 노리지는 않을 거야. 반대로 한유진 군을 보호하려 드는 어이없는 꼴은 볼 수 있겠지."

정말 그럴듯한 소리다. 내가 철천지원수쯤 되더라도 일반인과 다름없는 이상 지켜 주는 건가. 정상은 아니지만, 나로서는 달가운 미친 성격이다.

머릿속 생각을 이리저리 굴리며 와인 잔을 비웠다.

현재 내 실종에 대한 책임의 상당 부분은 송태원에게 몰려 있다. 납치되던 날 내게 말했던 것처럼 자처해서 희생양이 되겠다 했겠지. 협회야 얼씨구 잘됐구나 하고 사양도 없이 덥석 받아들였을 테고. 그렇게 해서 협회를 보호할 모양인데.

'어림도 없지.'

죄송하지만 송태원 씨, 전 당신 목보다 협회 목을 베고 싶거든요.

동영상은 멈춘 지 오래고 침묵 속에 종잇장 넘어가는 소리만 작게 흘러나왔다. 한 가지 더, 짚고 넘어가야 할 일이 있다. 펜 끝으로 종이 위에 툭툭 점을 남기다가 입을 열었다.

"바바르 때 제가 기절한 뒤에도 스킬 공유가 되고 있었던 모양이던데요. 그곳에 있던 다른 사람들, 죽이려고 하셨습니까."

가볍게 던진 물음에 성현제가 미소 지었다.

"이런, 역시 도련님이 눈치챘었나 보군."

긍정이다. 예상은 하고 있었지만 가슴 안쪽이 약간 서늘해졌다.

"사과라도 할까."

"필요 없습니다. 제가 바보짓 한 거죠."

"한유진 군의 믿음을 깨뜨린 것에 대해 깊은 유감을 표하겠네."

"믿은 적 없습니다."

내 안이함에 대해 실망한 거지.

"이참에 확실하게 말해 두죠. 애들은 손대지 마십시오. 적정선을 지켜 주세요. 그 선의 위치는 저보다 잘 아시리라 믿습니다."

성현제가 나를 가만히 바라봐 왔다. 그 눈매가 살며시 휘어진다. 문득 셔츠 깃 사이로 비치는 화상이 시야에 들어왔다.

"음, 지금은 마음이 좀 변했다고 해도 말입니다."

이번에 예림이를 보호해 준 건 고마운 일이긴 하니까. 내 말에 성현제의 입술 또한 부드러운 곡선을 그렸다.

"물론 변했고말고. 어린애들은 손대지 않는다고 치고, 그럼 한유진 군의 선은 어디쯤일까."

"어른들끼리는 그때그때 적당히 조절하도록 하죠."

"물떼새 같군."

그건 또 뭐야. 아무튼 허튼짓하면 눈앞에 둔 아이템을 잃게 될 것이라 경고해 두었다. 마음 같아선 깔끔하게 죽여 버리겠다 협박질 하고 싶었지만,

마지막 보은에 대한 건 낌새도 눈치채게 해선 안 되었다.

저 인간이 내게 관대히 구는 건 어디까지나 스탯 F이기 때문이니까. 자신보다 훨씬 강해질 수 있다는 걸 알게 된다면. 그런 위험 요소를 과연 그냥 내버려둘까.

적어도 지금처럼 적당히 느슨하게 묶인 관계를 유지하는 건 힘들어질 것이다. 단숨에 선의 한계가 바뀌어 버리겠지.

"송태원 씨 개인 번호 등록되어 있죠? 폰 좀 빌려주세요."

내 휴대폰은 물론이요 받아 둔 명함도 없어서. 지금 한국은 몇 시지. 한 시간쯤 차이 나던가. 성현제가 휴대폰 잠금을 풀어 내게 건네주었다. 연락처 목록을 내리는데 특이한 이름이 눈에 들어왔다.

[내 아이템]

"소유격 붙이지 마십시오, 좀."
"그렇다고 멋대로 수정하다니. 너무하는군."
"정 붙이고 싶거든 그만한 대가를 치르시라니까요."

스킬 다 내놓는 수준 아니면 안 받을 거지만. 송태원의 번호를 찾아 전화를 걸었다. 얼마 지나지 않아 정중하면서도 선을 긋는 딱딱한 목소리가 전화를 받았다.

성현제의 번호라 그런가, 무슨 일이시냐고 묻는 어조에 벌써부터 피로가 스며 있다.

"안녕하세요, 송 실장님. 그간 고초가 많으셨던 모양입니다."

[···한유진 씨.]

"죄송하지만 저는 한유진이 아닙니다. 이름 없는 협박범이지요."

당황한 듯, 침묵이 대답했다. 벌써부터 미안해지지만 어쩌겠어. 나는 웃음기를 머금은 채 그를 협박했다.

다음 날 바로 귀국하는 비행기에 올라탔다.

해연 길드장에 의해 내가 구출되었다는 소식이 한국에 알려졌고, 공항은 사람들로 가득 채워져 있었다. 내 예상보다 더 많이.

'내가 자초한 일이긴 한데……'

그래도 관심들이 너무 과하다. 절로 낯이 뜨거워지는 기분이었다. 한 달쯤은 맨얼굴로 밖에 안 나가든가 해야지, 쪽팔려.

비행기야 다 같이 타고 왔지만 나와 함께 공항에 들어선 것은 유현이와 강소영뿐이었다. 유현이는 나를 구하러 홍콩까지 온 것으로, 강소영은 세성 길드의 협조자로 되어 있었다. 예림이와 노아는 출국 기록조차 없었던 탓에 피스와 삐약이를 데리고 조용히 빠져나갔다. 둘 다 비행 가능하고 순간이동과 은신이 있어서 쉽게 탈출했다.

"나 좀 피로해 보이냐?"

동생에게 작게 물었다. 일부러 밤 꼬박 새웠는데. 비행하는 내내 졸지 않으려고 애쓰느라 힘들었다.

"응. 안색이 별로야. 입술도 말랐고."

"보이는 곳에 멍이라도 하나 달고 싶은데."

상급 헌터 둘씩이나 달고 포션 안 쓰는 건 너무 속이 드러나는 꼴이지. 멍 좀 든 거에 포션 붓는 씀씀이는 아니다만.

한숨 한번 삼키고 공포 저항을 껐다. 슬금슬금 긴장감이 올라오는 게 나쁘지 않은 느낌이다. 인간 경매장에서 구출된 지 얼마 안 된 피해자.

"유현아, 좀 더 붙어. 난 아직 겁먹었고 너도 아직 좀 예민해 보이는 편이 좋겠지. 그렇다고 주위 사람 괜히 겁주진 말고."

적당하게, 적당하게.

해연과 세성에서 나온 헌터들이 몸으로 바리케이드를 친 가운데, 공항에서 기다리고 있던 사람들 앞으로 나섰다. 카메라 플래시가 여기저기서 터진다. 장날 시장통처럼 인파가 드글드글했다. 이번 일만 끝나면 진짜 한 달은 집에 처박혀 있든가 해야지. 한동안은 소란스럽겠지만 얌전히 지내면 금방 잊힐 거다.

"한유진 씨! 납치범들의 얼굴은 기억하고 계십니까?"

"각성자 경매장에서 구출되었다 들었는데요, 좀 더 자세한–."

"홍콩에 나타난 크라켄과 연관이 있습니까? 수몰된 호텔에서 경매가 열렸다는 말도 있습니다만!"

어디서 새어 나간 정보냐. 경매 참가자들 윗대가리들이야 멀쩡히 남아 있으니 그쪽에서 말이 나왔으려나. 지친 표정으로 카메라를 피하듯 고개 돌리며 유현이의 옷자락을 붙잡았다.

각오하고 나선 거지만 갈수록 기분이 좋질 않다. 그때 송태원이 등장했다. 협회 관련인들 몇과 함께, 기자들이 알아서 피해 주는 길을 따라 저만치 앞에 멈추어 선다. 그를 향해서도 질문이 쏟아졌지만, 일자로 꾹 다물린 입술은 열릴 줄을 몰랐다.

'내키지 않는 표정이시구만.'

공항으로 나오라고 명령했다. 순순히 따르지 않는다면 협회에 대해 무슨 악평을 할지 모른다고 압력을 넣으면서.

대한민국에서 제일 핫한 피해자 혓바닥은 누구든 찔러 치명상을 입힐 수 있는 날카로운 칼이니까.

"송태원 실장님."

그를 향한 비난이 대부분인 시선 속에서, 미소를 머금었다. 반가워하는 표정으로 송태원을 향해 다가갔다. 위압감이 양어깨를 눌러 왔지만, 이 정도는 버틸 만했다.

우리의 대화에 귀 기울이기 위해 떠들썩하던 주위의 소리가 줄어든다. 송태원의 눈매가 미미하게 비틀어지는 것을 똑바로 바라보며, 일부러 목소리를 높여 말했다.

"정말 감사합니다."

감사합니다.

그 한마디가 튀어나올 줄은 아무도 몰랐다는 듯 주위가 술렁였다. 당연하다. 공식적으로 나는 송태원의 실책에 의해 납치당하게 된 것이니까.

여기 모인 사람들이 원하던 그림은 내가 화를 내고 송태원이 머리를 숙이는 것이었겠지.

S급 헌터가 피해자의 책망 속에 굽히는 모습은 좋은 볼거리가 되어 줄 것이고, 그로 인해 협회를 향한 국민의 분노도 조금쯤 가라앉았을 터다. 내가 멱살이라도 잡아 주면 신나게 플래시를 터뜨려 대지 않을까.

"정말로, 뭐라 말씀드려야 할지……."

하지만 그런 뻔한 스토리는, 내가 성현제는 아니지만, 역시 재미없지.

송태원은 아직 내 의도가 짐작 가지 않는 모양이었다. 하나 자신에게, 정확히는 협회에게 해가 될 꿍꿍이란 것은 눈치챘는지 나를 향한 시선의 온도가 점점 낮아진다.

길게 끌면 안 되겠네.

"저를 구하기 위해 오명을 뒤집어쓰는 것조차 감수하시다니!"

"…예?"

"내부고발자라는 이유로 송 실장님에게 죄를 전부-."

"형, 여기서 그런 말 하면 안 돼."

유현이가 뒤에서 나를 감싸듯 붙잡았다. 도중에 말이 끊겼지만 이해하긴 어렵지 않을 터였다. 내부고발자에 오명, 죄. 그리고 나를 구했다.

헌터협회 내에 납치범들과 협력한 자들이 있다는 사실은 이미 알려져 있었다. 체계적인 수사가 필요하다며 미적대고 있지만 알 사람들은 다 안다.

그런 상황에서 납치 피해자가 송태원을 오명을 쓴 내부고발자라 칭했다. 그리고 현재 가장 큰 책임을 짊어지고 있는 자는 다름 아닌 송태원이었다.

희생양으로 내밀어져 몰매 맞고 있던 사람이 사실은 정의의 편이었답니다. 짜잔.

"한유진 씨, 지금 대체 무슨 말씀을 하시는 겁니까?"

송태원도, 협회 사람들도 당황한 표정이다. 송태원이 한 발 성큼 다가서는 것에 절로 몸이 떨렸다. 덕분에 겁먹고 놀란 얼굴을 만들어 내기란 무척이나 쉬웠다.

"죄, 죄송합니다. 하지만, 억울하잖아요……."

"그만해, 형. 우리가 관여할 수 있는 일이 아니야."

유현이가 나를 달래었다. 이어 협회 측 사람들이 급히 변명을 늘어놓았다.

"한유진 헌터의 오해입니다."

"아직 납치의 충격에서 벗어나지 못해 약간의 착란이 있었던 듯합니다."

그들의 말을 굳이 막아 반박하진 않았다. 그냥 억울한 눈빛으로 쳐다만 보았다. 어차피 사람들은 내 이야기에 더 귀 기울일 테니까.

기관의 공식 발표와 말하면 안 되는데, 하고 튀어나와 버린 칙칙한 비밀. 대중의 관심과 무게가 어느 쪽으로 쏠리게 될지는 불 보듯 뻔했다. 별거 아닌 이야기에도 말할 수 없는 비밀 꼬리표가 붙으면 귀가 쫑긋해지건만, 헌터협회의 비리라니. 말라비틀어진 나무토막쯤 되지 않고서야 낚이지 않을 사람이 있을까.

"이제 그만 가자, 형."

"하지만… 송태원 실장님이……."

"괜찮을 거야. 나도 어떻게든 손써 볼게."

동생의 다정한 목소리 속에서 송태원을 바라보았다. 묵묵하게 마주쳐 오는 눈빛이 오싹할 정도로 차갑다. 저 눈동자 너머로 무슨 생각을 하고 있을까. 처음 만난 날처럼 내 목을 조르고 싶으려나.

그때, 남자의 다물린 입매가 변했다. 아주 희미하게 입꼬리가 올라간다. 미소였다. 날이 선 송곳니와 같은.

'입마개 하고 오신 줄 알았더니.'

이를 드러내시네. 순순히 꼬리 내린다면 오히려 실망이긴 하지. 온순한 척 몸을 옹그리다 못해 무는 것도 으르렁거리는 것도 잊어버렸다면, 눈독 들일 이유가 있나.

애초에 쉬이 이빨과 발톱을 뽑아 버릴 수 있었더라면 뒤틀어질 일도 없었겠지.

공항을 빠져나가 대기하고 있던 차에 올라탔다. 휴대폰을 받아 들어 석시명에게 연락했다.

"최대한 자극적으로 기사 뿌려 주세요. 현대판 노예 매매, 경매 시작가 10억 달러, 각성자를 수집하는 권력층 등등. 사실 기반에 적당한 과장 섞어서 뽑아 주십시오. 최소 일주일은 어딜 가나 제 이야기가 나오도록요."

[어려운 일은 아니나 괜찮으시겠습니까? 사람들 입에 오르내리는 건 달갑지 않다 하시지 않았습니까.]

자기가 밑밥 다 깔아 놓고 뭘 이제 와서 걱정하는 척이냐. 옆에 유현이 있다는 거 알고 저러는 건가. 음흉한 아저씨 같으니라고.

"살다 보면 싫은 일도 가끔은 해야 하는 법이니까요. 잘 부탁드리겠습니다. 참, 덤으로 해연 이미지 올리는 것도 잊지 마시고요."

[당연히 기회를 놓칠 순 없지요. 맡겨 두십시오.]

"그리고 조사해야 할 것도 몇 가지 있는데… 이건 직접 얼굴 뵙고 이야기하지요."

통화가 끝났다. 옆자리에서 나를 지켜보고 있던 유현이가 걱정스럽게 말했다.

"괜찮겠어? 한번 말이 떠돌기 시작하면 깨끗이 지우는 건 불가능에 가까울 텐데."

"그걸 아는 놈이 일부러 평판 떨어드리고 다녔냐."

"난 그런 거 신경 안 써."

"나도 마찬가지야."

검색 안 하면 그만이다. 물론 당분간은 살펴봐야 하지만.

그리고, 남의 멱살 잡고 끌어당기려면 나도 손목 잡혀 부러질 각오 정도는 해야지.

그새 올라온 공항 동영상을 확인해 보았다. 와, 나 진짜 불쌍하게 나왔네. 심지어 앞뒤로 키 크고 덩치 좋은 놈들이 서 있으니 더더욱 작고 말라 보인다. 민망할 정도구만.

'효과는 좋겠네.'

대중에게, 그리고 송태원 씨. 당신이 보호해야 할 이상적인 일반인의 모습이 아닙니까. 얌전히 살고 싶었지만 각성자들에게 휘말려 납치까지 당한 무력한 피해자. 속사정은 집어치우고 겉만 봐 주세요.

그날 저녁, 헌터협회에서 낮에 불거진 의혹에 대한 성명을 발표하였다.

내부고발에 대한 것은 일부 사실이며, 정확히는 협회장과 협회 인사 몇이 주축이 되어 송태원 실장을 통해 한유진 납치 사건에 도움을 주었다고. 덧붙여 송태원이 책임을 지고 나선 것은 원활한 수사를 위한 눈가리개였다고 변명하였다.

그 자리에는 송태원도 나와 있었으며 그는 차분히 긍정을 표했다. 한유진 헌터가 오해할 만하였다고.

'정말 개 같군.'

욕이 아니다. 기껏 공을 건네줬더니 주인에게 가져다주고 있었다. 그러면서 또 꼬리는 치지 않고 있겠지. 단순한 의무일 뿐 좋아서 하는 일은 아닐 테니까.

그래도 일단 송태원을 향한 화살들은 치워 냈고.

"거품 꺼지기 전에 빠르게 정리하죠."

"심하게 상한 부분만 적당히 도려낼 줄 알았습니다만."

나와 같은 화면을 보고 있던 석시명이 말했다.

"판 깔아 놓은 게 누구신데 이제 와서 약한 소리를 하십니까. 이번 기회에 정리해야지 저 두 번은 이 짓 못 해요."

할 능력도 없다.

다음 날부터 온갖 매체에서 내 이야기가 쏟아져 나왔다.

아예 일생을 죄다 조명하려는 듯 각성 전은 물론이요 어릴 적까지 끄집어내졌다. 정말이지 민망하기 짝이 없었다.

[애가 애를 키우는데 어떻게 저러나, 참 타고났다 싶을 정도로 잘 챙기고 다녔죠.]

TV 화면 속에서 나를 안다는 사람이 인터뷰를 하고 있었다. 내 기억에는 없는데 대체 누구신지.

 조실부모하고 훗날 S급 헌터로 성장하는 동생을 키웠다는 스토리까지 아름답게 꾸며져 더해지자, 내 인지도는 그야말로 하늘을 찔렀다. 여기에 유현이의 고생담도 슬쩍 끼워졌다.

 S급으로 각성했지만, 나이가 어린 탓에 여기저기서 노려 대어 어쩔 수 없이 형을 멀리했다. 키워 준 부모나 다름없는 하나뿐인 혈육을 억지로 모른 척한 채 길드를 키워 간 젊다 못해 어린 헌터. 3년이란 시간 동안 각고의 노력 끝에 거대 길드 중 하나로까지 성장하게 되고…….

 젠장, 내 동생 너무 고생한 거 아니냐. 근원인지 뭔지는 뭐가 그리 바쁘다고 애 다 크기도 전에 각성하게 만들고. 미성년자잖아 개새끼야. 어린애 괴롭힌 새끼들은 다 죽어 마땅하다.

 그리고 그 사이로.

 [던전 아이템 밀수출! S급 장비도 포함돼.]

 속보가 떴다. 헌터협회 간부 중 하나가 던전 아이템을 해외로 빼돌린 사실이 발각된 것이었다.

 던전 아이템은, 특히 상급 장비는 개인이 마음대로 국외 유출하지 못하도록 법으로 막고 있었다. 던전 관리를 위해, 즉 국가 안보를 위해 충분한 장비의 보유는 반드시 필요한 일이기 때문이었다.

 외국인도 정식 경매를 통해 상급 아이템 구매가 가능은 하였지만, 국내 헌터와 달리 수수료와 세금이 무겁게 책정되었다. 그뿐만 아니라 S급 장비의 경우 무조건 국내 헌터에게 구매 우선권이 주어졌다. 때문에 실질적으로 S급 장비의 국외 유출은 없다시피 하였다.

 그런데 협회의 간부가 그 귀한 S급 장비를 빼돌려 해외에 팔아먹었다. 안 그래도 협회 비리로 한창 난리인 이때에. 각성자 납치에 이은 아이템 유출

건으로 오프라인 온라인 할 거 없이 불에 기름 끼얹은 듯 활활 불타오르기 시작했다.

'원래라면 이 년 후에나 들통나는 일이지만.'

제보자 한유진, 해연과 세성 협동 수색. 이미 다 드러난 일을 되짚어 확인하는 건 어렵지 않았다. 이름과 인상착의를 기억해 내는 덴 조금 애먹었지만.

이 년 후 아이템 유출 사건에 연관된 사람은 방송을 탄 저 반대머리 아저씨 한 명만이 아니었다. 다수가 엮여 있었고 발칵 뒤집혔던 만큼 나도 사건 내용을 상세히 기억하고 있었다.

'이것뿐만이 아니지.'

아이템만 해 잡수셨을까. 던전 거래 관련 비리에 하급 헌터 착취에 불법 던전 부산물 생산 등등. 체계 아직 덜 잡혔고 사각지대 많은 데다가 돈은 엄청 되지. 덕분에 짧은 시간 안에 구린 짓 펑펑 터져 나왔었다.

현재 시점에서 덜미 잡을 일은 그중 채 반도 안 되지만, 그것만으로도 충분했다.

"물러날 준비를 하세요. 마침 핑계도 좋지 않습니까."

연락받고 몸소 찾아온 협회 간부가 딱딱한 얼굴로 나를 노려보았다. 그 정도 시선이야 공포 저항 꺼도 간지럽지도 않다.

"마음 같아서는 그냥 터뜨리고 싶은데, 원활한 인수인계를 위해서는 이사님께서 직접 후임자를 밀어주는 게 여러모로 유리할 테니까요."

"고작해야 벌금으로 끝날 일이네."

"평소라면 그렇겠죠. 하지만 지금은 헌터협회와 관련되었다 하면 제아무리 사소한 일이라도 몇 배나 부풀어 오르는 물결이 아닙니까."

특히 협회 관련자의 비리라면 말이다. 평소에는 소소히 기사 몇 개 뜨고 끝날 일이 지금은 늘씬하게 두들겨 맞고 옷 벗어야 할 분위기다. 장작 던져 넣기 무섭게 손에 손에 들린 횃불들이 신나게 화형식 거행하겠지.

본보기용으로 던진 제물도 열심히 불타다 못해 곧 재만 남기 직전이다.

"…협회에 자기 사람들을 밀어 넣고 휘두르기라도 할 작정인가."

"천만에요. 제 사람은 없습니다."

명우표 안경으로 외모를 바꾼 석시명이 예비명단을 보여 주며 입을 열었다.

"헌터협회 초기 임원들 중 일부입니다. 현재의 임원들에 비해 업무 처리 능력이 월등한 분들이시죠. 은퇴하셔도 뒷일 걱정은 조금도 하실 필요 없을 겁니다."

대놓고 비교하는 말에 자존심 상하긴 하는지 이사님의 인상이 잔뜩 찌푸려졌다. 그 외에도 미래에 두각을 나타낸 사람들 명단도 있었다.

전부 다 갈아치우는 건 무리라 해도, 유능한 사람들이 늘어나면 긍정적인 변화가 생기지 않을까. 적어도 지금보다는 낫겠지.

"이런 식으로 협박해 사람을 갈아치운 사실이 들통나면-."

"전 아~ 무슨 문제 없겠죠. 뭐 어쩌겠어요. 공직자도 아니고 완전 독점 개인 사업 하는데. 기껏해야 벌금이나 물어 주려나."

국가도 국민도 내 편이다. 욕 아주 안 먹지는 않겠지만 일부겠지. 게다가 내 가치를 생각하면 설사 살인을 저지른다더라도 자택 구금에 몬스터 열심히 키우십시오, 땅땅 하고 끝날 것이다.

불공평한 일이지만 대체할 수 없는 존재이니 어쩌겠냐. 이미 유현이가 피스 덕분에 최단기 S급 던전 공략까지 해 버린 마당에 날 어떻게 버리겠어.

"그러니 부디 빠른 시일 내에 현명한 판단을 내려 주시길 바라겠습니다. 깔끔한 이미지로 깔끔하게 떠나야 다른 도전도 해 보시죠."

왜, 흔히들 하시는 국회의원이라든가. 그러니 눈감아 준달 때 받아먹어라.

기한을 통보받은 이사님께서는 씁어뱉듯 곧 연락하겠노라 말하곤 자리를 떠나갔다. 자, 이제 몇 명 남았지.

- 꺙!

피스가 폴짝 뛰어 공중에 던져진 공을 물었다. 삐약이도 얼른 쫓아갔으나 바닥에서 파닥거리기만 할 뿐, 공 근처에도 가질 못했다.

- 삐익, 쉭!

천장에 덩굴처럼 늘어뜨려 놓은 밧줄에 매달린 코메트가 자기에게도 던져 달라는 듯 날개를 파닥거렸다. 위를 향해 공을 던졌지만.
텁!
피스가 재빠르게 낚아채 버렸다.

- 시이잇!

"피스야, 동생한테 양보도 해 줘야지."

- 갸르릉.

피스가 모르는 척 내 다리에 몸을 문질러 비볐다. 꽤 오래 떨어져 있어서인가 어리광이 더 느는 거 같다. 피스를 쓰다듬어 주며 코메트에게 다시 슬쩍 작은 공을 던져 주었다. 강소영이 선물해 준 금색 펄이 들어간 공을 새끼 용이 얼른 붙잡아 안은 채 파라라락 공중을 어지럽게 맴돈다. 삐약이가 그것을 보고 날개를 파닥거렸다.

- 삐약삐약!

"비행 발찌 달아 줄까?"

- 삐약!

전에 명우에게 부탁했던 삐약이용 비행 아이템을 꺼내었다. 다리에 착용하면 날 수 있는 아이템이긴 한데.

- 삑삑! 삐약!

삐약이가 마치 동그랗고 하얀 풍선처럼 동동 떠올랐다. 안전을 생각해서 느린 속도에 부드러운 비행 옵션을 넣었더니 여느 새처럼 멋지게 난다기보단 그냥 떠다녔다. 둥실둥실.

- 삐약!

삐약이는 만족하는 모양이지만. 동동 공중을 배회하더니 내 머리 위로 사뿐히 내려앉는다.
'리에트도 곧 나올 테니 한 마리 더 늘어나겠네.'
리에트는 범죄 행위의 대가로 협회의 던전 공략을 도와주는 중이었다. 그녀가 S급 던전에 대신 들어가지 않았더라면 송태원은 납치 사건에 개입하지 못했겠지. 그 편이 내겐 더 손쉬웠으려나.

철컥.
그때 문이 열리는 소리가 들려왔다. 명우는 아닐 테고.

"이 시간에 무슨 일이야? 저녁은 먹었어?"

유현이겠지 싶어 현관 쪽으로 향하는데 피스가 풀쩍 내 앞을 막아섰다. 그러곤 아성체 크기로 변한다.

- 그르르.

유현이가 아니구나. 얼른 공포 저항부터 켜고 휴대폰을 꺼내 들었다. 이내 모습을 드러낸 사람은 다름 아닌 송태원이었다. 열쇠는 어디서 구한 거지. 한신인가.

"연락도 없이 찾아오시다니, 조금 놀랍네요."

"한유진 씨께서 헤집고 다니신 덕분입니다."

피로감 섞인 목소리가 무겁게 가라앉았다. 협회의 높으신 분들이 징징대기라도 했나 보군. 웃음이 조금 새어 나왔다.

"죄송하지만 전 세성 길드장과 달리 무릎 꿇는 정도로는 넘어갈 생각이 없습니다."

말이 눈에 보이는 형태를 가지고 있다면 시퍼렇게 날을 간 칼쯤 되었을 것이다. 과거의 수치를 도려내는, 어지간히 무던한 사람이라 해도 인상을 찌푸리고 말 무례한 언사였지만 송태원의 표정은 변함이 없었다.

혹시 화를 내는 건 아닐까 살짝 기대했었는데.

'하긴 성현제에게 시달린 사람이 내 한마디에 발끈할 리 없지.'

그 인간이 무려 쉽지 않을 텐데, 라는 소리까지 한 상대다. 여기까지 온 것도 협회를 건드려서지 그를 직접 찔렀다면 눈 하나 깜짝하지 않았을 것이다. 까다롭다, 정말. 자기 자리에 못 박힌 듯 안주하는 사람이 세상 제일 까다롭지.

찬 잔은 채울 수 없다. 억지로 비우기에는 잔이 아니라 커다란 수조쯤 되어서, 밀어 넘어뜨리기도 힘들다. 나름 발길질을 해 보았건만, 송태원의 얼굴 위론 잔물결 하나 일질 않았다.

"세성 길드장과 생각보다 더 가까우신 모양입니다."

"아니요, 전혀요. 서로 목적이 분명한 바싹 마른 관계죠."

억울할 정도로 쓸모 있는 인간이라 어쩔 수 없이 손잡은 것뿐이다. 부디 오해하지 마십시오.

"그래서 어쩐 일이십니까. 높으신 분들께서 저 입막음 좀 해 달라고 송 실장님께 매달리기라도 했답니까."

"손 내미십시오."

웬 손. 뭔가 싶어 내밀자 내 손바닥 위로 네모난 키를 툭 떨어뜨린다. 포털 키다. 이어 현관의 열쇠까지 겹쳐졌다. 두 열쇠에는 그리 오래되지 않은 핏자국이 묻어 있었다. 공포영화의 소품 같다.

"협회 간부가 비밀리에 추가 제작한 열쇠입니다. 더는 없다 말하였으나 혹 모를 일이니 한동안 주의를 기울여 주십시오."

한신 길드장에게 뜯어낸 열쇠가 아니었군. 여분 열쇠를 만들었다니, 깜찍한 짓이다.

"열쇠 주인은 살아 있습니까?"

"물론입니다. 인벤토리 내에 소지하고 있어 약간 손을 썼어야 했을 뿐입니다."

약간이라. 일단 상대가 각성자였던 모양이다. 손바닥 위를 향했던 시선을 들어 송태원을 바라보았다. 검게 가라앉은 눈은 여전히 그 의중을 알아내기가 힘들었다. 하지만 그는 내게 열쇠를 건네주었다.

내 안전을 우선시하였다는 뜻이다.

"열쇠 주인보다 절 우선시해 주시다니, 감동이네요. 이왕이면 제가 던진 공도 그대로 받아 들고 계셔 주셨다면 좋았을 텐데."

협회에 가져다 바치지 말고.

어차피 목줄 묶인 개 노릇 할 거라면 그 목줄 나 줘도 되지 않나. 열쇠도 감사하긴 하다만 이왕 주는 거 좀 더 붙여 주시지.

"한유진 씨."

내 말에 담긴 속내를 눈치챈 것일까. 민원인을 대하듯 사무적이던 목소리에 뚜렷한 날이 섰다. 공포 저항이 없었으면 꽤 위협적이었을 것이다.

그가 한 걸음 더 다가왔다. 내 왼쪽 어깨를 커다란 손이 가볍게 붙잡았다. 조금 전부터 긴장하고 있던 피스가 이를 드러냈다.

"괜찮아, 피스야."

- 크르르.

내 다독임에 피스가 묵직한 경고음을 흘리곤 입을 다물었다. 얌전히 엉덩이를 붙이고 앉는 화염뿔사자를 바라보던 송태원이 내게로 시선을 돌렸다.

"자신만만해할 만하다고 생각합니다. 길들인 짐승이, 한둘이 아니니까."

어깨를 잡은 손에 서서히 힘이 들어갔다. 아직 아플 정도는 아니었다. 하지만 송태원이 마음만 먹는다면 순식간에 으스러뜨릴 수 있을 것이다.

"그러나 당신은 목줄 노릇 하기엔 연약해."

"새삼스러운 말씀이네요. 손가락 끝으로 휘감아 당기기만 해도 툭 끊어지는 가느다란 실이 송 실장님 취향 아니셨습니까. 아니면, 튼튼한 사슬 씨라도 소개해 드려요?"

자신을 확실하게 묶어 둘 수 있는 강한 구속력을 원했더라면 여기서 이러고 있지도 않았겠지. 멀리 갈 것도 없이 성현제가 친절히 목줄 걸어 줬을 것이다.

하나 송태원은 아마도, 혹은 분명하게, 평범함에 묶이길 바랐다. 평범하지 않은 자신을 안정적으로 휘감아 잡아 둘 가느다란 끈을. 그런 게 존재할 리가 없지만. 글레이프니르라도 구해 와야 하나. 펜리르도 갯과긴 하지.

"어차피 지금 송태원 씨가 비집고 들어앉은 우리도 그리 튼튼한 건 아니잖습니까. 애초에 당신이 알아서 머리 숙이고 기어들어 가지 않으면 잡아넣을 수 있는 사람, 아무도 없는데."

"튼튼하진 않더라도 사라질 일은 없습니다. 잘못 건드려 일부가 무너진다 해도 수백 마리의 거미가 달라붙은 거미집처럼 이내 복구될 겁니다."

맞는 말이긴 하다. 다 죽여서라도 지배하겠다는 미친 폭군 S급이라도 튀어나오지 않는 한 국가가 무너지지는 않겠지. 그리고 그런 폭군은 나올 가능성이 희박했다. 중세 시대쯤 된다면 모를까, 현대의 문물은 쓸어버리기엔 너무 편하고 아까운 것들이니까.

과거의 왕보다 현대의 중산층이 훨씬 더 풍족하게 산다지 않던가. 골치 아프게 새로운 체계 만드느니 던전에서 벌어들인 돈으로 자본주의를 누리는 게 더 낫지.

"반면에 한유진 씨는 입질 한 번에 끝입니다."

"우리 애들 안 물어요."

"저는 뭅니다."

두 개의 시선이 동시에 내 손바닥 위로 향했다. 왜 굳이 피를 묻힌 채로 열쇠를 가지고 왔을까 싶었는데. 이미 물어뜯고 왔다는 경고장 같은 거였군요. 죄송합니다. 입마개까지 하신 줄 알았는데 역시 목줄만 있으셨나 봅니다.

"제가 이래 봬도 험한 꼴 많이 당해 봐서요. 잇자국 좀 나는 건 신경 안 쓰는데. 송태원 씨에게는 이미 물려도 봤지 않습니까."

"그래서 더 곤란합니다."

송태원이 내 어깨를 놓고 한 걸음 물러서며 말했다. 왜 곤란하다는 거지.

"헌터협회 일부를 물갈이하는 것으로 만족하십시오."

다시 사무적으로 돌아간 목소리다. 적당히 먹고 떨어지라고 경고할 겸 온 건가. 자기 우리를 되게 아끼시네.

'어쩐다.'

원래 덩치 좋은 남자이긴 했지만 새삼스럽게 방벽처럼 크게 느껴졌다. 산에다 불 질러서 동굴에 처박힌 호랑이가 튀어나온 것까진 좋았는데, 불장난 적당히 하라는 말만 던지고 도로 기어들어 가려 하네.

'이번 물갈이로 회귀 전보다 협회 상태가 나아지긴 하겠지만.'

그렇다고 안심할 수는 없었다. 이전보다 더 빨리 던전 난이도가 올라갈 텐데 그에 따른 반응이 미적지근해서야 협회는 여전히 길드들 발목이나 잡고 늘어지게 되겠지. 특히 길드들 사이 조율하고 안정적인 경쟁 구도 만들겠답시고 뻘짓한 게 한둘이 아니었다.

독과점은 안 됩니다, 이해는 하지만 세상 망할 판에 떠들 소리는 아니지. 그러니까 회귀 전처럼 망해서 삼켜질 거 아니면 맨 위쪽에 급변하는 현실에 맞춰 터프하게 움직여 줄 사람이 있어야 하는데.

한숨 한번 내쉬고 송태원을 빤히 쳐다보았다.

과거의 자리에 묶여 있고 싶어 하는 S급 각성자. 제 덩치에 맞지 않는다는 걸 잘 알면서도 억지로 몸을 구기고 있는 모습이 헌신적이면서도 이기적이다.

'그래도 협회장 자리도 일단 우리 안이긴 하지 않나.'

지금도 낮은 위치는 아니고. 특수성 탓에 현장에서 직접 뛰며 지시받는 쪽에 가깝긴 하지만. 완전히 지시 내리는 쪽으로 올라가면 스스로가 참지 못할 거 같기라도 하다는 걸까.

모순투성이인 그 속을 다 알 수는 없지만.

"이왕 여기까지 오신 거 같이 한잔하죠. 여기도 배달되니까, 생맥으로."

가볍게 던진 말에 송태원이 눈썹을 조금 꿈틀거렸다.

"…지금 그런 소리가 나오십니까. 사양하겠습니다."

"성현제 씨 뒷담 깔 건데 진짜 싫어요?"

그 인간 같이 까 줄 사람 몇 없을 텐데. 일반인 수준 상대라면 더욱. 보안실에 전화를 걸며 재차 권했다. 송태원은 미간을 찌푸렸지만 돌아 나가지는 않았다.

"응, 별일 없어. 그냥 술 한잔하는 중이야. 독 저항 있는 거 알면서 무슨 걱정을 하냐. 신경 쓰지 마. 너무 늦게까지 일하지 말고."

괜찮아, 다 괜찮아, 문제없어, 해 주곤 전화를 끊었다. 송태원이 찾아왔다는 사실이 유현이 귀에 들어간 모양이었다. 이어 예림이도 괜찮냐고 물어봐 오고 문현아로부터도 문자가 왔다. 성현제는 던전 공략 중이라 잠잠했다. 연락 왔으면 댁 뒷담 중이라고 대답해 줬을 텐데.

"그러니까 언젠가 세성 길드장이랑 송 실장님이 같이 있을 때요. 송 실장님이 형 같아 보인다고 말하면 꽤나 속 쓰려 하지 않을까요, 그 인간."

"전 그 자리에 없었으면 합니다만."

"왜요, 보고 싶지 않으세요?"

"제 속이 먼저 쓰려질 것 같습니다."

무뚝뚝하게 말하면서도 눈매가 희미하게나마 풀어졌다. 취할 순 없었지만, 맥주는 시원했고 함께 온 안줏거리도 먹을 만했다.

"그래도 대놓고 보복하는 타입은 아니잖아요."

"안 하지도 않지요."

"고작 그런 걸 담아 둘 거 같지도 않은데요."

"문득 생각났다고 예상치 못하게 되돌려 주니 문제입니다."

당한 적 있는 걸까. 나보다 훨씬 오래, 많이 엮였을 테니 이를 갈 만한데도 의외로 덤덤했다. 아니, 저 남자가 이렇게 말을 풀어놓는 것만으로도 쌓인 게 많다는 뜻일지도.

- 삐약!

우리 주위를 동글동글 떠다니던 삐약이가 송태원의 머리 위로 내려앉았다. 거기 아니야, 삐약아. 머리 위에 새끼 새를 얹고서도 그는 아무 일 없었다는 듯이 잔을 비웠다.
그리고 다시 별거 아닌 말이 오갔다. 다만 암묵적인 동의라도 한 듯이 서로 자기 자신에 대한 이야기는 꺼내지 않았다. 은근슬쩍 협회장 자리에 대해 찔러도 보았으나 송태원은 부드럽게 화제를 돌렸다.

3장 던전 브레이크

3장
던전 브레이크

TV 속에서 헌터협회 이사진 중 한 명의 비리에 대한 뉴스가 흘러나오고 있었다.

이전 S급 아이템 밀수출에 비하면 소소한 범죄였으나 격앙된 여론은 즉각 퇴거를 외쳤다. 전수조사를 해야 한다는 말도 나왔다. 헌터협회 대상 특별 조사팀이 꾸려지게 될 거라는 소문도 떠돌았다.

협회 소속 사람들 중 거리낌이 있는 자들은 언제 불똥이 튈까 싶어 전전긍긍하였다. 굵직한 허물을 감추기라도 했다면 밤에 잠도 제대로 오질 않았다.

물론 그중에서도 가장 안색이 죽은 것은 한유진으로부터 경고를 받은 이들이었다.

"이대로 둬선 안 됩니다. 대중의 관심을 돌려야만 합니다."

맞는 말이었다. 평소라면 적당히 묻힐 일도 죄다 파헤쳐지고 있는 것은, 납치 사건으로 인해 사람들의 관심이 협회에 집중된 탓이었다.

하지만 어떻게.

"열애설 정도로는 씨도 안 먹힐 텐데."

마수 사육사의 납치보다 더 화제를 불러일으킬 만한 건수가 없었다. 어마어마한 거액으로 인간을 사고판다는 자극적인 이야기에 온갖 살까지 덧붙인 것을 어떻게 이길까.

그때 한 남자가 나직이 입을 열었다.

"던전을 터뜨립시다."

그의 말에 다른 두 사람이 흠칫 굳었다. 하지만 놀람은 길지 않았다.

"시간을 맞출 수 있을까."

"원래라면 열흘 전에 공략을 시작했어야 할 불법 A급 던전입니다. 이번 일 때문에 공략이 미뤄졌는데 길어야 이삼일 내로 터질 겁니다."

"이 사람, 작정하고 미루고 있었구만."

"눈길을 돌리는 데에 이만한 것도 없지요."

제아무리 자극적인 기사라 해도 현실 목숨의 위협보다 더할까. A급 던전이 아깝긴 하였지만, 그보다 더한 것도 빼돌릴 수 있는 것이 헌터협회의 자리다.

오랜만의 상급 던전 브레이크는 화제의 최상단을 차지하기에 충분할 것이다.

- 끼우웅.

피스가 떨어지기 싫다는 듯 내 가슴에 머리를 비볐다. 그렇게 잠깐 어리광을 피우다가 유현이를 힐끗 쳐다보고는 품에서 뛰어내린다.

"잘 갔다 와, 피스야."

- 꺙!

대답하듯 소리 내곤 유현이 옆으로 가 선다. 이어 동생이 나를 걱정을 살짝 담아 바라봐 왔다.

"오래 안 걸릴 테니까 집에 얌전히 있어."

"내가 네 형이다."

무슨 보호자처럼 굴기는. 이러는 게 하루 이틀 일이 아니긴 하다만.

"어차피 얼굴 팔려서 나갈 생각도 없어. 근처에서 던전이라도 터지지 않는 한 얌전히 처박혀 있으마."

"진짜 얌전히 있어야 해요, 아저씨!"

예림이도 걱정스럽게 말했다. 얘들이 진짜. 내가 정신적으로는 네 나이의 두 배다, 이 녀석아.

"예림이 네 걱정부터 해. 정식으로 S급 던전 공략 가는 거 이번이 처음이잖아. 하위도 아니고."

홍콩에서의 일로 한유현은 박예림이 S급 던전 공략팀을 만들 수 있을 정도로 성장했다고 판단했다. 경험만 충분하다면 화력 면에서는 던전 환경만 맞춰 주면 S급 중위까지도 공략 가능할 것이라 하였다.

그래서 이렇게 S급 던전 공략에 동행하게 된 것이었다.

우리 예림이, 정말 많이 컸네. 각성한 지 이제 겨우 두 달 차인데, 정말 빠르다. 인어여왕의 도움이 크긴 했어도 이례적으로 빠른 성장이었다.

"걱정 마세요! 저 길드장님이랑 맞먹었잖아요. 충분히 강하다니까요."

"3 대 1이었어."

유현이의 말에 예림이가 눈썹을 들어 올렸다.

"세성 길드장님은 견제 정도만 했고 노아 오빠도 공격은 안 했으니 내가 다 했거든? 그리고 길드장님 버프도 받았잖아요."

"속성 버프에 스탯 대여에 노아 헌터와 세성 길드장 보조에 화염 저항 코트에 환경까지 완벽했지. 중간부터는 형을 안전한 곳에 두어서 버프도 없었고. 그래도 비겼지."

"난 두 달 차, 넌 삼 년 차! 그리고 그때부터는 세성 길드장도 아저씨 보호하려고 물러났잖아요. 2 대 1이지! 노아 오빠는 여전히 보조만 했고."

음, 사이좋네.

"나는 두 달 차 때-."

유현이가 말을 하다 말고 내 눈치를 살폈다. 무슨 사고를 쳤던 걸까. 뭐, 상대방이 잘못했겠지. 온화한 표정을 지으며 둘에게 당부했다.

"던전에 들어가서는 싸우면 안 된다. 유현이도 예림이도 둘 다 사랑해. 피스도 물론. 너무 급하게 공략 끝내려고 들지 말고 안전이 최고야. 예림이 넌 특히나 더 잘 보고 잘 배워."

"응."

"네."

"진짜로 싸우지 마라. 항상 조심하고."

피스까지 포함해 셋이 차에 올라탔다. 머리 위의 삐약이를 품으로 내려 안고는 멀어지는 뒷모습을 바라보았다. 유현이 녀석, 또 혼자 날뛰면 안 되는데. 예림이 경험도 쌓게 해 줘야지.

'그나저나 아직 연락들이 몇 없군.'

물러나 주세요, 하고 공손히 부탁한 협회 간부 중 긍정적인 답을 해 온 사람은 아직 네 명밖에 없었다. 기한은 하루 더 남아 있지만, 끝까지 버티면 진짜 억지로 끌어내려야 하나. 원만하게 가기를 바랐는데.

예상치 못한 소식이 들려온 건 그날 저녁이었다.

유현이와 예림이, 피스를 보낸 뒤 사육 시설로 돌아가는 대신 향한 곳은

명우의 대장간이었다. 이공간인 황금대장간이 아닌 빌딩 내에 있는 작업실이다. 참고로 설비를 마련하는 데 들어간 명우의 돈은 거의 없었다. 쇼핑에 따라간 헌터들이 눈길만 닿아도 알아서 척척 사다 바쳤다나.

마나열로 같은 특별 주문이 필요한 고가의 설비는 길드 차원에서 준비해 주었다고 한다. 해연과 세성은 물론이고 브레이커와 MKC, 한신 등에서 분담을 했다. 거대 길드들이 분담해야 할 정도의 가격은 아니지만 일종의 공로 나누기라 할까.

"안녕하세요, 주님."

대장간으로 들어서자 서른 초반의 여자가 나를 반겨 주었다. 원래 세성의 장비 관리팀에 있던 서동백이었다. 저쪽에 있는 해연 장비 관리팀의 이민석 아저씨처럼 명우의 보조 겸 제자로 옮겨 온 건데.

"…주님이라니요?"

"아, 건물주님이요. 도하민 씨가 그렇게 부르고 다니다 보니 입에 붙어 버렸네요."

도하민 이 인간이. 세도 안 내면서 쓸데없는 호들갑을 떨고 다니냐. 현재로서는 공실이 다수에 들어오는 돈 한 푼 없건만. 관리를 계약한 길드들에서 맡아 주고 있기에 세금 빼면 나가는 돈도 없는 게 그나마 다행이다. 1층에 카페라도 하나 넣을까.

너른 작업실은 아직은 한산했다. 안전을 위한 벽이 하나 더 있고, 그 너머에서 명우가 무언지 모를 붉고 반투명한 금속을 두드리고 있었다.

카앙, 캉.

망치가 아닌 끝이 뭉툭한 곡괭이 같은 것으로 두드리고 길게 밀어 늘린다. 마치 엿가락처럼 늘어나는 금속이 신기했다. 처음 만났을 때와는 전혀 다른, 굵게 단단해진 손목이 빙글 돌아가며 쥐고 있던 도구를 반대로 돌려 카강, 금속을 끊어 냈다. 열이 이글이글 올라 있는 것을 뜨겁지도 않은지 다른 쪽 맨손으로 잡아 앞에 있는 작은 마나열로로 던져 넣었다.

치직거리는 소리와 함께 녹아내린 금속이 붉은 물방울처럼 둥둥 떠올랐다. 명우의 손에 그새 긴 바늘 같은 것이 쥐였다. 작업판 위로 옮겨진 물방울을 바늘로 휘감아 뚝뚝 떼어 알알이 붉은 보석 같은 금속 구슬을 만들어 낸다.

물 흐르듯 끊임없고 정확한 작업이었다.

자르르-.

둥글고 납작한 통에 구슬을 담고 한번 흔들어 모아 놓은 명우가 이쪽을 돌아보았다. 전문가의 포스가 너무 진해 눈이 부신 착각마저 들었다.

"여긴 더울 텐데 나가자."

서동백이 던져 준 수건으로 땀을 닦아 내며 명우가 말했다.

"뭘 만드는 거야?"

"화살."

"화살? 저 구슬은 모양 잡기 전의 화살촉인가?"

"변형 가능한 촉이야. 관통, 폭발, 갈고리형으로 바꿀 수 있어. 마력이나 속성력을 담는 것도 가능하고."

활은 제대로 써 본 적 없지만 설명만 들어도 좋은 거 같다. 밖으로 나온 명우가 준비되어 있던 찬물을 들이켰다. 그러곤 아쉬운 눈길로 나를 바라보았다.

"마음 같아선 네 장비부터 다 만들어 주고 싶은데."

"정수 증가는 등급 낮다며. 마켓에 안 나오는 것도 아닌데 그냥 성능 좋은 비율 증가 무기부터 만드는 게 낫지. 네 시간과 재료가 아깝잖아."

"그래도 특수 스킬류는 쓸 만할 텐데."

"무기나 기타 장비부터 부탁드립니다. 화살은 세성 쪽 의뢰야?"

"어. 오래 걸릴 것 같지 않아서 만들어 보고 있었어."

저런 화살이면 얼마쯤 할까. 대가 톡톡히 받아 내라고 당부했다. 세성 돈 많으니까 팍팍 뜯어내 줘라.

불기운 때문인지 스킬 영향인지 명우의 얼굴은 가무잡잡해졌지만 표정은 진짜 확실하게 밝았다. 보는 사람이 다 기분 좋아질 정도였다.

"쇠붙이 만지작거리고 있으면 어릴 때로 돌아간 거 같아. 세상 살맛 난다는 게 이런 거지. 좋아하는 일 하면서 돈도 벌고 떠받들어지고. 가끔 과분하게 느껴질 정도라니까."

하고 싶은 일 하면서 부와 명예를 동시에 잔뜩 거머쥐다니, 성공적인 삶의 표본이긴 하다.

"네 걱정만 빼면 완벽해."

"난 또 왜 나오냐."

"안 나오게 생겼어?"

명우가 전보다 한층 짙어진 눈썹을 찌푸렸다. 내 행적이… 음.

"살다 보면 그럴 수도 있지. 너도 노예 계약서 도장 찍고 팔려 갈 뻔했잖아."

"갑자기 할 말 없어지네."

인신매매 피해자 모임쯤 되겠다. 세상 참 험악해. 우리 둘이 스킬 다 드러내 놓고 몸값 합치면 작은 나라 하나쯤은 살 수 있지 않을까.

명우와 대화 좀 나눈 뒤 여느 때처럼 옥상으로 올라갔다는 노아를 찾아가기 전에 석하얀 팀에게 들렀다. 에어컨 바람 아래 컴퓨터들이 윙윙 돌아가고 있다. 한쪽에는 유사 던전 게이트가 자리 잡고 있었다. 저거 가격이 장난 아니었지.

"으아아, 주님. 삐약이도 있네. 아안녕, 삐약아."

- 삐약.

파일 더미 사이에 늘어져 있던 석하얀이 나를 보고 좀비처럼 인사했다. 다른 사람들도 대체로 반죽음 상태였다. 낮에 오면 거의 항상 이 꼴이었다. 새벽에 특히나 머리가 잘 돌아간다나. 새벽형 인간인 건 어쩔 수 없다지만 밤을 새웠으면 자러들 좀 가라. 집 좋잖아. 악덕 고용주가 된 기분이라고.

"주우우우니이이임, 이거 보세요."

좀비 3번이 석하얀을 지나쳐 어기적어기적 다가왔다. 뭔가 숫자와 영어와 그래프 따위가 빼곡한 자료를 들이미는데 봐도 내가 뭐 알겠습니까. 수학도 영어도 친하게 지내질 않아서.

"게이트의 마나는 일정한 곡선을 그리며 변동해요. 그리고 여기, 이 지점을 통과한 직후 일시적으로 구체로 변형합니다. 이때 주변 마나 분포도를 게이트의 등급에 따른 수치에 대입해서-."

뭔가 친절히 설명은 해 주고 있는데 뭔 소린지 하나도 모르겠다.

"이론상으로 게이트의 포화 상태를 정확히 측정할 수 있다는 거예요! 덤으로 게이트 위치 탐색도 가능할 거고요."

석하얀이 고개만 까닥 들며 반쯤 감긴 눈으로 외쳤다.

"이론상이요?"

"아직 실험 자료가 부족해서… 마석도 더 필요해요. 마석 주세요."

"마나 측정기도 다섯 대쯤 더 있으면 좋겠는데. 많을수록 정확도가 올라가거든요."

"미국에 새 마나 시료 나왔다던데 구할 수 없을까요, 지저스?"

언제는 자료만 제공해 주면 된다더니 좀비들이 여기저기서 먹이를 바라는 새끼 새처럼 짹짹거렸다. 그래도 벌써 성과가 나오기 시작했다니 별수 있나. 갖다 바쳐야지.

좀비들에게 들어가서 주무시라고 말하곤 옥상으로 향했다. 사육 시설이 보이는 쪽 옥상에 올라가자 얄팍한 난간 위에 아슬아슬하게 서 있는 백금발 청년의 뒷모습이 눈에 들어왔다. 여전히 반짝거리는구나. 그대로 발끝만 가볍게 움직여 나를 돌아보며 미소 짓는다.

떨어져도 별일 없을 거 알면서도 무심코 저러면 안 되지, 하는 생각이 들었다. 겉보기는 그냥 사람이니까.

"안녕하세요, 유진 씨."

노아가 난간에서 가볍게 뛰어내리며 인사했다. 외국어가 아닌 한국어였다. 한국에 완전히 정착할 생각인 건지 공부를 열심히 하고 있는 그였다. 노력하는 만큼 배우는 것도 빠르고, 기특하다니까.

"그늘도 없는데 덥지 않아요? 요즘 날이 더 더워졌는데."

"전혀요. 쬐기 좋은 햇볕입니다."

쬐기 좋다니. 옥상에 자주 올라오는 게 일광욕을 위해서였나? 반쯤은 파충류라서? 그럼 혹시 추위를 많이 타려나.

이런저런 가벼운 잡담을 나누다가 고개를 돌려 사육 시설 쪽을 내려다보았다.

"저도 비행 스킬이 있으면 편할 텐데 말이에요. 바로 내려갈 수도 있고."

명우가 뼈약이에게 비행 아이템을 만들어 주었지만 그건 어디까지나 작고 가벼운 상대이기에 가능했다. 비행을 원하는 물체의 무게에 비례해 재료가 들어간다 하였으니, 조그만 발찌가 타이어만 해지지 않을까.

"대신 제가 있잖아요."

"네?"

"데려다드릴게요."

그러곤 덥석 나를 들어 올리는 손에 조금 당황스러웠지만 뭐, 하루 이틀 일도 아니고. 들려 다니는 데에 익숙할 때도 되었지. 이어 노아가 가볍게 공중으로 뛰어올랐다. 날개가 한번 펄럭이는 소리가 들려오고 부드러운 하강이 시작되었다.

발끝이 옥상정원의 잔디를 내리밟는 것은 금방이었다. 편하긴 편하네. 고맙다는 내 말에 노아가 쑥스러워하며 고개를 저었다. 처음보다는 많이 나아졌지만 여전히 칭찬이나 감사의 말이 조금쯤 어색한 듯했다.

- 꺄아우!

정원에 내려서기 무섭게 날아온 블루가 내게 아는 척한 뒤 노아를 향해 머리를 들이받았다. 튼튼하고 날 줄도 아는 노아를 친구쯤으로 여기는 모양이었다. 같이 비행 연습도 많이 했으니까.
'코메트도 같은 용종이라 느껴져서인가 잘 따르는 편이고.'
인기 많다니까. 비록 사람이 아니라 다른 쪽으로긴 하지만. 강소영과 문현아도 그렇고.
"블루와 한 바퀴 돌고 오는 건 어때요? 이제 법도 바뀌었는데."
몬스터 사육 관련 특별법 개정이 어제부로 통과되었다. 그간 통과를 못 하고서 지지부진했었는데, 이번 기회에 법 개정이 늦어져 곤란하다 몇 마디 얹어 줬더니 빠르게 처리된 것이었다.
이제는 몬스터를 제압 가능한 헌터 동행 시 병원이나 노약자 시설 같은 일부 장소를 제외하곤 어디든 허가 없이 다닐 수 있었다. 그뿐만 아니라 협회의 인증을 받은 몬스터의 경우 헌터 동행도 필요 없었다. 보통은 인증받기 쉽지 않겠지만.
현재는 피스와 삐약이, 블루에 더해 노아까지 인증받았다. 노아는 몬스터가 아니지만 용종으로 전변한 채 도심을 날아다닌 것에 대해 항의가 들어왔고, 관련법이 아직 없었기에 일단 안전한 몬스터입니다, 인증이라도 받아 둔 것이었다.
"안 됩니다. 피스도 없으니 유진 씨 곁에서 멀어지지 말아 달라 당부받았어요."
노아가 단호하게 말했다. 누구지. 예림이냐 유현이냐. 아님 둘 단가.
"저 때문에 노아 씨 발목이 묶였네요. 그럼 뭐 다른 하고 싶은 거라도 있으세요?"

"그럼… 한글 공부 좀 봐주세요."

아니, 너무 모범생이시네. 얼마든지 좋다고 고개를 끄덕여 주었다.

저녁까지 내가 협박, 이 아니라 설득한 협회 사람들 중 몇이 더 연락을 해 왔다. 순순히 제안을 받아들인 사람도 있었고, 대신 자신을 좋게 언급해 달라는 등의 조건을 다는 사람도 있었다. 어쨌든 연락해 온 사람들은 모두 이번 사태에 대해 책임을 진다는 명분을 내세우고 자리에서 물러나기로 하였다.

"덕분에 최소 일주일은 꼼짝없이 갇혀 지내게 되었죠."

아직도 내 이야기에 한창인 TV를 앞에 두고 휴대폰 너머의 송태원에게 말했다.

"어차피 갈 곳도 딱히 없긴 하지만요. 납치되느라 면허도 못 땄고. 응시료도 다 냈는데 말이에요. 중급 헌터부터는 시험장도 따로 되어 있고 실기 비용이 무려 오백만 원이나 되더라고요."

[헌터에 맞춘 면허증이라서입니다. 일반적인 운전면허증과는 조금 다릅니다.]

"송 실장님은 각성 전에 면허 따셨을 텐데, 그럼 시험도 새로 치르셨습니까?"

[예. 규정이 바뀐 지 얼마 되지 않아 작년 초에 다시 시험을 보았습니다.]

"실기 많이 어려워요?"

[상급 헌터 대상 시험은 통과 못 하실 겁니다.]

어떤지 궁금하네. 소파에 기대앉아 별 영양가 없는 잡담을 주고받았다.

송태원은 생각보다 괜찮은 대화 상대였다. 성실하게 들어 주고 성실하게 대답해 주었다. 대화 주제가 평범하면 받아 주는 태도도 평범하게 좋았다.

'이럴 때면 뒤틀린 거 전혀 못 느끼겠는데.'

오히려 다른 S급 헌터들에 비해 멀쩡하게 점잖지. 던전을 막지 못한다면 세상이 멸망하게 될 겁니다, 당신의 도움이 필요해요, 라고 말하면 예, 기쁜 마음으로 도와드리겠습니다. 라고 대답할 거 같다.

하지만 실제로는 어떨지 모르겠다. 공평한 멸망 속에서 평범한 마지막을 맞이하길 원하는 건 아닐까 싶어서.

자칫했다간 적이 되는 루트 아니냐. 아니, 적이라는 튀는 짓을 할 거 같지도 않지만 그래도 속사정을 털어놓는 건 좀 더 신중하게 하는 편이 낫겠지.

삐이이-.

그때였다. 휴대폰에서 경고음이 울리며 동시에 TV에 속보가 떴다.

[A급 추정 상급 던전 브레이크 발생!]

강서구 쪽이다. 하지만 이 시기 서울에서 던전 브레이크가 발생한 적은 없었는데. 수상쩍음을 느낌과 동시에 송태원에게 말했다.

"어딥니까. 근처라면 이쪽으로 오세요. 그게 제일 빠를 겁니다."

교통은 바로 통제되어 길이 꽉 막힐 것이다. 저녁 시간대이니 더더욱 혼잡해지겠지. 협회에서 헬기를 띄우겠지만 그것도 시간이 좀 걸릴 것이다.

전화를 끊고 곧장 밖으로 향했다. 예정에 없던 브레이크라. 찾지 못한 새로운 던전이 나타난 건지, 아니면… 누군가 고의로 터뜨린 것인지.

설마 후자일까 싶지만, 언제나 설마가 사람 잡는 법이다.

얼마 지나지 않아 송태원이 도착하고 노아가 용으로 변하였다. 석시명에게 연락해 방향 지시를 부탁한 뒤 어둑한 하늘 위로 날아올랐다.

"정확히 어떤 던전인지는 보고받으셨습니까?"

"보스 몬스터는 아직 출몰 전이며 일반 몬스터 상태를 보아선 A급인 듯합니다."

송태원이 대답했다. 그나마 다행이다. S급이라 해도 S급 헌터가 둘이나 가고 있으니 상대 못 할 건 없지만, 중요한 건 주변의 피해다. 던전 속에서야 마음껏 날뛰어도 되지만 밖엔 사람들이 살고 있다. 스킬을 쓰는 것도 조심해야 하는 것이다.

"노아 씨, 독은 가급적 쓰시면 안 됩니다."

— 네.

노아의 독은 2차 피해가 생길 우려가 컸다. 던전 밖, 특히 주택가 근처에서는 사용하기 힘든 스킬이었다.

"한유진 씨는 굳이 오실 필요 없지 않으십니까."

"혹시 모르니까요. 그리고 이거, 아무래도 고의적인 게 아닐까 싶거든요. 타이밍이 너무 좋잖습니까."

S급 헌터들의 대부분이 던전에 들어간 상태다. 특히 다수의 일반 몬스터를 한 번에 처리 가능한 광역 속성 스킬을 가진 S급이 하나도 없다. 즉, 피해가 퍼지기 딱 좋다는 뜻이었다.

"던전 브레이크는 헌터를 집어넣어 미룰 수 있으니까요."

유현이와 예림이의 던전 공략은 며칠 전부터 예정되어 있었다. 그걸 기다렸다가 터뜨린 것이 아닐까. 추측일 뿐이지만 둘이 자리를 비우자마자 이 사태인 것이 의심스러웠다.

내 말에 송태원의 표정이 딱딱하게 굳어졌다. 지금 던전을 터뜨려 가장 이득 보는 사람이 누구인가는, 그리 길게 생각하지 않아도 떠올릴 수 있을 터였다.

이내 저만치서 바리케이드의 붉은 경고등이 보였다. 던전 게이트는 다행히 산 쪽에 위치한 듯했지만 주택가가 멀지 않다. 바로 근처에 초등학교도 하나 있었다. 저녁이 아니었으면 진짜 큰일 날 뻔했다.

"미리 계약서 한 장 쓰실까요."

인벤토리에서 계약서와 펜을 꺼내어 송태원에게 내밀었다. 이게 뭐냐는 눈빛이 돌아왔다.

"별건 아니고요, 스킬 공유 시 동료 헌터에게 공격 스킬을 쓰지 않겠다는 내용입니다. 물론 선제공격 당할 시에는 예외고요."

불안해서 더는 그냥 공유 못 하겠더라고.

"…대체 무슨 스킬입니까."

내용을 훑어본 송태원이 물었다. 뭐긴 뭐야.

"공격 스킬 효과 두 배요."

그의 눈이 살짝 가늘어졌지만 계약서에 서명은 하였다. 피해 커지기 전에 빨리 처리합시다.

마수는 바위처럼 웅크리고 있었다. 이 부근에는 마땅한 먹이가 없었다. 뜨거운 피와 살보다는 마석에만 이끌렸기에 놈은 에너지를 낭비하는 대신 잠에 빠져드는 것을 택했다.

그러기를 수개월, 드디어 먹을 만한 것들이 나타났다. 만족스러운 수준은 아니었지만 허기를 채울 정도는 되었기에 마수는 천천히 눈을 떴다. 굳은 몸이 느리게 활기를 되찾아 가는 그때.

- 그르르르.

무언가를 느낀 놈이 만족스러운 목 울림 소리를 내었다. 새로운 먹잇감이 감지된 것이었다. 그것도 주위에 널려 있는 자잘한 먹이와는 비교할 수 없이 짙은 마력이 농축된 마석이었다. 보통 그 정도 마석을 품은 상대라면 되레 이쪽이 먹이로 전락하겠지만, 이번만큼은 달랐다.

먹음직스러우면서도 터무니없이 약한 먹잇감이다.

마수는 흥분을 감추지 못하며 이를 드러냈다.

던전 브레이크는 단계별로 이어진다. 몬스터가 한 번에 쏟아져 나오진 않고 층별, 종류별로 나뉘어 차례로 등장했다. 다만 순서는 랜덤이라 마지막 층이나 보스 몬스터가 먼저 나오기도 했다.

주택가는 조용했다. 모든 불이 꺼졌다. 대피는 신속하게 이루어졌고 몬스터를 자극하는 소리나 빛은 없었다. 대신.

펑, 퍼엉!

바리케이드가 둘러쳐진 안쪽으로 폭음과 빛이 연신 터져 나왔다. 어느 헌터가 득시글대는 몬스터 속으로 들어간 건진 모르겠지만 무사하길 바란다. 운 좋게 근처에 있었던 A급쯤 되기를.

"붉은 픽스 벌, A~B 사이로 B급의 비율이 더 높은 듯합니다."

외곽에 흩어져 있던 커다란 늑대만 한 벌 몇 마리가 이쪽으로 다가왔다. 꽁무니의 창과 같은 침을 앞세우며 순식간에 덮쳐들었지만…….

콰득.

송태원의 손이 벌침을 잡고 그대로 꺾어 부러뜨려 버렸다. 거의 동시에 다른 쪽 손이 날개를 찢으며 마디진 몸뚱이를 비틀어 내던진다.

퍽!

강하게 던져진 벌이 접근하던 동료와 부딪쳐 둘이 함께 터져 나갔다. 이어 부러진 벌침 또한 쏘듯이 날아가 또 다른 벌을 꿰뚫었다. 별다른 스킬이나 무기를 쓰지도 않고 순식간에 세 마리를 땅으로 추락시켰다.

하체는 거의 움직이지도 않았다. 하급 헌터쯤은 단숨에 두 동강 내고 찔러 녹여 버릴 괴물을 장난처럼 가볍게 처리해 버린다.

"일반 몬스터 등급만 보면 A급 던전 브레이크가 맞는 듯한데."

구름처럼 모여 있는 벌떼를 가는 눈으로 바라보며 말을 이었다.

"숫자상 최소 중위에서 어쩌면 상위급까지 되겠군요. 1층인지 2층인지는 모르겠지만 보스는 여왕벌일 겁니다. 수벌 여럿과 등장할 테고요. 꿀과 벌집이 주 수익원인 던전이었겠죠. 비싼 재료거든요. 역추적해 보면 던전 소유자를 찾아낼 수 있을 겁니다."

아직 물량이 그리 많이 나오진 않았을 터다. 꽤 귀한 걸 터뜨리셨네. 무사히 수습해서 터진 게이트 되돌려 놓으면 금방 피해 보상액 채울 가치의 던전이다.

"그럼 스킬을-."

[상대방이 거부하였습니다.]

또 보네, 이 메시지. 송태원이 스킬을 공유받는 것을 거부했다. 그가 무뚝뚝하게 입을 열었다.

"지금 상황에서는 필요치 않습니다."

틀린 말은 아니지만, 여느 상급 헌터라면, 그냥 일반인이라 해도 제 힘을 강하게 해 준다 하면 호기심에서라도 받아들였을 텐데. 자신의 스킬이 얼마나 더 강력한 효과를 발휘할지 궁금할… 리 없겠지, 이 사람은.

"그래도 이건 받아들이세요. 비행 스킬 없으시잖습니까."

비행 스킬 걸어 줄 헌터가 언제 올지도 모르고. 선생님 스킬을 노아와 송태원에게 걸었다. 동시에 송태원으로부터 약간의 반발이 느껴졌다. 성현제에 비해 존재감은 적었지만, 부담은 되레 더 크게 느껴졌다. 감각 공유를 받아들이는 게 영 마음에 들지 않는지 무의식중에 거부감을 가지는 모양이었다.

"노아 씨, 부탁할게요."

─ 네. 독을 쓰면 빠를 텐데.

그야 그렇지만 하필 독충에 비행형이라 독에 당한 채 즉사하지 않고 민가로 도망치기라도 하면 대참사다. 진짜 위험할 때 아니면 절대 쓰지 말라고 재차 당부했다.

외곽을 돌던 노아가 몸을 틀었다. 송태원이 단검을 꺼내 들며 활시위 당기듯 팔을 젖혔다. 팔의 근육에 단단히 힘이 들어간다. 옷을 찢기라도 할 듯 도드라졌다가, 단검을 벌떼를 향해 던진다.

콰즈즉─.

희미한 푸른빛을 휘감은 단검이 수십 마리의 벌을 일직선으로 휩쓸었다. 마치 SF영화의 레이저 광선이라도 발사한 것 같다.

벌을 꿰뚫고 찢으며 나아간 단검이 날카로운 곤충의 턱을 부숴 박히며 멈추었다.

후드득, 약 맞은 모기떼처럼 사체들이 떨어져 내린다. 그 사이 노아가 벌떼 가까이 다다랐다.

- 우우웅.

합창과 같은 웅웅거림이 귀를 때린다. 순식간에 몰려드는 벌떼를 바라보며 송태원이 무릎을 가볍게 굽혔다.

"가겠습니다."

그리고 터엉, 노아의 등판을 강하게 박차며 벌떼 속으로 파고든다. 단순한 몸의 부딪침만으로도 태풍에 휩쓸린 낙엽처럼 산산이 조각나는 벌들. 조금 전도 지금도, 일반인의 눈에는 지극히 비현실적인 광경일 것이다.

- 유진 씨, 제가 잡을게요!

노아가 몸을 빙글 회전시켰다. 버티려 들지 않고 그대로 떨어져 나온 나를 비늘 돋친 두 팔이 소중히 감싸 잡아든다. 이어 날개를 빳빳이 펼치며 무시무시한 속도로 벌 무리를 가로질렀다.

콰직, 쿠드득.

노아의 날개에 걸릴 때마다 얼룩덜룩한 붉은 몸뚱이가 동강 난다. 턱으로 물고 침으로 찔러 들려고 시도하지만 A~B급, 그것도 등급에 비해 물리력 약한 독충종이 S급 용의 비늘을 뚫는 건 불가능했다.

노아도 송태원도 그 몸뚱이 자체가 훌륭한 무기였다. 둘의 앞에서 가냘프게마저 보이는 벌떼들이 우수수 끊임없이 떨어져 내린다.

금색 날개가 급격히 꺾어지며 방향을 틀었다. 아래로 하강하다가 치솟은 용의 등 위로 송태원이 정확히 내려섰다. 그리고 다시 뛰어오른다.

벌을 짓밟아 터뜨리고 솟구쳐, 잔뜩 약 올라 뭉친 벌떼 가운데로 비집고 들어간 그의 손에 어느새 긴 봉이 쥐어져 있다. 송태원의 주위로 둥근 파동선이 그려지고.

구그그극-.

묵직한 울림과 함께 반경 십여 미터 내의 벌들이 순식간에 갈려 나갔다. 발 디딜 곳을 잃은 송태원에게로 또다시 노아가 재빠르게 날아간다. 선생님 스킬 덕분에 손발이 척척 맞는다.

'…죽겠네.'

그리고 나는 멀미 중이었다. 피해 무효화 아이템이 고속 이동으로 인한 중력 부하는 막아 주는데 멀미는 못 막아 주는구나. 당연하겠지만.

- 괜찮으세요, 유진 씨?

"…저녁 먹기 전이라 괜찮습니다."

헛구역질해 봤자 위액밖에 안 나와서 그나마 다행이지. 다음에는 미리 멀미약을 먹어야겠다. …독 저항 때문에 안 되나. 독 저항이 효과 발휘 못 하는 멀미약 개발해 주세요.

그러는 사이에도 시커멓게 몰려 있던 벌의 수는 빠르게 줄어들어 갔다. 비행형이다 보니 바리케이드 너머로 도망칠 것이 제일 걱정이었는데 어째서인지 무리를 빠져나가는 놈은 보이지 않았다. 동료 의식이 진한 건가.

- 벌들이 자꾸 절 따라오는 거 같아요.

꼬리를 휘둘러 벌을 박살 내며 노아가 말했다. 그런가, 우욱.

그때 일그러진 형태의 게이트가 빛을 발했다. 보스 나오려나 보다.

생각하기가 무섭게 거대한 벌이 게이트 너머에서 나타났다. 곰의 배쯤 되어 보이는 덩치에 갑옷처럼 단단한 껍데기를 지닌 수벌들. 그 사이로 날카로운 독가시를 온몸에 두른 여왕벌이 자리 잡고 있었다.

재빠르게 떡잎 스킬을 썼다. 전부 A급들이다. 그중 여왕벌의 스킬 하나가 눈에 띄었다. 군집의 신뢰, S급. 척 봐도 다수 대상 버프 스킬이다.

"여왕벌에게 집단 버프 스킬 있습니다, 먼저 처리하세요! 덧붙여 쟤들은 비행 못 합니다."

송태원이 몇 남지 않은 벌을 발판 삼아 뛰어올랐다. 여왕벌의 위쪽으로 다다른 그가, 그대로 아래로 떨어진다.

콰과광!

독가시도, 붉은 껍데기도 모조리 짓밟아 부수는 폭력 아래 여왕벌의 몸뚱이에 움푹 커다란 구멍이 났다.

S급 헌터라 해도 맨몸이라면 독가시에 약간의 타격은 있을 텐데, 스친 상처 하나 없었다.

여왕벌과 부딪치기 전, 희미하게 나타난 검은 그림자에 보호 효과가 있었다. 상대의 스킬을 흡수한다고 해야 하나.

'피해 무효화류 스킬인가?'

송태원의 스킬에 대해선 알려진 게 거의 없었다. 랭킹전에 참가하지 않음은 물론이요, 헌터 관련 프로그램도 공적인 일 외에는 출연하지 않았기 때문이다. 전투계인 건 확실하지만.

- 구우웅.

순식간에 처참히 찢어발겨진 여왕벌의 모습에 수벌들이 제 몸을 띄우지 못하는 작은 날개를 벌벌 떨어 댔다. 거기에 대답한 것은 여왕벌의 독가시였다. 송태원의 발끝이 부서져 바닥에 떨어진 독가시들을 휘익, 걷어 올렸다. 공중에 줄줄이 떠오른 가시들을 부드럽게 이어지는 발길질로 차 날린다.

퍽, 콰득-.

수 개의 가시를 전신으로 받아 낸 수벌이 쓰러지고 나머지 놈들이 상대적으로 조그만 인간을 향해 덤벼들었다.

송태원 혼자서도 충분히 상대할 수 있겠지만, 일단 노아도 아래로 내려갔다. 그러자 십여 마리쯤 남은 벌들이 우르르 노아의 뒤를 쫓아왔다.

"진짜 따라오네요?"

왜지. 같은 비행종이라서인가. 나를 내려놓은 노아가 달려드는 벌을 향해 몸을 돌렸다.

- 잠시만 기다려 주세요. 금방 처리하겠습니다.

활짝 펼쳐진 날개가 강하게 홰를 쳤다. 거친 바람에 상대적으로 얄팍한 날개를 지닌 벌들이 제 몸을 주체 못 하고 뒤집어진다. 일으킨 바람을 교묘하게 조종해 벌들을 한곳으로 모은 노아가 차려진 밥상을 향해 발톱을 휘둘렀다.

혹여 내 쪽으로 올까 싶었는지 깔끔히 모아 단번에 처리한다. 드래곤 모습으로 싸우는 것도 정말 많이 능숙해졌구나.

그때 수벌들 중 한 마리가 돌연 이쪽을 향해 달려들었다. 노아가 아닌, 정확하게 나를 향해 날카롭게 꼬부라진 앞발을 뻗는다.

- 감히 어딜!

사나운 으르렁거림과 함께 황금색 긴 꼬리가 채찍처럼 휘둘러졌다. 내 코앞까지 다가왔던 갈고리가 잘리듯 으깨지고 벌의 머리통을 날카로운 발톱이 꿰뚫었다. 철갑보다 두꺼운 껍데기가 종잇장처럼 찢어진다.

세 개밖에 남지 않은 다리를 벌벌 떠는 수벌을 눌러 밟은 채로 노아가 나를 바라보았다.

- 괜찮으세요?

"네, 그런데……."

왜 여왕벌을 살해한 송태원을 두고 내게 덤벼든 거지. 약하니까 먼저 처리하려고? 수벌의 숨통을 완전히 끊어 놓은 노아가 내 옆으로 바싹 붙어 섰다. 옅은 빛을 띤 눈이 안심하라는 듯 둥글게 휘어진다. 한쪽 날개가 보호하듯 펼쳐지는 그때.

카드득!

- 크읏!

피가 튀었다. 돌연 튀어나온 커다란 짐승이 노아의 가슴을 쥐어뜯듯 할퀸 직후, 내 몸뚱이가 단단히 물려 들렸다. 황금색 용이 피를 흩뿌리며 나뒹구는 것이 희미하게 보였다.

"노아 씨! 윽."

톱니 같은 이빨은 피부는커녕 옷조차 뚫지 못했지만, 그 주둥이로부터 벗어날 방법도 없었다. 정체불명의 짐승이 나를 문 채 크게 도약하여 단숨에 거리를 벌렸다. 눈앞에 떠오르는 공포 저항 메시지를 바라보며 이거 좀 곤란한데 생각한 순간.

- 캥! 캐애앵!

짐승이 꼴사나운 비명을 지르며 나뒹굴었다. 입에서 뱉어진 나도 같이 바닥을 뒹굴었다. 아스팔트에 피부가 쓸려 피가 조금 맺혔다. 이 정도 충격은 무효화할 수준이 아니란 건가. 유현이한테 들키면 안 되니까 포션 써야지.

'소리 없는 비명을 썼구나.'

상대에게 상처의 통증을 두 배로 전달하는 노아의 스킬. 몸을 일으키며 고통에 몸부림치는 짐승, 거대한 늑대를 향해 떡잎을 썼다.

1급 라이칸스로프 - 검은 바위의 왕
현재 스탯 등급 S
각성 가능 스탯 등급 S
최적화 초기 스킬
흑암모(SS) 획득
절단하는 발톱(S) 획득
거대화(A) 획득

'…아니, 이놈이 왜 지금 나와?'

분명 일 년도 더 뒤에 나타났었는데. 이 근처에서 터진 미발견 B급 던전을 처리하는 중에 돌연 난입해 온 몬스터였다. 덕분에 A~B급으로 구성되었던 처리팀이 떼로 몰살당했던 기억이 아직도 생생하건만.

'A급 던전 터진 것에 이끌려 나온 건가.'

별명 탐식의 늑대. 워낙 빠르고 튼튼해서 쉽지 않은 공략 대상이지만 상등급 마석만 보면 눈 뒤집고 먹으려 들어 유도하기 쉬운 덕에 민간인 피해는 적었던 S급 몬스터다.

그런데 약한 인간에겐 별 관심 없던 저 새끼가 왜 애꿎은 나를-.

- 크르릉!

고통으로 침을 줄줄 흘리면서도 늑대가 다시 몸을 일으켰다. 시퍼런 눈이 숫제 불타오르는 듯하다. 광견병 걸린 개새끼가 순식간에 나를 덮쳤다. 앞발이 다리를 짓누르고 개새끼의 코끝이 가슴에, 정확히는 심장 부근에 와 닿았다.

그 순간 떠오르는 것이 있었다.

'용인종의 마석!'

설마 SS급 마석이 내 가슴에 박혀 있다는 걸 느낀 건가. 망할. 심지어 깨지긴 했지만 최소 L급 이상일 디아르마의 마석도 섞여 있다.

'SS급 이상 마석을 지닌 F급짜리라니…….'

더럽게 먹음직스러우면서도 입 대기 쉬운 성찬이네. 눈깔 뒤집히는 게 이해가 가는구나, 개새끼야. 별도 마석을 노리고 쫓아다닌 거였나. 미친, 이런 부작용이 있을 줄은 꿈에도 몰랐는데. 기억 속에도 없었고. 디아르마 그 새끼 자기보다 약한 마석만 박아 넣었을 테니 이런 일은 당연히 겪지 않았겠지만.

- 그르르.

섬뜩하게 날카로운 송곳니가 가슴을 긁어 댔지만 소용없었다. 운 나쁘게 발톱에 걸린 옷이 찢기는 정도였다. 그래도 뜨거운 숨이 훅 끼얹어지고 침도 뚝뚝 떨어지는 데다가 깨 먹기 힘든 견과류 보는 시선까지 더해져 기분은 무척이나 더러웠지만. 다행히 길게 참을 필요 없이 이내.

퍼억!

- 크륵!

거세게 걷어차인 개새끼가 옆으로 밀려났다. 이어 송태원의 손이 내 팔을 붙잡고 단숨에 일으켜 세웠다. 그의 시선이 내 몸을 빠르게 훑어 내린다.

"전 멀쩡합니다. 노아 씨는요?"

"무사합니다. 게이트 쪽을 부탁드렸습니다."

아직 한 층분밖에 나오지 않았으니 게이트를 막을 사람도 필요했다. 단숨에 터져 나간 벌과 달리 별 타격 없어 보이는 늑대가 송태원을 노려보며 털을 세운다. 검은 털가죽이 경질화되며 둔탁한 빛을 띠었다.

"저거 SS급 스킬이라 웬만해선 못 뚫습니다. 이번엔 거부 마시죠."

송태원은 대답 대신 내 몸을 단단히 당겨 붙잡았다. 스킬이 공유되고, 식사를 방해받은 늑대가 사납게 포효했다.

사족보행이던 늑대가 몸을 일으켰다. 사람 하나쯤 개껌처럼 가볍게 입에 물고 다니던 덩치가 줄어든다. 털가죽이 더욱 단단해지며 마치 갑옷처럼 변하였다. 길게 솟아난 발톱은 수 개의 시미터를 동시에 뽑아 든 듯했다.

보름달이 배경이면 딱이었을 텐데. 아쉽게도 반달에, 달빛이 그리 밝지도 않다.

- 크르르.

줄어들었다곤 하나 송태원의 배는 족히 넘는 라이칸스로프가 나를 노려보았다. 정확히는 내 심장 쪽이다. 그래, 참 맛있어도 보이겠지.

"라이칸 형태는 대인전 특화입니다. 더럽게 딱딱하고 약한 속성도 없고 순간속도는 늑대형보다 빠른 데다가 작아서 피격 범위도 좁죠."

아직은 멀쩡한 휴대폰을 꺼내 협회로 S급 몬스터 출현을 알리고 말했다. 끝까지 무사했으면 좋겠구나, 휴대폰아.

'회귀 전의 저놈도 송태원이 잡았었지.'

워낙 잽싸고 일반인은 잘 건드리지 않는 놈이다 보니 유현이와 성현제는 당신들이 더 위험하니까 나서지 말란 소릴 들었었다. 초가삼간 다 태울 화력들이라. 현아 씨도 무기 특성상 작고 빠른 상대는 맞지 않았고.

"접촉 상태만 유지하면 됩니까."

송태원이 라이칸으로부터 눈을 떼지 않은 채 말했다.

"네. 다만 제가 잡고 있을 수는 없습니다. 아시다시피 스탯이 낮아서 언제 놓치게 될지 모르거든요."

내 쪽에서 잡고 있을 힘이 없다 보니 어쩔 수 없이 들려 다닙니다, 예.

"피해 무효화 SS급까지 올려놓았으니 방패 대용으로 쓰셔도 됩니다."

잘만 쓰면 유용하다는 말에 송태원의 시선이 내게로 옮겨 왔다. 잠깐만, 지금 그렇게 눈을 떼면.

카직, 땅을 긁는 소리와 함께 라이칸이 몸을 날렸다. 송태원은 자리에서 거의 움직이지도 않고 자유로운 한쪽 팔을 날 선 앞발톱을 향해 마주 뻗었다. 검은 그림자에 휘감긴 팔이 약간 뒤틀리며 발톱의 아래쪽으로 들어간다.

찌이익.

발톱이 얇은 여름 셔츠와 함께 피부를 찢는다. 팔에 붉은 줄이 그어지고 피가 튀었다. S급 스킬이 어린 발톱이 제대로 긁어냈음에도 상처는 옅었다. 휘감긴 그림자에 의해 스킬은 무효화되고 단순한 물리력만 남았기 때문이었다.

턱, 송태원의 손아귀가 라이칸의 팔목을 붙잡았다. 힘줄이 길게 서며 굽은 손가락이 털가죽을 파고든다. SS급 방어 스킬, 흑암모 또한 무력화된 것이다.

- 케엑!

당황한 라이칸이 팔을 빼내려 했으나 그보다 송태원의 움직임이 빨랐다.

으드득, 짐승의 팔이 비틀림과 동시에 끌어당겨진다. 이어 관절의 역방향으로 강력한 니킥이 파고들었다. 역시나 그림자를 두른 채다.

뼈가 으스러지는 소리가 요란하게 울렸다.

눈 깜짝할 사이에 개새끼 팔이 아작 나 너덜거린다.

- 캬르륵!

간신히 팔을 빼낸 라이칸이 뒤로 훌쩍 물러나며 으르렁거렸다. 송태원이 손끝을 가볍게 털었다. 묻어 있던 피와 살점이 떨어져 나간다.
"원래는 범위가 극히 좁은 스킬입니다. 두 군데 이상 동시에 쓸 수도 없지요."
그가 나직이 말했다. 상대 스킬을 무효화시키는 걸 말하는 거겠지. 범위가 넓으면 사기인데요.
한쪽 팔로 나를 낚아채듯 한 채 송태원이 움직였다. 그의 발에 무게가 실린다. 몸의, 그리고 무기의 질량을 조절하는 스킬.
그것이 두 배치로 발휘되었다.
쾅-!
엄청난 압력이 가해짐과 함께 아스팔트가 산산이 부서진다. 그 아래의 땅까지 움푹 파인다. S급이라지만 인간의 크기와 무게로는, 심지어 제자리에 선 채로는 끌어내기 힘든 파워였다.
튀어 오르는 검은 파편들 사이로 송태원의 몸이 라이칸을 향해 쏘아졌다. 늑대가 반사적으로 몸을 굽혀 피한다. 놈의 몸 위로 아슬아슬하게 송태원이 스치고 지나가려나 싶은 순간.
콰직!
뻗어 나간 손이 라이칸의 목덜미를 움켜잡았다. 그것을 축으로 삼아 송태원의 몸이 공중에서 크게 회전하고, 속도를 더한 발끝이 검은 털가죽으로 둘러싸인 등을 내리찍는다!

- 캬악!

등골이 푹 파이다 못해 반쯤 터져 나갔다. 동시에 피와 비명을 토한 짐승이 몸을 부풀렸다.

휘릭-.

도망칠 듯 몸을 돌리는 놈의 목에 어느새 꺼내 들린 와이어가 휘감겼다. 당연히 평범한 금속 선은 아니다. 하나 S급이 쓸 만한 등급의 무기도 아니었다. 중급 헌터도 보조용으로나 쓰는 흔한 건데, 저거.

와이어가 당겨지자 라이칸이 얼른 발톱을 휘두른다. 발톱이 닿기 직전, 와이어에 검은빛이 흐르고.

팅!

원래라면 단숨에 끊어졌어야 할 금속선이 반쯤 잘리다 버티어 냈다. 예상치 못한 상황에 자세가 흐트러진 라이칸이 주욱, 끌려온다. 송태원이 손에 휘감긴 와이어를 아래로 확 내림과 동시에 발끝을 높이 치켜든다.

콰드득!

내리찍는 뒤꿈치가 무슨 도끼날처럼 굵은 늑대의 목을 절반 가까이 찢어 놓았다. 그나마도 라이칸이 간신이 몸을 뒤틀어 즉사를 면한 것이었다.

S급 몬스터이니만큼 질기고 튼튼한 신체일 터이건만 무기도 없이 곤죽을 만들어 놓고 있다. 일방적인 폭력 앞에 라이칸이 혀를 길게 빼물며 바닥을 뒹굴었다.

- 캬아앙!

발악하듯 이를 드러내는 늑대의 아래턱을 피에 젖은 손이 올려 치며 움켜쥔다. 아래턱과 위턱이 짓눌리듯 맞부딪치고 송태원의 두꺼운 손목이 크게 원을 그리며 뒤틀렸다.

쿵!

그대로 뒤집힌 라이칸의 머리가 바닥에 처박혔다. 아스팔트 조각이 피처럼 흩어진다. 송태원의 무릎이 늑대의 목을 짓누르고 멀쩡하게 남은 팔을 손으로 틀어쥐었다.

- 크륵, 크르륵!

스탯이 같진 않다 해도 동일한 S급이다. 배 이상의 덩치 차이만큼 힘의 차이도 나야 하겠지만 라이칸은 꼼짝도 하지 못한 채 깔려 두 다리만 버둥거렸다.
현재 송태원의 무게가 라이칸의 것보다 무거운 탓이었다.
등이 꺾인 탓에 라이칸의 발길질은 제대로 닿지도 못하고 송태원은 무심하게 남은 팔 하나도 마저 부러뜨렸다. 이어 칼을 꺼내어 그 끝에 무효화 스킬의 검은 그림자를 어리게 한 후, 라이칸의 턱 아래에 찔러 넣는다.
쿠드득.
칼날이 턱 아래부터 정수리를 관통했다. 이어 헤집듯 비틀리고, 송태원의 무릎 아래에서 버둥거리던 움직임이 서서히 멈추었다.
진득한 피비린내 속에서 송태원이 칼을 놓고 몸을 일으켰다. 한쪽 팔에 붙잡혀 들린 채이기에 나도 그를 따라 일어났다.
"그럼 이제 게이트 쪽 마저 처리하셔야죠?"
송태원의 표정을 살피며 말했다. 여전히 무뚝뚝하고 차분해 보이는 얼굴이다. 겉보기에는 스킬 공유에 별다른 감흥이 없는 듯했다. 성현제처럼 탐내기보다는 오히려 경계하며 밀어내는 쪽이 아닐까.
그러니 슬슬 놓아 줄 법도 한데.
'어째 꿈쩍을 안 하네.'
시커멓게 가라앉은 시선이 나를 향했다. 눈길은 아래로 천천히 떨어져 가슴에, 찢긴 옷 사이로 드러난 상처 위에서 멈추었다.
"무슨 상처입니까."
"별거 아니에요."

"별거 아니라면 남아 있을 리 없겠지요. 힐러도 포션도 얼마든지 쓸 수 있지 않습니까. 무엇보다도 해연 길드장이 그냥 두지 않았을 겁니다."

그야… 지금은 그랬겠지.

"유현이도 모르는 상처라 그렇습니다. 저야 뭐, 포션은 아끼자는 주의라서."

"모른다면 생긴 지 오래되지 않았겠군요. 호수 던전에서 상의를 잃었으니."

그 전에 상처가 생겼더라면 본 사람 많으니 유현이 귀에도 진즉 들어갔을 거라 이건가.

"살다 보면 좀 다칠 수도 있고요."

"손도 아닌 가슴이 칼에 베일 일은 보통 없습니다."

그렇게 말하며 포션을 꺼내 든다. 흉터 위로 포션이 흘러내렸지만, 변화는 없었다.

"늑대는 계속 한유진 씨를 노리고 있었습니다. 벌떼 또한 노아 헌터가 아닌 한유진 씨를 쫓은 듯하고요. 수벌이 빠져나와 공격하기도 했었지요."

무슨 짓을 하신 겁니까. 무게감을 실은 목소리가 물었다.

"대답해야 할 의무는 없습니다만."

송태원의 손이 내 팔을 단단히 붙잡았다. 진정하시고 대화로 푸시길 바랍니다.

"상급 헌터 상대만이 아니라 몬스터 앞에서도 태연하시더군요. 비정상적으로 공포심을 느끼지 못하는 것은 역시 스킬입니까."

취조당하려고 여기까지 온 건 아닌데. 늑대가 잡아먹으려고 갂작대는 앞에서도 멀쩡하게 군 건 실수였던 거 같다. 조금쯤은 겁먹은 척을 할걸.

대답을 하지 않자 송태원이 내 목 부근을 잡았다.

"제 스킬명은 스며드는 약탈입니다. 전투 시의 짧은 접촉으로는 상대방의 스킬을 일순간, 일부분만 무효화 가능합니다만 시간을 들인다면 그 이상의 효과를 발휘할 수 있습니다."

"…잠깐만요."

이거 좀 불길한데, 싶은 순간 송태원이 나를 향해 스킬을 사용했다. 동시에 계약서의 효과가 발휘되었지만.

'…이래서야 소용이 없잖아.'

계약의 페널티는 다름 아닌 일시적인 마비였다. 그 정도면 공격당한 다른 아군 헌터가 날 빼내기 충분할 테니까. 하지만 지금은 나 혼자뿐이었고 내 힘으론 굳어 버린 송태원의 손아귀를 벗어나기 불가능했다.

스킬 공유받은 사람이 날 공격할 줄은 미처 생각지 못했는데. 구석에서 나한테 공격 스킬 써서 계약 파기하면 구해 줄 사람이 없으니 스킬 공유는 계속 지속되고 페널티도 없는 꼴이 되는 거잖아, 이거. 계약서상의 동료 헌터에서 나는 제외하든지 해야지, 원.

계약서 작성은 역시 쉽지 않다는 교훈을 새기는 사이 송태원이 마비에서 풀려났다. 그리고 잠시 멈추었던 스킬도 다시 발휘되었다. 공격 스킬이라지만 헌터가 아닌 스킬을 향한 것이라서인지 피해 무효화는 통하질 않았다. 애초에 내 육신 자체에는 아무런 피해도 입히질 않았고.

"이거, 효과가……."

"상대가 지닌 스킬 중 하나의 등급을 하락시킬 수 있습니다."

당황하며 상태창을 켰다.

[공포 저항(L)(SSS) - 전설급 이하의 위압 무효]

공포 저항 스킬의 등급이 떨어졌다. L급도 그대로 남아 있는 것으로 보아 일시적인 듯하지만.

[(SS)]

다시 한 단계 더, 등급이 떨어지고 얼마 지나지 않아 S급까지 내려갔다.

이제는 송태원과 동급이라서인지 약간의 서늘함이 느껴졌다. 그래도 아직은 괜찮은데.

"어디까지 하락시킬 수 있는 겁니까?"

"보통은 3단계 정도입니다."

그럼 지금은 두 배 효과가 붙었으니까…….

┌─────────────────────────────┐
│ (A)   │
└─────────────────────────────┘

가슴이 덜컥 내려앉았다. 시발, 잠깐만.

"설명드릴 테니까 이쯤 하시죠."

송태원은 내 말을 귓등으로도 듣지 않았다. 그리고 B, 다시 C. 피 냄새가 새삼스럽게 역하게 다가왔다. 심장이 조금 빠르게 뛰었다. 젠장.

"지속 시간은 상대방의 스탯 등급에 따라 다릅니다. S급 상대로는 아직 써 본 적 없고 A급은 반나절 정도 지속되더군요. F급이라면 적어도 사흘 이상이지 싶습니다."

"그래서 이제 감춘 거 다 털어놓으라고 협박이라도 할 겁니까."

"그러니 괴물들의 아이템 노릇은 이쯤 하십시오. 부숴 버리기 전에."

"예?"

송태원이 담담하게 말을 이었다.

"세성 길드장이 눈독 들이는 이유는 충분히 느꼈습니다. 무척이나 유용하시더군요. 좀 과한 자극이 될 정도로요. 이대로 괴물 사냥이라도 해 볼까 하는 충동마저 살짝 들었습니다."

그 괴물이 몬스터를 의미하는 건 아니겠지. 노아 씨, 이쪽으로 절대 오지 마세요.

"동시에 한유진 씨를 그냥 내버려두어서는 안 되겠다고 생각했습니다."

"계약서 수정해서 꼬박꼬박 쓸 겁니다."

"겁이라도 내십시오. 위험한 장소에 끌려다니는 걸 거부할 정도로. 그리고 제가 당신을 해칠 생각이 들지 않을 정도로."

"평범하게 송태원 씨를 무서워하는 사람에게는 손 못 댈, 으……."

돌연 짓눌러 오는 위압감이 강해졌다. 절로 몸이 부들부들 떨려 왔다. 하지만 그보다 더한 것은 선생님 스킬이었다. 상대의 강함이 직접적으로 전해지자 전신이 오싹해지다 못해 정신적으로 목이 졸리는 기분이 들었다.

얼른 스킬을 거두자 겨우 숨통이 트였다. 공포 저항 없이는 선생님 스킬도 못 써먹겠구나.

"송태원, 씨. 두려움을 느끼든 그렇지 않든 전 제 할 일 할 겁니다."

이를 악물고 말했다. 공포 저항 스킬 없이도 5년간 잘 버텼다. 겁 좀 난다고 집에 처박혀 있을 거면, 진작 그랬겠지.

어차피 내가 제일 무서워하는 건 고작 S급 헌터의 협박 따위가 아니거든.

"그리고 진짜 겁먹은 건, 송태원 씨 당신 아닙니까. 남들 핑계 대지 말고, 당신이 끌리니까 날 치워 버리고 싶어 하는 거잖아."

다른 사람들 핑계를 말속에 섞었지만 결국 충동이 든 것도 날 해치고 싶어진 것도 송태원 그 자신이다. 손을 뻗어 송태원의 멱살을 붙잡았다. 시선이 마주치자 무섭다 못해 속이 다 뒤집힐 거 같다.

"그냥 솔직하게 말해. 어떻게 하고 싶은 건지. 하지만 선택해야 할 겁니다. 지금의 위치를 계속 고수하겠다면 당신 영향력을 지워 버릴 겁니다. 방해가 되니까. 평범하게 살고 싶으면 순순히 평범한 공무원으로 살아가세요."

"그럴 능력은 있으십니까."

"뭐 어떻게든지요. 한직에 묶어 놓고 송태원 씨에게 도움 청하지 못하도록 갖은 방법을 동원해 막아 보죠. 공무원이시니까 위에서 시키는 대로 따르셔야지요?"

쉽지는 않겠지만 송태원이 진짜 공무원답게 굴겠다면 못 할 것까진 없을 터다.

"얌전하게, 오늘 일은 다 잊고."

"…정말 곤란한 분이시군요."

나직하게 중얼거리며 그가 내 팔목에 손을 가져다 대었다. 정확히는 팔찌 위에. 순간 심장이 크게 뛰었다. 굵은 손가락이 팔찌를 쥐었다. 동시에 푸른 색 새가 파다닥 튀어나온다.

- 삑! 삐익!

경고라도 하듯 높은 외침 직후.

화르륵!

돌연 불길이 일었다. 새빨간 화염이 송태원과 나 사이를 가르고 약탈 스킬 범위를 넘어서는 화기를 견디지 못한 송태원이 나를 놓고 급히 뒤로 물러난다.

- 삑삑!

내 손목 위에 은혜가 내려앉았다. 그 옆으로 붉은 도마뱀, 이린이 나타났다.

"린아? 네가 어떻게……."

- 밖에 안 나갈 거라더니. 여기서 뭐 하는 거야, 형.

"…유현아?"

도마뱀으로부터 흘러나오는 것은 분명 유현이의 목소리였다.

"너, 어떻게……."

목소리가 나오다 말고 다리에 힘이 풀렸다. 억지로 버티고 있던 반작용이 한 번에 몰려온 기분이다. 그대로 주저앉으려는 것을 유현이의 팔이 붙잡아 주었다……?

작은 도마뱀이 어느샌가 사람의 형태를 갖추고 있었다. 완벽한 인간의 모습은 아니다. 이린이나 이스무아르처럼 불길로 빚어낸 형상이었다.

"…이런 것도 되냐."

— 홍콩에서 한바탕한 덕분이라고 할까. 하지만 부담이 커서 오래는 못 써.

"부담이 크다고? 얼마나?"

— 일단 내 진짜 몸이 무방비 상태가…….

"미쳤냐, 한유현! 당장 돌아가! 너, 지금 S급 던전 공략 중이잖아!"

— 걱정 마. 바깥보다 길드원들뿐인 던전이 차라리 더 안전해. S급도 둘이나 되잖아. 피스도 박예림도 형 때문에라도 내 몸뚱이 잘 지켜 줄 거고.

망할 동생 놈은 태연하게 말했지만, 신경 쓰이다 못해 심장이 다 아팠다.

정령을 이렇게 멀리 떼어 놓는 것도 쉽지 않은 일이라 잠재워 둔 상태로 은혜가 반응하면 깨어나도록 해 놓았다고 했다. 그럼 가슴의 상처는 못 본 걸까. 유현이 목소리가 들리자마자 반사적으로 가리긴 했는데.

― 완전 동화는 길어야 삼십 분 안팎밖에 유지 못 해. 이린도 다시 잠들 거고. 그러니 세성 길드장에게 연락해.

옷에 붙은 불을 털어 내듯 끄는 송태원을 바라보며 유현이가 말했다.
"성현제는 아직 던전에 있을 텐데?"

― 홍콩 때 일 관련으로 다시 출국했다가 오늘 아침에 입국했어. 던전에 들어간 건 에블린 헌터고.

성현제가 아닌 세성의 다른 S급 헌터가 대신 공략 들어간 모양이었다. 뭘 하고 다니는지는 모르겠지만 약속대로 해연에 알려 주고는 있나 보군.
"음, 내가 한 사흘쯤 성현제를 멀리할 생각이라 연락은 좀……. 근처에 노아 씨도 있어."

― 노아 헌터로는 안 돼. 송태원 실장은 국내에서 S급 헌터와의 전투 경험이 가장 많은 사람이야. 심지어 대인전 특화라 보조계로선 3분도 채 못 버틸걸.

3분이라니, 짜구나. 그래도 지금 성현제와 마주치고 싶진 않은데. 마른침을 삼키며 송태원을 바라보았다. 그와 시선이 마주치자 등골이 살짝 오싹해진다.

― 당장 연락해.

불길로 이루어진 창을 만들어 내며 유현이가 말했다. 낮게 깔린 목소리로부터 희미한 긴장감이 느껴졌다.

- 대체 무슨 일이 있었는진 몰라도 그냥은 안 끝낼 기세니까.

동시에 송태원이 움직이기 시작했다. 선생님 스킬을 쓰지 않은 채라 그 움직임이 눈에 제대로 포착되지도 않았다. 그저 땅울림 소리가 들리고.
콰앙!
불의 창이 바닥에 들이박히며 화염의 벽을 일으키는 것 정도나 보였다. 어느새 유현이 또한 내 옆에서 사라지고 없었다. 사방에 휘몰아치는 열기를 느끼며 휴대폰을 꺼내 들었다. 진짜 지금은 마주치기 싫건만.
신호가 얼마 가지 않아 성현제가 전화를 받았다. 여느 때처럼 느긋한 목소리가 평소와는 조금 다르게 다가왔다. 통화상으로도 살짝 주눅 드는데 실제로 마주치면 시발, 그냥 잘못 걸었다고 할까.
"…혹시 시간 되시면 던전 브레이크 지역으로 잠깐 와 주실 수 있겠습니까. 바쁘시면 안 와도 됩니다만."

[송 실장으로 부족한 건가? S급 몬스터라고 해도 라이칸 같은 타입이라면 어렵지 않게 처리할 텐데. 보조계인 노아도 있다고 들었고.]

약간의 의아함을 담아 그가 말했다. 잘 아시네요. S급 라이칸스로프 지금 개떡 되어 있습니다.
"그 송 실장님이 문제라서요. 제가 스탯 F급인 이상 목숨까진 노리지 않을 거라더니, 이번에는 성현제 씨가 틀렸습니다."

[내 아이템의 매력이 과했나 보군.]

"그놈의 아이템 파편만 남은 꼴 보고 싶지 않거든 10분 내로 튀어 오시죠."

송태원이 정말로 날 죽일 거란 생각은 들지 않지만. 나대지 말고 얌전하게 좀 있으라고 팔다리 정도나 부러뜨리지 않을까. 공포 저항 등급이 낮아진 탓인지 생각만으로도 한쪽 다리가 욱신거리는 듯했다.

두 다리는 멀쩡한 게 편하니까 좀 봐줬으면.

'선생님 스킬이라도 쓸까.'

눈에 보이는 거라곤 여전히 불길과 간간이 튀어 오르는 파편뿐이었다. 지금 상태로는 스킬로 전해지는 정보를 감당하기 힘들겠지만, 그것도 나쁘진 않겠다 싶었다. C급짜리 공포 저항 가지고 맨정신으로 성현제와 마주치느니 기절해 있는 게 낫지 않을까.

죽은 척하고 있으면 송태원도 그냥 지나쳐 줄지도 모르고. 곰은 아니지만. 곰 앞에서 죽은 척하면 실제로는 먹힌다고 했던가.

'어차피 할 수 있는 일도 없고.'

성현제 오기 전에 정신줄 놓자. 우선 유현이, 이린을 향해 선생님 스킬을 썼다. 동시에 전신이 화끈 달아오르는 듯한 느낌이 들었다. 입안이 절로 메마르는 압박감이다. L급 공포 저항을 가지고 있을 때는 강 건너 불구경이라면 지금은 코앞에서 닿을 듯 말 듯 아슬아슬한 겁화를 지켜보는 기분이다.

그리고 송태원은.

'…살벌해라.'

불길에 휩싸여서도 여전히 차분한 눈빛이 되레 더 서늘하게 느껴진다.

스킬 효과 두 배는 사라졌기에 약탈의 범위는 좁아진 채였다. 그럼에도 화염 저항 장비라도 착용한 건지 주위를 맴도는 불길에도 화상의 흔적은 별로 보이지 않았다.

아예 없는 건 아니다. 화염창이 제대로 할퀴었는지 한쪽 어깨가 굵직하게 헤집어져 있었다.

콰득, 바닥을 내리찍은 발이 두껍게 뒤집어지는 아스팔트 덩이를 위로 차

올린다. 송태원을 물어뜯으려던 불길이 검은 덩어리를 진득하게 녹여 내렸다.

그사이 그림자를 휘감은 손날이 한유현의 가슴을 갈랐다. 진짜 육체가 아닌 탓에 피가 튀지는 않았다. 통증도 없을 것이다. 하나 현재 유현이의 몸뚱이는 그 자체가 스킬이라 할 수 있었다. 깊게 갈라진 불길은 쉽게 회복되지 못하고 붉은 눈썹이 곤란한 듯 찌푸려진다.

'이대로라면 삼십 분은커녕 그 반도 못 버티겠는데.'

원래 몸이 아니라 스킬도 거의 못 쓰고 장비도 하나 없다. 때문에 단순 화력으로 몰아붙이고 있으니 힘의 소모도 더 클 것이다. 그마저도 송태원의 스킬이 야금야금 갉아먹고 있고.

뭐, 안 되면 기절하자, 라는 생각으로 송태원을 향해 다시 선생님 스킬을 썼다. 눈앞이 아찔해졌다. 숨도 조금 가빠졌지만 기절할 정도는 아니었다.

'송태원 씨, 그래도 거부는 안 하네.'

왜일까. 의아해하면서도 송태원의 감각을 유현이에게 일방적으로 전했다. 직후 유현이가 송태원의 발길질을 아슬아슬하게 피하고 거세게 팔을 휘둘렀다. 불덩이가 마치 철퇴처럼 송태원을 두들겨 날린다.

정확하게 직격당해 뒤로 날아간 몸뚱이가 공중에서 빙글 돌아간다. 송태원의 발이 불운한 건물의 외벽을 강하게 찼다.

콰르르-.

벽이 갈라지고 구멍이 크게 뚫렸다. 콘크리트 먼지 속에서 불이 타오르고 열기를 느낀 스프링클러가 작동했다. 불과 물이 맞닿으며 수증기가 거세게 치솟는다. 그 속에서 또다시 두 사람이 부딪쳤다.

저 건물, 오늘 무너지게 생겼네.

둘의 마력이 거칠게 꿈틀거릴 때마다 멀미하듯 속이 울렁거려 결국 자리에 대충 주저앉았다. 성현제 오기 전에 기절하고 싶었건만 예상외로 내 정신줄이 두꺼운 모양이었다. 진짜 죽은 척이라도 해야-.

- 형!

그때 유현이가 소리쳤다. 나 또한 불길한 감각을 느낄 수 있었다. 이런 젠장.
우르릉.
땅이 흔들렸다. 망할. 다시 일어나기도 전에 보도블록을 산산조각 내며 거대한 두더지 같은 것이 모습을 드러낸다. 1층인지 2층인지 몬스터들 등장했나 보네. 내가 몬스터 맛집이란 사실을 잠시 잊었다.

- 키이이!

두더지가 나를 보고 와 맛있겠다 소리쳤다. 아마도. 놈이 내게 앞발을 뻗기 직전.
펑!
검은 대가리를 불길이 휘감으며 굽듯이 터프렸다. 이어 내 뒤쪽에 나타난 놈의 머리도 날아온 단검이 꿰뚫는다. 머리에 큰 구멍이 나 내 쪽으로 쓰러지는 두더지를 와이어가 휘감아 옆으로 당겼다.
쿠궁, 나를 피해 옆쪽으로 굴러 쓰러지는 몬스터의 사체에 조금 어이가 없어졌다. 하여간 송 실장님, 댁 조금 전에 날 부수겠다느니 해치겠다느니 하셨거든요.
'송 실장님답긴 하다만.'

- 형, 괜찮아?

유현이가 내 옆으로 훌쩍 나타나며 또다시 튀어나오는 두더지를 불 싸질렸다. 몬스터 한두 번 보는 것도 아니고 이 정도야 그냥 긴장 좀 될 뿐이지. 일어나지는 못하겠다. 땅이 계속 흔들리기도 하고……. 이 근처 완전 대공사 들어가야겠네.

"땅속으로 이동하는 타입이라 노아 헌터가 독 없이는 막기 힘든 모양입니다."

두더지의 목줄기를 붙잡아 으깨며 송태원이 말했다. 어느새 이마부터 오른쪽 눈가까지 화상 자국이 길게 남아 있다. 보는 사람이 아플 지경이건만 눈 하나 깜짝 않는다.

"한유진 씨."

힘줄이 도드라진 손이 척추뼈를 뽑아내고 그것을 또 다른 두더지의 눈에 던져 박는다. 동시에 힘껏 내리찍은 발아래서 두더지의 비명이 퍼졌다.

내게로 다가오는 그를 유현이가 노려보았다. 기세는 사나웠지만 정령의 불꽃은 이미 많이 약해진 뒤였다.

"이쪽으로 오십시오. 보호해 드리겠습니다."

피와 살점으로 얼룩진 손이 내밀어졌다. 저 말이 진심이라는 점에서 정말 미친 거 같다. 유현이가 나를 반쯤 감싸 안듯 하며 인상을 찌푸렸다.

─ 진짜 무슨 일이 있었던 거야, 형. 송 실장이 팔찌를 빼내려 했던 거 같은데 이제 와서 보호?

"…인생에 대한 토론 같은 걸 했던가."

꽈배기 트위스트 추는 거 적당히 하고 내 일이나 도우시죠, 라며 자기 인생도 거하게 뒤틀린 주제에 참견질을 했지. 돌이켜 보니 송태원이 내 혀를 뽑아도 한 번 정도는 그럴 만했습니다, 하고 넘어가 줘야 할 거 같다.

그래도 첫 만남 때는 나름 분위기 좋았는데. 송태원 씨 차가 박살 나고 내 목이 졸라지고……. 음, 지금이랑 큰 차이 없는 듯도 하고. 역시 사람은 적당한 두려움 한 스푼쯤은 가슴속에 간직해야 한다. 안 그랬다간 이 꼴이 날 수도 있습니다.

"죄송하지만 지금은 송태원 씨가 무서워서 가기 싫습니다."

"이런 상황이면 보통은 무서워합니다. 그래도 몬스터에게 삼켜지는 것보다는 나을 겁니다."

재난지역에서 발견한 피해자라도 대하듯 송태원이 나를 달랬다.

"어느 쪽이 나을지 어떻게 압니까. 송태원 씨에게 잡히는 것보다 몬스터 배 속이 더 편할지도 모르죠."

"얌전하게, 시키는 대로 따르시면 손댈 일 없습니다."

내가 했던 말이 되돌아왔다. 그러는 사이에도 두더지들은 계속해서 튀어나오고 있었다. 불이 이글대는 근처로는 오지 못하고 저만치 떨어져서 무리를 짓는다.

─ …최대한 빨리 나올게.

많이 흐릿해진 유현이가 걱정스럽게 나를 내려다보았다.

"그럴 거 없어. 괜찮아."

유현이의 몸이 줄어들었다. 도마뱀의, 이린의 모습으로 돌아가 내 어깨에 앉았다가 문신처럼 피부에 스며든다.

엉망이 된 길 위를 송태원이 걸어왔다. 일어날 힘도 없어 내 앞에 선 남자를 그냥 올려다보았다. 여름밤인데도 한기가 느껴졌다. 까놓고 말해 몸이 떨렸다.

"겁에 질린 일반인입니다. 상냥하게 대해 주시죠."

"계속 그대로 계시겠다면 얼마든지 그러겠습니다."

"같이 맥주 마시고 쓸데없는 잡담 통화 하고, 뭐 그런 거요?"

"근무 시간에는 안 됩니다."

"평소에 이웃과도 그렇게 잘 지내시나?"

"잘 지내기에, 좋은 상대가 아닙니다. 저는."

"저도 겁먹으면 좋은 상대가 아니게 될 텐데."

송태원이 허리를 숙였다. 그가 내 몸을 가볍게 들어 올렸다.

"그래서 이제 전화 안 하실 겁니까."

"할 건데요. 그리고 송태원 씨가 싫어하는 짓도 계속할 겁니다. 어차피 송태원 씨도 제가 싫어해도 계속할 거잖습니까. 하지만 전 일반인에 가까우니까 S급이 좀 물렁하게 굴어 주시죠."

텅-.

대답 대신에 보도블록 조각이 걷어차였다. 슬금슬금 접근해 오던 두더지의 머리가 박살 난다. 땅을 헤집고 바리케이드를 쉽게 넘어가 도심을 엉망으로 만들 수 있는 놈들이다. 하지만 지금은 모조리 나만 바라보고 있었다.

이대로라면 던전 브레이크 피해를 줄이기 위한 필수템 옵션도 추가되어 버리겠군.

"한유진 씨를 어떻게 대해야 할지는 아직도 잘 모르겠습니다. 지금 여기서 없애 버리는 게 편하지 않을까 싶기도 합니다."

담담한 목소리가 더 소름 돋는다. 스멀스멀 피어오르는 두려움을 억누르며 말을 고르는데.

콰르릉-!

뇌성이 울렸다. 눈이 아플 정도의 빛이 튀고 두더지 무리가 쓸려 나간다. 놈들이 질러 대는 괴성이 연이은 천둥에 파묻힌다.

정말 순식간에, 몬스터 무리가 사체 더미로 변하였다. 덤으로 불운한 빌라 하나와 주택 두 개가 무슨 팝콘 봉지처럼 터져 나갔다.

"송태원 실장."

지진이 난 것처럼 갈라진 길바닥을 성현제가 가볍게 건너뛰었다. 이쪽을 향하는 눈가에 웃음기가 맺혀 있다.

"남의 것을 주웠으면 곱게 주인 손에 돌려줘야지. 유실물법상의 사례금은 공직자도 받을 수 있던가? 내 아이템이 워낙 귀하고 값비싸서."

한몫 단단히 잡을 수 있겠어. 성현제가 언제나처럼 속 긁는 소리를 했다. 지금만큼은 나와 송태원의 심정이 비슷할 것이라는 생각이 들었다.

우르르, 아슬아슬하게 버티고 있던 건물 외벽이 쏟아지듯 무너지는 소리가 들려왔다. 군데군데 자리 잡은 불길의 잔여물 또한 타닥타닥 주위의 것들을 삼키고 있다. 피비린내에 살이 타는 냄새까지.

전쟁터의 한복판이라 해도 과언이 아니었다. 실제로 던전 브레이크는 전장이나 다름없긴 했다. 던전 쇼크가 한창일 때는 준전시 체제에 돌입하기도 했었고.

다만 지금의 위험 대상은 몬스터가 아닌 헌터였지만.

"한유진 씨는 사람입니다."

송태원이 단호하게 말했다.

"당연히 사람이지. 설마 그걸 이제 안 건가? 그동안 한유진 군을 사람 취급도 안 해 왔다니, 너무하는군."

아니, 아이템 운운한 건 댁이잖아. 성현제가 천천히 걸음을 옮겼다. 그와의 거리가 가까워짐에 따라 살갗에 엉겨 붙는 한기 또한 짙어졌다. 에어컨 없어도 되겠어.

무서워 죽겠다, 정도는 아니지만 등골이 서늘하고 손발의 끝이 저릿했다.

철벅, 구두 굽이 피 웅덩이를 밟았다. 이삼 미터쯤 떨어진 채 멈추어 선 성현제가 송태원과 시선을 마주했다. 장갑 낀 손이 내밀어져 가볍게 까닥인다.

"이리 주게."

"건네야 할 이유 없습니다."

"송 실장이 쥐고 있을 이유도 없지 않나."

"한유진 씨는 스탯 F급의 공격 스킬이 전무한 준일반인이니 던전 브레이크가 일어난 현 상황에서 보호할 의무가 있습니다."

성현제가 나직이 웃었다. 웃는 게 꽤 살벌하다고 느낀 직후.

"흑……."

이 정도면 뭐, 살 만하네 싶던 위압감이 이를 드러내며 전신을 짓눌러 왔다. 물속에 머리를 처박히기라도 한 듯 숨이 막혔다. 반사적으로 고개를 돌리며 눈을 감았다. 아직 선생님 스킬 사용 중이라 송태원의 시선으로 성현제가 보이긴 했지만.

"…뭘 한 거지?"

성현제가 의아해하며 내게로 눈길을 내렸다. 송태원의 스킬 효과에 대해 자세히는 모르는 걸까, 아니면 내 공포 저항 스킬의 존재를 짐작지 못한 걸까.

"S급 헌터 상대로는 당연한 반응입니다. 기세를 줄여 주시지요."

"한유진 군."

부름에 다시 성현제를 돌아보았다. 눈이 마주치자 아주 온몸이 다 짜릿했다. 조금 퉁한 얼굴이 마음에 든다. 내가 불러 놓고 좀 미안하긴 한데요, 지금 타이밍은 역시 그쪽이 악당일 차례라.

송태원은 나에 대한 자신의 태도에 갈피를 잡지 못하고 있다. 지켜야 할 약자인지 처리해야 할 폭발물인지. 그보다 좀 더 복잡하게 얽히긴 했겠다만, 단순하게 정리하면 그렇다. 허니 결정 내리기 쉽게 저울에 힘 살짝 가해 줘야지.

"죄, 송하지만… 세성 길드장님."

목소리가 와들와들 떨렸다. 누가 봐도 절대 연기라 생각지 못할 것이다. 연기 아니지만. 진짜로 무섭긴 했으니.

"돌아가 주세요, 제발……."

성현제가 입을 살짝 벌렸다. 그러곤 아무 말 없이 미소 짓는다. 더럽게 눈치 빠른 것도 짜증 나지만, 그래서 좋긴 하지. 전투 예지 같은 걸 달고 있을 만해요, 정말.

송태원의 시야에선 내 얼굴이 제대로 보이지 않을 거라 마주 입꼬리를 올려 주었다. 이왕 여기까지 오신 거 어울려 주시죠. 그리고 그럴 마음이 드셨는지.

차르륵-.

금색 사슬이 날아들었다. 정확히 내 목 쪽으로. 그 끝을 송태원의 손이 잡아챈다.

"무슨 짓입니까."

"보면 모르나. 분실물 수거 중이지."

"돌아가 달라는 말, 못 들으셨습니까."

"귀담아들어야 할 필요가 없어서."

내 의견 따위 깔끔히 무시하겠다는 소리에 사슬을 잡은 손에 힘이 주어졌다. 팽팽하게 당겨진 사슬에 빛이 튄다. 보통 사람이라면 감전사당하겠지만 송태원의 손에 어린 그림자가 기어드는 전류를 죄 삼켰다.

순간적으로 치솟는 긴장감에 또다시 몸이 떨렸다. 아, 집에 가고 싶어라. 원래는 이런 데 끼어 있을 군번이 아닌데.

"걸을 수 있겠습니까."

송태원이 내게 물었다. 걷는 건 좀 힘들고 기는 건 가능할지도.

"그냥 여기, 두셔도 됩니다."

내버려둬도 안 죽어요. 송태원이 눈썹을 조금 찌푸리며 나를 놓아 주었다. 비틀거리다가 바닥에 주저앉았다. 숨을 크게 몰아쉬는 나를 내려다보는 시선에 진솔한 걱정이 담겨 있었다. 병 주고 약 주는 수준의 업그레이드형 같다.

"이쯤에서 돌아가 주실 생각은 정말로 없으십니까."

"챙길 것만 챙기면 돌아갈 거라네."

"한유진 씨는 이미 거부했습니다. 계속해서 손댈 생각이시라면 대응하겠습니다."

"그것도 나쁘지 않지. 우리 꽤 오랜만이지 않나."

저 인간, 즐거워 보여. 돌연 송태원에게 미안해졌다. 공포 저항이 양심에도 영향을 미치고 있었나 등급 낮아지니 자꾸 따끔거리네. 그냥 이쯤 할까.

"송태원 씨, 제가 세성 길드장과 함께 가겠습니다. 애초에 부른 것도 저고요."

"아닙니다. 괜찮습니다."

"그래도 괜히 싸우실 필요까지는……."

"가만히 계십시오."

가만히 있으라는 목소리에 내리누르는 듯한 무게가 실려 있었다. 그 말을 듣는 순간 이 인간도 내 의견 따위 들을 생각 없구나, 라는 확신이 들었다. 내가 시발 같이 가겠다고 성현제랑은 사실 친한 사이야 외쳐도 기계처럼 안 됩니다만 반복하겠지.

송태원이 손목 보호대 같은 것을 꺼내어 착용했다. 지금 쓰는 걸 보니 전기 저항 같은 템이 아닐까 싶었다. 냉기 저항 아이템도 새로 갖추었으려나.

"맨바닥에 앉혀 놓으려니 안타깝군. 다음번에는 의자라도 준비해 오겠네."

다음번은 뭔 다음번이야. 그리고 사슬이 폭발했다.

고리 가닥가닥이 끊어지며 수십 개의 암수처럼 송태원을 향해 쏘아진다. 하나하나가 죄다 강력한 전류를 품고 있었다.

이미 코앞까지 다가온 몇을 그림자 드리운 팔을 휘둘러 막아 내며 송태원이 몸을 피한다. 이어 두더지 사체를 잡고 위로 던져 올렸다.

"콰르릉!"

그와 동시에, 내려친 번개가 사체를 잿더미로 만들었다. 금속성과 함께 흩어졌던 고리들이 다시 사슬을 이룬다. 흩날리는 재 사이로 성현제가 발을 미끄러뜨렸다. 두 사람의 발끝이 거의 맞닿을 듯 가까워지며 장갑 낀 손이 파직거리는 전류를 토해 냈다.

눈앞에서 퍼져 나가는 빛에도 송태원은 깜박임 하나 없이 성현제의 팔목을 잡아 꺾으려 했다. 하지만 성현제가 뒤로 빠지는 것이 더 빨랐다. 동시에 뒤에서 치고 들어 온 사슬이 그러잖아도 상처가 나 있는 어깨를 공격한다. 송태원이 몸을 뒤틀어 사슬을 피하자마자 구두 굽이 그의 가슴을 찍듯이 쳐 날렸다.

"궁금한 게 하나 있는데."

성현제가 제 곁으로 날아온 사슬을 감아쥐며 여유롭게 말했다.

"도련님은 어떻게 여기 있을 수 있었던 거지? 송태원 실장에게 저 정도의 화상을 남길 수 있는 사람은 국내에선 우리 도련님뿐일 텐데."

송태원이 포션을 사용하는 것을 막을 생각도 없이 지켜보며 그가 고개를 살짝 갸웃했다.

"던전에 들어가지 않은 거라기엔 형님만 두고 사라질 리 없고- 아."

성현제의 시선이 드러난 내 어깨에, 붉은 도마뱀 문신처럼 피부에 달라붙은 이린에게 닿았다. 눈치 한번 빠르시지.

"그때 그것인가."

홍콩에서의 일을 말하는 거겠지. 안 보이는 곳으로 가라고 할걸. 아님 그냥 문신했다고 우겨 볼까.

그사이 몸을 추스른 송태원이 다시 움직였다. 무게를 실은 발구름에 바닥이 길게 갈라진다. 그것을 피해 뛰어오른 성현제를 향해 송태원이 무섭게 치달았다. 스탯 자체도 S급이건만 거기에 질량까지 더해지자 그야말로 번개

같은 속도다. 심지어 공중에 떠오른 채로는 비행 스킬류가 없고서야 피하기도 마땅찮은 상황.

철컹!

하지만 어느새 펼쳐진 사슬이 송태원의 공격을 가로막았다. 송태원의 손목을 휘감은 사슬의 반대쪽 끝이 무너진 콘크리트 덩어리를 묶어 당긴다. 기기긱, 대형 트럭만 한 콘크리트가 바닥에 끌렸다. 움직임이 막힌 그대로, 송태원이 땅을 박차고 몸을 뒤집는다. 그의 뒤축이 성현제의 정수리를 향해 내리찍혔다.

콰과광!

칼날 같은 발길질이 성현제의 옷깃을 스치며 바닥을 부순다. 한 끗 차이로 피한 성현제를 향해 이번에는 사슬에 휘둘린 콘크리트 덩어리가 덮쳐들었다. 금빛 어린 눈이 가늘게 웃었다.

우르릉, 터져 나온 빛에 모래알처럼 흩어지는 콘크리트 조각들. 그 사이로 검은 궤적이 사슬을 끊고 여유만만한 남자를 향해 휘둘러진다. 주먹과 손바닥이 맞부딪쳤다. 무게가 실린 물리력은 성현제가 한 수 아래였기에 그는 몰아치는 힘에 저항치 않고 뒤로 밀려나듯 물러났다. 동시에 어느새 꺼낸 나이프를 내던졌다. 송태원의 손등이 나이프의 칼등을 흘리고, 부드럽게 돌리며 손잡이 끝을 강하게 쳐 제 주인에게 되돌려 주었다.

콰과과, 기세가 완전히 달라진 나이프가 성현제의 어깨를 스치며 가로등을 두 동강 냈다.

그 모든 게 순식간에 벌어진 공방이었다. 쾅쾅쾅, 번개가 연속으로 떨어지고 송태원이 사방을 태우는 빛을 피해 뒤로 뛰었다.

'근접전의 속도나 힘은 분명 송태원이 우세한데.'

그럼에도 공격이 제대로 맞질 않는다. 아마도 전투 예지 스킬 때문일 터다. 물론 차이가 심하다면 미리 안다고 해도 피하기 힘들다. 지금 당신을 향해 이 총을 쏘겠소, 하고 경고 후 발사해 봤자 일반인이라면 별 대책 없다.

하나 두 사람의 속도 차이는 한 끗 먼저 감지하면 충분히 대응 가능한 정도인 모양이었다.

'하여간 저 사기적인 인간 같으니라고.'

괜히 내가 다 얄밉다. 전투 예지만 아니면 한두 대 정도는 맞았을 텐데. 송태원에게 감각이라도 전해 줄까 싶어 성현제에게 선생님 스킬을 걸었다. 그의 존재를 직접적으로 느끼자마자 전신이 오싹하게 떨려 왔지만 버틸 만은…….

"크읏……."

눈앞이 까맣게 가라앉았다. 다시 비치는 시야에 흙과 돌이 굴러다닌다. 잠깐 정신 잃었구나. 성현제가 스킬을 거부했다. 가차 없네.

"한유진 씨!"

"한유진 군이 그렇게까지 나오니, 장난은 이쯤 할까."

성현제가 혀를 쯧 차며 말했다. 그런 그를 송태원이 사납게 노려보았다.

"무슨 짓을 한 겁니까."

"무슨 짓을 한 건 내가 아니라."

쿠그그-.

위가 아닌 지면 아래에서 수천 마리의 뱀과 같은 빛 가닥이 치솟았다. 그야말로 땅이 뒤집히고 전류의 칼날이 미친 듯이 날뛴다.

"내 깜찍한 아이템이지."

폭주에 가까운 벼락의 춤이 송태원을 토끼 몰듯 쫓아간다. 언제는 퍼지면 약해지는 힘이라더니, 뭐 하는 미친 짓이야. 그래도 확실히 약화되긴 한 건지 몇 가닥 휘감기는 정도로는 별 타격 없어 보였다.

콰르릉!

건물 쪽으로 옮겨 간 송태원이 벽을 부수었다. 그대로 쓸려 나간 건물 더미가 전류의 뱀 떼를 뒤덮는다. 콘크리트 사이로 삐죽삐죽 솟은 철근을 빛

가닥이 몇 번 휘감다가 잠잠해졌다.

"그럭저럭 즐거웠어."

성현제가 일방적으로 마무리 짓는 소리를 하고, 다시 빛이 튀었다. 하지만 내리친 번개는 송태원이 아닌 그의 뒤쪽으로 떨어졌다. 나도, 송태원도 뭔가 싶은 그때.

콰득, 콱!

피가 튀었다. 철근과 쇠붙이로 된 각종 파편. 그것들이 강력한 힘을 품은 화살처럼 송태원을 향해 쏘아진 것이었다.

한두 개도 아니다. 주위에 무너진 건물이 몇 개나 되고, 바로 곁의 건물의 층수도 꽤 높았다. 당연히 쇠붙이의 수도 엄청났다. 그야말로 피할 길 없는 빗발이었다. 그나마 송태원쯤 되기에 대부분을 쳐 냈지 웬만해선 고슴도치가 되었을 것이다.

"…어떻게 한 겁니까."

어깨와 옆구리, 한쪽 다리에 철근이 박힌 채로 송태원이 물었다. 그의 바로 뒤쪽에서 금색 사슬이 스르륵 기어 나온다.

"간단해. 자기력이지. 사슬이 쇠붙이를 끌어당기게 만든 거라네."

그, 조금 전 전방위로 전류를 흩뿌린 게 그걸 위한 거였나? 번개가 송태원을 빗겨 나간 게 아니라 그쪽에 보내 놓은 사슬을 내려친 거였고? 잘은 모르겠지만 그런 것도 할 수 있었냐.

송태원이 이를 악물고 몸에 박힌 철근을 뽑아냈다. 전류도 품고 있었던 탓인지 상처가 타들어 가 피는 얼마 흐르지 않았다. 그것을 성현제가 조금 시큰둥하게 쳐다보다가 몸을 돌렸다. 뒤에서 공격해 올 것은 신경도 쓰지 않는 태도다.

"그럼 한유진 군."

내게 다가온 성현제가 가슴의 상처를 힐끗 쳐다보았다. 그러곤 늘어져 있는 몸뚱이를 안아 든다.

"약간의 대화가 필요할 것 같은데 말할 기운은 있나."

"다행히 혀는 움직이는 데 큰 힘이 들지 않더라고요."

묵직한 위압감은 여전했지만, 지금은 버티기 힘들 정도는 아니었다. 송태원은 자리에 선 채 움직이지 않고 이쪽을 바라보고 있었다. 무슨 생각을 하는 걸까. 한숨을 삼키며 선생님 스킬을 거두었다.

얼마 걸어가지 않아 길가에 서 있는 차 한 대가 보였다. 원래는 정말 잘 빠졌을 스포츠카인데, 파편에 두들겨 맞은 반고물이 되었다. 폐차하셔야겠네.

"…주차를 잘못한 것 같군."

성현제가 조금 허탈하게 중얼거리고 나는 조금 유쾌해졌다.

"네, 던전 브레이크 지역이요. 댁 길드장님 차 박살 났으니까 새로 한 대 보내 주세요. 차종 뭐로 할지 묻는데요?"

"원하는 거 있나."

"차고에 세상 차종 다 들어가 있습니까?"

"현재 판매 중이라면 차고 내의 것이나 다름없지."

잘나셨어, 정말. 확 경운기 끌고 오라고 할까 보다. …진짜 그럴까? 좀 보고 싶어지는데. 하지만 내가 타기에 불편할 테니 아무거나 적당히 편한 걸로 부탁했다.

통화를 마치고 성현제에게 휴대폰을 돌려주었다. 내 폰은 죽었다. 성현제의 난동으로 인한 직접적인 피해는 은혜가 막아 주었지만, 간접효과까진 어쩔 수 없었던 모양이었다. 나도 전기 저항 템 하나쯤 마련해야 하나. 전자제품의 천적 같으니라고.

"자기력은 또 뭐지. 전기로 할 수 있는 건 다 하는 겁니까. 혹시 폰 배터리 충전도 직접 하세요?"

"전압 전류 맞춰서 스킬 쓰느니 플러그 꽂는 게 편하지. 조절하는 게 생각보다 쉽지 않아."

불가능한 건 아니라는 거네. 얼마나 정밀하게 조절 가능한 걸까. 전기조작으로 응용 가능한 게 뭐가 있더라, 머리를 굴려 보려다가 말았다. 피곤해서 안 되겠다. 전신이 물먹은 솜처럼 처지는 게 집에 가서 자고 싶다.

쿵!

그때 묵직한 무언가가 떨어지는 소리가 들려왔다. 반쯤 감겼던 눈을 뜨고 소리가 난 쪽으로 고개를 돌렸다.

- 유진 씨!

노아 씨였다. A급 던전 보스로 추정되는 거대한 괴물의 사체 위에 금빛 용이 내려앉는다. 저기 스포츠카 있던 자리 아닌가. 폐차장 프레스까지 갈 것도 없겠군.

- 혹시 어디 다치셨습니까?

노아가 성현제에게 들려 있는 나를 걱정스럽게 바라보았다. 눈은 순한데 반쯤 펼쳐진 날개며 곤두세워진 발톱은 당장이라도 달려들 것처럼 긴장감을 품은 채다. 그래도 노아는 성현제나 송태원에 비하면 존재감이 옅다. 아마도 키워드가 적용된 덕분이겠지.

"멀쩡합니다. 그냥 좀 피곤할 뿐이에요."

- 하지만 가슴에 상처가 나 있어요.

귀찮아도 옷 갈아입을걸. 노아 씨가 내게 회복 스킬을 썼다. B급 치유력에도 가슴의 상처는 변함이 없었다. 바닥을 구르느라 긁힌 자국들만 멀쩡해졌다. 노아가 당황하고 성현제의 시선에 담긴 호기심이 좀 더 짙어졌다.

- 제 스킬이… 소용이 없나 봐요. 등급이 별로 안 높아서…….

"아니에요. 노아 씨 정도면 힐러로만 나서도 될걸요. S급 던전까지 갈 수 있으면 B급 단일 치유 스킬만 있어도 얼마나 대우받는데요. 단지 상처가 특이해서 그런 겁니다."

"어떻게 특이한 걸까."

혼잣말 같은 중얼거림에 소름이 살짝 돋았다. 공포 저항 등급 돌려줘.

- 이놈을 마지막으로 게이트는 진정되었어요. 이제 그만 돌아가요.

노아가 앞발을 뻗으며 말했다. 나도 얼른 집에 가고 싶긴 한데.

"수고 많으셨어요, 노아 씨. 그런데 차를 이미 불러 놓아서, 타고 돌아가려고요."

지금 상태로 노아에게 들려 날아가는 건 내키지 않았다. 안전장치 하나 없이 무섭잖아. 물론 노아가 날 쉽게 떨어뜨릴 리 없고 은혜도 있지만 그래도 무서운 건 무서운 거다.

"그리고 괜찮으시다면 송태원 씨 좀 치료해 주세요. 많이 다치셨거든요."

- 부상이 크세요?

의외라는 듯 노아 씨가 고개를 갸웃 기울였다. S급 몬스터를 상대했다지만 강해 보였는데, 라는 말에 그냥 작게 웃어 주었다. 몬스터는 금방 패 잡았는데 말이죠, 몬스터보다 더한 인간이 하나 있어서.

"부탁드리겠습니다."

- 하지만, 유진 씨를 이대로 두고 가기엔…….

연회색 눈이 가느다랗게 날카로워지며 성현제를 힐끔거렸다. 불안한 건 이해가 가지만 어쩌겠어.

"세성 길드장님은 제가 불러서 오신 겁니다. 걱정 마세요."

- 네… 조심해서 돌아가세요.

머뭇거리던 황금색 용이 다시 날개를 활짝 펴고 밤하늘로 날아올랐다. 포션이 있긴 하겠지만 송태원이 그걸 쉽게 써 버리진 않았을 것이다. 사태도 대충 정리된 마당이니 기껏해야 하급 포션으로 응급처치나 했겠지.

유현이에 성현제에… 그 난폭한 공격 스킬들로 인한 상처 제대로 치료하려면 상급은 되어야 할 텐데, 틀림없이 포션 아끼고 힐러에게 부탁할 생각일 터다.

"내 기억으로는 한유진 군이 이런 상처를 입을 일이 없었는데."

아까부터 내 가슴의 상처를 뚫어져라 바라보던 성현제가 말했다.

"부엌에서 대파 썰다가 손이 미끄러졌습니다."

"한유진 군은 B급 치유 스킬로 회복 불가능한 상처를 만들어 내는 아이템으로 요리를 하나 보군."

"대파 등급이 S급이더라고요."

"갈라 봐도 되나."

대파를 말하는 건 아닐 테고. 팔을 따라 소름이 좌악 돋았다.

"저 죽습니다, 미친놈아."

"조절 잘할 수 있으니 걱정 말게."

"됐으니까 내려 주세요. 택시 불러서 갈 겁니다."

여기까지 올 택시가 있을 리 없겠지만. 애초에 폰도 먹통이고. 어디 공중전화 없나. 성현제가 순순히 나를 내려 주었다. 여전히 다리에 힘이 없기는 했지만, 그럭저럭 설 수는 있었다.

미처 문 못 잠근 편의점이라도 찾아보려고 걸음을 옮기려는데 성현제가 내 어깨를 잡고 제 쪽으로 돌아서게 했다. 평소와 같은 높이에서 내려다보는 시선이건만 괜히 더 멀게 느껴진다. 키 커서 좋겠다.

"오늘따라 섭섭하게 구는군."

"남의 가슴 갈라 보겠단 인간한테 욕 안 한 것만으로도 친절이 지나치다 생각합니다만."

"욕하지 않았었나?"

"그건 그냥 사실적시고요."

"그럼 친절한 한유진 군."

웃는 얼굴이 무섭다. 내가 여기서 튀지 않는 것은 튀어 봐야 벼룩인 탓이고. 그냥 위태로운 비행을 선택할 걸 그랬나. 하지만 성현제가 순순히 보내 줬을 리도 없다. 오늘의 희생자 명단에 노아가 송태원 아래로 자리 잡기나 했겠지. 그리고 그 아래론 내 이름이 들어가고.

"평소와 상태가 다른 것은 송태원 실장 탓인가?"

"요즘 몸이 허해서요. 이래저래 바빴잖습니까."

성현제는 송태원의 약탈 스킬에 대해 자세히 모르는 모양이었다. 아마 전투 시 피해 무효화 정도로만 알고 있는 게 아닐까. 혹은 내 스킬 상태에 대해서 아직 파악이 끝나지 않았다거나.

"저런. 내가 신경을 써 줬어야 했는데."

"바쁘신 분이 뭘 그렇게까지야. 신경 꺼 주시는 것만으로도 충분합니다. 이왕이면 지금 당장요."

"우리 사이에 그럴 순 없지."

역시 이 인간 부르지 말 걸 그랬나. 유현아, 이번만큼은 네가 잘못 판단을… 아니, 공포 저항 스킬 등급 낮아진 거 알았다면 부르란 소리 안 했을 거다. 말해 줄걸.

"어깨의 문신은, 동생의 것인 듯싶은데."

"사람 문신한 거 생전 처음 보십니까? 생각보다 순진하시네. 그리고 유현이가 여기서 왜 나와요. 소식을 듣지 못하셨나 본데 해연 길드장님은 던전 공략 들어갔습니다. 불난 건 그냥 가스 폭발로 인한 화재였죠. 누가 밸브 잠그는 걸 잊고 대피했나 보더라고요."

"혀 움직이는 데 힘이 들지 않다 못해 너무 가벼운 모양이야."

아직은 웃음기를 띠고 있다만, 참고 산 적 별로 없을 인간인데 인내심의 굵기가 얼마나 될까. 하지만 대답해 주기 죄다 곤란한 질문들뿐이었다. 송태원의 스킬도 떠벌리기 좀 그렇고 유현이 스킬이야 내가 미쳤다고 자세히 말해 주겠냐. 가슴의 마석 또한 마찬가지다.

짧은 침묵이 내려앉았다. 나를 골똘히 바라보던 성현제가 입을 열었다.

"어쩔 수 없지."

동시에 무릎이 절로 구부러졌다. 숨통이 옥죄어지며 머릿속이 순간 새하얗게 비워진다. 어지럽게 흔들리던 시야가 간신히 맑아지자, 바닥을 짚고 있는 두 손이 보였다. 헐떡거리는 숨소리가 내 것이 아닌 양 멀다.

"한유진 군."

성현제가 한쪽 무릎을 땅에 대며 몸을 낮췄다. 개라도 대하듯 내 머리를 쓰다듬다가 숙인 고개를 들게 만든다. 아직 혼미한 정신 속에 눈이 마주쳤다. 다정한 척 휘어진 눈이 전해 주는 것은 지독한 공포였다.

"유진아, 솔직하게 대답해야지."

상냥하게 속삭이는 목소리가 절대 거부할 수 없는 명령으로 다가왔다. 내 손가락 끝이 바닥을 긁었다.

"가슴의 상처는 어떻게 생기게 된 거지?"

"마석을……."

디아르마의 마석. 그것을 떠올리는 순간 머리가 조금 맑아졌다. 디아르마. 그리고 인어여왕. 그때의 기억이 떠올랐다.

별을 삼킬 듯 거대한 저주독룡과 물을 다스리는 지배자.

시발, 내가. 스탯 F급이긴 해도 별일 다 겪어 봤는데 겨우 이런 위압 따위에. 공포 저항 스킬 덕 많이 보긴 했다만 그래도 직접 경험한 일들이 없어지는 건 아니다.

'상대는 기껏해야 S급이잖아.'

이를 악물었다. 어떻게든 몸을 옥죄는 사슬로부터 벗어나려 애를 썼지만 쉽진 않았다. 픽션에서는 이런 상황을 의지만으로 해결하던데, 현실은 차갑구나.

"고집 그만 부리고, 말하게."

그러면 편해질 터이니. 꽤 유혹적인 소리였다.

등급 차이는 어쩔 수 없다. 내 힘으로 벗어날 길은 없다. 내 스탯은 고작해야 F고, 성현제 놈과는 엄청난 차이가 있고, 마땅한 정신계 저항 아이템도 없다.

F급은 안 된다. 그러니 높은 등급은 그보다 높은 등급으로.

'성현제 개새끼.'

숨 막히는 압박감 속에서 마력을 움직였다. 디아르마의 정신계 스킬. 눈앞의 미친놈 대상은 아니었다. 아직 제대로 쓰지도 못할뿐더러 등급 차이상 먼저 받아들여 주지 않는 한 통할 리 없으니. 대상은 나였다.

스킬 효과의 일부만 겨우 끌어내어, 기억을 되살렸다. 디아르마와 인어여왕이 대치하던 때의 기억을. 그 어마어마한 존재감을.

S급? 그거 바다 앞의 우물 아니냐.

그리고 바다가 덮쳐들었다. 우물이 쓸려 나가고 나도 같이 휩쓸렸다.

"크윽, 컥!"

미친, 시발. 내가 진짜 미쳤지. 전룡화 전의 디아르마 정도로 할걸. 잠깐이나마 숨이 아예 멎었다. 바닥에 완전히 쓰러져 눈물범벅인 채로 성현제를 올려다보았다. 이번에는 확실히 놀란 얼굴이다.

"고작 S급 주제에, 뭘 봅니까."

뭘 웃어, 젠장. 성현제가 다시 나를 안아 들었다. 정신적으로 완전히 너덜너덜해진 기분이다. 피스… 는 없고, 삐약이 끌어안고 싶다. 삐약아, 아빠 죽을 거 같아.

― 삐약!

"…삐약아."

진짜로 왔다. 세상에. 둥둥 내 앞에 떠 있는 새끼 새를 떨리는 손으로 감싸 안았다. 보들보들하고 따스한 감촉에 미친 듯이 뛰던 심장이 천천히 진정되어 간다.

"역시 공간이동 스킬을 가지고 있는 건가, 그거."

"남의 집 애한테 신경 끄시죠."

― 삐약삐약!

"삐약아, 아빠 찾아와 준 건 고맙지만 이렇게 막 돌아다니면 안 돼. 위험해."

전투 중에 나타나기라도 하면 곤란하다. 함부로 공간이동하지 않도록 교육을 해야 하는데, 어떻게 한다.

삑삑거리는 삐약이에게 마석을 먹이는 사이 차가 도착했다. 운전기사가 얼른 내려서며 뒷좌석 문을 열어 주었다. 자리에 앉자마자 그대로 잠들고 싶어졌지만 참았다. 대신 옆에 앉은 성현제를 노려보았다.

"양심이 있으면 내리시죠."

"길드로 바로 돌아가지."

성현제가 내 말을 씹고 운전기사에게 말했다. 잠깐만, 그 길드가 해연을 말하는 건 아닐 테고.

"저부터 데려다줘야 하는 거 아닙니까? 택시 타고 돌아가라고요?"

"한유진 군을 그 상태로 혼자 내버려둘 수는 없지. 당분간 보호해 주겠네."

"네가 제일 위험해!"

– 삐약!

"고작 S급 따위를 과대평가해 주어서 고맙군."

"됐으니까 차 다니는 길가에 내려 주세요."

걸을 수 있을지 모르겠지만 기어서라도 집에 갈 테다. 아니면 해연에 전화 한 통만 할 수 있게 해 주든가.

"제 상태가 좀 나쁘긴 해도 집에 처박혀서 안 나오면 그만입니다. 애초에 그쪽이 걱정할 자격이나 됩니까?"

"빚 하나는 지워 주지."

"두 개요. 노아 씨 관련 이참에 깔끔하게 정리하죠."

"보잘것없는 S급 상대로 너무하는군."

성현제가 주제에 울상을 지었다. 그러거나 말거나 무조건 두 개다. 지은 죄를 알긴 아는지 성현제는 얼마 버티지 않고 순순히 딜을 받아들였다.

차는 다행히 사육 시설로 방향을 틀었다. 먼저 온 노아가 주차장에서 안절부절못하며 기다리고 있었다.

"유진 씨!"

한달음에 달려온 노아가 나를 부축해 주었다. 그러곤 대뜸 성현제를 노려보았다.

"왜 아까보다 더 안색이 나빠 보이는 겁니까?"

"언제나처럼 무리했지, 한유진 군이. 푹 쉬게 해 주게."

이게 다 누구 때문인데. 다시 차에 오르기 전, 성현제가 내 가슴 쪽을 바라보았다.

"도련님에겐 뭐라고 변명할지 궁금하군."

"뭐, 잠깐만요! 말할 거냐!"

망할 놈은 대답 없이 차 안으로 사라졌다. 진짜 뭐라고 변명하냐. 그래도 유현이 녀석 나오려면 며칠 시간이 남았으니 가짜 피부 같은 거라도 구해다 감추면 되겠지.

4장 회귀 전의 조각들

4장
회귀 전의 조각들

"다친 곳은 없는 거야, 형?"

집으로 돌아가 엉망이 된 몸을 씻고 욕실 문을 열던 나는 그대로 굳어 버리고 말았다. 어, 뭐지. 왜 동생 목소리가 들려오는 거지. 거참 생생한 환청일세… 라고 믿고 싶었지만.

"어… 유현아."

어둑한 침실 한가운데 우뚝 서 있는 저 청년은 틀림없는 한유현, 내 동생이었다. 문신에서 다시 형체를 갖춘 이린이 내 어깨 위에 앉아 나와 유현이를 번갈아 바라보았다.

게이트석 썼구나, 동생 놈아.

'욕실에 옷 가지고 들어갈 걸 그랬나.'

하지만 보통은 안 가지고 들어가잖아. 심지어 내 침실에 딸린 욕실이다. 그나마 큼직한 수건이라도 있어서 다행이지만 가슴까지 가리는 건 역시 수상쩍게 보이겠지. 그래도 가렸지만, 망할.

"…옷 입게 나가 줄래?"

"왜?"

동생 놈이 상처를 찾는지 나를 눈으로 훑으며 말했다. 형제끼리 정말 새삼스러운 소리긴 했다. 심지어 저놈 어릴 땐 내가 씻겨도 주고 목욕탕도 같이 갔으니.

"그냥 내 기분이 좀 그래서. 열등감 같은 거?"

과하게 잘 자란 동생 놈에 비해서 볼품없는 건 사실이니까. 내가 남부끄러울 정도란 건 아닌데 비교 대상이 나쁘다.

"별로 안 그래 보이는데."

"아무튼 쪽팔리니까 돌아서기라도 해. 이린이 너도 저리 가고."

이린은 유현이에게로 갔지만, 동생 놈은 꿈쩍도 하지 않았다. 역시 수상하게 느껴진 건가. 할 수 없이 수건에 의지해 옷장으로 다가갔다. 끈질기게 따라붙는 시선에 가슴의 상처가 닿지 않도록 조심하며 잠옷 상의부터 얼른 걸쳤다. 예림이가 선물해 줬지만 입은 적은 없는 잠옷인데, 병아리 자수 뭐냐.

"설마 다 같이 게이트석 쓴 건 아닐 테고, 너 혼자 나온 거야? 피스랑 예림이는 어쩌고. 심지어 S급 던전이잖아."

옷을 다 입고 돌아서며 물었다. 말하다 보니 절로 인상이 찌푸려졌다. 길드장이란 놈이 책임감도 없이 뭐 하는 짓이야.

"박예림이 이야기 듣곤 나가 보라고 했어. 피스도 말은 못 하지만 같은 의견이었을 거고. S급이 둘에 공략 정보 확실한 던전이고 공략 경험 있는 길드원들도 있으니 별문제 없을 거야. 박예림 특성에 잘 맞는 환경이기도 하고."

그렇게 말하니 안심은 되었지만.

"진짜 예림이가 순순히 나가라고 했다고? 자기도 나오려고 했을 거 같은데."

"평화롭게 가위바위보로 결정 내렸지."

"그건 잘했다."

안 싸우고 합의 봤다니, 둘 다 착하네. 근데 신체 능력상 예림이가 불리한 게임 아닌가. 예림이라면 뭐 낼지 손 움직임에서 티 많이 났을 것도 같고.

"아무튼 너 가고 나서 별문제 없이 잘 끝났어."

서랍 속에 넣어 둔 예전 번호 폰을 꺼내며 말했다. 이게 있어서 다행이지, 지금 쓰던 건 데이터 복구도 불가능하지 싶었다. 애들 사진과 동영상들 다 날려 먹게 생겼네. 백업해 둘걸.

"별문제 없었다고?"

"어. 던전 브레이크도 무사히 처리되었고."

말하는 거 보니 아직 성현제나 다른 사람에게 연락해 보진 않은 모양이었다. 유현이 눈치를 살피며 성현제에게 문자를 보냈다.

[유현이한테 말하지 마세요.]

답장은 금방 왔다.

[^^]

…뭔데 이거. 뭐 하자는 건데. 단순한 이모티콘일 뿐인데도 입에서 욕이 나오려고 하네.

[말하지 마십시오. 진짜로요.]

노아에겐 이미 잘 부탁해 놨고 송태원은 나처럼 폰이 죽은 상태일 게 분명했다. 나중에 설득하면 쉽게 들어줄 성격이기도 하고. 그러니 성현제 이 인간 입만 꿰매 버리면 되건만. 할 수만 있다면 진짜 확 꿰매 버리고 싶다.

"누구한테 문자 보내는 거야?"

성현제로부터 답장이 옴과 동시에 유현이가 성큼 다가왔다. 급히 휴대폰 전원 버튼을 누르자마자 유현이의 손이 폰을 낚아챘다. 그러곤 퉁하게 말한다.

"별문제 없었을 리가 없지."

"내가 이렇게 멀쩡하면 된 거 아니냐."

"안색은 안 좋은데?"

"피곤해서 그래."

그러니 일찍 자고 싶다는 말에 유현이가 고개를 끄덕이면서도 휴대폰을 켰다. 하지만 패턴 잠금이 되어 있으니 소용없…….

"야! 너, 내 폰 패턴은 어떻게 안 거야!"

"내 앞에서 몇 번 해제했잖아. 그때 기억해 뒀지."

"아니, 그걸 왜 기억을 해? 그렇다고 남의 폰을 멋대로 보냐! 내놔!"

뺏어 보려 했지만, 턱도 없었다. 되레 그러잖아도 없던 기운만 더 빠졌다. 조금 움직였다고 지쳐 숨을 몰아쉬는 사이 성현제와의 문자를 확인했는지 유현이의 두 눈이 가느스름해졌다.

하하, 망했다. 등골이 살짝 서늘해지네.

"…삐약아!"

아빠한테도 공간이동 스킬 좀 써 다오. 거실 쪽에서 삐약 소리가 들리고 삐약이가 천천히 둥실둥실 날아왔다. 하지만 그 전에 동생 놈이 나를 붙잡았다. 애초에 삐약이가 나까지 공간이동시켜 줄 수 있는지는 알 수 없지만.

"형."

"성현제가 평소처럼 헛짓거리를 해서 그런 거야."

"몸 상태는 어떠냐고 묻던데."

"…어?"

"열도 나잖아."

열나나? 난 잘 모르겠는데. 내 몸을 만져 체온을 확인한 유현이가 나를 침대에 앉혔다. 날아온 삐약이가 내 무릎 위에 내려앉는다. 삐약아, 아빠 좀 다른 데로 데리고 가 주지 않을래. 하지만 여기서 사라졌다간 더 난리 나겠지.

"형의 몸은 일반인이야. 계속 무리하면 탈이 날 수밖에 없다고."

젖은 머리칼을 말려 주며 유현이가 말했다. 옛날 생각 나네. 둘의 입장은 바뀌었지만.

"최근엔 그렇게까지 무리한 적도 없는데."

"몬스터를 보니 최소 A급 던전이던데, 형은 대피 대상이지 뛰어들어 막아설 등급이 아니라고. 송태원 실장과 노아 헌터면 충분하고도 남는 전력인데 왜 형까지 나서고 그래."

"음… 그 부분은 내가 생각이 짧았다."

확실히 나까지 나설 필요 없는 상황이기는 했다. 그래도 덕분에 비행형 독충에 땅속으로 이동하는 까다로운 몬스터까지 나타났음에도 민간인 피해가 없었지만. 나라는 미끼가 아니었더라면 못해도 수십 마리 정도는 바리케이드 밖으로 도망쳤을 것이다. 늑대 새끼도 그렇게 쉽게 잡지 못하고 자칫하면 놓쳤을지도 모르지.

'…앞으로 던전 터지면 미끼 노릇 해야 하나.'

하기는 싫은데 모른 척하자니 양심이 아프다. 내가 나서면 목숨 구할 사람이 한둘이 아니라……. 젠장. 그나마 던전 관리가 잘되고 있어 웬만해선 터질 일 없어서 다행이지. 석하얀 팀이 게이트 위치 탐색기를 만들어 내면 미발견 던전 브레이크도 일어나지 않게 될 테고.

석하얀 씨, 부디 빨리 부탁합니다. 저 이 이상 관심 늘리기 싫어요. 이미 생각만으로 피곤해질 정도로 과중하다.

"약 먹게 독 저항 꺼."

인벤토리에서 알약 두 개를 꺼내며 유현이가 말했다.

"무슨 약인데?"

"해열진통제. 마력 과부하 때 주로 쓰는 건데 일반적인 열에도 효과 좋아."

"비싼 거 아니냐. 부엌에 평범한 비상약도 있어."

"얼마 안 해."

한 끼 천만 원이 부담 없다던 놈의 얼마 안 해라니, 정말 믿음직스럽지 않구나. S급 헌터가 쓰는 마력 관련 약이라면 못해도 천 단위일 텐데.

마나 포션을 물 대신 삼아 약을 삼켰다. 헌터용인 만큼 즉효성이라 금방 전신이 한결 가벼워졌다. 확실히 열이 나긴 했던 모양이다. 상태가 확 차이 나네. 그리고 졸음이 밀려들었다. 독 저항 스킬을 다시 켤 겨를도 없이 빠르게.

"좋은 꿈 꿔, 형."

유현이의 목소리가 흐릿하게 들려온 것을 끝으로 의식이 멀어졌다. 야 이 망할 동생 놈아…….

– 삐삐.

한유진의 가슴 위에 올라앉은 새끼 새가 작게 종알거렸다. 한유현은 깊은 잠에 빠져든 형을 내려다보았다.

두 개의 알약 중 하나는 해열진통제가 맞았다. 하지만 다른 하나는 일종의 수면제였다. S급 던전에서 얻을 수 있는 것으로 던전 공략 직후 감각이 예민해진 상급 헌터들이 숙면 보조용으로 쓰곤 했다.

육체적인 이완 효과에 더해 정신계적인 작용도 있어 말 그대로 단잠을 자게 해 준다는 약이다. 다만 한유현은 사 놓기만 하고 써 본 적은 없었다. 깊은 휴식에 대한 유혹은 있었지만, 자신의 몸이 통제를 벗어난다는 것이 꺼림칙했기 때문이었다.

그의 집이, 한유진이 있는 곳이 아니고서는.

"그렇게 쉽게 받아먹으면 안 되잖아."

탓하는 소리를 흘렸지만, 경계하고 거부했다면 그게 더 못마땅했을 것이다. 한유현은 휴대폰의 통화 버튼을 눌렀다. 얼마 지나지 않아 상대가 전화를 받았다.

"무슨 일이 있었습니까."

[형님은 어쩌고 내게 묻는 건가.]

"잠들었습니다."

[잠재운 것이겠지.]

이쪽을 훤히 꿰뚫어 보고 있는 듯 날카로운 말에 한유현은 별다른 반박 없이 물었다.

"송태원 실장은 어떻게 되었습니까."

[상황을 알고 있을 거라고 생각하는데.]

의미심장한 물음에 한유현은 태연하게 대답했다.

"모르니 묻는 겁니다만."

[주방에 있는 S급 대파 한 단만 보내 주겠나. 어떤 건지 궁금하군.]

"…뜬금없이 무슨 헛소립니까."

[도련님이 정말로 관여하지 않았다면 S급 대파도 있었겠거니 싶어서.]

알아듣기 힘든 엉뚱한 소리에 한유현의 미간이 좁아졌다.
"송태원 실장에 대해서나 말씀해 주시죠. 앞으로 어떻게 해야 할지 정해야 하니까."

[송 실장은 걱정할 필요 없을 거라네.]

성현제가 느긋하게 말을 이었다.

[지키지 못했으니까. 그것도 나를 상대로. 덕분에 송태원에게 한유진 군의 위치는 확실하게 고정되었겠지.]

늑대와 함께 뛰어노는 양을 보고 꽤나 심란했을 것이다. 양가죽을 쓴 늑대는 아닌가 의심도 들었을 테고. 하지만 늑대에게 덥석 물려 간 이상 양은 양이다. 목양견으로서 확고하게 지켜야 할 대상.

[보호하려고 안달 내다가 되레 다치게 하는 경우는 있을 수 있겠지만. 목양견인 척하고 있어도 늑대는 늑대라.]

여러모로 복잡한 심경일 송 실장에게 위로의 메시지라도 보내야 할까. 나직한 웃음소리를 흘려들으며 한유현이 입을 열었다.

"형이 당신한테 말하지 말라고 한 건 뭡니까."

[저런, 도련님께 결국 비밀로 한 모양이지.]

대놓고 동정을 담은 목소리에 한유현은 화를 억누르듯 가늘게 숨을 내뱉었다. 자신이 모르는 것을 휴대폰 너머의 남자는 알고 있다. 그 사실이 극도로 거슬렸다. 목덜미에 쭈뼛하게 날이 섰다.

하지만 성현제는, 설사 자신의 능력으로 가능하다고 해도 치워 버릴 수 없는 상대였다. 저 빌어먹을 인간은 이미 한유진에게 상당히 큰 존재감으로 자리 잡았기 때문이었다. 만에 하나 성현제가 사라진다면 지금도 무리하고 있는 그의 형이 얼마나 더 스스로를 몰아붙여 갈지 알 수 없었다.

성현제가 유용하고 쓸모 있는 인간이라는 사실만큼은 부정 못 한다. 그러니 한유진에게 협조적인 이상은 아무리 눈엣가시여도 눈감는 수밖에.

"송태원 헌터에 더해 노아 헌터도 현장에 있었죠."

쓸데없이 시간을 끌겠다면 다른 상대들도 있다. 그 말에 이번에는 제대로 된 대답이 돌아왔다.

[가슴의 상처.]

"상처요?"

[B급 치유 스킬도 소용없는 흉터였지.]

단순한 외상이라면 B급이 아니라 그 아래의 치유 스킬로도 깨끗이 흔적을 지울 수 있다. 즉, 평범한 상처가 아니라는 뜻이었다.

한유현은 무심코 이를 악물며 한유진에게로 손을 뻗었다.

- 삐약!

새끼 새가 제 양육자를 건드리지 말라는 듯 그의 손끝을 쪼았지만 가볍게 밀쳐 냈다. 데굴, 굴러떨어진 삐약이가 한유진의 옆얼굴에 몸을 바싹 붙인다. 이어 항의하듯 삐약거렸다.

- 삐약! 삑삑!

"조용히 해."

쉽게 깨진 않겠지만 귓가에서 시끄럽게 삐약대면 혹 모를 일이다. 한유현은 삐약이의 작은 부리를 한 번 툭 쳐 주곤 형의 잠옷 상의를 풀어 헤쳤다. 성현제의 말대로 상처가 있었다. 심장 부근의, 칼로 벤 듯한 작은 상처다. 그가 본 적 없는, 최근에 생겼을 상처.

인상을 쓰다가 혹시나 싶어 상급 포션을 꺼내 들었다. 하지만 상급 포션도 그 작은 상처를 없애지는 못했다.

"이게 대체……."

[한유진 군이 또 무언가 재미있는 일을 꾸미는 듯한데, 순순히 말해 줄 생각은 없는 모양이더군. 마석과 관련 있다는 것 외엔 나도 모르네. 집중해 보면 상처 쪽에서 마석의 기운이 희미하게 느껴질 거야.]

한유현은 그의 말대로 손끝을 상처에 대고 신경을 곤두세웠다. 확실히 희미한, 이질적인 마력이 느껴졌다.

문득 몬스터들이 한유진을 향해서만 달려들던 것이 떠올랐다. 몬스터는 인간에 비해 마석의 존재 유무를 뚜렷하게 느낄 수 있다. 마석 탐지기도 그런 몬스터의 능력을 이용해 만든 것이었다. 즉, 몬스터들에게 한유진은.

'몸은 F급인데 품은 마석은 상등급인… 먹잇감인 건가.'

희미하게나마 기운이 느껴진다는 것은 절대 중하급 마석이 아니란 소리였다. 마력을 예민하게 감지 가능한 S급 헌터라 해도 몬스터의 몸속에 들어간 마석을 알아채긴 힘들다. S급 마석도 좀 깊숙이 들어박혔다면 감지 불가능했다.

그러니 이 정도 기운이라면 최소 S급, 혹은 그 이상…….

'…대체 뭘 하려는 거야, 형.'

심란함 속에 통화를 끊었다. 휴대폰이 툭, 침대 위로 떨어졌다.

눈을 떴을 때 시야를 가득 채운 것은 하늘하늘 떨어져 내리는 하얀 눈송이였다. 그것을 보자마자 이것은 꿈이라는 확신이 들었다. 끊임없이 내리는 눈과 끝없이 뻗어 있는 하얀 가지들.

눈이 내리는 나무.

'꿈에 한 번쯤 나올 만도 하지.'

여태까지 유현이와, 그러니까 회귀 전 동생과 관련된 꿈은 거의 꾸질 않았다. 아마도 공포 저항과 관련이 있지 싶었다.

하지만 지금은 공포 저항 등급이 낮아진 채다. 가드 내리기가 무섭게 치고 들어오다니, 너무하네. 한동안 잠은 다 잤다. 스킬 지속 기간이 사흘 정도 될 거랬던가. 두 배 효과 붙었으니 그보다 더 길어질지도 모른다. 할 일도 쌓여 있건만 진짜 망했네. 송태원 씨, 너무합니다. 스킬 취소 안 되나요.

'그래도 여기는 나쁘지 않지만.'

꿈이니 실제와는 다르겠지만 그래도 미리 확인해 볼 겸 주위를 살펴보았다. 몸은 움직이지 않았지만, 시야는 옮길 수 있었다. 눈밭은 드넓었고 황량하게 텅 빈 채였다. 아무것도 없는 설원 한가운데 선 것만 같았다.

그때, 무언가가 보였다. 굵게 드러난 나무의 뿌리 사이로 너무나 작아 보이는 인체가.

나쁘지 않기는, 악몽 맞구나. 그렇게 생각하면서도 눈은 뗄 수 없었다. 진짜 흔한 악몽처럼.

눈이 내리는 나무. 다섯 번째 근원.

유현이의 시체를 가져간 별을 헤아리는 새가 머무는 곳.

하나 하얀 깃털을 지닌 새의 모습은 보이지 않았다. 대신 눈에 들어온 것은, 설원 위에 조용히 누워 있는 내 동생이었다.

얼어붙은 산맥처럼 어마어마한 굵기의 나무뿌리 사이에, 발견해 낸 것이 신기할 정도로 작게만 느껴지는 인간의 몸. 꿈이기에 이렇게나 뚜렷이 보이는 것이겠지.

'…춥지 않을까.'

가장 먼저 그런 생각이 들었다. 죽은 사람이 추위 따위 느낄 수 없다는 사실은 알고 있다. 하지만 꿈이니까. 꿈속에서는 살아 있을 수도 있으니까.

게다가 얼굴도, 약간 창백할 뿐이지 그저 잠에 빠진 듯했다. 상처의 흔적도 보이지 않았다. 몸을 얕게 감싸고 있는 눈송이들이 티 없이 희다.

그러니까 깨우면 눈을 뜨지 않을까.

'유현아.'

하지만 다가갈 수 없었다. 목소리도 나오지 않는다. 이렇게 전형적인 악몽처럼 굴 필요는 없을 텐데. 아무것도 못 한 채 바라만 보는 처지는 현실에서도 충분히 많이 겪었다. 그러니까 꿈속에서라도 좀 움직일 수 있게 해 주지.

언제나 별로 많은 것을 바라지도 않았는데.

멍청하게 눈만 깜박이고 있자니 속이 다 아파 왔다.

눈은 끊임없이 내리고 있었다. 영원할 것처럼 느릿느릿 허공을 헤엄친다.

그 사이로 유독 커다란 눈송이가 둥실둥실 떠다닌다.

- 삐약!

…어라.

- 삐약삐약!

눈송이가 아니라… 삐약이네. 조그만 날개를 나름 열심히 파닥거리며 둥실 이쪽을 향해 다가온다. 그러고 보니 쟤도 하얀 새긴 하지.

하얀 눈 사이를 하얀 새가 날고 있다.

- 삐약!

'삐약아.'

눈앞까지 다가온 삐약이가 뻑뻑 울었다. 내가 꼼짝을 못 해서 안아 줄 수가 없구나. 지금 내 몸이 대체 어떻게 된 거지. 흔한 꿈처럼 형체 없이 들여다만 보고 있는 건가?

내 앞에서 빙글빙글 돌던 삐약이가 다시 둥실 날아갔다. 작은 몸에 계속해서 떨어져 내리는 눈송이를 파르르, 한번 털곤 아래로 천천히 내려간다. 쌓인 눈 위에 풀썩 주저앉았다가 벌떡 일어나선 종종종 걸어간 곳은, 유현이가 있는 곳이었다.

- 삐-약!

새끼 새는 파다닥 쌓인 눈을 뛰어넘곤 삐익삐익 숨을 몰아쉬었다. 왜 안 날지. 벌써 아이템에 들어간 마석을 다 소모해 버리기라도 한 걸까.
특수 효과가 담긴 아이템은 사용자의 마력을 쓰는 것과 아이템에 들어간 마석의 마력을 소모하는 것, 두 종류가 있었다. 후자는 마력 수치가 없거나 낮은 사람 대상이다. 비행 스킬은 마나 소모가 커서 삐약이 아이템도 후자였다.
공간이동 스킬 쓰는 거 보면 삐약이 마력 수치가 생각보다 높은 것 같긴 하지만. 아니, 그 전에 꿈이지 참.

- 삐익, 삐약!

열심히 걸어가던 삐약이가 드디어 유현이 옆에 도착했다. 파다닥, 늘어진 팔 위로 올라가, 다시 파다닥 가슴 위로 올라선다.
창백한 이마를 스치며 흔들리는 검은 머리카락에 순간 심장이 덜컥 내려앉았다. 하지만 그뿐이었다. 아마도 바람 탓이었을 터다.

- 삐약!

유현이의 가슴 위에서 삐약이가 나를 올려다보았다. 그래, 삐약아. 알고 있어. 깨어날 리 없다는 것을.

눈을 감았다. 귓가에 삐약삐약 소리가 울리는 속에서 다시 눈을 떴다.

― 삐이삑.

"삐약아."

상체를 일으켜 베개 옆에 주저앉아 있던 삐약이를 감싸 들었다. 왜 털이 젖어 있냐. 그러고 보니 창을 대신하는 스크린의 빛이 흐릿하다. 정원에 비가 내리고 빗소리가 스피커를 통해 작게 들려오고 있었다.

"너, 설마 또 공간이동 스킬 써서 나갔다 온 건 아니겠지."

― 삐약.

배고프다는 듯 조그만 부리 끝이 내 손바닥을 파고들었다. 기운 없는 거 보니까 또 스킬 쓴 거 맞구만. 멋대로 나갔다가 큰일이라도 당하면 어쩌려고 그러냐.

"혼자 밖에 나가면 안 돼. 나쁜 사람이 잡아간다."

마석을 꺼내 먹이며 당부했다. 못 알아듣겠지만. 잡혀간다고 해도 마나만 충분하면 다시 돌아오긴 할 것이다.

공간이동 스킬이 좋긴 좋지.

'그런데 이 녀석 이동 거리가 얼마나 되는 걸까.'

홍콩까지 왔으니까 짧진 않을 텐데. 물론 한 번에 온 게 아닐 가능성도 있다. 젖어 있는 삐약이를 이불로나마 일단 닦았다. 추운데 감기… 아니, 여름이지.

꿈 때문인지 순간적으로 겨울이라는 착각이 들었다. 왜 하필 눈이 내리는 곳이야. 쓸쓸하고 춥잖아. 그러니까 딱 한 번만 움직일 수 있게 해 주지. 한 번 안아라도 주게.

"여름이라도 혹 모르니까 완전히 말리자."

- 삐약!

삐약이를 안아 들고 마른 수건을 꺼내었다. 하얀 솜털을 꼼꼼히 닦은 뒤 애완동물용 드라이어로 말려 주었다.

"일어났어?"

드라이어 소리가 멈추기 무섭게 동생의 목소리가 들려왔다. 동시에 어제 일이 떠올랐다. 까맣게 잊고 있었네. 드라이기 선을 뽑고 서랍 속에 정리해 넣은 다음에 삐약이를 안아 들고 돌아섰다. 독 저항 스킬도 다시 켰다.

"성현제가 말해 줬어?"

"응."

그래도 내 눈치를 조금 살피는 기색이다. 다른 사람에게 멋대로 수면제를 먹이면 안 되지. 그런데.

"수면제는 왜 가지고 다니냐. 잠이 잘 안 와?"

"내가 쓰는 거 아니야. 그냥 잠이 좀 얕은 거지 못 자지는 않고."

"홍콩에서는 잘 자더니. S급이라도 잠은 푹 자야지."

내 말에 유현이가 짧게 침묵했다.

"…화 안 내?"

"음, 다음번에는 말하고 줬으면 좋겠다. 효과 좋은 거 같더라."

꿈자리가 좀 그래서 그렇지 잠 자체는 푹 잘 잔 거 같았다. 이래저래 피곤하던 것도 많이 풀렸고.

"형."

"그래서 정확히 뭐라고 했는데? 그 인간도 자세히는 모를 텐데."

"왜 자꾸 시선을 피하는 거야."

내가 그랬나. 유현이 얼굴을 제대로 못 보고 있기는 했다.

"역시 화났잖아."

"안 났어. 그런 걸로 화 안 내."

"그럼?"

고개를 들어 동생을 마주 보았다. 역시 어리다. 스물다섯 살도 많은 건 아니지만 그보다 더 어리다. 풍하면서도 불안해하는 얼굴을 보며 웃었다.

"그냥 내가 좀 미안해서. 다 말해 주기로 했는데 또 입 다물어 버렸네. 이리 와 봐, 유현아."

다가온 동생을 한 팔로 가볍게 끌어안았다가 놓아주었다.

"지금 몇 시지? 아침 먹으면서 이야기하자."

간단하게 아침을 차렸다. 유현이가 돕겠다고 했지만, 그냥 자리에 앉아 있으라 말했다. 뛰어난 실력은 아니다만 그래도 집안일 도맡은 게 몇 년인데. 게다가 밑반찬은 냉장고의 것을 옮겨 담는 것으로 끝이라 직접 한 건 계란프라이 정도뿐이었다. 밥이야 쌀 씻어다 전기밥솥 버튼만 누르면 되고.

"하여간 눈치 빠르다니까. 마석이 들어가 있는 것까지 알아차리다니."

유현이로부터 성현제가 해 준 말을 듣고 혀를 쯧 찼다.

"디아르마의 금 간 마석과 SS급 용인종의 마석이야."

"…괜찮은 거야? 그런 걸 몸에 넣어도."

"이게 일종의 스킬인데, 마석을 융합해서 새로운 용종을 만들어 낼 수 있어. 스킬이 제대로 적용된다면 나를 따를 거고 등급도 S급 이상이 되겠지."

다만 아직까지 영 소식이 없는 게 조금 불안했다. 등급에 따라 결합하는 데 시간 소요가 다르니 꽤 걸리긴 하겠지만 너무 변화가 없다.

"몬스터가 꼬이는 부작용도 생겨 버렸는데, 이건 나도 예상치 못한 거였고."

"용종이 태어나면 상처도 없어져?"

"아니. 상처는 그대로야."

"더는 쓰지 마, 그 스킬."

유현이가 단호하게 말했다.

"하지만 아깝잖아. 흉터 좀 남는다고 사는 데 지장 생기는 것도 아니고."

"지금 그것도 마음 같아선 끄집어내고 싶어."

몸 좀 아끼라고 투덜거리며 동생이 젓가락 끝으로 꽈리고추찜을 집었다. 저거 맛있지. 살짝 기대를 담아 쳐다보고 있자 꽈리고추를 베어 문 유현이가 움찔 굳었다.

"맛있지 않냐."

"그… 러네."

"명우가 만든 거야."

"…어."

유현이가 떨떠름하게 말했다. 전에 명우가 만든 반찬 가져다주려다가 그럴 것 없다며 거절당했었다. 이제는 생각이 좀 바뀌지 않았을까.

"다른 것도 먹어 보고 입에 맞으면 말해. 챙겨 줄게."

"…아니, 괜찮아."

어째 대답하는 목소리가 부루퉁했다. 심지어 꽈리고추 이후론 다른 반찬에는 손도 안 대고 계란프라이만 먹었다. 아니, 왜! 맛있는 것 좀 먹어라!

"골고루 먹어."

내 몫의 계란을 밀어 주며 말했다. 계란만 가지곤 반찬 부족할 텐데. 김이라도 꺼내 올까.

"그리고 지금 내 공포 저항 등급 C다."

"…뭐?"

"송태원 씨 스킬 중에 상대의 스킬 등급을 내릴 수 있는 게 있더라고."

송태원에게는 미안하지만 다른 사람도 아니고 유현이에게는 말해 줘야 한다. 혹시라도 잘못 걸려 스킬 등급 떨어지면 안 되니까. A급이 반나절 지속이면 S급도 최소 한 시간 이상은 유지되지 싶었다.

다른 거라면 몰라도 저항 스킬 같은 게 등급 떨어지면 위험에 처할 수도 있으니까.

"그런 스킬이 있었다니. 심지어 등급 하락 폭도 크고."

"아, 그건 내가 공격 스킬 효과 두 배 공유해 줘서야. 보통은 3등급 정도 떨어진다더라. 그것만으로도 S급이 C급 되니까 조심해. 접촉을 오래 해야 적용 가능하니 전투 중에 당할 일은 없겠지만."

"확실히 전투 중에는 그런 식으로 쓴 적 없어."

붙어 봤구나. 당연히 그랬겠지만. 유현이가 미간을 좁히며 말을 이었다.

"그 스킬 공유 좀 하지 마. 위험하단 거 알잖아."

"이젠 계약서 쓰고 공유할 거야."

수정해야겠지만.

식사를 끝내고 치우는 건 동생이 했다. 역시 기특하고 착하다. 왜 연애 안 하지. 너무 완벽한 탓인가.

[지난밤, 서울 강서구 □□산 인근에서 발생한 던전 브레이크는-.]

TV를 틀자 어젯밤 발생한 던전 브레이크에 대한 특별 방송이 나오고 있었다. 채널을 이리저리 돌려 봐도 정규 방송 외엔 죄다 던전 브레이크 이야기뿐이다. 나와 관련된 방송은 깨끗이 사라졌다.

오랜만의 던전 브레이크니 그럴 만은 했지만.

'고작 저걸로 잘 끝날 거로 생각하면 안 될 텐데.'

던전을 일부러 터뜨렸다. 만에 하나 그 사실이 밝혀진다면 이건 섶 지고 불에 뛰어든 꼴이다. 그냥 얌전히 은퇴들 하시지 왜 기껏 내려 준 동아줄로 제 목을 매실까.

'시장에 나온 벌꿀 역추적하고 내게 답변 안 한 놈들 추려 내고.'

똑똑하게 굴었다면 일부러 나한테 은퇴하겠노라 말했을지도 모른다. 아무튼 벌꿀 판매 경로를 추적하는 게 제일 급한데, 슬프게도 자꾸만 성현제가 떠오르네.

'사람이나 시체로부터 정보 얻어 내는 스킬 가진 헌터가 세성에도 분명 있을 테니까.'

홍콩에서 시체까지 가져간 거 보면 틀림없다. 예림이에겐 시키기 싫을뿐더러 던전에서 나오려면 최소 일주일에서 열흘 이상 걸릴 테니 너무 늦어진다.

뭘 던져 주지. 마석 조합에 대한 걸 말해 주겠다 해 볼까. 나중에 맞춤형 기승수 만들어 줄 수도 있다는 식으로 던지면 틀림없이 물 거 같은데.

'전기 저항 상급 몬스터 구하기 힘들지.'

세성 길드장님 체면에 S급 기승수 정도는 되어야 할 테고. 물론 고작 벌꿀 거래 루트 추적 대가로 만들어 주겠다는 건 아니다. 그냥 이런 게 가능할 수도 있다는 정보 제공이지. 아직 스킬 성공이 확실한 것도 아니고, 내가 어느 정도까지 원하는 대로 몬스터 조합이 가능한지도 모르고.

좀 사기 느낌이 나지만, 뭐. 그 정도로 많이 가졌으면 등쳐 먹혀도 된다.

부엌에서 나온 유현이가 TV를 힐끗 쳐다보며 소파에 앉았다.

"너, 길드에 안 가 보냐? 오랜만에 던전 터져서 시끌시끌할 텐데."

"난 아직 던전에 있어. 게이트석 써서 나왔다는 거 알려져서 좋을 일 없으니 공략 끝날 때까진 얌전히 있을 거야. 형도 공포 저항 등급 복구되기 전까진 집에 있을 거지?"

당연히 그럴 거 아니냐는 확신을 담은 눈빛을 슬쩍 피했다.

"아니, 나야 바쁘게 움직여야지. 어제 던전 브레이크 내 일 물으려고 터뜨린 게 분명한데 어떻게 앉아 있냐. 그리고 일상생활이야 공포 저항 없어도 당연히 괜찮거든. C급만 되어도 어디냐. 보통 사람들은 공포 저항 같은 거 안 달고 살아."

C급도 무척이나 대담하시군요 소리는 들을 거다. 내 말에 동생 놈의 표정이 뽀로통해졌다. 집 지키게 만들기 미안하지만, 이참에 푹 쉬어라.

"그럼 나도 같이 다닐래."

"해연 길드장님 던전 공략 중 아니었냐."

유현이는 대답 대신 어디론가 전화를 걸었다. 그리고 잠시 후, 스물 초반의 청년 하나가 석시명의 손에 끌려 나타났다.

"헐, 길드장님 던전 들어가신 거 아니었어요?"

예전 김성한에게 술집을 추천해 주었던 해연의 B급 헌터 김민의가 어리둥절한 눈으로 유현이를 쳐다보았다. 유현이가 그를 향해 상냥하게 미소 지었다.

"일주일간 신분 좀 빌려줘."

"예?"

"어차피 방학이니 쓸 일도 없잖아. 마침 휴가도 냈고."

"아니, 저 유럽 여행 가려고 휴가 낸 건데……."

주춤주춤 물러나는 김민의를 보며 유현이가 안경을 꺼내 들었다. 이어 석시명이 알약을 내밀었다.

"그냥 푹 자고 일어나면 됩니다."

"비행기랑 숙소 예약도 다 해 놨는데요!"

"세 배로 보상해 드리고 휴가 기간도 연장하겠습니다."

김민의는 투덜거리면서도 결국 알약을 받아 들었다. 민의 학생, 미안해. 동생이 별 사고 안 치도록 노력할 테니까 너무 걱정하진 말라고.

"B급 헌터 하나 데리고 외출이라니, 이러다 세 번째 납치 사건 벌어지는 거 아닐지 모르겠네요."

내 머리 위로 정중하게 우산을 씌워 주며 유현이가 웃었다. 다른 사람들 눈에는 김민의 헌터로 보일 것이다.

"허튼 시도를 하는 놈들이 있다면 반갑게 맞이하여 뿌리까지 깨끗이 태워 버리겠습니다. 그러니 걱정하지 마세요, 한유진 님."

"정말 든든하시네요. 제 동생처럼."

웃음이 새어 나오는 것을 참으며 걸음을 옮겼다. 주차장으로 가는 사이사이 헌터들이 걱정의 말을 건네 왔다. B급 헌터로 괜찮겠냐는 소리들이 연이어 들려왔다.

"김민의 헌터면 충분하죠."

내 대답에 의아한 시선들이 유현이를 힐끔거렸다. 유용한 스킬을 가지고 있지만 보조계 B급에 나와 정식으로 만나는 것도 이번이 처음인 김민의다. 그런데 신뢰를 보내고 있으니 이상하게 느껴지겠지.

하지만 데면데면하게 다니기는 뭣하고. 이참에 민의 학생 주가나 올려놓자. 이래 봬도 내가 요즘 제일 잘나가는 인맥 아니냐.

김민의의 차는 노란색에 귀엽게 생긴 수입 소형차였다. 면허 딴 지 얼마 안 되었다고 초보운전 딱지도 캐릭터가 들어간 걸로 붙여 놓았다.

"방향제도 귀엽네."

디○니 미니 인형도 한쪽에 매달려 있다. 요즘 애들은 이런 거 좋아하나.

살풍경한 유현이 차를 생각하니 조금 슬퍼졌다.

"넌 취미 같은 거 없냐?"

"…취미? 그다지."

차에 시동을 걸며 유현이가 대답했다.

"뭔가 하고 싶은 거라든지 좋아하는 거 진짜 없어?"

"그런 거 생각할 만한 상황이 아니었잖아."

담담한 목소리에 괜히 말 꺼냈나 싶어졌다. 그래도 나중에 그럴 환경이 된다면 동생 녀석도 좀 더 여유로워지지 않을까. 그렇다고 성현제나 리에트처럼 되면 안 되는데.

삶의 모범이 되어 줄 만한 태생 S급이 없어. 나머지 둘에게 기대를 해 봐야 하나.

'찾긴 찾아봐야 하는데. 부디 제대로 된 사람들이기를.'

이미 충분히 힘든 인생입니다. 좀 봐주세요. 리에트 슬슬 나올 때 됐는데 공포 저항 하락한 채로 만나야 하나. 벌써부터 죽겠네.

우선 죽어 버린 휴대폰부터 새로 마련했다. TV와 인터넷은 새로운 화제로 뒤덮였지만, 통신사 대리점 밖에서도 안에서도 사람들은 바로바로 나를 알아보았다. 심지어 어떤 할머님께서는 내 손을 붙잡고 고생 많았다 토닥거려 주기까지 하셨다.

민망함 속에 얼른 유심칩 재발급받고 차로 돌아와 친애하는 세성 길드장님께 전화를 걸었다. 하지만 웬일로 전화를 받지 않았다. 바쁜가? 한 번 더 전화해 봐도 감감무소식이라 이번에는 강소영의 번호를 눌렀다.

[안녕하세요, 한유진 님!]

"안녕하세요, 소영 씨. 혹시 세성 길드장님 어디 계신지 아십니까? 전화를 받지 않으셔서요."

[길드장님께선 지금, 음, 공식적으로는 던전 공략 중이라고 되어 있는데요.]

"어젯밤에 만났습니다."

마른하늘에 날벼락 몇 번이고 내려치는 거 여러 사람이 봤을 텐데 눈 가리고 아웅이야.

협회 측에서는 공훈을 가져가고 싶을 테니 얼쑤 하고 받아먹었겠지만. 실제로 TV에서 어제의 던전 브레이크 처리는 송태원을 위시한 협회 헌터들이 하였다고 떠들어 대었다.

다른 헌터들은 코빼기도 안 보였건만. S급 몬스터 등장을 알렸음에도 섣불리 기어들어 오는 게 더 곤란한 일이라 해도 말이야. 힐러도 없었잖아.

[앗, 그러셨군요. 한유진 님에 대한 이야기는 없어서 몰랐어요. 하긴 요즘 길드장님께서 예정에 없이 움직이시면 99퍼센트 한유진 님과 관련되어 있었죠.]

그 정도냐. 내가 돌발 행동을 좀 많이 하긴 했지만. 원래라면 일정표 쫙 짜서 예정대로 움직이는 게 기본이기도 할 테고.

[급한 용건이시라면 길드로 오시겠어요? 연락해 볼게요.]

"네, 부탁드리겠습니다."

꼬리는 빨리 잡을수록 좋으니. 전화를 끊고 혹시나 싶어 송태원에게도 연락해 보았지만 받지 않았다. 이쪽은 아마도 아직 휴대폰 교체를 하지 못한 게 아닐까. 휴대폰만이 아니라 카드 같은 것도 다 죽었겠지.

"세성으로 가자."

"우리로선 아직 따라잡기 힘든 건 알지만 그래도 분해. 형이 세성 길드를 찾을 일 없어졌으면 좋겠어."

유현이가 투덜거리며 핸들을 돌렸다. 국내 한정으로 던전 공략 능력이야 이제 예림이까지 S급 팀 짜면 해연도 세성 못지않게 되겠지만 다른 분야는 아직 멀었다. 십 대 청소년이 일군 길드가 이 정도까지 큰 것만으로도 충분히 대단하지만.

"넌 이제 겨우 스무 살이야. 맨손 맨땅에서 시작한 미성년자가 자리 잡은 사회인을 어떻게 단시일에 쫓아가겠냐. 세성 길드장은 각성 전에도 잘나갔다는 말이 있던데."

"실제로 자금 쪽으로는 문제없었던 것으로 알아."

"뭐 하고 살았는지 들은 거 있냐?"

성현제한테 개인적인 관심이 있는 건 아니다만 궁금하다. 진짜 혼혈인가? 한국에서 살았다면 각성 전에도 튀지 않았을 리 없는 인간인데, 관련 정보가 없으니 역시 해외에 있었던 걸까.

"몰라. 내가 알 바도 아니고."

"그래도 같은 S급 헌터인데 친하게 지내란… 소리는 못 하겠고. 비즈니스적으로는 괜찮은 상대긴 한데 말이야."

길드장으로서 배울 것도 나름 많긴 하겠지. 어쨌든 잘난 인간이긴 하지만.

"역시 친하게 지내진 마라. 안 좋은 거 배울라."

"안 친해."

"그래. 굳이 가깝게 지낼 거면 길드장들 중에선 문현아 씨가 제일 낫지. 친구라면 노아 씨고. 소영 씨도 괜찮고. 이러니저러니 해도 또래끼리 친한 게 제일 좋아. 아저씨는 버려."

예림이까지 포함해서 애들끼리 모여 있는 광경을 떠올리자 절로 기분이 좋아졌다. 정말이지 싱그럽고 마음 포근해지는 장면이다.

"이번 일 정리되면-."

그때였다. 유현이가 내 쪽으로 손을 뻗었다. 긴 칼이 튀어나오며 안전벨트가 끊어지고 내 머리 위쪽으로 빙글 돌아간 칼이 차 문을 꿰뚫으며 도로에 박혔다. 그리고.

끼이이익!

바퀴가 땅을 긁는 소리가 요란하게 들려오며.

쾅!

무언가가 노란 경차를 강하게 들이받았다. 그와 동시에 유현이의 칼이 충돌의 충격을 흡수하며 들이받아 온 차량을 쳐 냈다.

콰과각!

잘려 나간 차 문 너머로 대형 트럭이 두 동강 나는 모습이 얼핏 보였다. 한유현은 나를 한 팔로 감싸 안고 너덜거리는 차 문을 완전히 박살 내며 밖으로 뛰어올랐다. 몸체가 사선으로 비스듬히 잘린 채 쓰러진 트럭 위로 내려서자 혼란에 빠진 도로 상황이 눈에 들어왔다.

"와, 미친."

아직 얼떨떨했지만 트럭이 불쌍한 경차를 박살 내려 했다는 것만큼은 확실했다. 그것도 정확히 조수석을 노렸다. B급 헌터와 나오자마자 이 꼴이냐. 진짜 김민의라면 보조계라 날 제대로 보호하지 못했겠지. 은혜도 쓰지 않고 있었으니 최소 중상에 운이 나쁘면 즉사했을지도 모른다.

'그냥 지나치기 아까운 기회긴 하지만 행동력 한번 대단하네.'

계속 노리고 있었던 건가. 공포 저항이 낮아진 탓에 심장이 두근거렸다. 트럭 운전사를 살피는 유현이 대신 해연으로 전화를 걸었다. 사고 처리와 새 차량을 부탁한 뒤 다시 거리로 눈길을 돌렸다.

"운전사는 죽었어."

"그래? 유현, 아니 김민의 씨, 저기 차에 갇힌 사람들 있는데 좀 도와주시죠."

대형 트럭으로 인한 추돌 사고다 보니 미처 피하지 못하고 휩쓸린 차량이 여럿이었다. 내 말에 유현이가 내키지 않는단 표정을 지었지만, 은혜 쓰고 있겠다는 말에 아래로 뛰어 내려갔다. 그러곤 우산 가지고 다시 돌아왔다.

"눈에 잘 들어오도록 여기 얌전히 있어."

우산을 굳이 펼쳐서 손에 쥐여 주고는 뒤집어진 승용차로 다가간다. 여름인데 비 좀 맞으면 어때서. 시원하구만.

유현이가 나서자 도로 상황은 빠르게 정리되었다. 우그러진 차 문을 가볍게 뜯어내고 사람들을 구출했다. 부상자를 함부로 다루면 위험하지 않을까 싶겠지만 상태가 나쁘다 싶으면 중급 포션을 아낌없이 꺼내 들었다. 길을 막은 차는 한쪽으로 밀어 구급차가 들어올 길을 만들어 주었다.

그러는 사이 119와 경찰이 도착했다. 구급대원 중에는 하급 각성자도 섞여 있었다. 상급까진 아직 없지만 중급 각성자 소방관은 전국에 십여 명 이상 되었다. 그 대부분이 사고 현장에서 각성하고 헌터가 아닌 소방관 일을 지속하길 택한 사람들이었다.

"수고 많으셨습니다, 헌터님. 감사합니다."

구급대원들과 적당히 인사를 나눈 유현이가 내 옆으로 돌아왔다. 우산을 같이 쓰며 나직하게 물었다.

"누굴까. 협회 쪽?"

"경매장 쪽과 관련 있을지도 몰라. 그쪽도 쌓인 게 많긴 할 테니까."

"둘 다 자업자득인데 너무하네. 그래도 그쪽은 죽이긴 아직 아까워하지 않을까."

"호텔째로 죄다 쓸어버렸잖아. 복수가 목적인 놈도 있을걸."

그러니 반드시 A급 이상, 가능한 S급 헌터와 동행하라며 단단히 당부를 해 온다.

해연 길드와 헌터 관련 사고 부서에서도 속속 사람들이 도착했다. 단순

추돌 사고라서인지 송태원의 모습까지는 보이지 않았다.

잠깐 말이 오간 끝에 운전사의 시체는 해연 쪽에서 먼저 수거해 가기로 결정되었다. 오랜만에 보는 김성한 헌터가 이쪽으로 다가왔다.

"안녕하세요, 성한 씨."

"다치신 곳은 없으십니까?"

괜찮다는 대답에 김성한은 긴말 않고 돌아서서 운전사 시체를 꺼내었다. 여전히 친근하게 걱정해 오기는 했지만… 어째 전에 비해 나를 대하는 태도가 덤덤하다.

'그러고 보니 최근엔 보약이나 다른 선물도 보내지 않았지.'

혹시나 싶어 상태창을 확인했다. 김성한의 이름은 그대로 있었다. 하지만 태도가 확실히 바뀐 거 같은데.

"김성한 씨."

유현이의 도움으로 트럭에서 내려서며 그를 불렀다.

"예?"

"혹시 예전에 절 보면 조부님이 떠오른다고 하셨던 거 기억나세요?"

"아… 예. 그랬었죠."

김성한이 조금 멋쩍어하며 고개를 끄덕였다.

"엉뚱한 소리로 당황스럽게 만들어서 죄송합니다."

죄송하다니, 그럼 설마.

"이젠 그런 생각 안 드시는 겁니까?"

"예. 비슷한 점이 없진 않다고 생각합니다만 전혀 다른 분이시죠."

그가 망설임 없이 대답했다. 전혀 다른 사람이다, 라.

'나를 원래의 양육자로 여기게끔 하는 효과에는 기한이 있는 거였나?'

하지만 예림이나 피스, 뻬약이 등은 전과 변함없이 나를 대했다. 그들과 김성한 사이에 다른 점이 있다면 김성한의 경우 내가 그를 소홀히 대하였다는 것이었다. 김성한이 날 일방적으로 챙겨 줬을 뿐 그리 자주 만나지도 않앉으니까. 최근에는 얼굴도 거의 마주치지 않았고.

'키워드 효과는 일시적으로 도움을 줄 뿐, 그 후론 내가 하기 나름이라는 걸까.'

하긴 키워드빨로 계속해서 일방적인 호감을 받는 건 너무 사기지. L급 칭호라고 해도 말이다.

김성한의 선물이 끊긴 시점을 계산해 보면 대략 두 달 정도 유지된 거 같은데, 다른 애들에게도 조금이나마 변화가 있었으려나. 유현이는… 전이나 지금이나 내 동생이니 확인 불가능하고 예림이가 나오면 물어봐야겠다.

'현아 씨에게 좀 더 신경 써야겠네.'

키워드빨 떨어지기 전에 더 친해져야지.

애차를 잃게 된 김민의에게 속으로 사과하며 새 차량으로 세성 길드에 도착했다. 마중 나와 있던 강소영이 유현이, 김민의를 보고 눈을 동그랗게 떴다.

"처음 뵙는 분이시네요."

"해연의 B급 헌터, 김민의 씨입니다."

"B급이요? 한유진 님 미치셨, 아니 조심성이 없으세요!"

"제가 믿고 있는 분이십니다. 그보다 세성 길드장님은 어디 계시지요?"

"…이쪽으로 따라와 주세요."

강소영은 유현이를 미덥지 않게 힐끔거리며 앞서 걸어갔다. 검문을 거치고 인벤토리 봉인 팔찌를 착용하고 나서도 다시 경계가 삼엄한 안쪽으로 들어가, 강소영이 걸음을 멈추었다.

"죄송하지만 여기서부터 해연의 헌터분은 들어가실 수 없습니다."

그녀의 말에 유현이가 대뜸 눈썹을 찌푸렸다. 하지만 강소영도 물러서지 않았다. 평소의 그녀에게선 찾아보기 힘든 단호하고도 냉정한 표정으로 재차 관계자 외의 출입은 금해져 있다고 말하였다.

"김민의 씨, 여기서 기다려 주세요."

"하지만 한유진 님 혼자 보낼 수는 없습니다."

"혼자는 아니죠. 강소영 씨도 있고. 그리고 뭐, 다른 것도 있을 수도 있고."

작은 도마뱀이라거나. 유현이를 달래듯 다가붙으며 손을 살짝 잡았다. 강소영이 보지 못하도록 시야를 가린 틈으로 이린이 스르륵 내 손으로 건너왔다. 이어 어깨쯤으로 올라가 문신으로 자리 잡았다.

"그럼 편히 기다리고 계세요."

"네. 조심해서 다녀오십시오. 만에 하나 위험한 일이 생긴다면… 열한 번째로 하죠."

홍콩 납치 건 때 쓰고 남은 계약서를 뜻하는 것일 터다. 열한 번째가 뭐였더라. 메모지 슬쩍 확인해 봐야겠다.

유현이의 어깨를 친근감 있게 두드려 주고 강소영을 따라 안쪽으로 발을 옮겼다.

"오늘 아침에요, 길드장님께서 기분이 좀 좋지 않으신 모양이더라고요."

둘만 남자 강소영이 말했다.

"꿈자리가 사납기라도 하셨나, 뭔가 다른 생각에 잠기신 거 같기도 하고요. 한유진 님께서 방문 원하신다는 말에 들여보내라고는 하셨지만, 여전히 목소리가 별로였어요."

그러니 오늘은 좀 조심해 달라며 강소영이 미니포털 키를 꺼내 들었다. 성현제도 나처럼 악몽이라도 꿨나, 무슨 일이지.

"여긴 길드장님의 길드 내 사택이에요. 혹시 위치 추적 가능한 아이템 같은 걸 가지고 계시진 않으시죠?"

"네, 없습니다."

아이템 말고 정령은 있지만.

막상 안으로 들어가려니 망설임이 생겼다. 공포 저항은 아직 C급이고 바로 어제 호되게 당하기도 했으니 당연한 반응이다. 심지어 기분도 나쁘다잖아. 솔직히 좋은 꼴은 못 볼 거 같은데.

"혹시 사체로부터 정보를 얻어 낼 수 있는 헌터 말입니다."

"예? 사체요?"

강소영이 눈을 동그랗게 뜨며 갸웃거렸다. 성현제를 직접 통하지 않고서도 협조를 구할 수 있지 않을까 싶어서 꺼내 본 말인데, 진심으로 모르는 표정이었다. 아무래도 강소영은 국내만, 혹은 던전 공략 쪽 일만 아는 모양이었다.

조금 더 떠보았지만 홍콩에서의 일은 자세히 듣지 못한 기색이다. 그냥 성현제가 날 구출하는 데 도움을 주었다, 정도로 알고 있었다.

역시 성현제를 만나 보는 수밖에.

한숨을 푹 내쉬는 나를 강소영이 걱정스럽게 바라보았다.

"신경 쓰이시면 내일 다시 오시는 건 어떠세요?"

"저도 그러고 싶지만 급한 일이라서요. 최대한 빨리 만나야 합니다."

그냥 어젯밤에 협조 구해 놓았으면 좋았을 텐데, 그러기엔 너무 피곤했다. 망할 인간과 오래 같이 있기도 싫었고. 어제의 나를 위해 오늘의 내가 고생하게 되었구나. 마음 같아선 내일의 나한테로 미뤄 버리고 싶다.

"그렇군요. 그게요, 사실 길드장님께서 한유진 님의 자택 방문까진 허락하신 건 아니거든요."

"…예? 허락을 안 받았다고요?"

"네! 정확히는 아침 이후론 저희도 연락이 안 되었어요."

강소영이 해맑게 대답했다. 이건 또 뭔 소리야.

"연락은 안 받으시는데, 또 들어가 보기엔 겁나잖아요. 그래서 주위에 물어봤더니 그냥 들여보내 드리라고, 그래서요."

"아니, 그… 외부인을 허가도 안 받고 이렇게 막 들여보내도 되는 겁니까?"

"괜찮아요! 보안실장님이랑 또 다른 분들이랑도 다 이야기되었거든요."

…이래도 되는 거냐, 세성. 물론 나는 스탯 F고 상대는 S급 헌터 중에서도 탑이다. 성현제가 무방비하게 잠들어 있어도 별다른 해를 끼치지 못할 차이이니 안전 걱정은 하지 않겠지만.

"기분 안 좋아 보인다 해도 사람 잡아먹는 것도 아닐 텐데, 못 들어갈 정도는 아니지 않습니까."

"일반 회사 직원도 맡은 업무 외의 일로 사장님 집까지 찾아가긴 싫을걸요?"

그건 그렇군. 심지어 내 개인적인 용무니까 세성 길드원들에게 폐 끼치는 건 예의가 아니다. 성현제와 연락이 안 되는데도 여기까지 들여보내 준 것만으로도 고맙지. 나는 강소영에게 고개를 살짝 숙여 보였다.

"신경 써 주셔서 감사합니다."

"천만에요. 이왕이면 길드장님 기분 좀 풀어 주세요. 어쩌고 계신지 말씀도 해 주시고요."

혹시 그게 목적이라서 순순히 들여보내 주는 건 아닐까. 포털로 들어서기 전 피해 무효화 아이템을 사용했다. 저번에 먹인 마석이 아직 다 소화되지 않았을 텐데, 어젯밤 사용 시간이 얼마나 되었더라. 그래도 한 시간 정도는 버텨 주겠지.

미니포털을 넘어서자 문이 나타났다. 벨을 눌렀지만 돌아오는 대답은 없었다. 벌써 살짝 긴장이 스며들었다. 강소영이 준 열쇠로 문을 열고 안으로 들어갔다.

"성현제 씨? 계십니까?"

집 넓네. 두리번거리며 걸음을 옮겨 갔다. 아마도 집의 중앙으로 보이는 곳은 위층을 뚫어 놓아 무슨 호텔 로비 같았다. 가운데엔 작은 정원이 꾸며져 있고 정원 위쪽으로 원형 기둥 모양의 수조가 천장에서부터 내려오는 모양새로 자리 잡고 있었다.

일렁이는 물결에 빛이 스며든다. 수조의 유리가 어찌나 투명한지 그냥 물 덩이 자체가 형태를 이루고 있는 것만 같았다. 그 속으로 화려한 물고기들이 헤엄치고 있었다. 저거 먹이는 어떻게 주나. 청소하기도 힘들 거 같은데.

'그보다 어디 있는 거야, 이 인간.'

여기 몇 층까지 있는 거지. 천장 높이를 보면 최소 2층인데. 어쩌면 3층쯤 될지도 모르겠다. 수조가 장난 아니게 커.

"더럽게 넓은 집에서 사시네. 심지어 홀몸이잖아. 결혼이라도 하시지."

아니, 상대 여자분이 안타까워서라도 그냥 혼자 살아라. 저 인간에게 맞서려면 리에트쯤은 되어야 할 텐데, 이건 또 주위 사람들이 불쌍해진다. 상상만으로도 소름 돋게 파괴적인 부부라.

근처를 기웃거리다가 헤집고 다닐 생각만으로도 기운 빠져 정원 앞의 인테리어 장식품처럼 생긴 벤치에 걸터앉았다. 내가 온 거 눈치 못 챘을 리도 없는데, 어디 있는지 기척이라도 내 줘.

"몇 층에 있는지라도 좀 알려 주시죠! 이왕이면 방향도."

안 그래도 지치고 피곤한 스탯 F급이 대저택을 헤매고 다니기까지 해야겠냐. 하지만 여전히 대답은 없었다. 어쩔 수 없이 1층부터 찬찬히 뒤지자 싶어 몸을 일으키는데, 정원의 수풀 사이로 뭔가 스르륵 움직였다.

'…설마 이 인간도 정원에 몬스터 같은 거 키우나.'

반사적으로 뒷걸음치는 내 앞으로 뱀 같은 것이 나타났다. 금색 사슬이다. 다행히 헤매고 다닐 필요는 없겠ㅡ.

차르륵ㅡ.

수색자의 사슬이 내 몸을 묶으며 휙, 앞으로 당겼다. 이어 바닥에 쓰러진 나를 그대로 질질 끌고 간다.

"진짜 미친 새, 윽, 야! 성현제!"

계단, 시발, 계단! 덜컥덜컥 부딪히는 게 멍깨나 들겠다 싶었다. 두 다리 멀쩡하니 그냥 안내만 해 주면 될 것을 왜 이 지랄이냐.

쓸데없이 긴 계단이 드디어 끝났나 싶었는데, 또 한 층을 더 올라간다. 그러고도 길고 긴 복도가 남아 있었다. 진짜 입에서 욕이 절로 쏟아지네. 내 몸뚱이로 집 청소라도 시킬 셈인가. 먼지 하나 안 보이게 깔끔하긴 했지만.

그렇게 질질질 끌려가 도착한 곳은 바닥의 가운데로 수조가 내려다보이는 너른 방이었다. 유리로 된 천장을 빗줄기가 토독토독 두드린다. 고개를 들어 살피지 않아도 저릿하게 밀려들어 오는 감각이 이곳에 무서운 인간이 있다는 것을 알려 주었다.

살 떨리긴 하지만 할 말은 해야지.

"저도 발 있습니다, 개새끼야."

투덜거리는 소리에 돌아오는 대답이 없었다. 늘 들고 다니느라 깜박했다느니 운운할 줄 알았는데, 조용하다. 심지어 몸을 묶은 사슬도 그대로였다. 풀어 주질 않는다.

한발 늦게 등을 따라 소름이 주욱 돋아났다. 망한 거 같다는 생각 속에서 고개를 들었다.

성현제는 방의 가운데에 서 있었다. 바닥의 유리가 거의 없는 듯이 얇고 투명해, 마치 수면을 밟고 선 것만 같다. 목을 약간 기울인 채 나를 내려다보는 눈이 평소보다 더 짙다.

"…뭐라고 말 좀 해 보시죠."

"한유진."

사슬이 다시 움직였다. 성현제를 향해, 수조 위로 몸이 끌려갔다. 깊은 물이 코앞으로 다가왔다. 저만치 먼 아래로 정원이 흐릿하게 비치는 광경이 조금 무섭게 느껴졌다. 유리 진짜 너무 얇은데. 있는 거 맞긴 한가.

"해연 도련님의 형이었지."

성현제가 되새기듯 중얼거렸다. 마치 내가 잘 기억나지 않기라도 한 듯한 말투였다.

"그 나이에 벌써 치매라도 온 겁니까."

이번에도 대답은 없었다. 대신 내 몸 아래가 푹 꺼져 들었다.

"뭐, 읍!"

약간의 물소리와 함께 몸뚱이가 먹혀 들듯 물속으로 가라앉는다. 사슬에 묶인 탓에 꼼짝도 못 하고 그대로, 순식간에 바닥까지 닿았다. 당황하며 위를 올려다보자 미친놈은 그대로 수면에 서 있었다. 시발, 역시 평범한 유리가 아니었어.

숨이 막혔다. 조금 머금고 있던 공기는 이미 방울방울 떠올라 간 뒤였다.

'익사는, 피해 무효화가 소용없구나.'

새로 하나 알았네. 그리고 열한 번째 계약서 조건도 지금 상황으로는 어길 수 없었다. 이린은 문신 상태에서는 미리 정해 놓은 특정 조건 외에는 보고 듣는 게 불가능하다고 하였고. 다른 스킬들도, 귀걸이의 방어막도 소용없다.

성현제가 정말로 나를 죽게 내버려두진 않을 거라고 생각하지만.

노랗고 파란 물고기가 가물가물해진 눈앞을 스치고 지나간다. 이유라도 말하라고, 미친놈아. 그 생각을 마지막으로 의식 또한 깊게 가라앉았다.

불쾌한 괴리감이었다.

무언가 어긋나 있다. 그런 느낌을 받은 직후, 성현제는 날짜를 확인했다. 8월의 여름. 기억 속과 다름없는 시간이었다. 하지만 이즈음 자신은 던전 공략에 들어가지 않았던가. 약간 애매한 기억이 확실하게 뒤틀린 것은 강소영의 말 때문이었다.

"코메트가 빨리 자랐으면 좋겠어요. 이제 곧 훈련 들어간대요."

영문을 모를 소리에 성현제는 강소영을 바라보았다. 그리고 강소영은 웃고 있던 얼굴 그대로 뒷걸음질 쳐 빠르게 집무실을 빠져나갔다.

그 뒤로도 어긋남은 계속해서 그의 눈에 들어왔다. 자잘한 것들 사이로 어젯밤의 던전 브레이크 현장에 자신이 갔었다는 말을 들은 직후, 성현제는 오랜만에 분노에 가까운 감정을 느꼈다. 하지만 던전 밖에서 그것을 발산할 수는 없었기에 자신의 자택으로 들어갔다.

그가 복잡한 머릿속을 정리하고 있을 때 한 통의 전화가 걸려 왔다. '내 아이템'. 고개가 갸웃 기울어질 수밖에 없는 이름이었다. 절로 일어나는 흥미에 통화 버튼을 누를까 싶었지만 괴리감이 더해질 연락임이 분명했기에 참았다.

그리고 얼마 지나지 않아 누군가가 집에 들어왔다. 벨이 눌러지는 소리에 성현제는 집안 곳곳에 설치된 보안장치를 폰으로 연결했다. 그중 현관의 카메라에 잡힌 얼굴은 낯선 것이었다. 아니, 어디선가 본 듯도 했다.

스물 중반쯤으로 보이는 청년은 열쇠로 문을 열고 안으로 들어왔다.

[성현제 씨? 계십니까?]

이리저리 두리번거리던 그가 정원 앞에 가 섰다. 수조를 잠시 올려다보더니 투덜거린다.

[더럽게 넓은 집에서 사시네. 심지어 홀몸이잖아. 결혼이라도 하시지.]

뭐지 저건. 이어 몇 층에 있는지라도 알려 달라는 외침에 더더욱 의아해졌다. 성현제는 수색자의 사슬을 보냈다. 사슬에 휘감긴 청년은 당황해하면서도 놀라지는 않았다. 대신 욕을 지껄였다.

수색자의 사슬에 익숙한 태도다. 그리고 제 앞까지 끌려왔을 때, S급 각성자의 위압감에 움츠러들면서도 입을 열었다.

"저도 발 있습니다, 개새끼야."

늘 들고만 다니다 보니 깜박했군. 성현제는 무심코 나오려는 대답을 삼켰다. 들고 다녔다니. 그것도 사람을. 몰려드는 당혹감 속에 침묵을 지키는 사이 청년이 고개를 들었다. 화면상이 아닌 실물을 마주치자 누군가가 떠올랐다.

한유현, 그리고 분명.

"한유진."

사슬을 움직여 좀 더 가까이 끌고 왔다. 바로 눈 아래로 흔들리는 물이 무서운 건지 한유진이 몸을 살짝 떨었다.

해연 길드장의 친형. 비각성자. 기억 속의 정보는 그러하였건만 눈앞의 한유진은 각성자였다. 별로 강하게 묶은 것도 아닌 사슬 속에 꼼짝을 못 하는 것으로 보아 스탯은 하급이다. 그리고 저 붉은색 귀걸이는.

'왜 한유진이 가지고 있는 거지.'

흔한 모양이었지만 성현제가 직접 얻은 아이템이기에 기억하고 있었다. 정수 증가라는 스탯 옵션은 쓸모없지만, B급 방어막 스킬이 붙어 상당한 가치를 지닌 귀걸이다. 누군가에게 준 적도, 판매한 적도 없는 아이템인데.

이해할 수 없는 혼란 속에서 한유진이 또다시 그를 향해 빈정거리는 말을 내뱉었다. 의외로 거슬리지는 않았다. 하지만 편한 대화를 위해 약간, 기를 죽여 놓을 필요는 있다고 판단했다.

성현제는 물을 감싸고 있는 특수 아이템의 일부를 열었다. 정확히 한유진의 몸이 있는 부분이었다. 사슬에 당겨지며 한유진이 물아래로 가라앉는다. 당황한 얼굴이 그를 올려다보았다. 빠져나올 재주가 없다 해도 죽어 가는 중이건만 발버둥조차 치지 않는다. 그저 왜 이러냐는 듯이 눈만 깜박거린다.

'내가 자신을 해치지 않을 거라고…….'

믿고 있는 표정. 그것도 잠시, 스탯이 낮은 만큼 오래 버티지 못하고 의식을 잃어버린다. 저대로 두면 완전히 숨이 멎게 될 것이다. 그 또한 나쁘지 않다는 생각이 들었지만.

촤아악-.

성현제는 사슬을 움직여 한유진을 물 밖으로 끌어냈다.

'…미친놈이 진짜.'

욕을 삼키며 눈을 떴다. 이어 물에 빠지기 전의 일을 되새겼다. 옅게 호기심을 담고 있던 시선, 기억을 더듬듯 중얼거리던 목소리.

'정말로 치매인가.'

일 리는 없고, 나에 대한 기억에 문제가 생긴 건 맞는 듯한데. 설마 회귀 전의 기억이 영향을 미치기라도 한 걸까. 그럼 큰일이라고 생각하며 몸을 일으켰다. 머리칼은 젖은 그대로지만 옷은 갈아입혀져 있었다. 친절도 하셔라. 소파가 젖는 게 싫었던 걸 수도 있고.

"시간이 얼마나 지난 겁니까."

맞은편 소파에 앉아 있는 성현제에게 물었다.

"30분 정도."

테이블 위의 폰을 들어 유현이에게 문자부터 보냈다. 방수 능력이 버텨 줬는지 다행히 이틀 연속으로 폰을 잃는 불상사는 벌어지지 않았다.

"이름과 외모 말고 저에 대해서 기억나는 거 있습니까?"

"내 아이템."

"소유권 떼시라니까."

"역시 너였군."

기억난 게 아니라 넘겨짚은 모양이었다. 말투가 변했다는 소리에 성현제가 회귀 전의 자신과 조금 섞였을 거라 짐작은 했지만, 이건 아예 뒤바뀌어 버렸잖아. 둘 다 동일인이긴 하다만 나에 대한 그간의 기억이 없는 성현제라니. 곤란하다고.

"우리가 무슨 사이였지?"

"서로의 유용함을 인정하고 상호동의하에 적당히 써먹기로 한 사이입니다."

그리고 그 밖에는.

"관광 가이드와 불만 많은 고객님이요. 아, 그쪽이 가이드입니다."

"…뭐?"

"댁네 애를 키우는 중이기도 하죠. 용에게 잡혀갔을 때 구하러 와 준 적도 있고, 어쩌다 보니 같이 춤 같은 것도 췄고. 성현제 씨가 저한테 한쪽 눈과 팔을 걸기도 했습니다. 경매장 참가도 같이한 사이예요. 이번에는 그쪽이 고객님, 제가 상품. 덧붙여 계란은 반숙이었습니다."

"헛소리?"

"순도 백 퍼센트 진실만 담았습니다. 덤으로 같이 SS급 몬스터를 두 마리쯤 잡았던가."

성현제가 눈을 동그랗게 떴다가 소리 없이 웃었다. 기분 탓인가, 평소보다 더 젊다 못해 어려 보이네.

"내가 반했다는 소리는 안 했었나?"

"플러스로 장미꽃도 받았죠."

"언제?"

"신 협회 건물 폭삭 무너뜨렸을 때요. 이땐 성현제 씨는 없었습니다. 구경하러 오라고 불렀는데 거절당했죠."

"그건 내가 잘못했군."

이번에는 소리 내어 웃는다. 즐거워 보이시니 다행이다만, 이제 어쩐다.

"성현제 씨, 초면이나 마찬가지인 상황에 과한 부탁이지만 절 한 번만 믿어 주실 수 있을까요."

아무래도 댁 속에 들어가 봐야 할 거 같아서 말이야.

그래, 믿어 보겠다. 라는 대답은 당연히 없었다. 대신 돌아온 것은 무슨 짓을 꾸미는 걸까, 하는 호기심과 의심 뒤섞인 눈길이었다.

"제게 정신계 스킬이 하나 있습니다. 이걸로 성현제 씨의 기억을 되돌려 보려고 합니다. 다만 제 스탯이 낮다 보니 상대의 동의 없이는 사용이 불가능합니다."

"정신계 스킬을 순순히 받아들여라, 이 말인가."

"그런 셈이지요."

성현제의 표정은 그다지 달가워 보이지 않았다. 당연한 반응이다. 자기 머릿속을 헤집겠다는 소린데 대체 누가 좋아하겠어. 성질 더러운 헌터라면 네 머리부터 갈라놓고 생각해 보지, 라며 칼 휘두를지도 모른다.

"내가 대체 얼마나 무르게 대한 걸까. 이런 말도 안 되는 소리를 거침없이 하다니."

"전 어디까지나 선의로 도움을 드리겠다는 겁니다. 나름의 위험을 감수하고서 말입니다. 제가 이래 봬도 비싼 몸이에요, 세성 길드장님."

"나도 살 수 없을 정도로?"

"세성 길드 통으로 넘겨도 모자랍니다. 포기하세요."

"자신만만하군."

"말 그만 돌리시고."

딱 잘라 말했다.

"싫으면 이대로 사시든가."

나는 아쉬울 거 하나도 없지는 않고 지금 당장도 협조가 필요하지만, 현재의 성현제는 그걸 까맣게 모른다. 하니 강하게 나가기로 했다.

도발을 담은 말에 성현제의 눈이 가늘어졌다. 동시에 서늘한 한기가 몰려

든다. 집이 좀 춥네. 팔에 닭살 돋을 거 같다. 이쯤에서 죽이면 안 됩니다, 어필 정도는 해 두는 게 낫겠지.

"진정하시고 이걸 한번 보시죠."

폰으로 나와 관련된 기사를 검색해 테이블 위로 툭 밀었다. 사육 시설과 기승수에 더해 명우와 관련된 내용도 약간 들어간 기사였다. 성현제는 말없이 폰을 집어 들어 기사를 읽어 내렸다.

"소영이가 말한 코멘트가 이거였군."

"귀여운 새끼 용이죠. 그 밖에도 밝히지 않은 유용한 스킬이 몇 있습니다. 예를 들면 공격 스킬 효과 두 배라거나요."

"하급 헌터에겐 별 쓸모 없을 텐데."

"이게 공유가 가능하거든요. SS급 몬스터 잡았다고 말씀드렸었죠? 그때 아주 유용하게 써먹었습니다."

"그런데 왜 나는 너를 그냥 내버려두었을까."

폰을 가볍게 밀어 돌려주며 성현제가 목을 살짝 기울였다.

"길들여 묶어 놓지 않고."

"저주 저항이 L급이라 그러긴 까다로울걸요."

"L급?"

색 옅은 눈이 놀란 기색을 비친다. 나에 대해 전혀 모르는 성현제다 보니 반응이 재밌네.

"거기에 독 저항도 높죠. 참, 도마뱀 새끼와의 계약 제가 무효화해 드렸습니다. 한번 확인해 보세요."

"눈과 팔을 걸었다는 게 무슨 소린가 했더니."

"서비스 잘해 드렸죠. 전 여기서 그냥 돌아 나가도 아-무 문제 없어요. 잘 먹고 잘살 겁니다. 아쉬운 건 그쪽이죠."

"아무 문제 없다는 것치곤 적극적인데."

"그간 쌓인 정이랄까요. 그러니 마지막으로 한 번만 더 제안드리겠습니다."

한쪽 손을 살짝 들어 보이며 말을 이었다.

"제 스킬을 받아들여 주십시오."

자신이 까맣게 모르는 일이 이렇게나 많은데, 고작 스탯 F급 앞에서 몸 사리겠다고 포기할 인간 아니잖아.

그리 오래 지나지 않아 성현제가 고개를 끄덕였다.

"도박은 오랜만이로군."

"그 말 하신 지 한 달도 채 안 지났거든요."

중독되진 마시길. 내 말에 그가 남아 있던 경계심을 떨쳐 버리며 미소를 머금었다.

저번에 스킬을 쓸 때는 이린의 도움이 있었다. 그러니 혼자 사용하는 것은 이번이 처음이었다. 제대로 될까 염려스러웠지만, 저번에 스킬 끄느라 고생한 덕분인지 생각보다 쉽게 정신적인 공간을 만들어 낼 수 있었다.

눈을 뜨자 보이는 것은 커다란 창으로부터 빛이 스며드는 방이었다. 남자는 창을 등지고 서 있었다. 그가 나를 보며 눈매를 휘었다.

"안녕, 한유진 군."

"뭘 태연하게 인사합니까?"

혹시나 싶어 불안하던 마음이 차분히 가라앉다 못해 냉랭해졌다. 내가 아주 조금은 걱정했던 거 같은데, 정말 쓸모없고도 아까운 짓이었다. 그냥 도로 나갈까.

"나도 예상치 못했던 일이라, 놀래켰다면 미안하군."

"놀라지는 않았지만 죽을 뻔은 했습니다."

"저런. 내가 무례했던 모양이야."

"별일은 없었습니다. 사슬에 묶인 채 질질 끌려서 온몸으로 계단 오르고 수조에 빠져서 익사할 뻔하고. 대충 그 정도였죠."

"이거 정말 면목이 안 서는군. 집에까지 찾아와 줬건만 물만 대접하다니."

대접이냐. 마시기는 참 많이 잘 마셨다만.

"그래서 대체 어떻게 된 겁니까? 다시 나가실 수는 있겠어요?"

"대략 두 달 전쯤부터일까, 뭔가 이상하다는 생각이 들었지."

성현제가 목을 약간 기울이며 말했다. 두 달 전이라. 역시 회귀로 인한 영향을 느끼고 있었구나.

"그래도 미미한 이질감뿐이었건만 오늘 새벽쯤에 확실한 기억이 떠올랐다네. 내가 다룰 수 있는 자기력의 범위와 강도는 아직 미약하다는 사실이."

짙게 금빛으로 물든 눈이 나를 바라보았다. 분명 송태원도 성현제가 자기력을 다루는 것은 까맣게 모르고 있었다. 그게 여태껏 안 써서가 아니라 아직 제대로 못 쓰는 탓이었구나.

'범위도 위력도 장난이 아니었지.'

그 정도로 능숙하게 쓸 능력이 될 정도라면 분명 이전에 더 작은 규모로 몇 번쯤은 사용했다고 보는 게 맞다. 까다로운 속성 제어를 처음부터 완벽하게 조절하기란 자속성이라 해도 불가능한 일이니까.

"그 밖에도 내가 잊고 있었던 것들이 희미하게 생각이 났는데, 금방 모래알처럼 흩어져 버리더군. 그걸 어떻게든 쫓으려다 보니 지금 이 상황이 되어 버렸다네."

회귀 전 기억을 뒤지려다가 일부가 밖으로 튀어 나가기라도 한 건가? 잘은 모르겠다. 나중에 패륜아들에게 물어봐야지.

"여기서 나가실 수는 있겠어요?"

"이제는 나갈 수 있지 않나. 한유진 군이 스킬을 해제한다면, 그렇게 될 거 같은데."

결국 갇혀 있있다는 거잖아. 그런 주제에 태연하네.

"혹시 뭔가 떠오른 게 있습니까?"

"한유진 군은 역시 서른 살쯤 되는 편이 어울린다는 것 정도?"

쓸데없는 걸 생각해 냈다. 하지만 딱 서른이라는 거 보니 성현제에게 회귀 전 정보가 남아 있다는 것만큼은 분명했다. 스스로는 떠올리기 힘들어하는 듯하지만.

"대체 왜 이런 기억들이 혼재하는지 모르겠군. 내가 가진 건 전투 예지지 미래 예지가 아니건만."

"스킬 등업하려는 거 아닙니까. 미래 예지면 좋긴 하겠네요."

"예언류는 취향이 아니야. 점쟁이 노릇은 더더욱 사양이고."

성현제가 시큰둥하게 말했다. 회귀에 대한 걸 말하긴 아직 이르겠지. 유현이에게도 밝히지 않은 건데. 일단은 미래를 보는 거라고 쳐 두자. 덤으로 이번 기회에.

"기억해 내는 거, 제가 좀 도와드리고 싶은데요."

디아르마 때처럼 갈라 보면 뭔가 튀어나오겠지. 오른손을 수화시켰다. 날카로운 용의 발톱에 금빛 비늘이 돋은 내 손에 성현제가 의아해했다.

"한유진 군에게 그런 재주가 있는 줄은 몰랐는데."

"여긴 정신세계 속이잖아요. 그렇다고 만능인 건 아니지만 제가 선생님 스킬로 경험해 본 능력은 쓸 수 있습니다."

회귀 전 유현이의 스탯 두 배. 거기에 공격 효과 두 배 스킬까지. 저주독룡종 두 배 효과는 받지 못하지만 그래도 이 정도면 성현제를 충분히 상대할 수 있을 것이다. 그리고.

"성현제 씨도 물 좀 먹고 시작하죠!"

허공에 커다란 물방울이 뭉쳐졌다. 자신을 향해 쏟아지는 물벼락을 바라보며 성현제가 조금 놀랐다가, 입꼬리를 올려 미소 지었다.

처음에는 내가 확실히 우세했다. 성현제가 랭킹전 1위 붙박이의 헌터라

해도 5년이라는 긴 간격이 있었다. 그뿐 아니라 그의 전투 예지는 나도 사용 가능했다. 비록 똑같은 스킬 둘이 부딪치자 별 쓸모가 없어져 버렸지만 전투 예지를 묶어 놓는 것만으로도 충분했다.

덕분에 성현제의 한쪽 어깨를 찢어 놓는 쾌거를 이루었지만, 문제는 그때부터였다.

성현제가 회귀 전 전투의 기억을 떠올리기 시작한 것이었다. 심지어 정신세계를 다루는 데에도 금방 익숙해져 장소를 획획 바꾸어 댔다. 나도 대응하려고 했지만, 실제 몸뚱이의 정신력이나 마력 스탯이 좌지우지하는 건지 성현제를 따라잡기 힘들었다.

콰르릉-!

전격이 시야를 가리는 사이 주위가 바뀌었다. 깎아지르는 절벽의 계곡이다. 몸이 아래로 훅 떨어지는 것에 재빨리 날개를 펴며 바위틈에 발을 디뎠다. 이어 콰득, 바위를 짓밟아 부수며 위로 솟구쳤다.

공중에 뜬 내 몸을 향해 금빛 사슬이 날아든다. 살벌한 기세에 얼른 얼음의 장벽을 만들어 막았다.

까드드득.

사슬이 얼음을 파고든다. 이어 눈부신 빛과 함께 얼음의 벽이 물로 녹아내렸다가.

쾅! 콰과광!

무시무시한 폭발이 일어났다. 수소 폭발이다. 저 미친 인간이 물을 전기분해해 대고 있다. 간발의 차로 만든 방어막이 카창카창 깨진다.

"이것 좀 하지 말라니까!"

성현제 놈이 싱긋 웃었다. 그의 한쪽 손목에 푸른 보석의 팔찌가 흔들거렸다. 처음 우세하다고 방심한 사이 빼앗겨 버린 은혜다.

그나마 다행인 것은 계약 아이템이라선지 이곳에서도 성현제는 피해 무효화를 쓸 수 없다는 사실 정도일까. 저걸 어떻게 되찾는담.

"강에서 터프린 것보단 낫지 않나."

"시발, 그땐 진짜 죽는 줄 알았거든요?"

강 전체가 터져 나가는 게 예림이 순간이동 스킬을 간신히 성공하지 않았더라면 이미 게임 끝났을 거다. 예림이 얼음과 물 스킬은 진짜 못 쓰겠다. 마력까지 더해져 폭발력이 장난이 아니야.

나도 성현제의 전격 스킬을 쓰긴 하는데 저런 재주까지는 부릴 수 없었다. 선생님 스킬로 직접 느낀다 해도 따라 하는 데 한계가 있었다. 전격은 기껏해야 단순히 쾅쾅 내려치기나 할 뿐인데, 저 인간이 그걸 또 자기가 가로채어 배로 돌려주는 묘기를 선보여서 그마저도 막힌 상태였다.

아무리 자속성에 5년 더 숙달된 기억이 더해졌다고 해도 사기다. 정말로 사기다.

'혈염이라도 쓸까.'

검은 불길을 발밑으로 깔며 성현제를 향해 치달았다. 은혜를 도로 빼앗아야 승산이 확실해지는데.

"한유진 군은 체술을 배울 필요가 있어."

날을 세워 달려드는 용의 발톱을 장갑 낀 손이 가볍게 흘려 낸다. 팔을 잡혀 그대로 꺾어 던지려는 것을 꼬리를 꺼내 땅을 박차고 몸을 비틀어 빠져나왔다. 동시에 독을 흩뿌리자.

"해독 좀 해 주게나."

성현제 놈이 스텝을 크게 밟아 내 등 쪽으로 제 몸을 부드럽게 움직여 붙여 왔다. 시발, 독 저항 스킬을 끌 수도 없고. 범위가 쓸데없이 넓어.

"아, 꺼져요!"

휘익, 휘두르는 가시 세운 꼬리를 구두 끝이 가볍게 밟아 뛰며 거리를 벌린다.

"먼저 다가온 건 한유진 군이 아닌가."

펄럭이는 코트 끝이 내 뺨을 놀리듯 스쳤다. 그냥 혈염 쓰자. 단검을 꺼내 팔을 길게 그었다. 그와 동시에 성현제가 포션을 꺼내 상처를 향해 뿌렸다. 상급 포션인지 몇 방울 닿자마자 순식간에 피가 멎고 상처가 아문다.

"도련님 혈염은 좀 귀찮지."

와 씨, 이런 식으로 혈염 쓰는 걸 막냐. 랭킹전은 포션 사용이 금지되어 있으니 못 쓸 방법이긴 하지만 상상도 못 했네.

"흑혈염도 기억났습니까?"

"어렴풋하게는. 하지만 이 기억도 나가면 흐려져 버리겠지."

도중에 한번 정신계 스킬 거두고 나가려는 시도를 해 보았다. 하지만 동시에 성현제가 이곳에서의 기억이 사라질 것 같다며 멈추게 하였다. 아마도 밖의 성현제가 안의 성현제를 전혀 기억 못 하는 것과 관계가 있지 싶었다.

'푸른 버들잎.'

타인의 눈에는 보이지 않는 잎들이 흩날렸다. 그리고 그중 일부가 정확히 성현제의 눈앞에 뭉쳤을 때, 잎의 투명화를 해제했다. 예상치 못하게 시야가 완전히 막힌 틈을 타 다시 팔에 상처를 냈다. 그리고 흘러내리는 피에 독을 섞었다.

불과 독은 상극이다. 특히 흑혈염은 SS급 독조차 태워 버리는 강력한 불꽃이었다. 하지만 피에 먼저 독을 섞은 뒤 불길로 바꾸면 독기를 그대로 유지하는 훌륭한 무기가 된다.

독혈로 만들어 낸 검은 혈염의 검. 날개를 꺼내 가속하며 성현제를 향해 휘둘렀다.

카캉!

수색자의 사슬이 단번에 끊어졌다. 흉흉한 검은빛을 뿌리며 이를 세우는 검을 향해 성현제가 손을 뻗었다. 그의 손에도 검은빛이 어려 있었다?

"뭐, 뭡니까, 그거!"

혈염이 허무하게 흩어진다. 이어 성현제의 다른 쪽 손이 내 멱살을 붙잡았다.

"커억!"

올려 친 무릎에 명치를 거하게 얻어맞았다. 쿨럭거리면서 소리 없는 비명 스킬을 썼다.

"큭… 그 스킬 정말 거슬리는군."

"통증뿐인데 엄살은. 심지어 진통제 먹은 채잖습니까."

두 배 효과를 가한 소리 없는 비명에 당한 성현제는 바로 가장 강한 진통제를 삼켰다. 감각이 둔해지는 부작용이 있었지만 그에게는 큰 문제가 없는 듯했다. 진통제 효과를 받은 채로도 워낙 강한 통증이다 보니 아프긴 한 모양이지만.

방어 불가능한 스킬을 진통제로 상쇄하다니, 잔머리 정말 잘 돌아가.

"그보다 방금 까만 거, 송태원 씨 스킬 아닙니까?"

멱살을 잡은 팔을 마주 잡아 비틀어 빠져나가며 성현제에게 물었다. 동시에 혈염창도 던져 주었다. 퍽, 가벼운 소리와 함께 성현제의 손아귀에서 창이 터져 흩어진다.

"맞아. 스며드는 약탈이지."

"남의 스킬도 뺏고 그럽니까? 진짜 몹쓸 인간이시네."

약탈을 약탈하냐. 내 말에 성현제가 기억을 더듬는 듯 미간을 살짝 좁혔다.

"빼앗은 건 아니고, 아마도 선물받게 되는 듯하군."

"서언물요? 송태원 씨가 댁한테요? 말이 되는 소리를 해야지, 빼앗는다에 성현제 씨 머리를 걸겠습니다."

"그럼 나는 선물받는다에 내 아이템을 걸지."

"소유격 떼라니까! 확인해 보게 얌전히 팔 한쪽만 내밀어요!"

그림자 없는 낮을 재차 펼쳤다. 하지만 이번에도 빛의 전류가 성현제의 발치를 휘감으며 그림자를 흩어 버린다. 와, 정말, 와아.

"뭐가 먹히는 게 없어!"

"진통제 먹었잖나. 심지어 독 저항 일정 이상 받을 때마다 다시 먹어야 했지."

진통제로 배 채우겠다는 너스레에 이것도 잡수시라며 용의 손톱으로 흑염을 휘감아 땅을 크게 긁었다. 순식간에 달궈지다 못해 반쯤 녹아내린 돌덩이들이 비산한다. 바닥의 흑염 또한 성현제를 향해 치달으며 대지를 이글이글 녹였다.

시뻘건 열기 속에 성현제가 미소 지었다. 그리고 장소가 바뀌었다.

첨벙, 발이 물에 빠지기가 무섭게 순간이동을 썼다.

"시발, 성현제 이 개새끼!"

"네, 아빠."

상큼한 목소리에 발을 헛디뎌 도로 냇물에 빠질 뻔했다. 아 저 미친놈이. 졸지에 둘 다 개 됐네. 짜증 나기도 하고 웃기기도 한 것도 잠시. 지지직, 전류가 흐르고.

콰과과광!

냇물을 따라 어마어마한 폭발이 연쇄적으로 일어났다. 열기와 마력의 폭풍 속에 방어막이 깨지고 눈앞이 부옇게 흐려졌다. 한적한 산속 내천이 순식간에 풀 한 포기 없는 황무지로 변해 버렸다.

차르르-.

소리가 들리기 무섭게 불길을 휘둘렀다. 흑염을 뚫고 사슬이 날아든다. 얼른 혈염으로 검을 만들어 사슬을 잘라 냈지만 두 동강 난 그대로 다시 빙글빙글 회전하며 쏘아져 왔다.

펄럭!

창, 챙강.

날개를 힘껏 펼쳐 몸 뒤쪽을 덮치는 사슬을 후려쳤다. 직후 한쪽 날개를 잡고 그대로 꺾어 버리는 무자비한 손길이 있었다.

"내겐 날개가 없어서 다행이야."

"그것참 좋겠, 악, 잠깐!"

날개를 아예 뜯어낼 듯 힘이 들어가는 것에 당황하며 독을 휘감았다. 진득하게 퍼지는 독기에 성현제가 날개를 놓고 한 팔로 내 목을 휘감아 등 뒤에서 끌어안듯 붙잡는다. 놈의 발을 뒤꿈치로 강하게 짓밟아 줬지만 진통제 빨 때문인지 꿈쩍도 하지 않았다.

"미래 예지 기억 좀 보게 적당히 찔려 주면 안 됩니까? 전 여기서 나가도 다 기억하고 있잖아요. 그럼 서로 좋은 일일 텐데."

"한유진 군이라면 얌전히 찔려 주겠나?"

"아뇨. 미쳤습니까."

절대 남 보여 주기 싫은 기억이 한두 개가 아니다. 성현제 놈이 내 정수리에 턱을 얹었다. 키 커서 좋겠다.

"나도 싫다네."

"세계 평화를 위한 건데."

"그건 너무 시시하고. 한유진 군이 무릎 꿇고 정성을 담아 빌어 온다면 고려는 해 보지."

"공장에서 서서 밤샘 작업 한 부작용인가 요즘 날 흐리면 무릎이 쑤셔 대서요. 튼튼하신 S급님이 대신 꿇고 제가 한 걸로 쳐주시죠."

"고작해야 S급 무릎 따위에 무슨 가치가 있겠나."

얄미운 소리를 지껄이며 성현제가 내 어깨를 툭 두드렸다.

"기억은 잘해 뒀겠지."

"예, 확실하게. 하지만 전달이 잘될지는 모르겠습니다."

선생님 스킬. 전투 내내 그것을 사용해 성현제가 떠올려 낸 회귀 전의 전투 감각들을 내 몸에 새겼다. 밖으로 나가면 잊어버리게 될 그를 위하여. 그리고 다른 애들한테도 전해 줄 수 있겠지.

"뭐 더 떠오르는 거 있겠어요? 한 번 더 갈까요."

"부탁하지."

"이번에는 딱 한 번만, 선심 써서 세 번만, 이왕이면 열 번만 찔러 주시죠. 은혜도 돌려주고."

물론 성현제는 내 부탁을 귓등으로 흘려 넘겼다.

물이라면 지긋지긋해질 정도였지만 새하얀 눈산이 비치는 호수는 아름다웠다. 그러니까 여기가.

"스위스라고요? 역시 해외에 있었던 겁니까."

"있었다기보단 여행 중이었지."

"한가하게 사셨네요."

"한곳에 오래 머물기에는 여러모로 시시했던 때라."

성현제의 기억은 여전히 하나도 빼내질 못했다. 그 전에 내가 더 움직일 수가 없었다. 여기서 더 무리를 한다면 위험할 거라는 감각이 느껴졌기 때문이었다. 몸뚱이의 마나는 이미 바닥났고 그 밖의 악영향도 있지 싶었다.

'디아르마 땐 멀쩡해서 괜찮을 줄 알았지.'

하지만 사실 그땐 내가 아닌 디아르마가 스킬을 사용했었다. 이런 때야 얌전히 대화만 했었고. 그걸 염두에 두었어야 했는데 성현제와 맞먹을 수 있다는 생각에 너무 신을 내 버렸다.

그래도 건진 건 있으니 이걸로 제대로 뜯어먹어야지.

"나가기 전에 말해 주지 않을 건가."

"뭘요?"

"한유진 군이 감추고 있는 것."

"그러니까 뭐요. 한두 개라야 말이지."

"미래 예지라는 시시한 대답이 아닌 진실 말이네."

성현제가 말했다. S급 스탯의 두 배 치를 휘두르고 흑혈염까지 쓴 마당에 그가 눈치채지 못할 거라곤 생각지 않았다. 이곳에선 자신이 아는, 경험한 힘이 아니라면 쓸 수 없다. 그런데 내가 사용한 힘은 현재에는 존재치 않는 것이었다.

성현제한테는 댁 사실은 미래를 보나 봐요, 하고 넘겼지만 나까지 그래서야 역시 이상하지. 그렇긴 한데.

"말해 줄 이유 없습니다."

"어차피 나는 기억하지 못한다네."

달래듯이 부드러운 목소리였다. 원래도 나이 차이가 띠동갑 수준이었지만 더더욱 날 어리게 보는 듯한 태도다.

"그렇게 말하니까 믿음이 안 가는데요. 절 속이는 걸 수도 있지 않습니까."

"만약 내가 기억을 가지고 나갈 수 있었더라면, 한유진 군을 이렇게 가만히 내버려두었을 리가 없지 않나. 지금쯤 곱게 파헤쳐 보는 중이었겠지."

맞는 말이네. 동시에 두 번 다신 성현제에게 정신계 스킬을 걸지 말아야겠단 생각이 들었다. 당연히 내가 쉽게 이길 수 있을 줄 알았는데 오산이었어. 자칫했다간 반대로 내 기억을 속속들이 다 뜯어먹혔을 것이다.

"그러니 이건 순수한 대나무 숲으로써의 역할이라네. 너무 담아만 두고 있으면 좋지 않아."

"되게 상냥한 척하시네요. 따스하신 배려에 눈물이 다 나오겠습니다."

"나야 항상 상냥했지."

"바로 어젯밤 일도 잊어먹으셨나. 치매 예방용 뜨개질감이라도 선물해 드려요?"

"내 생일을 챙겨 주려는 마음은 고맙지만, 이왕이면 완성품으로 해 주게."

5미터짜리 핫핑크 목도리를 떠 줘 버릴까 보다.

성현제는 더 재촉하지 않고 기다렸다. 기억하지 못하는 상대라, 퍽 매혹적이기는 했다. 털어놓으면 반응 잘해 줄 상대이기도 하고. 앞으로의 일에 대해 토론 같은 것도 가능할 터다.

'패륜아들이 회귀에 대해선 말하지 말라 했지만 기억 못 하면 상관없겠지.'

바위 위에 걸터앉은 채로 고개를 돌려 성현제를 올려다보았다.

"별건 아니고요."

어차피 기억 못 할 거다. 그리고 내가 끝까지 입 다문다면 억지로 알아내려 들지도 모른다. 그럴 바에야 먼저 말하는 게 낫지.

"회귀했습니다. 5년 전의 미래에서 현재로요. 아이템을 사용해서."

"그랬군."

정말로 별거 아닌 이야기를 들은 것처럼 성현제가 말했다. 달에 한 번쯤은 벌어지는 흔한 일처럼. 덕분에 약간 긴장했던 목 안쪽이 느슨해졌다. 평소처럼 아무렇지 않게 말이 흘러나왔다.

"궁금한 거 없어요? 세성 길드장님이 살아 있는지 죽었는지 같은. 선심 써서 한두 가지 정도는 대답해 드리죠."

내 말에 기다란 손가락 끝에서 주인의 의지에 따라 정교하게 움직이는 빛 무리가 나타났다.

"5년 치쯤 되었겠지."

스킬 숙련도가 말인가. 그러니 자신은 5년 후에도 살아 있을 거라고?

"살아 있기는 했던 모양인데, 실종 상태였습니다."

"그건 조금 의외로군."

"실종되기 전에 송태원 실장님을 살해했다는 의혹도 있었고요."

진짜 죽인 거 아니냐는 눈빛에 성현제가 목을 갸웃 기울였다.

"현재로서는 그럴 이유가 떠오르지 않는데."

"헌터협회 정리하는 데 걸리적거린다거나?"

"관객이 없으면 시시하지. 무엇보다 고작 협회 따위와 바꾸기엔 아깝지 않나."

고작이라니. 하지만 S급이 굴러다니는 돌멩이도 아니고 아까운 건 사실이다. MKC와 수담 길드장들 살려 둔 것만 보아도 나름 인재는 자기 편 아니더라도 아끼는 듯하고. …사람으로 취급한 건 아니었으니 앞의 인 자는 빼야 하나.

"그래도 약탈 스킬도 그렇고, 관계가 없지는 않으실 듯한데."

멀쩡히 살아 있는 상태에서 자신의 주 스킬을 건네줬을 리 없다. 애초에 어떻게 줬는지도 모르겠고. 짐작 가는 부분이 약간 있기는 하다만.

"차라리 송 실장에게 물어보지 그러나. 내게 스킬을 주고 사망할 이유가 무엇인지."

"또 목 졸릴 거 같은 질문이군요."

미친놈 대하듯 쳐다봐 올 거 같은데. 한번 물어볼까. 반응이 궁금하다.

"그리고 그 밖에는… 궁금한 거 없으면 나가죠. 어차피 기억도 못 할 거고."

"한유진 군은."

"아, 전 지금이랑 다르게 별거 없이 살아서."

할 말 딱히 없습니다. 들어 봤자 댁 입장에서는 시시한 이야기일 거다. 바위에서 일어서는데 성현제가 입을 열었다.

"동생과의 관계를 회복한 것을 축하하지."

잠깐 머릿속이 멍해져서 무슨 기분이 들었는지 모르겠다. 침묵이 길었던 듯도 하고 짧았던 듯도 했다.

"…당신 기억."

"나는 건 없지만."

"그럼 뭐, 진짜 점쟁이로 전직이라도 하려는 겁니까."

"과거로 돌아올 기회를 잡는다면 가장 먼저 원하던 일을 하는 게 보통 아니겠는가. 그리고 그 원하던 일은 미래에서 후회하고 있던 일일 가능성이 크겠지. 내 상태를 미루어 볼 때 한유진 군이 회귀한 건 두 달쯤 전의 일이었을 테고, 남처럼 선이 그어져 있던 형제 사이가 갑자기 변한 것도 그쯤이었지."

줄줄 늘어놓는 말에 할 말이 없어졌다. 회귀하자마자 마침 딱 유현이가 나타나긴 했지만 그렇지 않았더라도 바로 해연 길드로 달려갔을 것이다. 내 눈으로 확인하지 않고선 견딜 수 없었을 테니까.

그 뒤야 지금과 비슷했을 것이고.

"유독 과하게 도련님을 감싸다 못해 뭐든 다 받아 주려 드는 건."

성현제는 말을 끊곤 나를 돌아보았다. 계속 입 다물어 주면 좋겠다. 그리고 성현제는 말을 잇지 않았다. 이번만큼은 솔직하게 고마웠다.

"…내가 멋대로 회귀해 버려서 그쪽도 휘말렸는데 억울하진 않습니까. 5년간 열심히 사셨을 텐데."

"예전의 내가 정말 불쌍하긴 하군."

그가 혀를 쯧쯧 차며 안타깝다는 표정을 지었다.

"멍청한 도마뱀의 헛소리나 들으며 재미없는 인생을 보내야 했다니. 어떻게 그러고 살았을까."

댁이랑 동일인입니다만. 저 인간에게 손톱만큼이라도 미안해했던 과거의 나를 지우고 싶어졌다. 그래도 조금쯤은 아쉬워하지 않을까 했는데 자기 자신을 깔 줄은 예상 못 했지. 불쌍한 회귀 전의 성현제 씨.

"다음번엔 밖에서 듣도록 하지. 지금보다 좀 더 자세하게."

"꿈 깨시죠."

말해 줄 것 같냐, 내가. 지금도 기억 잃는 거 아니었으면 절대 말 안 하고 버티다가… 찢겼으려나. 아 진짜 왜 저 인간은 사기인 거지. 이번만큼은 내가 이길 수 있을 줄 알았는데 회귀 전 전투 기억이 튀어나와 버리다니.

유현이 두 배 치에 공격 스킬 버프면 충분할 줄 알았건만, 성현제 또한 버프 받은 기억이 있었다. 하긴 당연한 소리다. 심지어 패륜아인지 효도중독자인지와 관련이라도 되었는지 더럽게 좋은 버프를 휘감아 능력치 차이도 딱히 없었다.

그래도 SS급에 가까운 S급 헌터의 두 배에 공격 스킬 효과 두 배까지 붙었는데 말이야. 솔직히 너무 사기잖아. 수상쩍을 정도로.

'그럼 예림이도 정신계에선 장난 아니게 강하겠구나.'

인어여왕 스킬 받은 기억이 있으니. 왜 유현이만 없냐. 동생한테도 뭐 좀 해 줘야 하는데.

속으로 투덜대며 스킬을 거두었다. 성현제의 모습이 사라지고 나 또한 의식이 잠시 까무룩해지려는 그때.

턱.

누군가 내 손목을 붙잡았다. 이어 익숙한 목소리가 들려왔다.

"안녕, 한유진."

금빛 띤 눈동자가 가늘어졌다. 잠깐만요, 설마 저놈 나가면 이놈 들어오는 식이었습니까. 이거 뭐가 어떻게 된 건데.

"안 됩니다."

강소영은 두 눈에 힘을 주며 앞에 선 남자를 바라보았다. 해연 길드의 김민의. B급 보조계 헌터. 반면에 강소영은 A급에 드래곤 라이더 스킬 적용을 받지 못함에도 제 몫을 다하고 있는 전투계 헌터다.

그러니 당연히 김민의는 강소영 앞에서 꼼짝 못 해야 맞았다. 노려보는 시선에 뱀 앞의 쥐처럼 움츠러들어야 한다.

하지만 강소영은 그 반대의 기분을 느꼈다. 차갑게 마주 봐 오는 저 눈이 약간, 아주 약간 무서웠다. 뭔가 특별한 스킬이라도 가지고 있는 것일까. 한유진이 진짜 평범한 B급 헌터에게만 의지하여 외출할 리 없으니 그럴 가능성이 컸다. 혹은 실제 등급은 다르다거나.

"여기서 기다려 주세요. 한유진 님으로부터 괜찮다는 연락도 받지 않으셨습니까."

"문자 한 통이었죠. 휴대폰만 뺏으면 누구든 보낼 수 있는."

"지금 저희 길드장님께서 한유진 님을 핍박이라도 하셨을 거라 말씀하시는 겁니까. 무척이나 무례하시네요."

"강소영 헌터는 그럴 일 없을 것이라 확신하실 수 있으십니까? 정말로?"

서늘하게 묻는 말에 강소영은 입을 다물었다. 자신의 길드장이 한유진을 해칠 거라는 생각은 들지 않았다. 하지만 그럴 필요가 있다면 얼마든지 손을 댈 사람이기도 했다.

"그, 그래도 길드장님이시라면 당당하게 일 쳤다고 티 내시지 거짓 문자로 속이실 분은 아니시거든요."

그것만큼은 장담할 수 있었다.

"한유진 님인 척 문자 보내는 대신 대화에 시간이 좀 걸릴 예정이니 걱정되면 들어오든가… 라고……."

"그럼 들어가도 되겠군요."

"아니, 아직 아무 일 없었을 거라는 뜻이에요. 그러니 안 됩니다."

실랑이를 벌이는 두 사람 곁으로 세성의 헌터가 다가왔다.

"이쯤 하시지요, 김민의 헌터. 편히 기다리실 수 있도록 응접실로 안내해 드리겠습니다."

김민의, 한유현은 접근해 온 헌터를 거들떠보지도 않았다. 대신 자신의 앞을 가로막고 선 강소영을 향해 한 발 내디뎠다. 그것을 위협이라 판단한 세성의 헌터가 움직였다.

"이 이상의 횡포는 묵과할 수 없습니다. 그러니 실례를-."

헌터의 손이 한유현의 어깨에 닿기 직전, 그의 손목이 붙잡혔다. 이어 크게 비틀어 당기며 한유현의 다른 쪽 손이 헌터의 목을 움켜쥐었다.

"커억!"

"무슨 짓을!"

힘이 들어가는 손아귀에 강소영이 당황하며 발을 들어 한유현의 다리를 차 그를 넘어뜨리려 했다. 하나 그보다 빠르게, 붙잡힌 헌터의 몸이 강제로 끌어 올려지며 강소영의 발차기를 가로막았다.

타당, 급히 방향을 바꾼 강소영의 발이 바닥을 허무하게 두들긴다. 바닥을 짚은 발을 축으로 그대로 한 바퀴 빙글 돌며 강소영이 이번에는 한유현의 목덜미를 향해 손날을 날렸다. 하지만 한유현의 모습은 이미 그곳에 없었다.

쿠당탕!

내던져진 헌터가 바닥을 굴렀다. 한유현은 어느새 강소영이 원래 있던 자리로 가 선 자신과 위치가 뒤바뀐 강소영을 바라보았다. 별일 없었다는 듯 가볍게 손을 털어 내는 그 모습에 두 사람의 시선이 멍하게 닿았다.

"포털 키만 주십시오. 제가 빼앗은 것으로 해도 됩니다."

"아니, 저기요."

"벨 누르고 문 안 열어 주면 얌전히 돌아 나오겠습니다."

그럴 리 없을 것 같은데. 그렇게 생각하면서 강소영은 아랫입술을 깨물었다. 지원을 더 요청해야 할까. 하지만 무력으로 제압하기에는 한유진이 걸렸다. 상당히 친한 사이로 보였는데. 섣불리 한유진의 기분을 상하게 할 수는 없었다. 솔직히 그녀로서는 길드에서의 위치보다 한유진과의 친분이 더 중요했다.

게다가 그녀를 탓할 수 있는 위치에 있는 길드장이란 분도, 후자를 중시하길 원하지 않을까. 틀림없이 그럴 것이다.

"…길드장님께 한 번만 더 연락해 볼게요."

하니 안 받으면 들여보내 줘야지 뭐. 강소영은 얼른 휴대폰을 꺼내 전화를 걸었다. 내내 무응답이었던 성현제가 드디어 전화를 받았다. 짧은 설명 끝에 들여보내라는 허락이 떨어졌다. 강소영은 길게 한숨을 내쉬었다.

"여기 미니포털 키예요. 반납하는 거 잊지 마시고요."

한유현에게 키를 건넨 강소영이 아직 멍하니 바닥에 주저앉아 있는 헌터를 일으켰다. 망설임 없이 바로 걸음을 옮겨 가는 한유현의 뒷모습을 두 사람이 나란히 쳐다보았다.

"…아무리 봐도 B급 헌터는 아닌 듯합니다만."

"아니죠, 절대."

저 사람이 B급, 그것도 보조계면 자신들은 C급으로 추락해야 할 것이다.

'해연의 김민의 헌터.'

저런 사람이 갑자기 어디서 튀어나온 걸까. 왜 등급을 감추고 있는 걸까. 강소영은 고개를 갸웃거리며 그가 사라져 간 복도에서 눈을 떼지 못했다.

미니포털 너머의 닫혀 있던 문은 별다른 확인도 없이 순순히 열렸다. 한유현은 안경을 벗어 인벤토리에 넣었다. 어차피 성현제라면 금방 눈치챌 것이다.

집은 넓었지만, 한유진의 위치를 찾는 건 어렵지 않았다. 자신의 정령이 있는 곳으로 향하면 되었다. 그는 걸음을 옮기며 이린을 깨웠다. 감각의 일부를 정령과 동화시키자 이내 주변 풍경이 보였다.

한유진은 잠들어 있었다. 그 얼굴이 눈에 띄게 창백하다. 정신을 잃은 것은 그대로로, 장소는 아까와 달라져 있었다. 대체 무슨 일이 있었던 것인지.

"혹시나 싶었는데, 역시 도련님이었군."

무심코 이를 악물던 한유현이 흠칫 걸음을 멈추었다. 이린을 통해 형을 살피느라 이쪽의 감각이 무뎌졌다. 감각을 되돌리자 작은 실내정원과 새파란 물이 일렁이는 수조가 눈에 들어왔다. 그리고 그 너머로 성현제의 모습이 보였다.

한유현은 주저 없이 노기를 드러냈다. 서늘하게 타오르는 눈빛에 성현제가 입꼬리를 올렸다.

"아무 일 없었다, 라고 말해 주고 싶지만, 너무 뻔한 거짓말이라. 도련님도 이미 눈치챈 듯하고."

"무슨 짓을 한 거지."

금방이라도 상대를 물어뜯을 듯한 음성이 나직하게 으르렁거렸다. 그에 가벼운 목소리가 대답했다.

"기억이 잘 안 나는군."

콰득, 한유현의 발아래로 희미한 금이 갔다. 그럼에도 덤벼들지 않는 것은 한유진을 무방비하게 혼자 들여보낸 자신에게도 책임이 있다고 생각했기 때문이었다.

"개소리 적당히 해. 형은 내가 데려가겠어."

"이대로 돌아가 버리면 곤란해지는 건 한유진 군이 아닌가. 분명 목적이 있어서 여기까지 찾아온 것일 텐데."

그렇지 않으냐며 옅은 색조의 눈이 가늘게 미소를 띠었다.

"도련님으로서는 역부족일 부탁을 하려고 말이야."

한유현은 짧게 숨을 내뱉었다.

"지금 시비 거시는 겁니까."

"단순한 사실이지."

성현제가 천천히 걸음을 옮겼다. 정원을 가로지르는 길 위로 실내화를 신은 발이 내디뎌졌다.

"그리 오래 신세 지진 않을 겁니다."

"도련님은 아직 어리니까, 앞으로 더 성장하기는 하겠지. 하지만 말이야."

성현제는 새파랗게 젊다 못해 어린 헌터를 바라보았다. 당장이라도 덤벼들고 싶은 것을 참는 기색이 역력하다.

"그때에도 여전히 동생이겠지. 지키고 보호해야 하는 피양육자."

한유현의 손에 힘이 들어갔다.

"도련님이 나를 내버려두는 것도 그 때문이지 않나. 사랑하는 형님이 짐을 나누고 의지할 만한 상대가 필요하니까. 한유진 군은 제 품에 들어온 사람들은 거의 맹목적으로 보호하려고만 드는 나쁜 버릇이 있어서."

"…한동안일 뿐입니다."

"다시 한번 말해 주지. 도련님은 끝까지 동생일 뿐일 거라네. 한유진 군의 고집이 어지간해야 말이지. 그러니 괜한 짓 말고 어리광이나 부려 주는 편이 형에게는-."

텅-.

주먹과 손바닥이 맞닿았을 뿐임에도 묵직한 충격음이 퍼져 나갔다. 가볍게 막아 낼 줄 알고 덤빈 것이었지만 그럼에도 한유현은 못마땅하게 눈썹을 찌푸렸다. 마음 같아서는 눈앞에 있는 남자의 목덜미를 찢어발기고 싶었다. 손을 뻗으면 바로 닿을 지근거리다. 하나 불가능한 일이라는 사실을 누구보다 잘 알고 있었다.

"머잖아 형에게 당신이 필요 없어지면 순순히 떠나 주는 게 좋을 겁니다."

"토사구팽이라니, 너무하는군. 아직도 이렇게 귀엽게 굴어서야 도련님이 나를 대신할 일은 요원하겠지만."

이가는 소리가 으득 들려왔다. 분했지만 한유진의 태도가 쉽게 바뀌지 않으리란 사실은 한유현 또한 잘 알고 있었다. 한유진은 어떤 면에서는 제 동생이 어렸을 적보다 웬만해선 생채기도 입지 않는 지금을 더 걱정하며 싸고돌려 들었다.

이상하리만치. 그것이 달가우면서도 불안하고, 초조하게 느껴졌다.

"역할 분담도 나쁘지 않잖나. 일부러 수고를 들여 주겠다는데."

왜 자꾸 가시를 세울까. 여유로운 목소리에 한유현의 주위로 끝내 참지 못한 화기가 피어올랐다. 이린을 불러 다시 한번 진득한 화상을 새겨 주고 싶었다. 이왕이면 눈에 잘 띄는 얼굴에.

"이러니 아직 어리다는 거지. 달아오른 걸 받아 주고는 싶다만 정원에서는 화기 엄금이라네."

직후.

촤아아-.

두 사람의 위로 수조의 물이 순식간에 쏟아져 내렸다.

'하나로도 충분히 많은데 왜 둘이냐.'

실제 몸이야 하나지만, 그보다 대체 어떻게 돼먹은 거냐, 이 인간은. 합쳐진다더니 따로 놀고 있는데요, 여기.

"음… 일단은 성현제 씨?"

"온전한 건 아니지만."

아마도 회귀 전의 성현제가 말했다.

"어떻게 된 건지 물어봐도 됩니까?"

날 물에 빠뜨린 놈은 그저 현재의 성현제의 의식이 가라앉은 사이 잠깐 드러난 회귀 전 기억의 일부일 거라 생각했다. 그런데 지금 이건, 아예 나뉘어 있는 것 같은 느낌이다.

"제가 듣기로는 합쳐진다고 했거든요. 예민한 사람은 이질감을 느낀다고는 했지만."

"이질감을 느끼다 못해 거부당했다고 할 수 있겠군."

"…예?"

"현재의 나는 물론이고 회귀 전의 나 또한 두 개의 세계가 합쳐지는 것에 강한 이질감을 느꼈지. 그래서 이렇게 섞이지 못하고 분리되어 버렸어. 물론 완벽하게 나누어진 것은 아니고, 나는 일종의 파편 모음이지만."

성현제가 답지 않게 자존심 상해 하는 표정을 지었다. 예민하다 못해 아예 이상함을 느끼고 자기 자신을 거부해 버린 건가. 정말 별짓 다 한다 싶지만 그럴 만한 인간이긴 하지.

"그러면, 계속 이대로 유지되는 겁니까?"

"아니."

불만스러워하는 얼굴이 확실히 지금의 그보다 어린 티가 났다. 외모야 별 차이 없지만 십 년 전이나 십 년 후나 똑같은 얼굴일 거 같아서.

"결국은 전부 먹히겠지. 지금도 합쳐지기 전 5년간의 기억은 별로 없어. 현재 시점까지의 기억이야 '나' 또한 온전히 가지고 있는 덕에 대부분 남았지만."

"그래서 더 어리게 느껴지는 모양이군요."

"어리게?"

"그 나이답게 느껴진다고요. 서른 후반이면 요샌 별로 많은 것도 아니고."

아직 한창때 아니냐. 아무튼, 합쳐진다면 뭐 별일 없을 테고.

"그럼 전 이만 가 보겠습니다. 남은 시간 즐겁게 보내세요."

내 손목 놔줘. 보내 줘. 하지만 젊은 파편 씨는 나를 놓아주기는커녕 되레 자신 쪽으로 끌어당겼다. 회귀 전 기억이 별로 없다면 내가 이길 수 있을 텐데, 그러기엔 몸뚱이가 황천에 발 담글 거 같아서 못 하겠네.

"매정하기는."

"첫 대면에 사슬로 묶어서 물에 퐁당 담근 주제에 할 말입니까. 있던 정도 사라질 판인데."

"곱게 건져다가 물기도 닦고 옷도 갈아입혀 주었건만. 그리고 내 안에 받아들여 주기까지 하였지."

"그건 댁 구하려고-."

"내가 아니야, 한유진."

…하긴 그렇군. 나를 향해 굽어진 시선이 음산하게 느껴졌다. 기분이 영 좋지 않은 모양이었다. 머잖아 먹혀 사라질 위기에 처하면 성현제라 해도 여유만만할 순 없겠지. 정신적으로 더 어리기도 하고.

"사과라도 할까요."

"대신 다른 걸 줘."

"뭘요?"

"내 몸."

"죄송하지만 무립니다. 저는 빼고 둘이서 가위바위보라도 하든가요. 심사 정도는 봐 드릴 수 있습니다만."

구경하면 재밌겠다. 십중팔구 현재의 성현제가 이기겠지만. 내 말에 파편이 웃었다.

"현재의 내 몸을 빼앗는 건 무리야. 하지만."

그의 손가락 끝이 내 가슴을 가볍게 짚었다. 옷 아래 상처를 덧그리듯 매만졌다.

"대신할 수 있는 좋은 걸 가지고 있잖아?"

"…뭐? 야, 잠깐만."

이 새끼가 대체 뭘 노리는 거야.

"SS급 마석에 금 가긴 했지만 L급 이상 마석 조합한 거거든?"

"그거 괜찮군."

"괜찮고 자시고 세성 길드 통째로 넘겨도 못 줘!"

SS급 마석은 그렇다 쳐도 디아르마 건 두 번은 못 구한다. 지불 능력도 없는 파편 주제에 언감생심 뭘 넘보냐.

"어차피 지금 상태로는 마석이 제대로 깨어날 수도 없을 텐데."

놈이 확신을 담아 말했다.

"그걸 어떻게… 기억도 없다면서."

"아주 없지는 않지. 멍청한 도마뱀에 대해선 약간 남아 있더군."

진짤까 아닐까. 의심스럽지만 확인할 방법은 없었다. 하지만 조합한 마석이 시간이 지나도 영 반응이 없는 건 분명한 사실이었다.

"…그래서, 어떻게 하려고요. 마석을 내주면 거기서 성현제 복제품이라도 튀어나오… 으아악! 역시 싫어! 시발!"

상상만으로도 욕이 쏟아지는 끔찍한 광경이었다. 진짜 싫다. 차라리 상처째고 마석을 도로 끄집어내는 편이 낫지. 내 인생에 성현제는 한 명으로도 너무 많다. 물론 성능은 좋겠지만, 그래도 성현제잖아.

"너무 질색하는 거 아닌가. 그렇게 온전히 옮겨질 수 있다면 좋겠지만 불가능해."

하긴 그렇겠지. 만약 그런 게 된다면… 젠장, 될 수도 있지 않을까. 머리를 흔들어 허튼 생각을 애써 떨쳐 냈다.

"실질적으로는 전혀 다른 사람, 마수나 다름없어지겠지."

"그럼 그냥 여기서 흡수당해도 되지 않습니까."

"순순히 포기하는 건 성미에 안 맞아서."

그러면서 웃는 얼굴이 현재의 성현제와 제법 비슷했다. 같은 사람이긴 하지. 나는 잠깐 미간을 좁혔다가 입을 열었다.

"마수 합성을 확실히 성공할 수 있게 해 주는 겁니까?"

"그건 장담하지. 지금의 문제점은 두 개의 마석 중 상위 등급의 마석이 온전치 않다는 거야. 마력이 희미하게 새어 나오고 있는 중이거든."

그걸 자신이 보충해 주면 길어도 한 달 이내로 마수가 완성될 것이라 말했다. 찝찝하긴 했지만 이대로 마석들을 날려 먹기엔 너무 아깝다. 게다가 회귀 전 5년 치는 거의 없는 파편이라 해도 성현제는 성현제니까 마수의 능력치가 오를 가능성이 크겠지.

…그 성현제라는 게 거슬리지만.

고민은 그리 길지 않았다. 내 패는 하나라도 더 많은 게 좋으니까.

"받아들이죠. 어떻게 하면 됩니까."

"이대로 나를 데리고 돌아가면 돼. 마석에는 알아서 옮겨 갈 수 있으니."

"제 몸을 대신 차지하려 들진 않겠죠?"

"그게 가능했다면 좀 더 튼튼한 육신을 찾아 달라 부탁했겠지."

허약한 몸뚱이라 죄송하네요. 그래도 평균 이상은 된다고 생각하는데.

성현제의 파편을 데리고서 스킬을 거두었다. 의식이 잠깐 흐릿해지고 이내 다시 눈이 떠졌다.

"으……."

시야가 희뿌옇다. 얼른 마나 포션을 꺼내어 마셨지만, 여전히 눈앞이 흐렸다. 아무래도 시력이 떨어진 듯했다. 일시적인 거면 좋겠는데.

물론 몸 상태도 말이 아니라 전신의 뼈마디가 다 쑤셨다. 생명력 포션도 몇 개 따 먹고 나서야 겨우 일어설 만해졌다. 가슴의 마석은… 아직은 별 변화 없는 거 같은데.

'…죽겠다.'

말도 잘 안 나오네. 일어난 곳이 소파가 아니라 침대인 것으로 보아 성현제는 제대로 돌아온 모양이었다. 그런데 왜 안 보이지, 생각한 순간.

촤아아-.

물이 쏟아지는 소리가 희미하게 들려왔다. 무슨 일인진 모르겠지만 바로 거대한 수조가 떠올랐다. 방 밖으로 비틀거리며 걸어 나가자 어느새 튀어나온 이린이 나를 한번 쳐다보고는 앞장섰다.

유현이구나. 하긴 그 녀석밖에 더 있겠냐마는.

이린을 따라 계단을 내려가다 두어 번 굴러떨어질 뻔했다. 엘리베이터도 있을 법한데. 정원이 있는 곳으로 들어서자 사라진 수조와 물에 흠뻑 젖은 두 사람이 보였다.

"유현아!"

"형, 괜찮아?"

유현이가 성현제의 멱살을 놓으며 나를 돌아보았다. 으, 흙이 물에 젖어서 진흙탕이 되어 버렸어. 청소하기 힘들겠다. 이런 거 왜 집안에 만들어 놓냐. 바로 코앞에 잘 꾸며 놓은 공중정원도 있으면서.

"조금만 더 기다리지 뭐 하러 들어오고 그래. 완전히 젖어 버렸네. 집 안 시설물 관리 똑바로 하셔야 하는 거 아닙니까?"

"똑바로 화재 진압 잘했네만."

음, 내 동생이 좀 흥분했던 모양이로구나. 근데 그럴 만하지. 성현제가 나한테 한 짓을 생각하면 정원 살짝 태워 먹는 것쯤이야 별거 아니지 않나. 유현이가 그거까지 아는지는 모르겠다만.

"그런데, 한유진 군."

성현제가 갑자기 나를 향해 손가락을 들어 보였다.

"이게 몇 개지?"

"…세 개요."

좀 흐릿해도 그 정도는 분간 가능하다.

"틀렸어."

"네? 분명 세 개 맞는데?"

성현제의 손을 잡아 가까이 끌어당겼다. 뭐야 세 개 맞잖아.

"왜 거짓말을-."

"굳이 끌어당겨 확인하는 거 보니 역시 잘 안 보이는 모양이로군."

눈치 빠른 능구렁이가 말했고 유현이가 놀란 눈으로 나를 쳐다보았다. 거참 귀찮게 만드시네.

"그냥 무리해서 그래. 이런 일 흔해."

진짜로 흔하진 않고 자기 능력 이상으로 무리하면 생기기도 하는 현상이다. 물론 내가 가진 것 이상의 힘을 발휘하겠어, 라고 마음먹어 봤자 보통은 불가능하기에 주로 특정 몬스터에게 마나와 생명력을 쪽쪽 빨아먹혔을 때나 비슷한 꼴이 된다.

"힐러는 별 소용 없고 쉬면 나아져."

아마도. 일종의 시력 스탯 임시 하락 같은 거라. 만에 하나 영구 하락이면 안경 맞춰야 하나. 레벨 더 올리면 약간은 복구되겠지만.

"대체 왜 무리를 한 건데."

유현이가 범인을 확실시하는 눈빛으로 성현제를 노려보며 말했다. 그 인간 탓이 맞긴 한데, 내가 자제 못 한 탓도 반쯤은 있고.

"성현제한테 정신계 스킬 같은 거 쓰다가 내가 좀 오버해서."

"세성 길드장이 잘못한 거 맞지?"

"꼭 그런 건 아닌데 그렇다고 치자."

원인은 성현제가 쓸데없이 예민한 탓이니까. 동시에 그래서 회귀 전 기억이 남아 있는 듯하지만. 싸우는 중에 떠올려 내는 걸로 보아 흡수했다는 부분들도 완전히 섞이거나 사라지진 않은 모양이었다.

역시 좀 찔러보고 싶은데 감당이 안 되네. 최면술 스킬 가진 사람을 찾아볼까.

"옷은 또 왜 갈아입은 거야? 머리카락도 젖어 있고."

"누구 씨가 사슬로 묶다가 3층까지 질질 끌고 가서 수조에 퐁당 빠뜨린 덕분이지."

유현이가 대답 대신 이마에 달라붙은 젖은 머리칼을 쓸어 올렸다. 어느새 동생의 어깨 위로 올라간 불도마뱀이 불길을 작게 일렁인다. 이어 차고 있던 인벤토리 봉인 팔찌를 빼내려는 유현이를 얼른 말렸다. 너무 솔직하게 말해 버렸나.

"야, 여기 실내야. 무기까지 꺼내 들면 건물 무너져. 세성의 일반 직원들을 생각해야지."

동생을 다독이며 역시나 푹 젖어 있는 성현제를 돌아보았다.

"아무튼 제 덕분에 이렇게 멀쩡하신 겁니다. 물에 빠져 죽을 뻔, 아니 진짜 그랬던 건 아니고. 진정해, 유현아. 힘한 꼴 당하고도 도와드렸다고요."

"진심으로 안타깝게도 기억은 안 나네만."

"기억 안 난다고 떼먹을 생각 마시고 몬스터 벌꿀 판매 경로 추적 부탁드립니다. 그리고 시체로부터 정보 얻어 낼 수 있는 헌터 있으면, 분명 있을 텐데 해연으로 보내 주시고요."

트럭 운전사 시체 확인해야 한다. 내 말에 성현제가 휴대폰을 꺼내 들었다.

"제대로 잡아내면 한참을 더 불타오르게 되겠군."

"잿더미로 만들 생각까진 없었는데 말이죠. 제가 귀찮아서라도 낡은 지붕 불사르는 걸로 끝나길 바랍니다. 그리고 갈아입을 옷도 부탁드리지요. 저와 제 동생 것, 둘 다요."

"분부하시는 대로."

정말 유용하긴 하다니까. 그러니 내가 참고 산다, 진짜.

발이 진흙투성이라 욕실에 들어가 씻어 내고 나서 옷을 갈아입었다. 불쌍한 열대어들. 주인 잘못 만난 게 죄지.

"형."

물 폭탄 속에서 높게 튀어 오른 흙탕물 때문에 아예 샤워를 간단히 하고 나온 동생이 나를 불렀다.

"나는 형한테는 아직… 어리게만 느껴지는 걸까."

"갑자기 무슨 소리냐. 어린 건 맞다만."

"의지할 만한 대상으로서 말이야."

"다른 누구보다 피붙이가 제일 믿음직스럽지. 뭘 새삼."

내 대답에도 유현이는 전혀 만족하지 못한 표정이었다.

"그럼 만약에 해결하기 힘들고 까다로운 일이 생기면, 형은 가장 먼저 누구한테 연락할 건데?"

"그야-."

"솔직하게 말해 줘."

유현이가 나와 눈을 똑바로 마주치며 말했다. 솔직하게, 는. 진짜 솔직하게는.

"…너는 끌어들이지 않으려 하겠지."

아마도 성현제나 패륜아들, 혹은 석시명이나 송태원에게 먼저 연락할 것이다.

"너만이 아니라 예림이는 물론이고 노아 씨나 명우한테도 웬만해선 말 안 할 거야. 믿지 않아서가 아니라 힘든 일에 엮이게 하고 싶지 않아서 그래."

S급 헌터라고 해도 아직 어린애들이다. S급인 어른들로 해결할 수 있는 일이면 애들까지 고생시킬 필요는 없다. 사실 여유만 된다면 던전 공략 같은 것도 대학 졸업 뒤에 했으면 싶었다. 취업처럼.

특히 예림이는, 앞으로 무슨 일이 있을지 알 수 없으니까 성장시켜야 하긴 하지만, 그럼에도 간간이 마음에 걸렸다. 원래라면 평범한 중학생이어야 했는데. 공부보다야 던전 공략하는 게 더 재밌는 모양이긴 했지만. 수업 좀 적당히 빼먹어라.

"형이 그렇게 생각하는 게 싫어."

"유현아."

"내가 더 강하잖아. 무슨 일이 벌어지든 내가 더 안전할 가능성이 크잖아. 웬만해선 다칠 일도 없어. 내 몸 하나쯤은 충분히 지키고도 남아. 그런데 형은, 걱정이 지나친 거 같아."

…그 정도까진 아니지 않나. 진짜 과하게 걱정했더라면 아예 던전엘 못 들어가게 했겠지. 물론 안 가면 좋겠지만.

"동생이니까 걱정하는 게 당연하지."

"가끔은 입장이 반대가 된 거 같아. 내가 형이 위험해질까 봐 속였던… 그때와. 혹시 내가 형을 따돌려서, 그래서-."

"그건 아니다. 난 네 탓 안 해."

아직은 크게 틀어진 시기도 아니고. 물론 동생이 갑자기 떠나 버리고 모른 척해서 충격받긴 했지만, 이때까지는 희망이란 게 남아 있었다. 돌이키기 힘들 정도로 사이가 벌어진 건 각성센터가 생긴 이후부터였지.

"누가 뭐라 해도 나한테 제일 중요한 사람은 유현이 너야. 그래서 더 감싸려 든다는 건 인정해. 하지만 이건 너도 마찬가지잖아. 보호해 주고 싶다는 마음 말이야. 그래서 나랑 멀어지기까지 했었고."

"…그건 그렇지만."

"그러니 내 입장도 이해해 줘. 너한테 숨기는 건 최대한 없도록 할 테니까. 네가 불안해하고 있다는 건 린이가 말해 줘서 잘 알아."

"이린이? 말을 했다고?"

유현이가 조금 당황하며 자신의 손목에 감겨 있는 도마뱀을 내려다보았다.

"어. 정신계 스킬 써서. 선생님 스킬의 진화판쯤 된다고 할까."

"…뭐라고 했는데."

동생의 표정이 순간 살짝 굳어졌다. 뭐 비밀 이야기라도 했을 줄 아나.

"그, 너한테 좋아한다는 표현 많이 해 주라고. 그럼 불안이 좀 가실 거라나."

"그것뿐이었어?"

"응. 혹시 감추고 있는 거라도 있냐?"

린이와는 계속 같이 붙어 지내니까 프라이버시 침해가 당연히 있었겠지. 지극히 개인적인 취향이라거나. …좀 궁금하긴 하네. 별다른 취미 없는 척하고 있지만 사실은 좋아하는 연예인이 있다거나 할 수도 있잖아. 게임 같은 건 안 하나? 예림이는 뭔 꾸미는 폰게임 한다고 했는데.

"아니야, 없어."

"진짜 없어? 없는 표정이 아닌데?"

"없어."

유현이가 홱 고개를 돌렸다. 반응이 암만 봐도 뭐가 있긴 한 모양이다. 가족 간에도 사생활은 지켜 줘야 하지만 대체 뭘까. 비밀 연애 같은 거면 좋겠다.

휴대폰을 꺼내 송태원의 번호를 찾았다. 잘 안 보여서 불편하네. 임시로라도 안경 맞출까. 폰을 새로 샀는지, 아니면 다른 전화로 번호를 연결했는지 이번에는 전화를 받았다. 어제 일로 만나고 싶다고 하자 현재 던전 브레이크가 일어났던 곳에 있다는 대답이 돌아왔다.

"그럼 그쪽으로 가도 될까요?"

[…예. 다만 편한 자리는 아닐 겁니다.]

인명피해는 거의 없다지만 사고 현장이니 좋은 분위기는 아니겠지. 통화를 끊고 방을 나서려는데 유현이가 내 한쪽 팔을 붙잡아 왔다.

"잘 안 보인다며. 도와줄게."

"나 장님 아니다. 못 다닐 수준은 아니야."

계단은 몇 번 헛디디긴 했지만 평지에선 문제없다.

"아예 안 보이면……."

"응?"

"아냐, 아무것도."

동생 놈은 말을 얼버무렸지만 속내를 짐작하기 어렵진 않았다. 이미 내 다리 일부러 고쳐 주지 않은 전적도 있는 녀석이고. 아직 일어나지 않은 일이지만.

"안 보이면 안 되지. 유현이 너 못 보는 건 싫어. 다른 애들도 마찬가지고."

우리 애들이 얼마나 귀여운데 그걸 못 보게 되면 인생의 낙이 8할은 사라지게 될 거다. 지금도 잘 안 보여서 아쉬운데.

내 말에 유현이가 표정을 조금 누그러뜨렸다.

"나도 형을 못 보게 되면 정말 싫을 거야."

"그런 녀석이 계약 조건은 그딴 걸로 달았냐. 가는 도중에 안경 하나 맞추자."

한동안은 안경 신세 지는 수밖에.

5장 벌집 제거

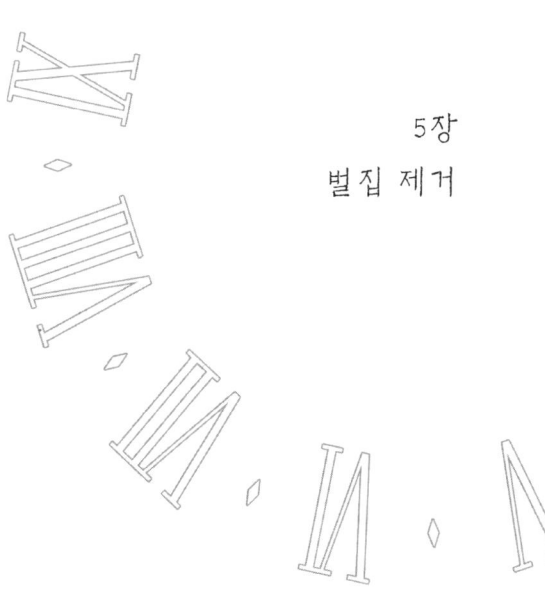

5장
벌집 제거

 미니포털을 통해 밖으로 나가자 강소영과 다른 세성 헌터 몇이 기다리고 있었다. 옷 심부름을 시킨 탓인가 다들 근심과 걱정이 드리워진 얼굴이었다.
 "별일… 없으셨죠?"
 강소영이 부디 아무 일 없었길 바라는 표정으로 물었다. 없지는 않고 사실은 많았는데, 자세히 말하긴 그렇지.
 "그냥 수조가 터졌을 뿐입니다."
 "아, 그렇군요! 수조가… 그게, 그냥 터지는 물건이 아닌데…….'
 "빛의 굴절 현상으로 수조 아래 정원에 불이 나서 화재진압용으로 썼습니다."
 "아아… 네…….''
 대충 그렇다고 치고 넘어갑시다. 그런데 이상하게도 강소영은 물론 다른 헌터들도 유현이를 자꾸만 힐끔거려 댔다. 지금은 김민의 모습으로 보일 텐데 왜 저러지. 안경 아이템 효과에 문제라도 생겼나.

세성 길드 건물을 벗어날 때까지 유현이를, 김민의를 향한 묘한 시선이 계속해서 이어졌다. 접근해 오진 않으면서 유심히 관찰하는 눈길들이었다.

"너, 그새 뭔 사고라도 쳤냐?"

"아니. 별일 없었는데. 세성 길드장 자택에도 제대로 허락받고 들어갔어."

그런데 왜들 저러지. 도로에서 일어난 사고 때문인가. 보조계 헌터치곤 너무 쉽게 현장 정리를 하긴 했어.

"처음 뵙겠습니다, 김민의 헌터. 실례가 되지 않는다면 여기 명함 한 장만 받아 주시겠습니까?"

심지어 주차장에서 명함 나눠 주는 타 길드 직원까지 마주쳤다. 이미 길드 소속인 헌터한테 접근하는 건 예의가 아닌데. 특히 상급 헌터 상대라면 싸움 날 일이지만 김민의는 B급 보조계니 찔러볼 위치긴 했다.

역시 사고 현장에서의 일 때문에 B급 보조계 스탯치가 아니라고들 생각하는 걸까. 김민의 군 좀 귀찮게 되었네.

명함은 정중히 거절하고 안경집에 들러 안경 하나 맞춘 뒤 던전 브레이크가 일어났던 곳으로 향했다. 처치 못 한 몬스터가 남아 있을 수도 있기에 주위는 아직 접근이 제한되어 있었다.

밤에도 난장판이었지만 훤한 낮에 보자 더더욱 전쟁터가 따로 없다. 비는 그쳤지만, 날은 여전히 흐려 우중충한 하늘 아래 무너진 건물과 깨진 포장도로가 더더욱 스산하게 느껴졌다. 마치 아포칼립스 영화의 한 장면을 보는 듯했다.

자칫하다간 진짜 종말을 맞이할 수도 있는 현실이긴 하지만.

"오셨습니까."

송태원이 우리를 발견하곤 다가왔다. 그의 시선이 내 얼굴에 닿아 멈추었다.

"도수가 있는 안경입니까?"

"예. 어쩌다 보니까요."

"대체 또 무슨……."

말을 하다 멈추며 그가 주위를 둘러보았다.

"일단 자리를 옮기지요."

"요 앞에 편의점 문 못 잠그고 피난한 모양인데 그리로 가죠."

안에 테이블과 의자도 있었다. 편의점 주위에도 제법 큰 파편이 떨어져 있었지만 유리 벽은 다행히 무사했다. 커피를 골라 계산대에 물에 젖은 지폐를 얹어 놓았다.

"이 정도는 괜찮죠?"

송태원에게 커피를 건네며 말했다. 투플러스 원으로 개당 이천 원도 안 하는 커피다. 돈은 그냥 만 원 냈지만.

자리에 앉자 송태원이 또 무슨 일이 있었느냐고 물어 왔다.

"별일은 아니고요."

"세성 길드장 때문입니다."

내 옆에 앉은 유현이가 대뜸 털어놓았다. 동시에 송태원의 미간이 좁혀졌다.

"어젯밤의 일입니까?"

"아뇨 어젯밤에는, 별일 없이 집에 잘 데려다줬습니다. 오늘 세성 길드장 집에 찾아갈 일이 있었는데-."

"한유진 님께서 혼자 들어가셨다가 봉변을 치르셨죠."

동생 놈이 토라진 투로 말했다.

"…혼자 말입니까."

송태원이 한숨을 섞어 말하고 두 사람이 비슷한 눈길로 나를 쳐다보았다. 아 뭐 왜. 유현이는 그렇다 쳐도 송태원 씨는 시선이 좀 무서우니까 적당히 보시죠.

"전 멀쩡, 눈 말고는 멀쩡합니다. 그보다 어제의 던전 브레이크에 대해 추적해 볼 생각입니다."

커피에 빨대를 꽂으며 말을 이었다.

"송태원 실장님께선 협조하실 겁니까, 방해하실 겁니까, 아니면 방관하시겠습니까."

나를 가만히 바라보던 송태원이 빨대의 비닐을 뜯었다. 커피를 한 모금 마시고, 그가 입을 열었다.

"보호해 드리겠다고 이미 말씀드렸습니다."

내 안전을 미끼로 내놓으면 그때만큼은 편들어 주겠다 이 말인가. 일단은 감사히 보호받겠습니다.

"참, 혹시 말인데요."

이런 질문하기 좀 뭣하지만 궁금해서 못 참겠다.

"송 실장님께서 만약에, 만약에 죽기 전에 세성 길드장에게… 그러니까 소중한 걸 선물해 준다면 이유가 뭘까요?"

"…예?"

송태원이 어이가 없다 못해 이상한 사람 보는 눈으로 나를 쳐다보았다. 심지어 유현이까지 어디 아프냐는 시선을 보내왔다. 이걸 뭐라고 풀어 설명한다.

"아주 귀한… 아이템 같은 거 말입니다. SSS급쯤 되는 무기라거나요."

따끔따끔한 눈길 속에서 설명을 덧붙였다. 스며드는 약탈 스킬을 아이템화하면 그 정도 가치쯤 되지 않을까. 지금도 S급은 될 거고 송태원이 사망할 시점이면 SS급으로 올랐을 가능성이 컸다.

그리고 내 추측으론, 스킬을 선물할 수 있는 능력 자체가 SS급 약탈 스킬의 효과이지 싶었다. 지금은 상대의 스킬 등급을 하락시키는 데 그쳤지만, 성장하면 말 그대로 약탈, 빼앗는 것도 가능해질 듯했다. 그걸 스스로에게 적용한다면 반대로 타인에게 건네줄 수도 있지 않을까.

'그럼 선물해 줬다는 말이 사실이겠지.'

어디까지나 내 생각일 뿐이지만.

"세성 길드장이 탐낼 만한 물건은 제게 없습니다."

"생기게 될 수도 있잖습니까."

"그럴 가능성은 극히 낮습니다. 국가에 소속된 헌터는 던전 공략 시 획득한 아이템에 대한 소유권이 없습니다. 원할 시 우선권은 가질 수 있지만 말씀하신 수준의 아이템이라면 제 능력으로는 구매가 불가능합니다."

"네? 아니, 왜 소유권이 없어요? 보통 인벤토리에 바로 들어오는 보상 아이템은 자기가 가져가지 않습니까?"

단체 보상은 물론 마석이나 기타 부산물은 민간팀들도 합산 후 미리 약속한 비율로 나누지만 개인 보상은 다르다. 자기 건 자기가 다 챙겼다. 애초에 인벤토리로 바로 들어가는 건 누가 뭘 얻었는지 알아내는 것부터가 힘들다.

질 나쁜 길드나 팀에 잘못 들어가면 협박해서 인벤토리 털어 내게 하는 경우는 있지만 그건 범죄 행위고. 그런데 국가 소속이라고 아이템 소유권이 없다니.

"전에 듣기론 던전 수익 배분율도 낮다고 하던데, 너무한 거 아닙니까?"

"그래서 각성자 관리실 소속 헌터는 몇 없습니다. 각성자 관리 주요 업무가 헌터협회로 넘어간 것도 그 이유가 큽니다."

송태원이 담담하게 말했다. 협회도 길드에 비하면 조건이 짜긴 하지만 그래도 기본은 맞춰 주었다. 상급 헌터라면 더 올려 주기도 했고.

"명색이 국가기관인데… 아니, 국가기관이라서 그런 겁니까. 그래도 개인 보상 정도는 먹게 해 줘야지, 장빗값이 제일 많이 들어가지 않습니까."

문득 어젯밤 송태원이 급에 맞는 무기를 꺼내 든 적 없다는 사실이 생각났다. 중하급 무기로도 잘 싸우긴 했는데, 그래도 설마 진짜 없어서 그런 건 아니겠지. 그냥 중하급으로도 충분해서 그런 거였겠지.

"송 실장님 소유 S급 무기가 하나 정도는 있지요?"

"A급은 있습니다."

…아, 젠장. 갑자기 눈시울이 뜨거워지는 것만 같다. 그나마 A급은 있구나. 그때 그 봉일까? S급 무기, 뭐 아직 국내에는 몇 없긴 하지. 그래도 S급 헌터도 국내에 여덟 명뿐인데. 그 귀한 S급 각성자 싼값에 부려 먹으면서 S급 무기 하나 못 구해 주나. 예산 좀 넉넉히 책정해 줘라, 정부.

"갑자기 애국심이 하락할 것 같은 기분이 드네요."

"제가 모난 돌인 탓입니다."

송태원이 남 일 대하듯 말을 이었다. 급히 만들어진 각성자 관리실의 주인 자리는 원래 예정된 사람이 있었다. 하지만 갑자기 튀어나온 S급 각성자가 공직에 그대로 머무는 바람에 일이 틀어지게 된 것이었다.

S급 각성자를 푸대접할 수는 없다. 국가로서는 놓치기 아까운 것은 물론이요, 타국과 헌터들의 시선도 신경 써야만 했다. 게다가 한창 혼란스러울 시기에 국가 소속 S급 헌터. 탑 꼭대기에 세워 놓고 여기 보세요, 우리나라가 이처럼 든든합니다~ 광고하지 않으면 바보지.

그렇기에 실장 자리를 내주었지만 학연이고 지연이고 아무런 끈도 없는 젊디젊은 애송이가 고위직을 차지한 모습이 여러 사람 눈에 거슬렸던 모양이었다.

하긴 송태원의 위치라면 평균 연령이 오십은 넘어갈뿐더러 하나같이 경력들도 화려하겠지. 좋은 쪽으로든 나쁜 쪽으로든 말이다. 심지어 송태원이 실장이 된 이유는 그들이 보기엔 단순한 운이었을 터다.

운 좋게 S급으로 각성해 평범하게 기반 쌓아 올라온 어른들의 머리 꼭대기에 앉은 젊은 놈. …이거 높으신 분들 공공의 적이 되어도 이상할 거 없겠구만.

'욕심이 없어서 푸대접받는 걸 참는 줄 알았는데.'

아 물론 송태원이 제대로 욕심을 냈더라면 뒤에서나 수군거릴 뿐 대놓고 찬물 끼얹는 짓거리는 못 하겠지만. 이렇게 현장에 나와 있을 일도 없었을 거고.

"현 정부에서는 각성자 관리실에 힘을 더 실어 주고 싶어 했지만, 협회 쪽에 흔히 말하는 줄이 많았다고 합니다."

그래서 협회가 실질적인 각성자 관리를 맡게 되었고 송태원은 상급 헌터들 뒤처리나 하는 말로 쓰이는 중이라 이건가. 정치는 잘 모르겠지만 이래저래 힘겨루기가 있었던 모양이다.

'협회 고위층이 물갈이된 것도 관련 있으려나.'

현 정부는 일 잘하긴 했지. 3년 만에 이만큼 안정된 것만 봐도 초기 대응이 장난 아니게 좋았다는 뜻이다. 해외에는 여전히 개판인 곳도 많다고 하니까. 그런데 사태 잘 진정시키고 나자 바로 이득 좇는 사람들이 나타났고, 뭐 이하 생략 뻔한 이야기 등등 이었을터다.

"여러모로 고생이 많으시네요."

역시나 어린놈이 건방지다고 치였을 동생을 둔 입장으로선 공감 가지 않을 수 없다. 슬쩍 유현이를 바라보자 우리 이야기에는 별 관심 없는 듯 비닐도 안 뜯은 빨대를 만지작거리고 있었다. 커피에는 입도 안 댔다.

"다른 거 사 줄, 사 드려요?"

"아뇨, 괜찮습니다."

커피 싫어하는 거 아니라면서 고개를 젓는다. 둘에게는 카페인 효과도 별로 없을 텐데 다른 걸 가지고 올 걸 그랬나. 업무 중에는 역시 커피라는 생각이 못 박혀 있어서 그만.

"아무튼 가정이니까요. 송 실장님께서 세성 길드장에게 선물을 주게 되신다면 말입니다."

"…머잖아 생일이기는 하죠."

송태원이 떨떠름하게 말했다. 성현제의 생일 따위 전혀 신경 안 쓸 줄 알 았는데 의외의 반응이다.

"그거 말고요. 어차피 생일 같은 거 안 챙기실 텐데."

"귀찮아지지 않기 위해서 챙깁니다."

…성현제 뭔데. 자기 생일 안 챙기면 귀찮게 구나.

"괜한 빌미 잡히지 않으려면 한유진 님께서도 챙기는 편이 좋습니다."

옆에서 유현이가 내키지 않아 하는 투로 말했다. 진짜 뭔데.

"너도, 아니, 해연 길드에서도-."

"그냥 편하게 말씀하십시오. 모르는 척해 드리겠습니다."

송태원이 말했다. 김민의가 유현이라는 사실을 알아챘나 보다. 하긴 S급 헌터들 관리해야 하는 입장이니 사소한 태도나 버릇 같은 것도 꿰고 있겠지.

"그 인간이 자기 생일 안 챙기면 앙심이라도 품어? 애도 아니고?"

"그건 아닌데, 뜬금없이 꼬투리 잡을 때가 있다더라고. 해연은 석 팀장이나 비서실에서 챙겨 줘서 별일 없었지만."

"별 상관도 없는 일에 저번 생일 때의 서운함이 아직 남아 있어서, 라며 어깃장 놓는 것을 방지하기 위해서입니다."

이미 당해 본 거 같은 말이었다. 송태원이 한숨을 약간 내뱉으며 질린 듯한 표정을 지었다. 송 실장님이 저럴 정도라니. 진짜 뭐냐 싶었지만 나도 챙겨 줘야 하나. 설마 약탈을 생일 선물로 준 건 아니겠지.

어쨌든 대놓고 송 실장님이 성현제한테 자기 스킬을 줬다는데 왜 그랬을까요, 물어봤자 저도 모르겠고 헛소리는 적당히 해 주십시오, 라는 눈빛만 돌아올 듯했다. 대체 어떤 상황이었을까. 왜 준 거야. 몇 년 새 미운 정이라도 들었나.

대신 다른 질문을 했다.

"혹시 약탈 스킬을 스스로에게도 적용이 가능합니까?"

"사용해 본 적 없어서 모르겠습니다."

적용이 된다면 직접 줬을 가능성이 크고 아니면 다른 누군가의, 혹은 아이템의 도움을 받았을 텐데. 지금 써 봐 달라고 하는 건 좀 그렇겠지. 스킬 등급 떨어지는 거고.

"되는군요."

썼냐!

"이걸로 S급 대상 시 지속 시간을 알 수 있게 되었습니다. 조언 감사드립니다."

"아… 예."

뭐… 크게 필요 없는 스킬이 하나쯤 있었겠지. 자기 자신에게 쓸 수 있다는 건 역시 직접 건네준 것일까. 아직 확실한 건 아니지만.

"혹시 스킬 취소는 안 됩니까? 여러모로 불편해서요."

"안 됩니다. 불편함을 느끼시는 게 문제라고는 생각지 않으십니까? 그런 것치고는 전과 별 차이 없이 움직이시는 듯합니다만."

송태원이 내 눈을, 안경을 바라보며 말했다. 아니요, 안 해도 될 고생 했는데요. 취소 안 된다면 앞으로 못해도 사나흘은 더 이래야 할 텐데, 슬프다 정말.

송태원과 이후의 행동에 대해 간략하게 논의 후 찾아간 곳은 도하민의 행복한 햄스터네였다. 예전 가게에서 떼 온 간판이 출입문 옆 벽에 비스듬히 기대어져 있었다. 안으로 들어가자 층층이 쌓인 택배 상자가 눈앞을 가로막았다.

"헉, 주님은 멀리 있을수록 좋은 건데!"

상품 정리 중이던 도하민이 대놓고 싫은 티를 냈다. 맞는 말이긴 하지만. 건물주든 진짜 주님이든 멀리 계셔야지. 특히 후자는 만났다 하면, 즉 이승 탈출이라는 소리다.

"하민 씨, 이번에도 수고 좀 부탁해."

"애들 키우느라 바빠."

도하민이 지푸라기 같은 게 잔뜩 든 봉지를 끌어안으며 말했다. 햄스터가 풀 먹고 사는 동물이었나.

"에이, 그러지 말고. 필요할 때 도와주기로 계약했잖아. 한 대여섯 명 정도 위치 추적 한 시간 간격 정도로 해 주면 되는데."

그보다 많을 수도 있고. 내 말에 도하민이 인상을 잔뜩 찌푸렸다.

"한 명도 힘들다고."

도하민의 스킬, 이어진 실타래는 사용하면 바로 위치가 탁 나타나는 게 아니었다. 특정한 법칙이 있고 대상자가 1년 이상 사용한 물건의 고유번호를 넣어 법칙에 따라 계산해 찾아가는 방식이라고 하였다.

그래서 단기간에 여러 번 사용하면 며칠 과로한 것처럼 피곤해졌다. 또한 그 물건의 실물이 있다면 좀 더 찾기 편해진다고도 했다. 홍신소야 실종된 사람 의뢰가 주로 들어와 물건 받기가 어려워 번호만으로 찾았다나.

"계약서에 제한 횟수와 명수도 넣었어야 하는 건데!"

"최대한 실물 물건 구해다 줄게."

"대여섯 명에 한 시간 간격이면 며칠 앓아누울 텐데."

"알바비 당연히 다 대주고 앞으로도 협조 잘해 주면……."

그래, 그게 있었지. 책상에 엎어져 비비적대는 도하민에게 상냥한 어조로 말했다.

"골드 햄스터 한 마리 구해다 주마."

"골든 햄스터 여기도 많거든요."

"골든 말고 골드. 진짜 황금색 털을 지닌 햄스터. 중앙아프리카 쪽 D급 던전 보스인데 일반 햄스터보다 두세 배쯤 크고 반짝거리는 금색 털의 햄스터야. 목덜미에 은빛도 섞였고 눈은 파란 보석 같은 데다가 영리하기까지 하지."

다만 크기가 작고 방어력이 약한 반면 공격성과 공격 스킬 위력이 강해

등급 대비 사로잡기 무척이나 힘든 몬스터였다. 그래서 아직은 털가죽만 비싸게 거래되고 있을 터였다. 이 년쯤 뒤엔 애완동물로 인기가 많아졌고. 물론 더럽게 비싼 펫이었다.

"…황금색 햄스터? 근데 그거 몬스터잖아."

"D급이니 테이밍 가능해. 구하는 데 드는 비용 장난 아니겠지만, 도하민 씨에겐 그럴 가치가 있으니까. 어때? 구해 볼까?"

"야생 햄스터는 자기 사는 곳에 머무는 게 행복할 텐데."

"보스 몬스터니까 당연히 사냥당할 거다만."

"…콜!"

"좋아, 그럼 앞으론 군말 없이 도와주기다?"

"살려는 주세요."

당연히 건강은 지켜 드려야지. 성한 씨에게 보약 어디서 지었는지 물어볼까. 석하얀 팀에도 돌릴 겸.

중앙아프리카 던전에서 햄스터 생포해 오는 건 쉽지 않은 일이었다. 중앙아프리카는 던전 생기기 전에도 막장인 지역이었다 보니 해당 던전 공략권 구하는 것부터가 어렵다. 게다가 보스 몬스터면 공략을 위해 테이머가 직접 던전에 들어가 테이밍해야 한다. 그냥 사로잡기만 하면 던전 공략이 불가능하니까.

'해외 첫 기승수 사육은 살아 있는 골드 햄스터를 대가로 넣어야겠군.'

그래도 상급 기승수 맡길 정도의 길드라면 어떻게든 잘 구해 오겠지. 어느 길드일진 몰라도 파이팅.

석시명에게도 연락해 놓고 블루 훈련시키다 보니 금방 저녁 무렵이 되었다. 도중에 노아가 유현이를 김민의로 알고 이 드러내는 일이 있었지만 정체를 알고는 금방 진정했다. 이참에 노아에게 같이 저녁 먹자고 하였다.

"그래서 던전 공략 끝날 때까진 김민의 씨로 있을 거예요."

"유진 씨와 같이 지내고요?"

"자기 집에 갈 순 없잖아요."

김민의가 길드장 집에 머무는 건 이상하니까. 나야 스탯 F니 B급 보조계라도 경호원 노릇을 할 수 있지만 S급 길드장 상대로는 뭐 하는 짓인가 싶겠지.

저녁 초대받은 노아에게는 미안했지만 명우가 만든 음식은 꺼내지 않았다. 대신 내가 간단하게 요리했다. 둘 다 도와주려고 했지만 오늘은 손님이니 가만히들 있으라고 했다.

"노아 씨 정식으로 한국 소속 헌터 되려면 S급 던전 공략 한 번 해야 할 텐데, 유현이랑 같이 가는 게 어때요?"

호수 던전은 A급이라 S급 헌터 인정은 받지 못한다. 해외 헌터가 길드 연계 없이 개인적으로 한국으로 소속을 옮기려면 원하는 등급과 동일한 던전을 자신이 주축이 되어 공략해야만 했다. 노아는 S급이라 해도 보조계고 현재 팀원도 없으니 혼자 S급 던전을 공략하는 건 힘들었다. 하위면 불가능하진 않겠지만 사서 고생할 필요는 없다.

"…아뇨, 괜찮습니다. 당장 S급 인정받을 필요도 없고요."

떨떠름하게 유현이를 바라본 노아가 젓가락 끝을 입에 물었다. 그러고 보니 젓가락질 잘하네. 둘이 같이 던전 돌면 피스처럼 좀 더 친해질 거 같은데. 독이랑 불이라 상성은 안 좋지만. …그래서 잘 안 친해지는 건가.

저녁을 먹고 별다른 소식 없이 밤이 되었다. 뻬약이를 데리고 잠자리에 누웠지만 영 눈 감기가 껄끄러웠다. 피스가 있었으면 좋았을 텐데. 뻬약이는 너무 작아. 게다가 안경을 벗으니 시야도 흐려져서 더더욱 속이 싱숭생숭해졌다.

'공포 저항 진짜로 돌려줘…….'

한참을 뒤척이다가 결국 자리에서 일어났다. 내일도 바쁠 텐데 자긴 자야 하건만. 고민 끝에 한 손엔 삐약이, 다른 손엔 베개를 들고 동생 놈이 있는 손님방으로 향했다.

"같이 자자."

"응?"

"앞이 잘 안 보여서 잠이 잘 안 와."

그거랑 뭔 상관 있겠냐마는 대충 변명을 던졌다. 너 죽은 거 생각나고 꿈에서 또 나올까 봐 못 자겠다곤 할 수 없잖아. 옆에 살아 있는 동생이 있으면 괜찮지 않을까.

유현이는 별말 없이 침대 옆자리를 내어주었고, 확실히 효과가 있었는지 쓸데없는 꿈은 꾸지 않았다.

그리고 다음 날 오전, 세성에서 벌꿀 판매 관련 자료와 함께 시체의 정보를 읽을 수 있는 헌터가 도착했다.

"앞으로도 쓸 것 같아서 본격적으로 꾸며 봤습니다."

석시명이 뿌듯한 얼굴로 말했다. 그가 꾸몄다는 곳은 다름 아닌 이전 내 홍콩 납치 사건 때 썼던 방이었다. 일종의 작전실이라고 해야 할까.

입구는 미니포털로 대체하고 방음과 보안 시설을 덕지덕지 붙였다. 그에 더해 며칠 틀어박혀 있을 것을 대비해 숙식 시설도 마련해 놓았다. 그 밖의 이런저런 장비들도 있었지만 컴퓨터 같은 알아보기 쉬운 것 외에는 용도를 알 수 없었다.

"어째 신나신 거 같네요. 미니포털은 또 언제 구하셨답니까."

"예비가 하나 있었습니다. 솔직히 이런 쪽이 더 재미있긴 하지요."

석시명이 도수 없는 안경을 추켜올리며 말했다. 어째 안경 지분이 확 늘어나 버렸군.

잠시 후 세성 쪽 사람들이 도착했다. 서류 가방을 든 남자와 지팡이를 짚은 사십 대 중후반쯤 되는 여자였다. 그녀의 손에 들린 지팡이는 검은색 잘 빠진 몸체에 은색 무늬가 새겨져 있었다. 바닥에 닿은 끝이 일정 간격으로 희미한 빛을 발하는 것으로 보아 평범한 지팡이는 아닌 듯했다.

"민지수 님께서는 시각장애인이십니다."

"안녕하세요, 여러분."

남자가 먼저 알려 주고, 민지수가 정확하게 우리가 있는 방향을 바라보며 말했다. 유현이부터 나, 석시명까지 차례로 닿아 오는 시선에 거침이 없었다. 아마도 저 지팡이의 능력이지 싶었다. 던전 아이템인가.

"처음 뵙겠습니다, 민지수 씨. 저는 한유진이라고 합니다."

나를 향해 그녀가 방긋 웃어 보였다.

"성현제 씨로부터 말씀 들었어요. 친한 사이시라고요."

안 친합니다, 소리가 혓바닥 위까지 기어 올라왔지만 도로 삼켰다. 대신 다른 질문을 했다.

"세성 길드 소속이 아니신 건가요?"

길드장이라 하지 않고 이름을 불렀다. 내 말에 민지수가 고개를 끄덕였다.

"다른 재주가 있는 것도 아니라 필요로 할 때 잠시 도와드리는 정도지요."

그녀는 서른 초에 시력을 잃고 초기 던전 브레이크에 휩쓸려 각성하였다고 자신을 소개했다. 인간과 몬스터 시체들 사이에서 헤매다가 자신의 스킬에 대해 알게 되었다고 하였다. 다만 대외적으로는 몬스터의 사체에서만 정보를 얻어 내는 스킬을 가진 것으로 알려져 있었다.

"처음에는 저도 그런 줄로만 알았죠. 그래서 가끔 헌터협회로부터 몬스터 조사 요청 정도나 받았습니다."

그러던 어느 날 성현제가 찾아왔다고 했다. 몬스터가 아닌 인간의 시체로부터도 정보를 읽어 낼 수 있지 않겠냐면서.

"꺼려지진 않으셨습니까? 혹시 세성 길드장이 강제로 일을 시키거나 한 거라면……."

"아니에요."

민지수가 미소 지으며 말했다.

"물론 처음에는 꺼림칙했었죠. 하지만 할 수 있는 일이 하나라도 더 늘어난다는 사실이 더 반가웠어요. 그것도 남들은 못 하는 특별한 일이라면 혹 하지 않을 수가 없잖아요?"

당연하게 할 수 있었던 일들이 갑자기 높은 벽이 되어 버린 적이 있었기에. 그래서 더더욱 찾아 주는 사람들이 있는 지금이 즐겁다고.

그래도 죽은 사람의 기억을 뒤진다는 거부감은 있었기에 자의로 타인을 해친 범죄자에 한해서만 받아들인다고 하였다. 그녀의 스킬은 정보를 문자로, 마치 소설책 읽듯이 보여 주는 것이라 정신적인 부담감은 적은 편이었다. 눈이 보이지 않는 만큼 현실감도 별로 없다고 했다.

"그렇지만 처음 제안을 덥석 받아들인 건, 역시 성현제 씨가 잘생겨서였죠."

"…예?"

"얼굴을 만져 봤거든요. 정말 완벽했어요. 눈으로 직접 보면 더 미남이겠지요?"

그… 잘생기긴 뭐, 잘생겼다만. 아니, 그래도.

"얼굴만 보, 만져 보고 손잡는 건 좀 가벼운 결정 아닐까요. 게다가 잘생겼다고 해도 거리감 같은 게 느껴지셨을 텐데요."

"무서운 느낌은 있었죠. 그것도 없었으면 간도 쓸개도 다 내줬을걸요. 그런 미남이 친절하게 대해 오는데 누가 버텨요."

당장에 짐 싸 들고 세성에 들어갔을 거라며 민지수가 소리 내어 웃었다. …어쨌든 성현제가, 세성이 일 처리는 잘해 준 모양이었다. 그녀의 능력이 알려지면 노리는 사람들이 많을 테니 철저하게 감추고 보호해 주었다.

오늘도 원래는 해연 쪽에서 정보 읽기를 원하는 시체를 보내오라 할 예정이었는데 민지수 씨가 직접 방문을 원했다고 하였다.

"한번 만나고 싶었거든요, 요즘 제일 유명한 사람을요."

"위험을 감수하실 정도는 아닙니다만."

대놓고 유명하단 소리 들으니 좀 쪽팔린다. 얼굴을 만져 봐도 되겠냐는 요청에 고개를 숙여 주었다. 손길은 조심스러웠고 따뜻했다.

"또, 이번으로 끝나지 않을 거라는 말도 들었고요."

"계속 관계를 이어 갈 수 있다면 저희로서야 반갑고 감사한 일입니다."

예림이 스킬은 진짜 가능하면 안 썼으면 하니까. 최소한 성인이 될 때까지 만이라도 말이다.

민지수 씨는 석시명과 함께 시체를 보관해 놓은 곳으로 갔다. 함께 온 세성 소속 헌터도 자료를 내려놓고 동행했다. 알고 보니 그 남자의 스킬이 대상의 이미지를 흐릿하게 만드는 것이라고 하였다. 은신까지는 아니지만 주위 사람들이 자연스럽게 민지수 씨를 잘 기억하지 못하게 할 수 있다나.

"앞으로 저분께 부탁드리면 되겠다."

"박예림은 별로 안 좋아할걸."

자료를 함께 정리하며 유현이가 말했다.

"자기가 있는데 왜 다른 사람 쓰냐면서."

"예림이가 관련 스킬을 가지곤 있다지만 원래는 학교 다니며 친구들이랑 어울릴 나이잖아. 이런 일을 할 게 아니라. 평범하지 않은 일이 더 재밌어 보일 나이이기도 하지만."

공부 빼고 다 재밌겠지. 그래도 너무 던전 공략에만 빠지면 안 되는데. 어디 중고생 헌터 모임 같은 거 없나.

얼마 지나지 않아 도하민이 도착하고 강제로 자료 정리에 끼워 넣었다. 석시명 말대로 제대로 된 팀 같은 걸 만들든가 해야지 인력이 부족하네.

"역시 해외로 많이 보냈네. 일본이랑 중국이 제일 많고… 이 표는, 음……."

"매입 매출 장부입니다, 주님."

도하민이 말했다.

"볼 줄 알아?"

"가게 운영했으니까 당연히 알지. 햄스터 용품 중에 수입품도 많고. 아직은 해외 쪽이 더 다양하거든."

그러곤 줄줄이 베딩이 어쩌고 영양제가 저쩌고 한참을 떠들어 댔다. 그렇게나 잘 아신다니까 대신 봐 주시면 되겠네. 수출 판매 경로 다 넘기자 도하민이 울상을 지었다. 골드 햄스터가 아깝지 않은 인재야. 잘 데려왔어.

회귀 전에도 헌터들 사이에서 살벌, 아슬하게 정보상 일 잘하고 있었으니 그 수완의 자질이 어디 가진 않았을 터다. 그래도 이번에는 잘 보호해 줘서 편히 살게 해 줘야지. 안전을 위해 아끼는 햄스터 가게 접고 숨어들어야 했을 테니 속깨나 탔었겠지.

자료 정리가 꾸물꾸물 진행되어 가고 한 시간여쯤 지난 뒤, 석시명과 민지수 씨 일행이 돌아왔다.

"트럭 운전사에게 의뢰를 한 사람은 김준배로 헌터인 모양입니다."

"어, 혹시 이 사람인가?"

도하민이 종이 한 장을 들어 보이며 말했다.

"벌꿀 국내 수송을 맡은 소형 길드 소속 헌터와 동명인데."

"어디 봐 봐."

D급에 별다른 특이 사항은 없었다. 하지만 동일인일 가능성이 크겠지. 트럭 운전사와 관련이 없다 해도 던전 부산물 밀매에 개입했으니 잡아들일 죄목이야 충분하고.

"일단 이놈들부터 족치죠."

"조용히 사람 풀까요?"

석시명의 말에 고개를 저었다.

"조용히 말고, 대놓고 가려고요. 각성자 관리실장님께서 수고 좀 하셔야지요."

"그랬다간 연관된 사람들이 죄다 숨어 버리지 않겠습니까."

"집에 불난 쥐새끼처럼 바쁘게 뛰어다니겠지요. 그리고 우리에겐 도하민 씨가 있고 말입니다."

협회 관련자 중 주요 용의자들. 이들의 움직임을 추적하면 벌꿀 밀매와 연관된 사람을 확실하게 집어낼 수 있다. 협회와 별 관련도 없는 소형 길드가 터져 나간 거 보고 놀라 팔딱대면, 백 프로 아니냐.

그때부터는 조용히 사람 푸는 거고.

"…대여섯 명일 거라더니 두 배가 넘잖아."

울상을 짓는 도하민의 어깨를 두드려 주며 휴대폰을 꺼내 들었다.

"우리 송 실장님 대접이라도 한번 해 드려야 하는데."

안 받으려 하겠지만. 마음 같아선 명우에게 부탁해 S급 장비라도 하나 마련해 주고 싶다. 어떻게 들려 줄 방법 없나.

김준배가 소속된 길드 동주로타리는 서울에서 인천으로 접어드는 외곽 한적한 곳에 자리 잡고 있었다. 길드장 이름이 동주인가.

"여기까지 따라오실 필요는 없지 않습니까."

차에서 내린 송태원이 나를 보고 미간을 약간 좁혔다.

"저희 쪽과도 관련된 일이니까요. 원래 헌터 대상 범죄는 관련 길드와 종종 협조하지 않습니까. 해연에서는 여기 이 김민의 헌터가, 길드는 아니지만 헌터 관련 시설인 저희 쪽에서는 마땅한 사람이 없어서 제가 나왔죠."

인력이 부족해요, 하고 일부러 한숨을 내쉬어 보였다. 근데 진짜 부족하긴 했다. 사육 시설과 빌딩 인력 대부분이 내가 고용한 사람들이 아니니까. 난 단순한 건물주일 뿐이지.

"노아 헌터가 있잖습니까."

"노아 씨는 다른 일로 바쁘셔서요."

동주로타리를 덮치면 바로 소식 듣고 움직일 놈들을 잡기 위해 대기 중이다. 은신에 기동력까지 갖춘 노아는 너무 유용해서 고작 이런 일에 보내긴 아깝지. 던전 안에서는 보조계지만 바깥에서는 그야말로 최고의 헌터가 아닐까. 특히 도하민과 발맞추면 정보 은밀 기동 삼박자를 다 갖출 수 있다.

빠르고 비밀스럽게 정확한 목표물을 겟. 너무 쓰기 좋아서 미안해질 정도였다.

"우리 든든한 김민의 헌터가 있으니 걱정하지 마세요. 저는 얌전히 구경만 하겠습니다. 어차피 송 실장님께서 나셨으니 순식간에 끝날 거 같은데."

내 옆에 버티고 선 김민의, 유현이의 팔을 잡으며 말했다. 송태원의 시선이 유현이에게 잠깐 닿았다가 어쩔 수 없다는 듯 고개를 끄덕인다.

"퇴로부터 확인, 차단해."

송태원의 손짓에 그와 함께 온 헌터들이 움직였다. 협회가 아닌 각성자 관리실에 소속된 사람들이다. 수는 적었지만 전부 중급 이상 전투계 헌터들이라 소형 길드를 상대하기엔 부족함이 없을 터였다.

다른 사람들은 전부 각자의 위치를 잡아 대기하고 송태원만이 건물 입구 쪽으로 걸어갔다. 도주자가 문제인 거지, 맞서 덤벼든다면 그 혼자서도 얼마든지 처리 가능한 상대들이었다. 아니, 아군이 휘말릴 수도 있으니 되레 혼자 몸이 더 편할 것이다.

입구의 벨을 눌렀으나 대답은 없었다. 창을 통해 새어 나오던 불들이 황급히 꺼진다. 카메라로 송태원의 얼굴을 확인하고 도망칠 생각인 모양이었다.

쿠드득-.

송태원이 닫힌 문을 잡아 뜯어내듯 열었다. 이어 그의 뒷모습이 어둑한 실내로 사라졌다.

"이거 무단 침입-!"

외침은 길게 이어지지 않았다. 대신 무언가 부서지는 소리가 들려왔다.

"얼마나 걸릴까?"

"3분 이내."

유현이가 눈으로 건물의 위아래를 훑으며 대답했다.

"총인원은 아홉 명이고 다섯 명은 아래로, 네 명은 위쪽에서 무언가 급히 처리 중인 모양이야."

"그걸 다 알 수가 있냐?"

"움직임이 크면 집중 안 해도 대충 들려. 내려온 다섯 명은, 방금 끝났군."

다시 쾅, 하고 두꺼운 문 같은 걸 부수는 소리가 들려왔다. 비명도 난 듯했다. 그리고 침묵이 내려앉았다.

"2분쯤 지났나?"

위층의 네 명이 연락 돌릴 시간은 있어야 했을 텐데. 다행히 소식이 전해졌는지 휴대폰으로 전화가 왔다.

[움직이기 시작했습니다.]

석시명이다. 이어 꺼졌던 건물의 불들이 다시 켜지기 시작했다. 퇴로 차단 중이던 헌터들이 안으로 들어가 제압된 범죄자들에게 수갑을 채운다. 2층으로 올라가자 문이 열린 금고 앞에 서 있는 송태원이 보였다. 장갑 낀 손에 피가 약간 묻어나 있었다. 그 외의 싸움의 흔적은 찾아볼 수 없었다.
"다치신 곳은 없으시죠?"
"…없습니다."
당연히 없겠지만, 그래도 말이야. 피라미들 상대로 아주 가벼운 운동이나 한 셈이었지만 전투는 전투라서인지 그가 약간 무섭게 느껴졌다. 숨을 한번 길게 삼키곤 금고 쪽으로 다가섰다.
"손대지 마십시오."
"걱정 마세요. 그보다 송 실장님. 주인 없는 장비들이 좀 있는데 혹시 관심-."
"없습니다."
단호한 대답이 돌아왔다. 홍콩에서 얻은 장비들 중 마고스의 숄을 비롯한 자잘한 장비는 예림이에게, 날붙이는 유현이에게 주었다. 사람 몸에 착용할 수 있는 아이템에는 한계가 있고 특성도 맞춰야 했기에, 그렇게 나누고도 제법 여러 개가 남아 있었다.
일단은 공짜로 얻은 거니 가격 없는 셈 치고 송태원이 가져갔으면 싶었지만, 너무 눈 가리고 아웅인가. 따지고 보면 장물이기도 하고. 그냥 해연에 뿌려야겠네. 예림이 팀이라거나.
"그럼 나중에 괜찮은 아이템 나오면 싸게 팔아 드릴 테니 사시겠어요?"

"과도한 할인 또한 법에 저촉됩니다."

…신입이 나랑 같이 던전 공략한 사람에게 맞춤 보상 해 준다고 한 걸 믿고 같이 던전이라도 돌아야 하나. 그 전에 공직자 헌터 계약 조건부터 바꿔야 한다. 자기가 얻은 개인 아이템은 가지게 해 줘라! 이건 진짜 고쳐야 해.

마지막으로 저녁 사겠다고 했지만 그마저도 거절당했다. 공직자 상대하기 너무 어려워.

"괜찮아! 동주로타리와 우리가 관련되어 있다는 증거는 없어!"

중년 남자가 손에 든 휴대폰을 향해 자신 있게 말했다. 하나 말과 달리 얼굴은 어두웠다. 터프린 던전에서 나온 벌꿀의 수송을 맡았던 소형 길드. 그것을 이렇게나 빨리 추적해 냈다. 상대가 지닌 정보력이 보통이 아니라는 뜻이었다.

"…그래도 혹 모르니까 흔적이란 흔적은 최대한 빨리 지워 버려."

남자는 전화를 끊고 급히 집을 나섰다. 그가 차를 몰아 도착한 곳은 타인 명의로 마련해 둔 별장이었다. 이곳의 금고에 불법 던전 관련 계약서와 대가로 받아 낸 마석 및 아이템을 보관해 두었다.

'여기까지 찾아내는 건 힘들겠지만.'

없애 버리자. 아니, 아까우니 다른 곳으로 옮겨 놓자. 이 별장은 출입이 잦았으니 꼬리를 잡힐 확률이 높았다. 별장에 들어서 불도 제대로 켜지 않고 급히 거실 벽에 감추어 놓은 금고를 여는 순간이었다.

콰장창-!

"뭐, 뭐야!"

거실의 유리창이 깨졌다. 당황한 남자의 입을 보이지 않는 손이 틀어막았다.

"조용히."

부드러운 억양의 듣기 좋은 목소리였다. 하지만 동시에 사람을 꼼짝 못 하게 얼어붙게 하는 위압감 또한 서려 있었다.

보이지 않는 누군가가 다시 입을 열었다.

"잡았습니다."

[근처로 차를 보냈습니다. 다음 위치는-.]

펄럭, 희미한 날갯짓 소리와 함께 남자의 몸이 떠올랐다.

"한유진 씨 맞죠? TV보다 실물이 훨씬 낫네."

호들갑을 섞은 말에 감사하다며 웃어 보였다. 휴대폰과 안경을 사러 갔을 때도 그러했지만 마주치는 사람의 대부분이 나를 알아보았다. 지금은 던전 브레이크 때문에 밀려났지만, 한동안 TV에서 지겹도록 나와 댔으니 당연한 결과다.

'그래도 시선이 너무 집중되니까 좀… 그러네.'

저녁 시간이 가까워진 대형 마트에는 사람이 많았다. 그 많은 사람이 다들 나를 쳐다보고 무어라 수군거렸다. 지금은 회귀 전과 달리 호감 쪽으로 치우친 반응이겠지만. 그걸 알고 있음에도 자꾸만 과거의 기억이 떠올랐다.

툭-.

순간 손에 힘이 빠져 들고 있던 파스타 면이 바닥으로 떨어졌다. 김민의의 모습을 한 유현이가 대신 파스타를 주워 주고 근처에 있던 사람이 걱정스럽게 말을 건네 왔다.

"괜찮아요? 안색이 안 좋아 보이는데."

"아… 그게, 사람이 많은 곳에선 아직 긴장이 좀 되어서요. 특히 보는 시선이 많으면, 약간… 무서워집니다."

그럴 만한 경험이었지 않느냐며 애써 가볍게 넘어가려는 태도로 웃어 보이자 동정의 눈길들이 쏟아졌다. 납치만 해도 트라우마 남을 만한 경험인데 경매장까지 갔으니까.

"이렇게 나와도 괜찮겠어요?"

"익숙해지도록 노력해야죠. 그래서 일부러 저녁거리를 직접 사러 나온 거랍니다. 걱정해 주셔서 감사합니다."

불행한 경험을 극복하기 위한 노력. 보기 좋은 이야기다. 힘내라는 말과 함께 너무 그렇게들 쳐다보지 말라며 주위를 물려 주는 사람도 있었다. 그걸 보고 있자니 속이 조금 어수선해졌다.

"연기하는 거 맞아? 진짜 어디 안 좋은 건 아니지?"

사람들이 자리를 피해 주자 유현이가 작게 물어 왔다.

"안 좋을 일 없잖아. 실제론 잘 쉬다 왔는데, 뭐."

친절한 서비스 속에서 늘어지게 뒹굴었지. 납치도 꽤 괜찮긴 하단 말이야. 양심의 가책 없이 실컷 놀 수 있으니. 저번 같은 수준이라면 분기별로 한 번씩 당해도 좋을 듯했다. 부수입도 짭짤했지.

정육 코너로 가 제일 좋은 소고기를 바구니에 담았다. 이어 해산물도 무조건 제일 비싸고 좋은 걸로 골랐다.

"같이 장 보는 거 오랜만이네."

내 체감으로는 근 십 년 만이다.

"뭐 먹고 싶은 거 없냐. 뭐든 말해."

"아무거나. 형이 고르는 대로."

"어릴 때랑 똑같이 말하기는. 이젠 예산 제한 없다."

그리고 내 돈 나갈 일도 없다. 계산대에서 꺼내 든 카드는 홍콩에서 받은 성현제의 것이었다. 돌려 달라고 하기 전까진 열심히 써 줘야지. 쓸 일이 별로 없다는 게 제일 큰 문제지만.

저녁거리를 사고 차를 타고 향한 곳은 해연 소유의 별장 중 하나였다. 물론 명의는 다른 사람 앞이다. 고급스러운 저택의 너른 주방에 짐을 풀어 놓고 얼마 지나지 않아 노아 씨가 도착했다. 은신을 풀자 금빛 머리칼이 달빛에 옅게 반짝거린다. 은신 스킬 없었으면 밤이든 낮이든 몰래 돌아다니긴 힘들었을 거다.

"수고 많으셨어요, 노아 씨."

문밖까지 마중 나온 나를 보고 노아가 방긋 웃었다. 유현이랑 한 살 차이인데도 왜인지 더 어리게 느껴진단 말이야. 용일 때 이미지가 강해서 그런가 귀여워.

"흔쾌히 도와줘서 고마워요. 원하는 게 있으면 뭐든, 언제든지 말하세요."

공으로 부려 먹기엔 너무 미안하다. 뭔가 해 주고 싶어도 괜찮다고만 하고.

"지금은 없지만요……."

노아 씨가 조금 우물거리며 입을 떼었다. 지금은, 이라는 것은.

"있긴 있군요?"

드디어. 연회색 눈이 집 안쪽을 힐끔 쳐다보며 말을 이었다.

"누님께서 곧 나오시면, 아마 한동안은 한국에 머무실 텐데… 그때 유진 씨 집에 있으면 안 될까요?"

"물론 되죠."

안 될 거 있냐. 그러고 보니 리에트의 던전 공략 기간이 예상보다 길었다. 협회 헌터들과 같이 간 탓인가. 전용화 가능하니 혼자 들어가는 편이 더 빨리 공략 가능했을지도.

"리에트가 집에까진 쳐들어오지 못하도록 열심히 막겠습니다."

"아, 저 때문에 다치시면 안 돼요."

"걱정 마세요. 맡길 몬스터가 있는 한 아무리 리에트라도 절 못 건드릴 겁니다."

애 다 키우고 나서도 뭐, 사실 리에트가 나한테 위협을 가한 적은 딱히 없었다. 덮치려고는 했지만. 단둘이 있는 것만 피하면 되겠지.

저녁 식사 준비는 유현이와 노아 둘이서 했다. 내가 벌인 일이니까 직접 하겠다 했음에도 나는 반강제로 의자에 앉혀졌다. 애들이 너무 착한 거 같아.

"누님께서는 요리 못하세요."

파스타 면을 꽃피우듯 둘러 펼쳐 넣으며 노아 씨가 말했다. 손재주가 없지는 않을 것처럼 보였는데 의외다. 최소한 칼은 잘 쓰지 않나?

"창의성을 과하게 발휘하려 들어서… 이상한 걸 마구 넣어요."

"아……."

그럴 것 같은 성격이다. 다 된 밥에 재도 막 뿌려 보고.

유현이와 노아가 주방에서 저녁 준비하는 모습을 보고 있자니 먹지 않아도 배부른 기분이 들었다. 애들이 참 잘 컸지. 노아 씨는 내가 키운 건 아니지만 그런 누나 밑에서 정말 잘 컸다. 기특해.

"우리 애들 정말 어디 내놔도 빠지는 곳 하나 없지 않습니까."

유현이는 여전히 김민의로 보이겠지만, 걔도 동생뻘이긴 하니까. 고개를 돌려 줄줄이 꿇어 앉혀져 있는 남자들을 향해 말했다. 동주로타리 길드를 급습한 직후 수상한 움직임을 보인 헌터협회 관련자들이었다. 모두 여섯 명으로 넷은 협회에서 한 자리씩 차지한 분들이시고 다른 둘은 각각 부회장의 비서와 이사진 중 한 명의 측근이다.

노아 씨가 손수 잡아다 준 놈들을 꿇려 놓긴 했는데 보기 좋진 않았다. 인상들도 영 안 좋은 중년 남자들이라.

"왜 대답이 없어요. 입은 안 막아 놓았는데."

"이런 짓을 하고도-."

"당연히 무사하죠. 남 걱정을 다 해 주고, 여유만만하시네."

물론 지금 상황만 놓고 보면 나는 훌륭한 납치범이다. …하필 중년 남자들을 납치하게 되다니. 좀 슬퍼지네.

"당신들이 풀려나서 한유진에게 납치당했다, 협박당했다 열심히 떠들어 봤자 누가 믿어 주겠습니까. 이래 봬도 저는 전 국민이 가엽게 여기는 납치 피해자거든요."

지금의 내 이미지가 그렇다.

"일찍이 부모 여의고 자퇴까지 해 가며 어린 동생 홀로 키워 냈는데 던전이 나타나는 바람에 안전상 동생과 몇 년씩이나 멀어졌다가 겨우 좋은 스킬 얻어서 잘살 수 있게 되었나 싶었더니 누명 쓰고 감옥 갔다가 매국노 뺨치는 새끼들 수작에 납치당하고 경매장에까지 서게 된, 구구절절한 사연 이길 자신 있으신 분? 지금쯤이면 불쌍한 한유진, 트라우마로 광장공포증 생겼지만 극복하기 위해 노력 운운하는 기사도 몇 개 떴을 텐데."

지금 나한테 사람 납치했단 소리 꺼냈다간 또 애먼 사람 누명 씌우려고 지랄이네, 라는 반응이나 돌아오겠지. 확실한 증거라도 있으면 모를까. 하지만 당사자의 증언 외의 증거는 당연히 남겨 두지 않을 것이다. 증언 따위야 그러잖아도 눈총받고 있던 협회인데 이 시점에서 귀담아들어 주기나 하겠냐.

"…약한 척 세상을 속여 먹다니!"

"저 약한 거 맞습니다. 제가 S급쯤 되었더라면 누가 불쌍하게 봐 주겠어요."

비인간적으로 강한 헌터들 사이의 허약한 일반인 포지션이라 이렇게 잘 먹히는 거지. 게다가 속이긴 뭘 속여. 저 길고 긴 스토리의 9할은 진실인데.

그때 석시명이 콧노래라도 부를 듯한 얼굴로 나타났다.

"손님들은 곧 도착할 겁니다."

"수고하셨어요. 별다른 문제는 없겠지요?"

"당연히-."

"석시명 아닌가! 자네 종형과 내가 친구야, 친구!"

무릎 꿇고 있던 남자들 중 하나가 벌떡 일어나며 소리쳤다. 나와 석시명의 시선이 동시에 그를 향했다.

"아는 분이세요?"

"아뇨, 전혀요."

"사촌 형님분 친구시라는데."

"저희 집안은 공적으로는 남남이 모토입니다."

"하얀 씨는요?"

"어린애는 예외죠."

석하얀 씨 나보다 연상인데. 겉으로는 어려 보이긴 하지만. 석시명에게 아는 척했던 남자는 슬금슬금 눈치 보다가 다시 꿇어앉았다. 아는 사람 사촌 형의 친구라니까 조금 미안해지지는 않고, 그 정도면 나와는 완전 남이지.

긴 식탁에 만든 음식을 차리기 시작했다. 그리고 손님들이 도착했다. 수를 맞출 생각은 없었는데 어쩌다 보니 손님도 딱 여섯 명이었다.

"오, 던전 관리본부장님. 언젠가 사고 칠 줄 알았지만 던전을 일부러 터뜨렸다니. 진짜 제대로 해 먹으셨네."

최영준, 손님 중 제일 젊은 그가 박수까지 짝짝 치며 말했다. 던전 관리를 맡겨 놓았더니 돈 되는 던전 뒤로 빼돌린 것으로도 모자라 터뜨려 먹기까지 한 본부장님의 얼굴이 시뻘게졌다. 부끄러운 줄 아는 걸까, 아님 단순히 분한 걸까.

"자세한 이야기는 이미 들었지만, 고의 던전 브레이크라니. 여전히 믿기 힘든 사실입니다."

"제 이득 위해 나라도 팔아먹는 인간이야 어느 시대에든 있었죠."

전 헌터마켓 담당 유오찬과 역시나 전 던전 관리 담당이었던 최은영이 자리에 앉으며 말했다. 그 외의 다른 셋도 모두 전 헌터협회 실무진들이었다.

막 던전 생기고 터지고 난리 났을 때 현장에서 발로 뛰어야 했던 사람들. 물론 여기 여섯이 다가 아니다. 훨씬 더 많았지. 그럴듯한 자리는 죄다 갈아치워졌지만, 아래쪽은 아직 협회에 많이 남아서 고생 중이었다.

"그쪽들도 일어나 앉으시죠. 사형수도 밥은 먹이는 세상인데."

현 협회 사람들 여섯 명과 전 협회 사람들 여섯 명이 나란히 마주 앉았다. 양쪽의 표정은 극과 극이었지만. 분위기 좋네.

"그런데 한유진 씨는 정말로 헌터협회에 관여를 안 하실 겁니까?"

최은영이 물었다. 꽤나 미심쩍어하는 표정이었다.

"저 협회 일까지 참견하면 과로사해요. 이미 어느 정도는 파악하고 계시겠지만 이렇게 직접 움직여야 할 만큼 인력도 달립니다."

"해연 쪽 입장은 다를 텐데요."

그녀가 석시명을 힐끗 쳐다보았다.

"말씀드렸듯이 인력 부족이라 협조받는 것일 뿐입니다. 하지만 협조에 대한 수고비를 약간, 받긴 해야겠지요. 수고비라고 해 봐야 이 자리의 참석 정도입니다만."

"많은 걸 바라지는 않습니다. 기존 MKC의 지분을 해연이 끌어오고 싶을 뿐입니다."

석시명이 기다렸다는 듯이 입을 열었다.

"협회 측에서 거대 길드 간의 균형을 잡겠답시고 연이은 실책으로 주가 팍팍 떨어진 MKC를 감싸고 돌고 있다는 것쯤은 알고 계실 겁니다. 그걸 바로잡고 싶다는 거죠."

"저희가 협회에서 자리 잡는 대신 해연을 밀어 달라, 이 말씀이십니까?"

"그렇게 능력 없지 않습니다, 저희."

석시명이 입꼬리를 느긋하게 올렸다. 그의 시선이 일순 내 옆에 자리한 유현이를 향하였다.

"S급 헌터 세 명. 몬스터 사육 시설과의 깊은 관계. 성장 가능성은 MKC 따위 이미 가뿐하게 넘었습니다. 하니 그저 공평하게 대해 달라는 것이죠."

그거면 충분하다고 자신만만하게 말한다.

"관리 던전과 아이템 우선권의 할당량이 S급 헌터 한 명뿐일 때와 같다니, 정말 말도 안 되는 불합리한 처사 아니겠습니까. 세성에서도 S급 헌터 수가 늘어났으니 대대적인 조정이 필요한 시점이지요."

그런데 현재의 협회 높으신 분들은 들은 척도 안 한다며 혀를 쯧쯧 찼다. 이어 해연이 얼마만큼의 가능성을 품고 있는지, 안전한 던전 관리에 얼마나 큰 도움이 될 것인지 자세하고도 귀에 쏙쏙 들어오도록 설명하였다.

석시명은 이번 기회에 해연을 아예 세성 다음으로, 가능하면 그 이상으로 올려놓을 심산이었다.

S급 헌터 수만 생각한다면 가장 윗줄을 차지할 수 있겠지만 세성의 두 번째 S급 헌터는 입국과 동시에 자신의 팀을 갖추었다. 반면에 해연의 S급들은 유현이를 제외하곤 아직 공략팀이 없으니 실질적으로는 뒤떨어졌다.

기타 다른 분야도 아직은 차이가 꽤 나지만, 헌터 전력만으로는 MKC와 브레이커보단 높게 쳐주셔야지.

"그 부분은 불공평하다는 점 인정합니다. 하지만 이곳에서의 대화는 없었던 것으로 해 두겠습니다."

최은영이 딱 잘라 말했다. 다른 사람들 역시 비슷한 표정이었다. 그래 주시면 오히려 고맙지.

하나 아주 없었던 일이 되어 버리진 않을 것이다. 기억을 지워 버릴 수는 없으니까. 이미 불공평한 문제가 있다, 라는 사실을 인식하였으니 적어도 다른 일들보다 우선시해 처리해 줄 것이 분명했다. 동시에 해연의 급성장이 당연한 일이라는 생각도 심어졌을 것이다. 이건 단순한 사실이긴 하지만, 무심코라도 해연의 던전과 아이템 점유율에 대해 관대해지겠지.

"그럼 저쪽들 정리하기 위한 이야기로 들어가 볼까요."

기껏 차려 준 음식을 먹는 둥 마는 둥 하고 있던 여섯이 내 말에 흠칫 굳었다. 반대편의 여섯이 그들을 칼날 같은 시선으로 노려보았다.

날이 밝기가 무섭게 전국이 또다시 발칵 뒤집혔다.

[고의적인 던전 브레이크!]

던전 쇼크로부터 고작해야 3년이 지났을 뿐이다. 국민의 대다수가 아직 그때의 상처를 기억하고 있다. 동시에 던전 브레이크는 현재 진행형인 재난이기도 하였다.

그것을 고의로 일으켰다는 사실은, 전 국민의 공분을 일으키기에 충분하고도 남았다.

[던전 관리본부장 불법 던전 거래 인정!]
[헌터협회 부회장, A급 던전, 가칭 벌집의 부산물 밀거래에 대해 알고 있었다?]
[이번 '벌집 사태'로 인해 책임을 느낀 헌터협회 이사진 줄줄이 사퇴.]
[던전 관리본부장 긴급 구속, 비워진 자리를 대체하게 된 인재는?]
[헌터협회의 과거와 현재. 물갈이는 왜 이루어졌는가.]
[줄줄이 드러나는 헌터협회의 비리! 달콤한 꿀에 꼬여 든 벌레들.]

뉴스와 신문이 몇 날 며칠을 이번 사태에 대해 혀가 닳도록 떠들어 대었다.

나와의 거래를 받아들였던 사람들은 책임을 통감한다는 사과문과 함께 욕 덜 먹고 무난히 물러났다. 하지만 끝까지 발버둥 치다가 덜미 잡힌 여섯 명을 비롯한 그와 엮인 인간들은 줄줄이 구속당했다.

초유의 사태이니만큼 아직 관련 법 규정은 없었지만, 국가 전복에 준하는 죄로 처벌될 가능성이 크다고 하였다. 이번에야 운이 좋았기에 망정이지 자칫했다간 인명 피해도 커졌을 테니 사형선고도 모자라지 않을 것이다.

'새로 들어간 사람들은 문제 안 일으켰으면 좋겠는데.'

나와 거래한 계약서들이 남았으니 만약의 사태 때 갈기는 쉽겠지만, 그럴 일 없길 바란다. 길게도 말고 한 5년만 썩지 말고 버텨 줘.

일단 기초적인 물갈이는 했으니 이대로 각성자 관리실과 협회의 어긋난 관계도 고치고 싶은데. 이것까지 내가 나서야 하나. 어떻게 알아서 잘 안 되나. 하지만 송태원을 뒤처리 담당으로 남겨 놓기엔 너무 아까웠다.

그의 실력을 잠깐이나마 경험해 보았기에 더더욱 아쉬웠다. 특히 약탈 스킬 성장시키면 장난 아닐 텐데. 범위만 좀 늘어나도 일대일 전투에서는 적수가 거의 없을 것이다.

제대로 장비 갖추고, 제대로 자신을 성장시킬 환경이 주어진다면.

물론 송태원은 내켜 하지 않겠지만. 키워드 적용 시도라도 해 볼까.

"코메트! 또 안경 가져갔어!"

- 끼잇!

최근 들어서는 낮에도 종종 깨어 있곤 하는 코메트가 내 안경을 움켜쥐고 파르륵 날아올랐다. 얼른 손을 뻗어 보았지만 허공만 스쳤다. 어디로 날아간 거야, 잘 안 보여.

- 삐약!

"윽, 삐약아. 발 근처로 오지 마! 악, 테이블!"
"조심해, 형."
어느새 다가온 유현이가 안경을 되찾아 주었다. 동생의 손에 잡힌 코메트가 불만스럽게 파닥거린다. 안경 은근 불편하단 말이야. 렌즈를 낄까.
"눈은 대체 언제 원래대로 돌아가는 거야?"
"푹 쉬면 곧?"
내 말에 동생이 눈살을 찌푸렸다. 그래도 어제는 별일 안 하고 쉬었는데. 하지만 오늘은 나가 봐야 한다. 리에트가 던전 공략 끝내고 나왔다는 연락을 받았기 때문이었다.

6장 용남매

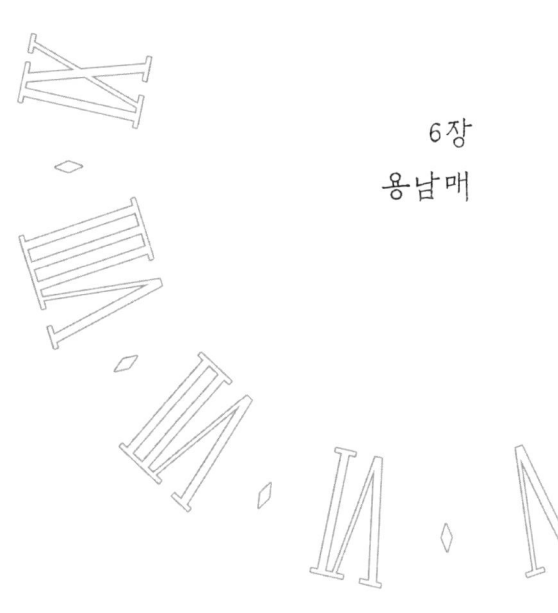

6장
용남매

　리에트를 만나기 위해 집을 나서기 전에 습관적으로 일본의 헌터 관련 정보 사이트에 들어갔다.
　'스태미너 포션 재료 던전, 공략 시작했군.'
　패륜아들은 약속대로 일찍 던전이 나타나게 해 주었다. 그리고 일본 쪽에서 며칠 전 던전이 낙찰되고 바로 오늘 공략에 들어갔다.
　A급 숲 위주인 2층짜리 던전. 가치는 그냥저냥 평범한 정도였다. 1층 중앙 숲을 이룬 나무의 뿌리열매가 스태미너 포션의 재료가 된다는 사실이 밝혀지기 전까지는 말이다.
　'뿌리열매까지는 살펴보지 않아서 발견이 늦어졌지.'
　그러니 일단 공략하게 내버려둔 다음에 던전 권리를 사들일 계획이었다. 드디어 스태미너 포션을 만들게 되면, 애들 훈련시키기 쉬워지겠군. 물론 포션만 믿고 너무 무리하면 안 되지만.
　"예림이랑 피스는 잘하고 있을까. 역시 너 먼저 나온 건 너무했다."

"안 나왔으면. 형 혼자 또 무슨 꼴이 되어 있으려고."

"무슨 꼴이라니, 그럭저럭 멀쩡한데."

유현이가 부루퉁한 얼굴을 하더니 안경을 확 빼앗아 버렸다. 코메트에 이어 너까지!

"야, 나 글 잘 안 보여!"

"멀쩡하다며."

"살다 보면 눈 좀 나빠질 수도 있는 거고. 안경 쓰는 사람 수두룩하거든? 내놔!"

파직.

무언가 부서지는 소리가 들려왔다. 설마, 동생 놈이.

"미안. 실수로 부숴 버렸네."

"…실수는 개뿔이."

"원래 안경 같은 건 잘 부서져."

동생 놈이 뻔뻔하게 말했다.

"나가야 하는데 불편하잖아!"

"내가 도와줄게."

"됐거든."

병 주고 약 주냐. 멀리 있는 건 잘 안 보여도 가까이 있는 사물까지 분간 못 할 정도는 아니다. 이번엔 렌즈로 할까. 공격당할 시에 렌즈와 안경 중에 뭐가 더 위험하지. 눈 안에 들어가 있는 게 더 위험하려나?

"화났어?"

유현이가 내 뒤를 졸졸 쫓아오며 말했다. 얼씨구, 다 큰 놈이 어릴 때처럼 굴어 봤자 귀엽겠냐. 물론 귀엽다. 눈에 뵈는 게 없다 보니 더더욱 옛날 생각이 나는구나. 손도 작고 발도 작고 눈은 동그라니 크고. 내 동생이라서가 아니라 객관적으로 봐도 정말 귀여웠다.

"안 났어. 그래도 또 부수진 마라."

그때 전화벨이 울렸다. 내 휴대폰 어딨냐. 테이블에 놔뒀던 거 같은데.
"여기."
유현이가 내 손에 폰을 쥐여 주었다. 저장되지 않은 번호인데, 누구지. 전화를 받자 낯선 목소리가 들려왔다.

[한유진 씨 맞으십니까?]

"예. 맞습니다만, 누구십니까?"
이쪽 번호를 아는 사람은 몇 없는데. 전화를 건 사람은 다름 아닌 각성자 관리실 쪽의 헌터였다.

[리에트 헌터가 과하게 흥분 상태입니다.]

"리에트 씨가요?"
현재 송태원은 헌터협회가 뒤집어진 것 때문에 자리를 비운 상태일뿐더러 S급 헌터 대상이니만큼 가능한 조용한 처리를 위해 내게 연락하였다 말했다. 저번 호수 던전에서 내가 리에트를 달랜 것을 알고 있는 모양이었다.

[꼭 좀 부탁드리겠습니다. 무력으로 막는다면 피해가 커질 가능성이 큽니다.]

"아, 예. 바로 가겠습니다."
성현세와 붙었을 때를 생각하면 민폐도 그런 민폐가 없다. 전화를 끊는 나를 유현이가 못마땅하게 바라보았다.

"왜 또 형이 나서?"

"그렇다고 다른 S급 헌터를 보낼 수는 없잖아. 심지어 너도 성현제도 대외적으론 아직 던전 공략 중이고."

김성한은 방어계에 S급으로 성장한 지 얼마 되지 않아 역부족일 테고, 문현아와 최석원, 박민규도 리에트를 상대하긴 힘들지 싶었다. 일단 독 때문에라도 내가 가는 편이 낫다.

"공포 저항 등급도 낮아진 상태면서."

"뭐, 대충 버틸 만은 할걸."

리에트는 저주독룡종이라 스킬 효과가 두 배니. 그래도 A급이 채 못 되려나. 송태원 씨, 진짜 다시는 공포 저항만큼은 건드리지 말아 주십쇼. 그렇다고 다른 거 낮춰 달라는 건 아니고.

유현이의 투덜거림 속에서 집을 나섰다. 물론 노아 씨에게 연락하는 것도 잊지 않았다. 혹시 모르니 노아를 집에 들여놓고 가는 게 좋겠지.

"유진 씨."

연락을 받고 곧장 이쪽으로 넘어온 노아에게 상황을 설명했다.

"그러니 집에 들어가 계세요."

"잠깐만, 형."

동생 놈이 또 뭐가 못마땅한 건지 끼어들었다.

"내가 여기 있을 때는 그렇다 쳐도 없을 땐 안 돼. 형은 이미 공격당한 적이 있잖아. 외부로부터 도움 청하기 힘든 집 안은 위험해."

유현이의 말에 노아가 풀이 죽었다. 최근에는 내게 조금도 적의를 보이지 않는 노아지만 전적이 있으니 유현이가 걱정하는 것도 무리는 아니다.

"하지만 너도 봤잖아. 노아 씨가 얼마나 좋은 사람인데. 우리 일도 많이 도와줬고."

그런데 리에트가 머무는 동안만 피난처 제공해 달라는 별거 아닌 부탁을 저버릴 수는 없지. 사람의 도리가 아니다.

"…그럼 해연에 있는 집으로 가도 되지 않나. 거기도 안전해."

"아, 그렇지."

기숙사까지는 숨어들어 온 리에트였지만 미니포털이 있는 유현이 집에는 침입 불가능할 것이다. 거기에 역시 나보다는 유현이가 더 든든하지.

그리고 무엇보다도, 둘이 같이 지내게 되면 좀 더 친해지지 않을까. 안 그래도 동생 놈 집이 영 썰렁해서 신경 쓰였는데 토래의 동거인이 생기면 활기가 돌 것이다.

"노아 씨, 어때요? 제 동생 집 넓고 좋아요. 안전이야 말할 것도 없고요."

이왕이면 둘이 계속 같이 살았으면 좋겠다. 내 소망을 담은 눈길에 노아 씨가 머뭇거리다가 천천히 고개를 저었다.

"한유현 헌터에게까지 폐를 끼치고 싶진 않습니다. 계속 누님을 피할 수도 없으니 며칠 정도면 괜찮아요."

아쉬운 대답이었지만 노아의 말대로 리에트를 영원히 피할 수는 없다. 언젠가는 제대로 맞부딪쳐야만 하겠지. 만약에 노아 씨가 계속해서 도망치고 싶다면 도와줄 생각은 있지만, 그래도 그보다는 두 사람의 관계를 확실하게 정리하는 편이 훨씬 나을 터다.

상태 안 좋은 리에트와 함께 돌아올 수도 있으니 집에 들어가 있으라며 미니포털을 작동시켜 주자, 노아가 이번에도 거절을 표했다.

"저도 갈게요."

"…괜찮으시겠어요?"

걱정스러워하는 물음에 노아가 고개를 끄덕였다.

"네. 혹시 모르니까요. 전 회복에 보조 스킬이 있으니 도움이 될 겁니다."

"그것 때문이라면 괜찮아요. 다른 헌터들도 와 있을걸요?"

"누님께서 싸우고자 마음먹는다면 가장 먼저 힐러와 보조계부터 처리할 거예요."

기본적인 전술이긴 하지만 던전 안도 아닌데 그 정도로 과격하게 나올까.

하지만 노아 씨의 표정은 진지했다. 그래, 리에트라면 그럴 수도 있어. 소속 길드도 없는 프리니까 더더욱 일 치기 쉽겠지.

"버티기 힘들겠다 싶으면 언제든지 바로 자리를 피하세요. 전 진짜 별문제 없을 테니까요."

"네."

안경을 새로 사는 대신 유현이에게 선생님 스킬 걸고 곧장 리에트가 공략한 던전으로 향했다. 바리케이드가 쳐지고 짙은 긴장감이 돌고 있었지만 아직 주위는 멀쩡했다. 부서진 건물도 없고 던전 시설도 문만 박살 났고.

이 정도면 얌전한데.

하지만 팔짱을 낀 채 버티고 서 있는 리에트를 보자마자 등골을 따라 소름이 쭉 타고 올랐다. 여름이건만 공기가 서늘하게 느껴질 정도로 살벌하다. 내 옆의 노아는 완전히 굳어 버렸다. 마른침 삼키는 소리가 유독 크게 들려왔다. 유현이가 우리를 보호하듯 앞으로 나섰다.

"안녕, 자기야."

가느다란 동공의 황금색 눈이 웃음기를 띠었다. 분명 웃고 있는데도 오싹하다. 그래도 이대로 둘 순 없으니 억지로 태연한 척 굴며 입을 열었다.

"뭐가 문제라서 시위야? 같이 들어간 헌터들은?"

"언젠간 나올 거야. 저어엉말 짜증 나는 두 놈 빼곤 살아 있을걸, 아마."

리에트의 입술 사이로 독사 같은 송곳니가 슬쩍 드러났다. 짜증 나는 두 놈이라. 그놈들 때문에 이 사태가 벌어진 모양이로군. 분명 협회의 헌터였지. 던전 안에서 S급 헌터의 신경을 거슬리게 만들다니, 간도 크다. 그놈들도 공포 저항 S급 정도는 달고 있었나?

"던전에서 불운한 사고로 죽었으면 됐잖아. 그만 진정하고, 나한테 맡길 몬스터나 보여 줘."

"응, 자기야. 던전 관리본부장이라는 새끼 족치고 나면."

…그놈이 보낸 끄나풀이었나 보군. 어떤 식으로 귀찮게 했을지 조금쯤 짐작이 간다. S급 프리 헌터가 무척이나 탐이 났겠지. 그래도 서툴게 집적거리다니, 얌전한 송태원 씨 때문에 S급 무서운 줄 모르게 되었나.

"그 인간 이미 구속당했다. 평생 바깥 공기 마실 일 없을걸?"

"바깥이고 안이고 공기 아까운 건 마찬가진데~ 그냥 잠깐 내 앞에 끌어다 놓아 주면 화풀이하고 끝낼게."

"나도 그러고 싶다만 지금 한창 이슈라 안 돼. 나중에 몰래 들어가서 패잡는 건 모르는 척해 줄 수 있어."

연이은 거절에 기분 상했는지 리에트의 눈썹이 꿈틀 움직였다. 나와 노아가 동시에 서로 몸을 바싹 붙였다. 시발, 멍청한 새끼들이 대체 리에트한테 무슨 짓을 한 거야. 범죄 저지르고 공략 돕는 신세라고 갑질이라도 했나. 설마 성별 가지고 허튼소리 한 건 아니겠지.

"…화 많이 나 보여요?"

내 속삭임에 노아 씨가 떨리는 목소리로 작게 대답했다.

"반반이요. 보스 몬스터가 너무 쉬워서 더 열받은 걸 수도 있어요."

"노아 씨는 괜찮아요?"

"네에… 저한테 화난 건 아니니까요."

하긴 호수 던전에서는 덤벼들기도 했었지. 그땐 리에트의 기분이 좋은 상태였지만.

"아, 짜증 나-."

가벼운 투덜거림 직후.

카캉-!

검과 검이 부딪쳤다. 리에트가 유현이에게 덤벼든 것이었다. 자신의 공격에 밀리지 않는 한유현, 김민의의 모습에 리에트의 얼굴 위로 유쾌함이 어렸다.

"혹시나 했는데, 진짜 보통이 아니네? 누구지? 처음 보는 얼굴인데!"

송태원과 달리 리에트는 유현이를 알아보지 못했다. 하긴 제대로 길게 만난 적이 없었으니까. 검을 비틀어 리에트를 흘리듯 밀어내며 유현이가 무뚝뚝하게 입을 열었다.

"이쯤 하시죠."

"이름이 뭐야? 몇 살? 나름 귀엽게 생겼네."

리에트의 눈이 호기심으로 빛났다. 김민의를 위해서라도 저대로 내버려 두면 안 되겠지. 내 동생 건드리는 건 더더욱 안 되고.

"적당히 해! 여기서 또 사고 치면 몬스터 안 맡아 준다."

"어머나, 자기야. 질투하지 마."

뭔 질투.

"지금 상태론 자기를 머리부터 발끝까지 통째로 잡아먹어도 모자라니까 좀 참아~. 나중에 실컷 귀여워해 줄게. 아님 조금 거칠어도 괜찮아?"

애들 듣는데 적당히 해라. 심지어 친동생들이잖아. 노아 씨 귀라도 막아 줘야 하나 싶은데 유현이가 거칠게 검을 휘둘렀다. 귀를 찢는 파공음과 함께 몸을 비틀어 피한 리에트의 뒤로 던전 건물의 일부가 두부처럼 싹둑 잘려 나간다.

"손댈 생각 하지 마."

유현이가 으르렁거리듯 말하고 리에트의 눈이 동그랗게 커졌다.

"오오, 둘이 사귀는 거였어? 자기가 질투해 주는 줄 알고 기뻤는데 아쉽다. 내가 아니었구나. 그래도 이런 관계도 괜찮아! 재밌어!"

"야!"

여과 없는 미친 소리에 뒷골이 아파 왔다. 이런 관계는 무슨 얼어 죽을 이런 관계야. 아무 관계도 없다! 쟤 내 동생이라고!

"못 알아들은 거야! 애들 앞에서 이상한 소리 좀 작작 해라!"

"엥? 진짜? 보기보다 더 어린애였나 보네."

커다란 웃음소리와 함께 리에트가 두 팔을 날개처럼 펼쳤다. 그녀의 손에 길고 짧은 두 개의 검이 들렸다. 번뜩거리는 눈빛이, 아무래도 제대로 한판 할 생각인 모양이었다.

짜증은 핑계고 그냥 덜 풀린 몸을 마저 움직이고 싶은 거 아니냐, 저거.

"뒷감당 어떻게 하려고!"

"자기도 참."

스물, 리에트의 몸으로부터 독기가 스며 나온다. 이런 미친.

"내가 그런 거 신경 쓸 거 같아?"

아니요. 이 정도 사고 좀 쳐도 민간인 피해 없으면 넘어가 주는 게 S급이고 그런 이점을 누구보다 잘 이용해 왔을 리에트다. 자제심 같은 거 초저녁에 엿 바꿔 먹었겠지.

"다들 피해, 아니 내 쪽으로 와요!"

다행히 바리케이드 범위가 넓어 그 밖으로까진 피해가 가지 않겠지만 주위에 몇 명의 헌터가 있었다. 머뭇거리는 사이 옅은 안개처럼 독기가 흘러넘치고 사람들이 풀썩풀썩 쓰러진다. 유현이가 가볍게 화기를 둘러 독을 태우는 것을 확인하고 쓰러진 사람들에게로 달려갔다. 한데 모아야 독 저항 적용하기가 편한데.

"노아 씨, 좀 도와주세요!"

하지만 내 외침보다 빠르게, 유현이가 독기를 피해 멀어진 사이 리에트가 노아의 앞에 다다랐다. 뱀 앞의 쥐처럼 굳은 동생을 향해 누나가 활짝 미소 짓는다.

"우리 페블은, 좀 귀찮지. 잠깐 잠들어 있을래?"

노아가 뒷걸음질 쳤다. 나라도 끼어들어야 하나 싶은 그때.

끼이이익-!

바퀴가 요란하게 바닥을 긁는 소리와 함께.

"노아 씨!"

톤 높은 목소리가 들려왔다. 육중한 바이크가 리에트를 향해 날아들고 검이 번뜩였다. 바이크가 두 동강 나기 직전, 재빠르게 뛰어내린 강소영이 노아의 팔을 잡고 뒤로 홱 끌어당겼다.

"괜찮으세요?"

"…네?"

"소식 듣고 걱정돼서 왔어요. 저분이 노아 씨 누나분이신 모양이네요."

강소영이 흐트러진 머리칼을 쓸어 올리며 리에트를 바라보았다. 물러섬 없는 시선에 리에트가 와아, 하고 박수를 짝 쳤다.

"귀여운 아가씨네?"

"안녕하세요, 리에트 씨. 저는 강소영입니다. 노아 씨 한국 팬클럽 회원 1번이에요!"

…팬클럽은 또 언제 생겼대.

상급 헌터는 보통 외모가 뛰어나다. 그중에서도 S급 헌터는 연예인 뺨치는 수준이고, 돈도 잘 벌고, 비인간적으로 강한 데다가 세상을 던전 브레이크의 위협으로부터 지켜 주고 있다.

그런 사람들이 당연하게도 인기가 없을 리 없었다. 심지어 국민의 불안감을 덜어 주기 위해 이미지 관리도 철저하게 이루어지고 있었다.

그러니까 팬 같은 것도 많다는 소리, 회귀 전에도 듣긴 했는데.

'강소영이 개인적으로 만든 건가?'

노아는 아직 노출도 별로 없고 정식으로 한국 헌터가 된 것도 아니니. 그래도 용으로 변할 수 있다는 걸로 상당한 화제가 되었던 모양이지만.

'유현이도 팬클럽 같은 거 있겠지.'

좀 궁금하다. 회귀 전 헌터 방송에선 한국에서 제일 인기 많은 헌터가 재수 없지만 성현제라고 했는데. 정확히는 세계구급이었지, 그 인간. 이러니저러니 해도 랭킹전 1위 붙박이라는 것만으로도 충분히 매력적이었으니. 사람들은 대부분 1위를 좋아하고 기억하기 마련이다.

음, 역시 재수 없어. 그래도 그 인간 실종된 후에는 당연히 유현이가 1위였다. …이건 또 이거 나름대로 기분 나쁘네. 성현제가 사라지지 않았어도 1위 차지할 수 있었을 거라고, 아무렴.

화르륵-.

불길이 공기 중의 독기를 태워 없애며 유현이가 독에 당한 마지막 헌터를 내 앞으로 끌어다 놓았다. 도와준 건 고마운데.

"노아 씨한테 가 봐야 하는 거 아니냐."

"누나라며. 알아서 하겠지."

"야, 노아 씨 걱정도 좀 해 줘라. 저쪽으로 고개 돌려 봐. 안 보여."

내 안경 역할 해 주기로 해 놓고선 나만 쳐다보면 어쩌라는 거냐.

"별일 없어. 안 봐도 돼."

입술에 침이라도 바르고 거짓말해라. 손을 뻗어 동생 놈 얼굴을 잡고 고개를 돌리게 했다. 순순히 시선이 움직이고 대치 중인 셋의 모습이 뚜렷하게 보였다.

마왕처럼 버티고 선 리에트와 조금도 기죽지 않고 전의를 불태우는 강소영. 그리고 셋 중에서 제일 반짝거리는 노아. 오늘 볕이 좋네.

"스위티, S급?"

"A급입니다!"

"그런데도 조금도 위축되질 않네?"

"스킬 특성상 용종에 한해 위압감을 느끼지 않습니다. 리에트 씨도 역시 용종에 가까우신 모양이로군요."

그랬군. 노아 씨 상대로 너무 거리낌 없어서 용종 대상 공포 무효화나 친근감을 가지는 스킬 효과가 있지 않을까 싶긴 했었다.

강소영의 대답에 리에트의 눈매가 둥글게 휘어졌다. 그러잖아도 느끼고 있던 호기심이 더욱 강해진 기색이다.

"두렵지 않다고 해서 실질적인 위험까지 사라지는 건 아니지. 좀 더 신중하게 행동하는 편이 어때, 아가씨."

"맞는 말이야."

유현이가 다시 나를 돌아보며 말했다. 아니, 나도 알고 있다만.

"…강소영 씨는, 피해 계세요."

노아의 목소리였다. 잘 안 보여, 고개 좀 돌려라.

"도와주신 건 감사하지만, 위험합니다."

"걱정 마세요."

강소영이 자신만만하게 외쳤다.

"제가 노아 씨를 타면 되니까요!"

"…예?"

"용종을 탑승 시 둘의 스탯을 합쳐서 쓸 수 있거든요. 서로 잘 맞으면 최대 백 퍼센트까지 가능해요! 그럼 스탯만으론 웬만한 S급 이상이 되는 거죠."

강소영이 두 눈을 빛내며 노아를 바라보았다. 드래곤 라이더 스킬의 효과가 스탯 통합이었구나. 강소영은 A급이지만 노아는 S급이니 확실히 스탯은 리에트를 능가할 수 있을 것이다. 코메트도 스탯 S급까지 성장 가능하니 진짜 웬만한 S급 헌터 뺨치게 되겠는걸.

"그러니 절 태워 주세요!"

흥분과 기대 어린 목소리가 소리쳤다. …노아를 도와주러 온 게 아니라, 이번 기회에 타 보려고 온 거 아닐까. 어쨌든 드래곤 라이더 스킬을 쓰면 둘이서 리에트를 상대할 수 있겠지만.

"스위티, 그럼 그거 나한테도 적용되겠네?"

노아가 대답하기 전 리에트가 먼저 나섰다. 노아가 긴장하고 강소영이 리에트를 향해 고개를 스윽 기울였다.

"용종이시니까, 아마도요."

"내가 태워 줄까?"

"네?"

어느새 강소영의 앞으로 바싹 다가선 리에트가 그녀를 내려다보며 양 입술 끝을 부드럽게 올렸다. 검은 비늘이 투둑 돋아난 손이 강소영의 눈앞에서 우아하게 흔들렸다.

"어때? 보고 싶지 않니? 내 전용화."

"거, 검은색 비늘이시네요. 그럴 거 같았지만요."

강소영이 반쯤 수화한 손에서 시선을 떼지 못하며 마른침을 꼴깍 삼켰다. 아니, 저거 저거.

"야, 강소영 씨 빼내야 하는 거 아니냐. 계속 보고만 있을 거야?"

"공격할 생각 없어 보이는데, 뭐 하러."

유현이가 냉정하게 대답했다.

"그래도 도와줘야지. 친하지 않아?"

"안 친해. 마주친 적도 별로 없었는데?"

동생 놈이 무슨 소리 하냐는 듯 말했다. 아니, 그래도 나중에는 친해질 수도 있는 거고. 이럴 때 점수 좀 따 두면 좋잖아.

"…노아 씨와, 비슷하신가요?"

노아와 리에트를 번갈아 바라보며 번민하던 강소영이 조심스럽게 물었다. 그녀의 물음에 리에트가 더욱 크게, 소리 없이 웃었다.

"많~이 달라."

"어떤, 어떤 모습이신데요?"

"말보단 역시 실물이지."

탓, 가벼운 발소리와 함께 리에트가 뒤로 훌쩍 뛰어 물러났다. 야, 잠깐만.

"여기선 안 돼!"

"걱정 마, 자기야. 크기 줄일게!"

아니, 줄여 봤자. 웬만한 남자도 올려다봐야 할 장신의 몸이 변화하기 시작했다. 검은 덩어리가 순식간에 부풀어 오르고 머리와 꼬리, 네 다리가 나타난다. 차르르- 전신을 뒤덮는 검붉은 비늘에 이어 무시무시한 가시들이 까득까득 제 존재감을 뽐내며 솟아올랐다.

예전에 봤을 때보다는 확실히 작다. 하나 절반 이상 작아진 그 몸체도 대형 트럭만 하였다.

흉포함이라는 단어를 형상화해 놓은 듯한 검은 드래곤이 머리를 치켜들었다.

콰앙-!

가볍게 흔들린 꼬리 끝에 던전 건물의 일부가 박살 났다. 원래 덩치였다면 일부가 아니라 전체가 짓밟혀 그렇잖아도 뒤집어지는 중인 헌터협회에게 무거운 짐 하나를 더 얹어 놓았겠지. 지금도 이미 얹고 있는 중이지만.

- 어때? 스위티.

황금색 눈이 장난스럽게 윙크했다. 보는 사람 입장에서는 살 떨리는 눈짓이었다. 그 앞에 선 강소영이 몸을 부르르 떨었다. 겁에 질린 건 아닌 듯했다. 그도 그럴 게 표정이 완전…….

"언니, 사랑해요!"

맛이 갔다.

"완벽해요! 아름다워요! 최고예요!"

응, 정말로 완벽하게 넘어갔네, 갔어. 당장이라도 팬클럽 옮겨 갈 기세의 강소영 뒤에서 노아는 누님이 대단하긴 하지, 하는 반쯤 해탈한 얼굴을 하고 있었다. 뭐랄까, 이 비슷한 일 많이 겪어 본 것 같은 반응이다.

"다리, 저 거대한 네 다리! 두껍고 튼튼해! 발톱도 진짜 살벌하고 크고 날카롭고! 가시는 정말로 더할 나위 없이 완벽하고 멋져요! 세상에, 등선을 따라… 저게 다 몇 개야. 꼬리 끝까지 이어지는 균형감이란! 심지어 목까지 굵다니, 너무 아름다우세요! 환상적이에요!"

환상적으로 사악하게 생긴 용이 흐흐흐 흐뭇하게 웃었다. 강소영 씨도 참, 저런 걸 보고 눈에 콩깍지가 씌었다고 하는 거겠지.

- 우리 소영이, 언니한테 타 볼래?

"네, 네! 타 보고 싶어요!"
크게 고개를 끄덕거리는 강소영의 모습에 정신이 퍼뜩 들었다. 잠깐만, 저러면 안 되는 거 아닌가.
"소영 씨, 기다려요!"
드래곤 라이더 스킬은 기승수와 탑승자의 스탯을 더해 준다고 했다. 그러잖아도 강한 리에트에게 A급 전투계인 강소영의 스탯이 더해지면 감당 안 된다.
강소영이 스킬을 안 쓰면 그만이긴 하지만, 지금 저 아가씨 완전 홀렸다고. 넋이 나갔어. 리에트의 말 한마디에 네, 언니 하고 아무 생각 없이 스킬 쓸 판이다.
"저거, 스킬, 스탯!"
허둥지둥 뛰쳐나가려다 아직 깨어나지 못한 사람 몸에 발이 걸렸다. 넘어지는 나를 유현이가 잡아 들고는 땅을 박찼다. 순식간에 노아 곁까지 도착했지만, 강소영은 이미 리에트의 등 위로 올라선 뒤였다.
"진정하세요, 소영 씨! 지금 라이더 스킬 쓰는 건 불난 데 기름 끼얹는 꼴입니다!"
공격 스킬 두 배 받고 유현이와 성현제가 정신줄 잠깐 놓았던 거 생각하면 진짜 위험한 상황이다. 강소영의 스탯이 더해지는 게 그 정도는 아니겠지만, 합이 잘 안 맞아서 백 퍼센트 더해지진 않을 수도 있겠지만.
그러잖아도 싸우고 싶어 안달 난 리에트에게 아주 좋은 버프 들어가면 날뛰기 시작하는 것이야 당연한 수순이겠지.

"하지만 두 번 다신 안 올지도 모르는 기회잖아요!"

강소영이 흥분으로 가득 찬 얼굴로 말했다.

"SS급 스킬을 가지고서도, 제대로 한번 못 써 봤는데! 게다가 이렇게나, 이렇게나 강하고 아름다운 드래곤이라고요오!"

마치 평생을 바라고 또 바라던 소원이 이루어지기 직전인 표정과 외침이었다. 그 모습을 보자 말리는 건 진짜 글러 먹었구나 싶어졌다.

"노아 헌터, 형을 부탁합니다."

유현이가 나직이 말하곤 용의 등에 탄 강소영을 향해 뛰어올랐다. 하나 리에트의 움직임이 그보다 더 빨랐다.

카가각, 용의 발톱이 땅을 긁고 홱액 크게 돌아간 몸뚱이가 전신의 힘을 실어 꼬리를 휘둘렀다. 거대한 덩치에서 비롯된 파워가 더해진 꼬리치기를 맞받아치는 건 제아무리 S급 헌터라 해도 무리였다.

한유현은 덮쳐드는 꼬리의 힘을 거부하지 않고 돋은 가시 위에 올라서듯 하여 밀려났다. 그대로 빙글 몸을 틀어 다시 땅으로 내려선다. 그사이 노아가 용으로 변해 나를 태우고 날아올랐다.

- 죄송해요, 저희 누님께서…….

"아뇨, 노아 씨가 무슨 죄겠어요. 오히려 그동안 정말 고생 많으셨겠다 싶어지는걸요."

저런 사고 한두 번 쳤겠냐. 리에트라면 각성 전에도 틀림없이 별별 일 다 벌이고 다녔을 거다.

- 제가 좀 더 강소영 씨 마음에 들었어야 했는데…….

"소영 씨 취향이 특이한 거지 객관적으로 노아 씨가 훨씬 더 멋져요! 길가는 사람 붙잡고 물어보면 열에 아홉은 노아 씨를 선택할걸요."

솔직히 노아 씨가 훨씬 더 예쁘잖아. 반짝거리는 황금빛 용이다. 유선형으로 늘씬한 몸체에 매끄럽게 반지르르한 비늘. 작은 머리에 크고 동그란 연회색 눈까지.

"저는 누가 뭐라 해도 노아 씨 편입니다. 리에트 열 명과도 안 바꿔요."

리에트가 열 명이면 세상 망할 일이지.

"사람들부터 안전한 곳으로 옮겨 줘! 리에트! 사람은 해치지 마!"

유현이가 나를 한번 올려다보곤 정신 잃은 사람들 쪽으로 이동했다.

― 스위티, 이거 좋다!

결국 라이더 스킬 적용되었는지 리에트가 신나 하며 외쳤다. 붕붕 휘둘린 꼬리에 남은 던전 건물이 와르르 무너져 내린다.

"그쵸, 언니. 진짜 좋죠?"

― 응! 독 스킬 쓰면 너한테 피해 가니?

"라이더 스킬 적용한 드래곤의 공격 스킬은 안 통해요!"

― 어머, 깜찍도 해라!

끔찍이다.

"독 스킬만큼은 쓰지 마!"

주위 대피는 잘되었을까. 일해라, 협회. 바쁘겠지만.

'그나저나 저걸 어떻게 말린담.'

강소영의 스탯이 얼마나 더해졌는지는 모르겠지만 반응을 보아 적용 퍼센트가 상당히 높은 듯했다. 그럼 유현이 혼자 상대하기는 힘들다. 공격 스킬 효과 두 배 공유는 아직 못 하고, 리에트한테 선생님 스킬이라도 적용해 봐야 하나.

'그 전에 본격적으로 싸움 붙으면 피해가 클 텐데.'

성현제한테 연락해서 댁네 헌터가 난동 부리는 중이니 챙겨 가라고 해 볼까. 하지만 그 인간이라고 해서 주위 피해 없이 저 환장할 한 쌍을 막아 낼 순 없을 것이다.

- 가자, 스위티!

"언니, 달려요!"
"가긴 어딜 가!"
"드라이브요!"

도로 다 부서질 겁니다만. 유현이가 사람들 구조하느라 시선 방향이 틀어져 노아에게도 선생님 스킬을 썼다. 강소영을 태운 검은 용이 쿵쿵 땅을 울린다. 진짜 어딜 가려고!

"진정- 쿨럭, 쿨럭."

망할, 소리쳐 대는 것도 힘들다. 가장 크게 상태가 나빠진 건 시력이긴 하지만, 전체적으로 아직 정상은 아니라. 목 축일 겸 마나 포션을 마시는데 노아가 약간 우물거리며 말했다.

- 누님을 막을 방법이, 하나 있긴 합니다.

"정말요? 뭡니까?"

- 그게…….

노아가 방법을 말해 주고 나는 얼른 전화를 걸었다. 당장에라도 뛰쳐나가려는 용과 라이더를 유현이와 노아가 어떻게든 관심을 돌려 발을 붙잡는 사이, 차 한 대가 도착했다. 차에서 내려선 사람은 다름 아닌 송태원이었다.

"리에트 헌터."

송태원이 세상 살기 피곤한 표정으로 손에 든 것을 치켜들어 보였다.

- 쉿쉿!

화려하게 반짝거리는 작은 보석뱀이 커다란 손에 붙잡힌 채 바동거렸다. 그것을 본 리에트가 움직임을 멈추었다.

- 벨라레!

"…지금 즉시 난동 부리는 것을 멈추고 인간의 모습으로 돌아오십시오."

검은 용이 고개를 들어 황금색 용을 노려보았다. 누나의 애완 마수의 소재를 털어놓아 버린 노아가 두 날개 끝을 한차례 부르르 떨었다.

- 공무원 씨, 남의 애로 협박하는 건 너무 치사하지 않아? 명색이 공무원인데!

"상식적인 행동을 하시길 바라는 권유입니다."

마수를 볼모로 잡고 있는 건 사실이지만 도시를 부수는 걸 그만둬 주세요가 협박이라는 건 억울하지. 리에트가 으르렁 목을 울리고 그에 반응하듯 보석뱀이 송태원의 손에 이빨을 세웠다. 독을 지니고 있는지 반짝거리는 액이 송곳니에서 튀었지만, 검은 그림자가 무효화시켜 버린다. 조그만 뱀이 분하다는 듯 쉭쉭대며 몸을 배배 꼬았다.

주인 닮았나, 성격이 강해 보이네.

"…저기, 이거 길드에 보고 들어가나요?"

강소영이 술김에 신나게 밟다가 음주 운전 단속에 걸린 사람처럼 슬그머니 리에트로부터 내려서며 말했다. 그래도 자기가 너무 나갔다는 자각은 있는 모양이다.

"예."

"어, 아직 별일 안 친 거 같은데도요?"

송태원의 시선이 반파된 던전 건물과 지진이라도 난 듯한 바닥을 차례로 훑었다. 포장도로도 보도블록도, 원래의 흔적을 찾아볼 길이 없다.

그 조용하고도 단호한 눈길에 강소영이 울상을 지었다. 주 원인은 리에트지만 전용화는 강소영의 책임도 있긴 하지.

"송 실장니이임, 이번 한 번만 봐주시면 안 돼요? 이번 달 과속 딱지가 벌써 많이 쌓여서 여기서 더 마이너스되면 장비 경매권 못 받을지도 모르는데! 우리 코메트 장비 마련해야 하는데요!"

"안 됩니다."

송태원이 딱 잘라 말했다. 그 태도에서 송태원의 중요성이 새삼 강하게 느껴졌다. 저 사람 아니면 누가 A급 전투 헌터에게 엄격히 법을 들이밀겠냐. A급까진 그렇다 쳐도 S급 헌터 상대는 진짜 아무나 못 하지.

지금도 봐라. 열 오른 S급 헌터 앞에서 애완동물 목 잡고 내보이는 짓을 감히 누가 할 수 있겠냐. 심지어 전신에 갑옷 같은 가시비늘을 두른 드래곤 상태. 평범한 사람은 입도 벙긋 못 할 것이다.

'그래서 S급 헌터가 왕처럼 구는 나라도 많았지.'

특히 작은 나라라 S급 헌터가 한 명뿐이라면 견제도 대체도 불가능하니까. 던전 포화 상태에 맞춰 프리 헌터 모셔오는 일도 쉬운 게 아니고.

"한유진 니임!"

송태원의 철벽에 가로막힌 강소영이 이번엔 내 쪽으로 타깃을 돌렸다. 공포 저항이 낮아졌다 보니 노아의 등에서 오래 버티지 못하고 안전한 곳에 내려서 있던 내게로 강소영이 척척척 다가온다. 그러곤 새파란 눈으로 간절히 바라보았다.

"저희 길드장님께 말 좀 잘 해 주시면 안 될까요?"

"…예?"

"친하시잖아요. 저 이번 경매권 꼭 필요해요! 현아 언니가 노리고 있어서 제 힘으로는 돈 있어도 우선순위가 밀려서 못 사거든요. 기승수용 S급 장비인데, S급 장비는 S급 헌터에게 우선적으로 돌아가잖아요. 그래서 길드장님 경매권 없으면 안 돼요!"

기승수용 S급 장비? 그거면 유현이한테도 필요한데, 라고 생각한 순간 강소영이 재빨리 덧붙였다.

"비행형 몬스터에게 좋은 거예요."

아, 그래서 문현아가 노리는 건가. 내가 블루를 맡기려는 낌새를 보인 탓이겠지.

"저 안 친합니다. 차라리 직접 세성 길드장에게 부탁해 보지 그러세요."

"대외 이미지 관리 벌점은 안 봐주세요. 소용없어요. 예외는 길드장님뿐이세요."

강소영이 뾰로통하게 말했다. 자기는 예외냐. 국내 대형 길드들이 가장 신경 쓰는 일 중 하나가 소속 상급 헌터들의 대외 이미지 관리이긴 했다. 던전 안에서 사고 치는 것보다 밖에서 사고 치는 게 더 수습하기 힘드니까. 약점 잡히기도 좋고.

"그럼 저도 별 소용 없을 텐데요. 애초에 안 친하다니까요."

"아니에요, 될 거예요. 한 번만 말 좀 해 주세요! 대신 저도 필요하실 때 뭐든 도와드릴게요! 청소를 시키셔도 좋아요!"

웬 청소. 청소 싫어하나.

"적당히 하시죠, 강소영 헌터."

내 옆으로 다가온 유현이가 차갑게 말했다. 애가 되게 냉랭하네. 회귀 전의 염문이 사실은 헛소문이었나. 아니면 김민의 모습을 하고 있어서인가. 하긴 김민의인 채 친절하게 대해서야 되레 곤란해질 뿐이지. 지금은 냉정하게 대해야 하는 게 맞네.

"말해 보긴 하겠습니다."

시무룩해진 강소영에게 친절히 미소 지어 보였다. 그녀의 스킬을 생각해 보자면 빛 지워 둬서 나쁠 건 없다.

"기대는 하지 마세요."

"감사합니다!"

강소영이 활짝 웃으며 꾸벅 고개를 숙였다. 문제가 다 해결되기라도 한 듯한 표정이었다. 기대하지 말라니까.

"…저런 투정을 왜 들어줘."

유현이가 작게 속삭이듯 말했다.

"심지어 타 길드 일이잖아. 관여해서 좋을 거 없어."

"말만 전하고 생색내는 건데 뭐 어때."

상식적으로 성현제가 들어줄 리도 없고.

그사이 리에트가 다시 인간의 모습으로 돌아왔다. 기분 상한 기색이 역력해 애먼 내가 다 등골이 서늘해질 정도였다. 하지만 송태원은 눈썹 하나 까딱하지 않았다. 익숙한 상황이겠지, 슬프게도.

"벨라레 풀어 주고 한판 붙는 건 어때, 공무원 씨?"

"이 이상 소동을 일으킨다면 국외로 추방하겠습니다."

"어쩜 까칠하기도 해라."

리에트가 사납게 미소 지었다. 당장이라도 송태원에게 덤벼들 듯한 표정이었지만 보석뱀의 안전 때문인지 움직이지는 않았다. 생각 이상으로 저 뱀을 아끼는 모양이었다. 전용화가 가능하니 기승수로 쓸 건 아닐 테고, 다른 용도가 있는 건가.

'보석뱀이라, 어떤 특성을 가지고 있었지.'

국내 던전에서는 나온 적 없는 몬스터다. 아름다운 몬스터 특집에서 잠깐 나왔던 거 같은데.

"그런데 페블."

리에트가 목을 기울이며 아직 용의 모습으로 공중에 떠 있는 노아를 올려다보았다. 노아가 목 뒤의 비늘을 차르륵 세웠다. 긴장을 감추지 못한 연회색 눈이 데구르 구른다.

"누나가 키우는 몬스터를 타인에게 넘기다니, 정말 깜짝 놀랐어. 만약을 대비해서 너한테만 숨겨 둔 곳을 가르쳐 주었는데."

— …대신 돌보라고 가르쳐 주신 거였겠죠.

노아가 부르르 떨면서도 대꾸했다.

— 누님께선 너무 과격하십니다. 한유진 씨가 말리는데도 들은 척도 안 하셨잖아요.

"얘가 새삼스러운 소릴 하네? 하루 이틀 이런 것도 아니잖니."

— 익숙해졌다고 해서 싫지 않은 건 아닙니다. 그리고 전 노아입니다. 페블이 아니에요.

이를 아득아득 물며 하는 말에 리에트가 킥, 작게 웃었다. 그녀의 한쪽 발끝이 바닥을 짓누른 채 돌아간다. 직후 순식간에 공중으로 뛰어올랐다.

"노아 씨!"

반사적으로 뛰쳐나가려는 나를 유현이의 팔이 잡아챘다. 위험해. 동생의 나직한 목소리와 함께 용의 으르렁거림이 들려왔다. 검은색 비늘 돋친 손이 금빛 날개를 잡아챈다.

쿵!

노아의 몸체가 짓눌리듯 땅에 처박혔다. 양손으로 동생의 날개와 목을 비틀어 쥔 리에트가 매를 덮친 표범처럼 이를 드러낸다.

"내 동생, 그새 더 귀여워졌네?"

- 크르르…….

제 몸을 눌러 탄 리에트를 향해 꼬리가 휘둘러졌지만 가벼운 발길질로 쳐 낸다. 노아의 발톱이 땅을 긁었다. 몸을 뒤집을 듯 발버둥 치자 날개와 목을 쥔 손에 힘이 들어갔다.

"야! 리에트! 이것 좀 놔 봐!"

"가서 어쩌게. 얌전히 있어. 죽일 거였으면 이미 끝났을걸? 그러니 걱정하지 마."

걱정 안 하게 생겼냐! 하지만 동생 놈의 팔을 벗어날 수가 없었다. 당연하지만 꿈쩍도 안 한다. 그때, 놀라 눈을 동그랗게 뜨고 있던 강소영이 움직였다.

그녀의 손등 위로 둥글게 휘어진 칼날 같은 것이 나타났다. 손잡이는 없다. 바깥 부분이 번뜩이는 칼날이라는 것만 제외하면 부메랑과도 비슷했다.

날이 없는 부분이 손등을 타고 손 전체를 한 바퀴 돈다. 동시에 팔이 크게 움직이며.

휘익-.

회전력을 얻은 칼날이 리에트를 향해 쏘아졌다. 맴도는 전체가 칼날이라

섣불리 손댔다간 그대로 잘려 나가겠지만.

카창!

리에트의 비늘은 긁힌 자국 하나 없이 칼날을 잡아챘다. 동시에 노아가 자유로워진 날개를 크게 퍼덕인다. 거친 용의 몸부림에 리에트가 목을 잡은 손마저 놓고 뒤로 물러났다.

"스위티, 내 동생 편드는 거야?"

"전 처음부터 노아 씨를 도와주러 온 거였어요."

강소영이 뻔뻔하게 말했다. 그랬던 것치곤 방향이 좀 많이 틀어지셨던 거 같은데.

"노아 씨, 이쪽으로 오세요!"

내가 못 가니까 부르는 수밖에. 잠깐 머뭇한 노아가 인간으로 돌아와 내 곁으로 왔다. 유현이도 있고 몇 걸음 옆에 송태원도 와 있으니 리에트가 쉽게 덤벼들진 못할 터다.

리에트는 목의 흔적을 치료하는 노아를 힐끗 쳐다보곤 다시 강소영에게로 시선을 돌렸다.

"나보다 동생이 더 마음에 든 걸까, 우리 예쁜이는."

"아니요. 언니는 최고예요! 이건 확실해요."

"그럼?"

"하지만 전 노아 씨도 좋아요. 물론 코메트도 좋고요."

"욕심이 많네."

그러게, 의외다. 상급 용종 하나만 있어도 만족할 줄 알았는데 눈에 띄는 대로 죄다 탐을 내다니.

"그러면 안 되나요?"

강소영이 두 눈을 크게 떴다. 짙푸른 눈동자에 그 색과 어울리지 않는 열기가 어린다.

"강하고 아름다운 용은 전부 다 좋아요. 전부 제가 가지고 싶어요."

"그러다 탈 날 텐데. 감당할 수 있는 만큼 손에 쥐어야지."

"탈 나도 좋아요. 배 터져 죽는다 해도 손에서 놓기 싫어요."

진한 욕심이 얼굴에도 목소리에도 뚝뚝 넘쳐 났다. 억지스러운 말이었지만 강소영은 당당했다. 누가 봐도 터무니없는 과욕이었다. 코메트, S급으로 성장할 드래곤만 하더라도 라이더 스킬이 없었더라면 A급 헌터인 강소영 손에 들어가긴 힘들었을 것이다. 그런데 S급 헌터인 노아와 리에트까지 가지고 싶다 말하고 있다.

저렇게 대놓고 새빨간 욕망을 드러내면서.

황금색 눈이 가느스름해졌다. 그러곤 크게 웃으면서.

"정말 귀엽다!"

리에트가 강소영을 와락 끌어안았다. 자신의 눈과 비슷한 빛을 띤 머리칼을 거칠게 쓰다듬는다.

"어쩜 감당도 못 할 걸 다 먹으려고 하네! 스위티, 그러다 진짜 죽어~."

"죽어도 좋아요!"

"그래, 그래. 하지만 지금의 스위티는 배가 너무 작은걸."

강소영의 배를 톡톡 두드리며 리에트가 말했다.

"언니가 우리 소영이 S급으로 만들어 줄까?"

"진짜요? 좋-."

"안 됩니다!"

노아 씨가 기겁하며 소리쳤다. 나도 덩달아 기겁했다. 저 인간이 애 하나로도 모자라서 하나 더 잡으려고!

"저희 누님은 너무 위험해요!"

"맞아요, 소영 씨! 게다가 소영 씨는 세성 소속이잖습니까. 길드장 허가부터 받아야죠!"

"허락해 주시지 않을까요? S급 되면 좋잖아요."

리에트의 품에 안긴 채 강소영이 고개를 갸웃거렸다. 그 모습에 노아가 드래곤일 때처럼 으르렁거렸다. 동공이 가늘어진 눈이 평소답지 않게 사납다.

"강소영 헌터를 놓아주십시오, 누님."

"뺏어 가 보렴, 동생아."

"와, 저 지금 좀 두근거렸어요. 너무 좋은 거 같아요, 이런 거."

강소영이 빨갛게 달아오른 볼을 하고서 기뻐했다. 용 두 마리 사이에 끼어 있다는 사실이 좋아 죽겠나 보다. 정말 중증이다.

철없이 들뜬 강소영과 달리 노아는 심각했다. 하지만 제 누나에게 대뜸 덤벼들진 못한 채 두 주먹만 꽉 쥐었다.

현실의 벽은 너무나 높았으니까.

원래 A급에 보조계인 노아와 태생부터 S급인 전투계 리에트다. 같은 인간에 같은 저주독룡종. 하나 실질적인 체급은 검독수리와 새매만큼 차이 날 것이다.

"노아 씨."

손을 뻗어 노아 씨의 팔을 잡았다. 긴장과 흥분으로 굳어 있던 그의 팔에 힘이 빠진다. 나를 돌아보는 눈에 물기가 희미하게 감돌고 있었다. 어지간히도 분한 모양이었다.

"저는, 저도, 도망치지 않고 누님을 막아서고 싶어요."

"알아요."

리에트를 무서워하지만, 겁에 잔뜩 질려 있지만. 그래도 맞서고 싶기에 유현이 앞에서 나를 보호하려 들었고 또 지금 강소영을 빼내려 든 것이겠지. 자신이 리에트보다 약하다는 사실을 세상 그 누구보다 잘 알고 있지만. 그럼에도 노아는 아직 포기하지 않았다.

"그럼 한번 시도해 볼래요?"

"…네?"

"잠깐만, 형."

유현이가 인상을 찌푸리며 나를 잡은 팔에 힘을 더했다. 내가 노아에게 공격 스킬 두 배 공유를 해 주려는 것을 눈치챈 모양이었다.

"안 돼."

"노아 씨는 별일 없을 거야."

"그래도 안 돼. 진짜 계속 이러기야?"

"이번 한 번만. 노아 씨에겐 신세 진 것도 많잖나."

동생을 달래면서 리에트에게로 눈길을 돌렸다. 물론 내 눈으로는 흐릿하니 잘 안 보였지만.

"리에트, 아예 노아와 제대로 한번 붙어 보는 건 어때? 다만 내가 노아 씨에게 버프를 걸어 줄 거야. 그냥은 차이가 너무 많이 나니까."

"자기가?"

"응. 만약 네가 이기면 강소영 씨 일에 참견 안 할게. 그에 더해 세성 길드장을 설득하는 걸 도와주겠어."

내 말에 리에트는 흥미 어린 얼굴을 했고, 노아는 크게 당황했다.

"유, 유진 씨! 전 누님을 절대 이길 수 없어요!"

"해보지 않고는 모르는 일이죠. 절 믿어요."

"좋아, 자기야! 바로 시작할까?"

"바로는 무슨. 준비가 필요하니까 기다려. 날짜는 내가 정해서 알려 줄게."

"너무 오래는 못 기다려~."

리에트가 자신만만하게 웃었다. 그래, 웬만한 버프로도 노아 씨가 이기긴 힘들겠지. 하지만 두고 봐라. 이번 남매 싸움의 승자는 노아가 될 것이다.

그리고 리에트는 재구속되고 강소영에게는 출석요구서가 발부되었다.

리에트가 주로 날뛴 이유도 있지만 정확히는 외국인과 내국인의 차이였다. 국내 상급 헌터에게는 언제나 그렇듯 관대한 편이었다. 소영 씨는 이중 국적이긴 하지만.

"언니, 면회 꼭 갈게요!"

강소영이 출석요구서를 팔랑이며 소리쳤다. 그러곤 반토막 난 데다가 용의 발에 짓밟히기까지 한 오토바이를 슬프게 바라보다가 택시 잡아야겠다며 터덜터덜 걸어갔다. 보석뱀을 이동용 우리에 넣은 송태원이 나를 돌아보았다.

"우선 협조에 감사드리겠습니다. 그리고 죄송합니다. 다시는 이런 일 없도록 주의시켜 두겠습니다."

송태원은 각성자 관리실 소속 헌터가 나를 멋대로 불러낸 것에 대해 사과했다.

"아니에요, 도울 수 있다면 돕고 싶습니다. 그리고 리에트와 노아 씨의 개인전은 법적으로 문제없는 거 맞죠? 둘 다 아직 한국 소속이 아니니까요. 전투는 당연히 던전 내에서 이루어질 겁니다."

"예. 그렇게 하시면 문제없습니다. 잘 알고 계시는군요."

나라에선 상급 헌터끼리의 개인적인 다툼을 당연히 반기지 않는다. 던전 밖에서는 물론이고 주변 피해 없는 던전 내에서의 싸움 또한 상급 헌터라는 귀한 전력에 손실이 갈 수 있기에 금지되어 있었.

법으로 금지라고 해서 다들 지키는 건 아니지만.

"그래도 만약을 대비해 날짜와 시간을 미리 신고해 주시면 감사하겠습니다."

"물론 그러도록 하겠습니다. 헌터협회는 아직 한창 혼란스럽지요?"

일 터지고 고작 사흘 지났다. 위쪽이 단체로 물갈이되었으니 자리 잡고 안정되려면 한참 걸리지 않을까.

"…낯익은 얼굴이 여럿 보이더군요."

송태원이 조금 머뭇거리며 말했다. 하긴 전 협회 사람들이었으니 한때 송태원과 같이 일했을 것이다. 그때는 지금보다 손발이 더 잘 맞지 않았을까.

"이러니저러니 해도 익숙한 사람들이 더 낫죠?"

송태원은 묵묵히 고개를 끄덕이곤 내 뒤쪽을, 유현이를 바라보았다. 감각 공유 덕에 원래라면 볼 수 없는 등 뒤임에도 두 사람의 시선이 마주쳤다는 것을 알 수 있었다.

"…괜찮으시겠습니까."

"예?"

"아무래도 조금 위험-."

"바쁘실 텐데 이만 가 보시지요, 송태원 실장님."

유현이가 내 뒤로 바싹 다가오며 말했다.

"형은 제가 알아서 챙길 테니까요."

동생의 손이 내 어깨에 얹어졌다. 약간 아플 정도로 강하게 움켜쥔다. 아무래도 좀, 화났구나. 딱히 위험한 짓은 안 했던 거 같은데.

"전 괜찮아요, 송 실장님. 가 보셔도 됩니다."

열 좀 받았다고 해서 형을 잡아먹기야 하겠나. 송태원은 눈살을 조금 찌푸렸지만 여러모로 바쁜 탓인지 긴말 없이 돌아섰다. 던전에 남아 있던 헌터들도 다 나왔고 부상자 수습도 끝나, 그들과 함께 철수한다. 잠깐 복작복작했던 것이 썰물처럼 사라지고 주위 풍경처럼 휑해졌다.

"누님 일은… 역시 유진 씨에게까지 폐를 끼치고 싶지 않아요."

시무룩하게 생각에 잠겨 있던 노아 씨가 나를, 그리고 유현이를 바라보며 말했다.

"제 힘으로 해결해야 맞다고 생각합니다. 물론 저는… 절대로 누님을 이기진 못하겠지만, 그래도 유진 씨의 도움을 받는 건 제 능력이 아니니까요. 제 힘이 아니라면 누님을 이긴다고 해도 결국 전과 별 차이가 없어질 거 같습니다. 전 예전 그대로잖아요."

신경 써 주신 건 감사하지만… 하고 노아의 목소리가 작아지며 내 눈치를 살핀다. 저런. 자기 일이니까 좀 더 당당히 말하면 좋을 텐데.

"노아 씨가 싫다면 당연히 강요할 생각은 없어요. 안 하셔도 됩니다. 오히려 제가 너무 멋대로 싸움을 걸어 버린 것 같아 미안해지는걸요."

"아, 아니에요."

"다만 저는 제 도움도 노아 씨의 능력의 일부라고 생각합니다. 제가 노아 씨를 돕고 싶어 하는 건 어디까지나 개인적인 호의니까요."

노아와 리에트 사이는 내가 굳이 끼어들 필요가 없다. 어쩌면 노아를 이대로 두는 편이 내게는 더 유리할지도 모른다. 노아가 계속 누나에게 주눅 든 채로 내게 의지하면, 써먹기는 더 편할 테니까.

지금의 노아는 밖에 맴도는 매가 무서워 스스로 새장 속에 들어앉아 몸을 구기고 있는 꼴이었다. 매에게 맞설 용기가 생긴다면 훌쩍 날아가 버리고 말지도.

그럼에도 노아를 도와주고 싶었다.

"다른 사람이었으면 모르는 척했을 겁니다. 리에트에게 시비 걸어서 좋을 건 없잖아요? 무섭기도 하고요. 하지만 노아 씨니까 나선 거예요. 제가 나서고 싶게 만든 것은 다름 아닌 노아 씨고요. 타인을 움직이게 만드는 것도 힘이자 능력이에요."

"…제 힘이라고요?"

"당연히 노아 씨 힘이죠. 여태까지 저를 여러모로 도와주고 호의를 베풀어 준 건 노아 씨고, 노아 씨 스스로의 의지로 한 일이잖아요. 지금 제가 손 내미는 것은 그 결과물입니다. 노아 씨가 한 일의 결과요. 그러니 노아 씨의 것이 맞아요."

"…유진 씨."

"물론 제 도움을 받아들이느냐 마느냐도 노아 씨의 마음이고요. 노아 씨가 원하는 대로 하세요. 무조건 따르겠습니다."

 어떻게든, 단 한 번이라도 리에트를 이기는 경험을 해 보는 게 좋다고 생각은 한다. 하지만 노아가 내 도움을 거절하는 것도 그 나름대로의 큰 성장이지 싶었다.

 가장 무서워하는 상대를 앞에 두고 스스로의 힘으로 서고 싶어 하는 것만으로도, 리에트를 향한 공포심이 많이 가셨다는 뜻일 테니까.

 그러니 노아의 뜻대로.

 "해 보고 싶어요."

 노아 씨가 약간 수줍은 듯이, 환하게 미소 지었다.

 "하지만 유진 씨가 무리하는 건 싫습니다. 또 이번에는 진다고 해도 괜찮을 거 같아요."

 "그래도 이왕이면 이겨야죠."

 "네."

 머뭇거리지 않고 고개를 끄덕이는 모습이 기특하다. 그럼 내 도움은 최대한 줄이는 편이 좋을까. 일단 노아 씨에겐 공격 스킬이 너무 적다는 게 문제인데. 서로 스킬에 대해선 잘 알고 있으니 노아로부터 리에트의 전투 방식에 대해 자세히 들은 뒤 고민 좀 해 봐야겠다.

 "그럼 노아 씨는 먼저 돌아가세요. 전 들를 곳도 있고, 리에트는 재구속되었으니 사육 시설로 찾아오진 못할 겁니다."

 "유진 씨는, 괜찮으시겠어요?"

 노아가 내 뒤쪽을 걱정스럽게 바라보며 말했다. 부담을 줄이기 위해 노아의 선생님 스킬은 거둔 뒤라 여전히 유현이의 얼굴은 보이지 않았다. 송태원도 그렇고 노아도 그렇고, 반응을 보니 좋은 표정은 아닌 듯한데.

 "네, 괜찮아요."

 "하지만……."

가족 간에 별일 있겠냐, 하고 달래려다가 관뒀다. 저쪽은 별일 많았었지. 괜찮다며 재차 웃어 보이자 노아 씨가 미적대면서도 용으로 변하였다.

– 그래도 한유현 헌터가, 유진 씨를 걱정하는 건 진짜니까요……. 정말 괜찮겠죠?

"당연하죠. 든든한 동생인걸요."
우리 머리 위를 두어 바퀴 돈 노아가 멀어져 갔다. 자, 그럼.
"별일 없었는데 왜 또 불만이냐."
진짜 별거 없지 않았나. 그냥 리에트와 강소영이 드라이브하려다 말았을 뿐이다. 어깨를 잡은 손이 내 몸을 뒤로 돌아서게끔 했다. 내 얼굴은 뚜렷하게 보이건만 동생의 얼굴은 흐릿하다. 마치 물에 젖은 그림 같다.
"…어떻게 별일 없었다는 말이 나와? 공포 저항 등급도 낮아진 상태라며."
정말로 이해할 수 없다는 듯 유현이가 말했다. 확실히 평범한 사람들 입장에선 난리 난 편이긴 하지만.
"낮아져도 없는 건 아니잖아. C급이라도 일상적인 공포는 딱히 못 느낄걸?"
코앞에서 호랑이가 입을 벌려도 안녕 하고 손 흔들 수준은 되지 않을까. C급 몬스터가 호랑이보다 강하니. 물론 사람에 따라 무서워하는 건 다르니 두려움의 수준을 딱딱 정확하게 나눌 순 없다. 호랑이는 공포 저항 없이도 안 무섭지만, 거미는 C급쯤 되어야 겁먹지 않고 지나칠 수 있는 사람도 있겠지.
그리고 나는 오늘 같은 난리 통이 익숙했다. 상급 헌터들 세계야 멀고 멀었지만 하급 헌터들도 충분히 험악했으니까.
몸에 상처 하나 없이 무사하면 진짜 별일 없는 건데.

"난 진짜-."

"괜찮다는 소리 그만해. 형, 지금 눈도 제대로 안 보여. 그런데도 기어이 나왔잖아. 형이 아니더라도 충분히 해결되었을 문제인데도."

"리에트 성미에 그냥 놔뒀으면 전 던전 관리본부장이 있는 구치소를 덮치고도 남았을걸?"

"그래도 돼. 형이 그것까지 책임질 필요 없어. 다른 일도 마찬가지야. 왜 그렇게 손 못 대서 안달인 건데."

"…아무것도 못 했으니까."

충분히, 많이, 강제로 손 놓고 있었다. 눈을 감아도 내 얼굴이 뚜렷하게 보였다. 그것이 순간 소름 끼쳐 선생님 스킬을 거두었다.

"그러는 너도 무리한 건 마찬가지잖아."

차분해지려고 애를 쓰며 말했다.

"너, 이제 겨우 스무 살이야."

그리고 스물다섯 살이었다. 미친놈. 자기가 먼저 그래 놓고 누구한테 책임지니 마니야. 제 목숨까지 내던진 놈이 할 소리냐. 진짜 무리한 게 누군데. 혼자 다 짊어진 게 누구였는데.

"형."

"…아니다. 네가 신경 쓰이지 않도록 해 볼게."

지금의 동생은 모르는 일이다. 하지 않은 일이고, 하지 않을 일이다. 그렇게 되도록 두지도 않을 거고.

"그건 내가 바라는 게 아니야."

"유현아."

"내가 무슨 말을 해도 듣는 둥 마는 둥 형 혼자 다 알아서 하려 들고 있잖아. 방금도 뭐? 신경 쓰이지 않도록 하겠다고? 또 혼자 결론 내리지."

음, 너도 그랬었다만. 솔직히 네가 더 심했다고 생각한다. 하지만 지금의 동생이 한 일이 아니기에 입 다물었다. 정확히는 시동만 걸다가 말았지.

유현이가 입을 꾹 다물었다. 자세한 표정은 보이지 않았지만 어떤 얼굴을 하고 있을지 짐작이 갔다.

"…들를 곳이라는 데, 세성 길드지."

"어? 응. 강소영 씨 부탁도 있고."

"가자."

유현이가 앞서 몇 발 옮기다가 다시 내 옆으로 돌아왔다.

"바닥 엉망이니 조심해."

목소리는 여전히 분이 안 풀린 채지만 내 팔을 잡아 주는 손길은 다정했다.

[외전] 사냥

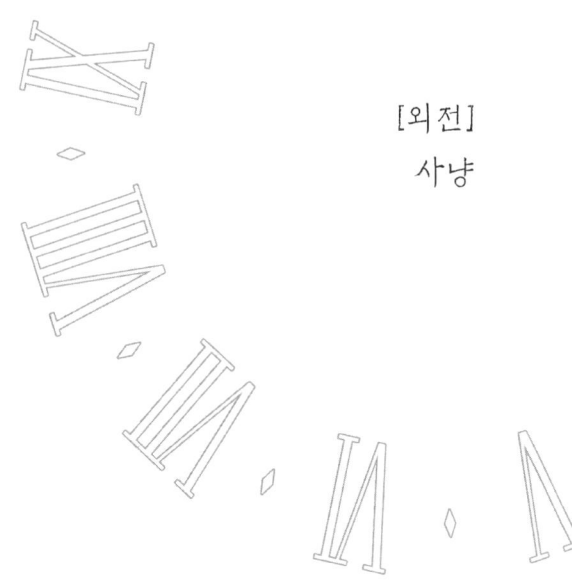

[외전]
사냥

바람이 불었다. 너른 고원 위로 융단처럼 깔린 긴 풀들이 일시에 춤을 춘다. 붉은 머리칼이 흩날리고 단단하게 굳은 큰 손이 적발을 젖혀 올렸다.

"시작하자."

나직한 명령에 브레이커의 헌터들이 일사불란하게 움직였.

목표는 S급 던전, 노을 고원의 마지막 보스. 여섯 개의 다리를 지닌 거대한 붉은 마수마. 한번 움직이기 시작하면 붙잡는 것 자체가 힘든 고속 스킬을 지닌 몬스터였다. 덕분에 브레이커 길드가 처음 이 던전을 공략할 때엔 마지막 보스 몬스터를 잡는 데만 사흘이란 시간이 들었다.

더럽게 고생했었지. 문현아는 아쉬움이 살짝 담긴 눈으로 저만치 멀리 서 있는 마수마를 바라보았다.

'새끼를 구할 수만 있으면 기승수로 딱인데.'

하지만 이곳의 마수마는 새끼는커녕 쌍으로조차 나타난 적이 없었다. 다 큰 놈을 길들이는 건 영영 불가능한 것일까.

문현아가 그림의 떡을 향해 군침을 삼키는 사이 팀원들은 바쁘게 움직였다. 절벽을 뒤로한 채 U자로 튀어나온 고원은 불행 중 다행으로 그 장소를 벗어나는 것이 불가능했다. 그렇기에 사람 허리를 넘어서는 풀을 가림막 삼아 고원 곳곳에 함정을 설치하였다.

S급 보스 몬스터에게 타격을 줄 만한 함정은 아니었다. 다만 발목을 걸어 속도를 줄일 수는 있었다.

동시에 절벽 중턱에 원거리 공격수들이 자리 잡았다.

마수마는 그 무시무시한 속도에 비해 공격력과 방어력은 상대적으로 떨어지는 편이었다. 그렇기에 문현아 외의 헌터들은 몬스터의 속도를 줄이고 질주를 방해하는 것에 집중했다.

절벽 쪽에서 초록색 기가 흔들렸다.

준비가 끝났다.

"가 볼까."

숙이고 있던 몸을 세우며 문현아의 손에 창이 들렸다. 평소 즐겨 쓰던 거창은 아니었다. 투척용에 가까운 가늘게 쭉 뻗은 창이었다. 지금은 파괴력보다 속도와 기동성이 더욱 필요했다. 이어 왼손에도 똑같은 창이 들렸다.

쌍둥이 솔개의 창.

A급 창이지만 한 쌍을 모두 갖추면 S급에 가까운 뛰어난 옵션을 가지게 되는 무기였다. 두 개가 동시에 나오지 않아서 상당히 어렵게 다른 하나를 구했었다.

- 푸르르.

저 멀리 한가롭게 서 있던 마수마가 문현아를 발견하곤 투레질을 했다. 문현아의 입꼬리가 씨익 올라갔다.

"기억은 못 하겠지만, 간만이다."

무릎 바로 아래까지 오는 전투용 부츠가 풀을 가르고 짓밟았다. 문현아의 뒤쪽에서 보조계 헌터들이 민첩 스탯을 올려 주고 가속 스킬을 걸어 주었다.

"오늘은 네 마석보다 몸뚱이가 더 필요하니 얌전히 잡혀 주자, 응?"

가급적 멀쩡하게, 큼직한 덩어리로 가지고 갈 수 있게끔. 지난번에는 완전히 산산조각 났었다.

"말고기를 좋아하는 꼬마가 있거든."

S급 마수마의 고기를 먹이면 더 빨리 성장할지도 모르지. 파박, 말발굽이 땅을 긁었다. 파헤쳐진 풀잎이 나풀나풀 흩날렸다.

문현아의 발걸음이 점차 빨라지기 시작했다. 쌍둥이 창의 가속 버프가 발동되고 문현아의 전투보조 스킬, 바람의 길이 펼쳐졌다.

공기저항마저 최소화된, 그 어떤 막힘도 없는 직선의 길. 풀잎이 넓게 갈라지며 문현아의 앞을 열며 부츠 굽이 강하게 땅을 박찼다. 두 다리뿐인 인간의 속도라고는 믿을 수 없을 만큼 빠르게, 문현아가 마수마를 향해 달려들었다.

– 히이힝!

마수마가 두 앞발을 높게 치켜들었다. 단단한 발굽과 강력한 다릿심을 지닌 몬스터였지만 본능적으로 위협을 느끼곤 뒤로 물러난다. 그러곤 순식간에 빙 돌아 고원을 내달리기 시작했다.

"A로 몬다! 준비해!"

팟, 파앗! 마수마의 뒤를 쫓아 날 듯이 달리며 문현아가 외쳤다. 그녀의 한쪽 팔이 뒤로 힘껏 젖혀지며 창을 내던졌다. 피이잉! 공기를 가르며 쏘아진 창이 마수마를 스치며 경로를 틀게 만들었다.

이어 남은 창을 낚싯대 휘두르듯 크게 젖히자.

휘익, 던져졌던 창이 줄에 매달려 당겨진 것처럼 다시 문현아에게로 돌아왔다. 쌍둥이 창의 특수 능력이었다.

"발사!"

서희연 헌터가 소리쳤다. 단독으로 나서는 일이 잦은 문현아를 대신하여 브레이커 S급 팀원을 지휘하는 헌터였다.

신호와 함께 화살과 검은 기운이 마수마를 향해 쏘아졌다. 콰드득, 마수마가 급히 방향을 틀며 땅이 크게 파헤쳐진다. 완벽한 회피로 털끝 하나 다치지 않은 마수마가 잠시 주춤한 속도를 다시 올리려는 그때.

- 푸르릉!

말의 발굽에 무언가가 걸려들었다. 팅! 마수마의 힘을 이기지 못한 채 투명한 줄이 끊어졌다. 하지만 속도는 확실하게 줄어들었다. 그와 동시에 창날이 무시무시한 기세로 날아들었다.

서걱!

길게 나부끼던 갈기가 단숨에 잘려 나간다. 말답지 않은 움직임으로 몸을 확 낮추어 창을 피한 마수마가 다시 튕기듯 달리기 시작했다. 던진 창을 회수하며 문현아 또한 다시금 그 뒤를 쫓았다.

"C!"

문현아가 구역을 외치고 원거리 공격수들이 무기와 스킬을 앞서 겨누었다. 쌍둥이 창이 바람을 가르며 정확한 위치로 말을 몰아간다.

"지금!"

문현아와 마수마의 움직임을 유심히 살피던 서희연이 외쳤다. 원거리 공격이 발사됨과 동시에 문현아가 마수마를 향해 창을 던졌다. 창을 피하던 마수마가 또다시 함정에 걸리고, 멈칫거리는 그 순간.

- 히이힝!

화살들이 말가죽을 사납게 두들겼다. 상처는 깊지 않았다. 하나 화살에는 특수 스킬이 걸려 있었다. 상대의 움직임을 둔화시키는 스킬이었다.

 "잘했어!"

 크게 웃으며 문현아가 마수마를 향해 뛰어올랐다. 도망치는 대신 맞서기로 결심한 마수마가 네 개의 다리로 강하게 땅을 디디곤, 두 뒷다리를 힘껏 박찼다. 괜히 말근육 소리가 나온 것이 아니다. 날카로운 이빨이나 흉악한 발톱은 없어도 마수마의 뒷발차기는 엄청난 파괴력을 지니고 있었다.

 공중에 몸이 뜬 상태니 피할 수도 없었다. 하지만 문현아는 물론, 그녀의 팀원들 또한 걱정의 기색은 조금도 없었다.

 이를 드러내는 사나운 미소를 머금은 채 문현아의 손에서 쌍둥이 창이 사라졌다. 그 자리를 대신하는 것은 묵직한 거창이었다. 바람이 창끝을 타고 둥글게 위로 휘감아 흐른다. 붉은 머리칼이 거칠게 흩날렸다.

 창을 쥔 손에, 손등에, 손목에 힘줄이 뚜렷이 서고 팔뚝과 어깨 전체가 단단히 당겨진다. 옷 아래 등의 근육이 크게 꿈틀거렸다. 드드득, 소리가 들려올 만큼.

 그리고 그대로.

 콰아앙-!

 충돌음이 터져 나왔다. 거창이 반 바퀴 회전하며 강철 같은 말발굽을 카가각 갈아 낸다. 회오리에 휩쓸린 갈대처럼 단단한 근육질의 다리가 너덜너덜하게 뒤틀렸다. 마수마가 남은 네 다리로 급히 도망치고 난 빈자리에 여파가 크게 내리쳤다.

 쿠웅! 움푹하게 땅이 패며 풀이파리와 뒤섞인 흙덩이가 치솟았다. 비틀거리며 물러난 마수마를 향해 쉴 틈 없이 화살이 퍼부어졌다. 그것을 겨우 피하는 순간.

 위우우웅-.

 묵직한 파공음과 함께 거창의 날이 마수마의 옆구리를 스쳤다. 튼튼한 가죽이 종잇장처럼 길게 찢어지고 또다시 콰광, 비껴 맞은 땅이 크게 갈라진다. 높이 솟았다 비처럼 쏟아져 내리는 흙더미 속에서 문현아가 가볍게 머리를 흔들었다.

"또 간 고기 만들 뻔했네."

일부러 직격타는 피했다는 소리였다. 사람 말은 알아들을 수 없지만 위기감은 선명하게 느낀 마수마가 남은 다리로 뒷걸음질 쳤다. 거창이 사라지고 쌍둥이 솔개 창 한 쌍이 다시 문현아의 손에 쥐어졌다.

"마무리 짓자!"

기다렸다는 듯이 화살이 허공을 가르고 문현아의 몸이 화살보다 빠르게 튕겨 나갔다.

"수고하셨습니다!"

활기찬 목소리들이 여기저기서 솟아올랐다. 절벽 위의 원거리 공격수들이 아래로 훌쩍훌쩍 뛰어내린다. 신체 스탯이 낮은 편인 보조계 또한 도움을 받아 내려왔다. 공략 보상을 챙기고 뭐 나왔냐는 가벼운 물음들이 이어졌다.

몸뚱이는 큰 흠집 없이 뒷다리와 머리만 잘린 채 쓰러진 마수마가 3분의 1로 나뉘어 던전 부산물로 만들어진 방수포에 감싸졌다. 인벤토리를 정리하고 전투 직후의 흥분감을 해소하기 위해 가볍게 뛰거나 무기를 휘두르는 헌터들도 있었다.

그 속에서 문현아는 부드러운 풀밭 위에 대자로 드러누웠다. 불그레한 하늘 가운데로 구름이 두둥실 흘러간다.

"이번에는 더 빨랐네요."

서희연이 문현아 옆으로 다가와 쪼그리고 앉으며 말했다.

"요령이 생기니까 말이야. 말몰이가 익숙해진 거지."

처음에는 쫓아다니기만 하다가 세월 다 보냈다. 하지만 이제는 원하는 방향으로 쉽게 몰아갈 수 있었다.

던전 속은 무자비한 세상이지만 또 노력한 만큼 성실하게 결과가 따라 주기도 했다. 사람의 다른 부분은 아무것도 보지 않고, 오직 스스로의 능력과 노력만으로.

"가끔은 밖에 나가기 싫어진다니까."

"여기는 단순한데 말이죠."

"골치 아픈 일이 한둘이어야 말이지."

잡다한 일들 죄다 끊어 버리고 혼자 나아가는 일도 얼마든지 가능하기는 했다. 그래도 역시.

문현아는 크게 기지개를 켰다. 풀이파리가 흔들리고 쏟아지는 초록의 내음이 기분 좋게 느껴졌다.

"정말 잘 먹네요."

한유진이 감동스러워하며 말했다. 황금 그리폰 블루가 기분 좋은 듯 까까거리며 정원의 풀밭 위를 폴짝폴짝 뛰었다.

"감사합니다, 현아 씨."

"뭘 이 정도 가지고. 우리 애를 위한 일인데."

"아 그 말 좀요, 제발요. 그리고 블루는 현아 씨 애 아닙니다."

"블루가 있었으면 3분 컷이었어. 신선한 고기를 바로 먹을 수도 있었겠지."

"뭐, 다음에 한번 데리고 가시는 건 괜찮겠죠."

배가 동그랗게 부른 블루가 한유진의 앞으로 훌쩍 날아와 발라당 뒤집어졌다. 한유진이 손을 뻗어 블루의 배와 목덜미를 거칠게 쓰다듬어 주었다.

- 꺄아우.

"좋아? 좋아?"

- 꺅! 꺄아!

긴 사자꼬리가 탁탁 바닥을 쳤다.
"우리 한 소장님도 잘 챙겨 먹어야지. 애 키우는 데는 체력이 제일 중요해."
"그건 진짜 그래요."
문현아가 웬 소시지를 꺼내서 비닐을 뜯어 내밀었다.
"뭡니까."
"치즈 소시지. 맛있어."
한유진이 일단은 받아먹으며 투덜거렸다.
"아니, 제가 현아 씨보다 나이가- 적기는 하지만, 아무튼 어린애는 아닌데 말입니다."
"그래, 그래. 한 소장님 가끔 보면 아저씨 같더라. 특히 네이밍 센스가."
"…그렇게 이상해요?"
한유진이 고개를 갸웃 기울이는데 뒤쪽에서 누군가가 다가왔다.
"형, 밥 먹기 전에 군것질하지 마."
한유현이 큰 걸음으로 다가오며 문현아를 향해 가볍게 인사했다.
"점심 먹을 시간이잖아."
"이거 가지곤 간에 기별도 안 가."
그래도, 하고 잔소리하는 한유현을 문현아가 웃음기 어린 눈으로 바라보았다.

'세상만사 다 관심 없던 도련님이.'

길드를 왜 세운 건지 의아스러울 정도였던 한유현이 동생처럼 구는 건 언제 봐도 재미있었다. 평생 타인에겐 눈길 한번 안 줄 거라 생각했는데. 역시 세상 무엇이든 변해 가는 것이지, 속으로 중얼거리며 문현아가 크게 외쳤다.

"점심 내가 산다, 가자!"

"점심까지요? 신세 졌으니 제가 사야 하는 건데!"

"따라와, 따라와. 도련님도 같이."

휙 돌아서서 엘리베이터 쪽으로 향하는 문현아를 한유진과 한유현이 뒤따라갔다.

[외전] 박예림 상담 일지

[외전]
박예림 상담 일지

 편안한 컬러감의 벽지, 싱그러운 식물, 푹신한 쿠션과 솜인형이 놓인 소파. 전체적으로 따스하게 꾸며진 방이었으나 창문은 없었다. 방음 시설 또한 철저히, 겹겹으로 되어 있는 그 방의 문이 열렸다.
 "편하게 앉으세요, 박예림 헌터."
 권상은은 박예림이 먼저 자리 잡기를 기다렸다가 맞은편에 앉았다. 어린 S급 각성자는 인형을 만지작거리며 권상은을 바라보았다. 권상은이 부드럽게 미소를 머금으며 입을 열었다.
 "우선 지금부터 박예림 헌터께서 말씀하시는 모든 이야기는 비밀로 부쳐집니다."
 "심리 상담 또 하는 거예요? 저번에 괜찮댔는데."
 "그건 각성 전의 박예림 양을 위해서였어요. 원래라면 훨씬 더 일찍 마련되었어야 할 자리였죠."
 박예림이 고개를 까닥 끄덕거렸다.

"네. 그때 그 선생님이 던브 피해자들에게 무료 상담이 뒤늦게나마 제공되었었는데, 전 못 받았다고 했었어요. 뭐어, 삼촌은 신청해 주긴커녕 관심도 없었을 거니까."

한유진에 의해 각성하고 해연 길드에 들어간 박예림은 던전 브레이크 피해자를 위한 심리 상담을 받았다. 뒤바뀐 환경에 대한 약간의 불안감과 흥분이 있었지만 대체로 안정적이라는 결과가 나왔었다.

"사실 상급 각성자에 대한 심리 검사는 정확도가 낮아요."

권상은이 테이블 위로 자료를 올려놓으며 천천히 말을 이었다.

"각성으로 상승하는 스탯에는 정신력도 있으며, 중급 평균치만 되어도 심리적 안정도를 높여 주죠. 그래서 하급 헌터들과 달리 중상급 헌터들은 각성 직후 바로 몬스터와 마주친다 해도 침착하게 전투에 임할 수가 있어요. 바로 어제만 해도 싸움은커녕 제대로 된 무기 한번 들어 본 적 없었던 사람이라 하더라도요."

"아저씨는, 한유진 헌터는 F급이지만 되게 침착하던데요."

"음, 그건 사람마다 다르니까요. 평균적으로 말이에요."

박예림의 발끝이 테이블 다리를 툭툭 가볍게 찼다. 지금의 이 자리가 지루하게 느껴지는 모양새였다. 막 각성한 중상급 각성자들에게는 흔히 나타나는 현상이었다. 이전에 비해 일상이 무료해지고 집중력도 떨어지며 새롭게 가지게 된 힘을 마음껏 휘둘러 보고 싶어 하는 본능에 가까운 감각.

"박예림 헌터, 처음 뵈었을 때 제 소개를 해 드렸었죠."

"네. 해연 길드 담당 각성자 현황 조사원이시라고요."

"대외적으로는 여러 가지 설명이 붙는 자리지만, 사실상 상급 각성자의 사회 적응도를 확인하는 일을 한답니다."

"사회 적응도요?"

"좀 더 직설적으로 말씀드리자면 상급 각성자가 비각성자 및 하급 각성자를 무차별적으로 폭행, 살해하는 등 반사회적인 성향을 품고 있지 않은가 점검하는 것이죠."

권상은의 솔직한 설명에 박예림의 눈살이 확 찌푸려졌다. 박예림이 입술을 조금 삐죽거리며 퉁명스럽게 대답했다.

"저 여태까지 나쁜 짓은 별로 한 적 없거든요? 삼촌이나 작은엄마 지갑에서 슬쩍한 적은 있는데, 삼촌은 알바비도 안 주고 절 부려 먹은걸요. 박수천 걘 맞을 만해서 팼고요."

"물론 박예림 헌터는 아무 잘못도 하지 않았어요. 상담 선생님께서도 칭찬하셨죠."

권상은은 박예림을 다독이며 종이 한 장을 꺼내 들었다.

"다만 상급 각성자, 특히 S급 각성자는 앞서 말했듯이 상승한 스탯의 영향으로 비각성자와는 정신적인 면에서 확연히 차이가 나타나요. 하지만 아직 자료가 무척 부족하기에 상급 각성자의 심리 상태에 대해서는 정확한 판단이 어렵지요. 최근엔 각성자 전문 상담사도 생겨나곤 있지만 상급은 물론 중급 각성자 상대로도 전문성이 떨어지는 편이에요."

시중의 헌터 전문 상담사는 사실상 중급 이하, 주로 하급 각성자 대상이라 보면 되었다. 던전 공략에 따른 정신적 문제 위주로, 상급 헌터에게는 해당되지 않는 셈이었다.

"때문에 제 일에는 자료 수집의 목적 또한 있답니다."

"아까 비밀 지켜 주신다지 않았어요?"

"네. 상세한 내용에 대해서는요. 다만 조사 결과에 대해서는 공유 동의를 받고자 합니다. 물론 대중에게 공개되지는 않아요. 특히 S급 각성자의 자료는 같은 S급 각성자 외에는 최종 보고기관에만 철저히 공적으로 보관 및 공유가 되지요."

동의서가 펜과 함께 박예림의 앞에 내밀어졌다. 박예림은 눈썹을 올렸다 내렸다 하며 까만 글씨가 다닥다닥 박힌 종이를 빤히 쳐다보았다.

"아저씨가 함부로 사인하지 말랬는데."

"국내 S급 각성자들은 모두 동의한 사항이랍니다. 서명하시면 박예림 헌터 또한 다른 S급 각성자들의 조사 결과를 공유받으실 수 있어요."

"…한유현도요?"

"물론이죠. 다만 상세하지는 않아요. S급 각성자의 안위가 최우선이니까요."

심리적으로 불안정하거나 약점이 될 만한 부분은 당연히 알리지 않는다. 중요 자료로 판단이 된다면 개인의 특징을 최대한 지위 검증된 조사원과 연구원에 한해서만 공유된다.

박예림은 다른 S급 헌터들에 대한 궁금증을 이기지 못하고 동의서에 사인을 하려다 멈칫했다. 한유진의 충고가 떠올랐기 때문이었다. 이런 계약서 같은 건 제대로 읽어야지.

"어, 다른 각성자의 정보를 발설 시엔 해당 기관에 알려지며 향후 정보 공유에 불이익이 있다고요? 비밀 유지 안 한 대가가 이게 끝이에요?"

"상대가 S급 각성자이니 저희로서는 제재할 방법이 몇 없거든요. 대신 어느 각성자의 정보를 발설하였는지 확인 후, 해당 각성자에게 알려 대응하도록 하고 있습니다. 그 아래 각주로 붙어 있어요."

"아아. 제가 한유현 정보를 떠들고 다니면 한유현이 제 멱살 잡으러 오는 거네요?"

"보통은 그렇게 하진 않겠지만, 네. 저희는 피해 각성자를 보조하는 정도죠. 그래도 아직 일부러 어긴 사람은 없어요. 다른 상급 각성자의 정보는 누구나 다 궁금해하니까요. 혼자만 빠지게 되는 것도 큰 페널티죠."

"하긴 그래요. 상담이 끝난 후 숨기고 싶은 정보를 추가로 제한할 수 있고 또 어쩌고저쩌고……."

대충 훑어 내리고 싶은 마음을 꾹 참고 단어 하나하나를 확실하게 눈에 담던 박예림이 다 읽었다, 하고 외쳤다. 휘리릭 종이 위를 달린 펜이 탁, 하고 놓으며 급한 물음이 뒤따랐다.

"한유현은 어떤데요? 네? 성격 나쁘죠?"

"그 전에."

동의서를 챙기며 권상은이 미소 지었다.

"박예림 헌터의 상담이 우선입니다. 기본적으로 주고받는 계약이거든요."

"에이."

박예림이 아쉬워하면서도 건성이던 자세를 바로 했다. 다른 S급 헌터들의 정보가 미끼로 던져지자 바닥났던 의욕이 되살아났다.

"자, 얼마든지 물어보세요! 전 진짜 깨끗하게 살았다니까요."

하늘을 우러러 한 점 부끄러움이 없다. 당당하게 가슴을 펴는 박예림에게 권상은이 조심스럽게 말을 꺼냈다.

"박예림 헌터, 각성 직후 삼촌에 대해 어떤 감정이 들었습니까."

"…네?"

생각지 못한 질문에 박예림이 고개를 갸웃 기울이며 대답했다.

"으으음, 그냥 좀 짜증 난다? 근데요, 생각보다 별 감정 없었어요. 반사회적 어쩌고 때문에 거짓말하는 거 절대 아니고요, 해연 와서는 까맣게 잊고 지냈거든요."

"그랬군요. 하지만 박예림 헌터는 삼촌에게 불만이 많이 쌓인 상태였지요? 받은 대접에, 빼앗긴 부모님 재산에. 당연히 화가 많이 났을 테고 복수하고 싶은 생각도 들었을 거예요."

"소올직하게요."

박예림이 손가락으로 제 콧등을 긁적이며 입을 열었다.

"예전에는 그런 상상 했었어요. 각성 전에는 엄청 쎈 헌터가 되어서 삼촌네 쫄딱 망하게 하고 엄마아빠 재산 되찾는다거나. 몬스터가 삼촌 가게에 나타나서 다 부순다거나. 그럼 알바도 안 해도 되고. 어릴 때 알고 지내던 아저씨가 나타나서 저 도와주면서 삼촌을 고소하고."

특히 그놈의 식당 확 망해 버려라, 하는 생각은 셀 수도 없이 많이 했었다.

"근데 막상 각성하니까, 음. 별로 신경이 안 쓰인다고 해야 하나요? 그러니까-."

"하찮죠."

권상은이 가볍게 말했다.

"평범한 비각성자인 삼촌은 S급 각성자인 박예림 님께 더 이상 아무런, 아주 조금의 위협도 되지 않으니까요."

"…그렇긴 하죠?"

"박예림 헌터 외에도 비슷한 상황에 놓인 각성자들의 사례가 여럿 있었어요. 중급 이하의 헌터들은 대체로 확실하게 보복을 하는 편이었죠. 반면에 상급 헌터들은 갈렸어요."

익명으로 된 통계자료를 보여 주며 권상은이 말을 이었다.

"본인이나 가족, 친구 등 소중한 사람이 크게 다치거나 사망하는 등 원한이 깊은, 주로 되돌릴 수 없는 일을 겪은 경우에는 보복을 했어요. 콜롬비아의 마약 카르텔 조직 하나가 가족을 잃은 S급 각성자에게 몰살당한 일은 특히 유명하죠."

"…그거 저도 들은 적 있어요."

그 일 이후 마약 카르텔은 오히려 더 독하게 복수할 사람이 남지 않도록 전부 잡아 죽이는 전략을 택했지만, 목숨을 위협당하는 상황에 각성하는 이들은 계속해서 나타났다. 결국 마약 카르텔 전체가 약화되었으나 조직원 중에서도 상급 각성자가 나타나면서 몰락까지는 면한 상태였다. 다만 중급 이상 각성자에게는 약이 통하지 않는 데다가 거대 조직들이 마약 대신 던전 쪽으로 눈길을 돌리면서 머잖아 자연스럽게 와해될 것으로 추측하고 있었다.

"하지만 물질적, 감정적이거나 이미 회복한 폭력 등의 원한은 무시해 버리는 경우가 많았지요. 내 눈앞에서 꺼져, 하고 걷어차 버리는 정도로 잊어버렸어요."

"어, 저도 그런 거 같아요. 삼촌이 어떻게 살든 관심 없거든요. 아저씨랑 해연에서 알아서 처리한댔으니 신경 쓸 필요도 없고요."

"신경 쓸 가치가 없다는 사실을 본능적으로 느꼈기 때문일 거예요. S급으로 각성한 순간 박예림 헌터의 삼촌은 박예림 헌터에게 있어 세 살 어린애보다 약한 존재가 되었죠."

"그렇게 귀엽진 않은데요. 전혀."

박예림이 으웩, 하는 표정을 지었다.

"복수란 건 원한의 해소도 있지만 자신을 해친 존재를 제거하여 안전해지고 싶다는 욕구의 발현이기도 해요. 아무런 반발 없이 당하기만 한다면 또다시 같은 일을 당하게 될지도 모른다는 두려움. 가해자 외의 이들 역시 자신을 만만하게 보고 비슷한 짓을 하지 않을까, 하는 불안감."

위협적인 무언가가 사라지길 바라는 것은 살아가는 생물로서 당연히 가지는 본능일 터다.

"하지만 박예림 헌터에게는, 상급 각성자에게는 그런 감정이 희박해요. 특히 S급 각성자는 누군가 자신을 해칠 것이라는 두려움을 가질 필요 자체가 거의 없죠. 실상 현재까지 나온 어떤 던전도 S급 헌터에게 위협적이진 않았어요. 능력의 차이가 나는 같은 S급 헌터 상대라 해도 마음먹고 도망친다면 빠져나올 수 있다고 알고 있고요."

권상은의 말에 박예림은 한유현을 떠올리곤 눈살을 살짝 찌푸렸다. 스스로도 아직은 그의 상대가 될 수 없다는 사실을 느끼고 있었다. 하지만 도망이라면, 한유현에게 등을 보이는 게 마음에 들지는 않지만.

'한유현은 비행 스킬도 없고.'

비행에 순간이동까지 더해지면 몸을 빼내는 것 정도는 쉬울 듯했다. 막 각성해서 그래, 나중에는 당당히 맞설 수 있어. 박예림은 속으로 중얼거리며 어깨를 으쓱했다.

"박예림 헌터, 인간이 사회를 이루고 규칙을 지키는 이유에는 서로가 서로를 위협하는 불안을 낮추기 위함도 있어요. 인간은 누구나 다른 인간을 해칠 수 있죠. 가장 허약한 인간도 칼을 들어 휘두를 힘만 있다면 가장 강한 인간이 잠들었을 때 찌를 수가 있어요. 화기가 있는 지금은 더더욱 쉽죠."

모든 이가 모든 이에게 위협이 될 수 있다.

"그러니 서로 해치지 말자, 하고 사회적인 약속을 하였지만. 상급 헌터는 그 약속의 이유에서 벗어나 있어요. 비각성자는 상급 헌터가 깊은 잠에 빠져들었을 때조차 긁힌 상처 하나 낼 수 없지요."

발가락 끝을 따끔하게 깨무는 개미보다도 못한 상대.

"…결론은 전 사회 규칙 같은 거 안 지켜도 사는 데 문제없다는 거죠?"

딱 잘라 속을 꺼내 든 박예림의 말에 권상은이 곤란한 표정을 지어 보이며 두 손을 펼쳤다.

"박예림 헌터가 제 맘대로 군다고 해도, 비각성자로선 어쩌겠어요. 속수무책이죠. 그러면서도 비각성자들은 상급 각성자의 보호를 필요로 하고 있어요. 상급 던전을 공략할 능력은 상급 헌터만이 지니고 있으니까요. 그래서 저희는 S급 각성자에게 이렇게 말하고 있답니다."

권상은의 손에 휴대폰이 들렸다. 좌우로 흔들어 보인다.

"인간 사회가 안정적으로 유지되면, 이런 것도 만든답니다. 팝콘 먹으면서 영화도 볼 수 있어요. 그 인형 귀엽지 않나요? 편리한 수도 시설과 깨끗한 수세식 화장실도 있죠."

"…화장실 때문에라도 법 지키며 살아야 할 거 같은데요."

박예림이 진지하게 말했다. 세상 그 무엇 하나 무서울 것 없다 해도 재래식 화장실은 싫었다.

"사실 던전 들어갈 때 제일 걱정되는 것도 그거거든요. 길면 일주일 넘게 있어야 한다면서요. 그렇다고 굶을 수도 없잖아요."

권상은도 동의하며 끄덕거렸다.

"중하급 헌터들이 제일 불편해하는 것 중 하나도 생리 현상이죠. 하지만 상급 헌터는 소화 흡수율이 뛰어나서 화장실도 자주 안 가요. S급쯤 되면 별 문제 없대요."

"진짜요? 다행이다! 어? 그럼 수세식 화장실도-."

"휴대폰도 못 쓰고 인터넷도 사라진다고요. 초콜릿도 망고빙수도 피자도 떡볶이도 전부. 심지어 이젠 돈 많아서 먹고 싶은 거 다 사 먹을 수도 있는데."

"아!"

돈. 연봉 백억. 사회가 사라지면 그 돈도 당연히 휴지 조각이 되고 만다. 박예림은 크게 깨달은 표정으로 두 주먹을 꽉 쥐었다.

"돈, 써야죠."

"네, 펑펑 쓰셔야죠."

권상은이 생긋 웃으며 펜을 들어 휴대폰에 메모했다.

"현대의 서민이 옛날 왕족보다 훨씬 편하게 살고 있다는 거 아세요?"

"아뇨. 하지만 방금 선생님이 하신 말을 들으니 그럴 거 같아요. 먹는 것도 그렇고 집도 그렇고. 옛날엔 TV나 폰도 없었잖아요. 진짜 옛날 말고 조금 옛날에도 TV 흑백이고 전화기에 선도 달렸고."

"이렇게 수화기를 들어 받았었죠."

엄지와 새끼손가락을 펼쳐 얼굴 옆으로 대어 보이며 권상은이 말했다. 박예림이 그거 뭔지 안다면서도 이상하다고 웃었다.

"S급 각성자의 입장에서 비각성자, 하급 각성자는 무력하고 보잘것없는 존재로 느껴질 거예요. 하지만 이 사회가 안정적으로 유지, 발전되어야만 앞으로도 더욱 다양한 즐길 거리가 생겨날 수 있어요. 던전이 줄줄이 터져 나가고 상급 각성자들이 날뛰어서야 여가 생활을 위한 상품들이 만들어지겠어요? 상점도 문을 닫고 맛집이 흔적도 없이 부서져 버릴 수도 있죠. 박예림 헌터도 좋아하는 가게가 있지요?"

"네. 근데요……."

계속해서 비슷한 내용을 설득하려 드는 권상은의 말에 박예림이 떨떠름해하며 입을 열었다.

"전 딱히 일반 사람들을 해치거나 할 생각 없어요. 하찮다고 한 것도 삼촌이니까 그렇지, 친구들은 비각성자지만 다르게 느껴지지 않는걸요."

"앞으로도 쭉 그렇게 생각해 주신다면 저희로선 더 바랄 것이 없어요."

"…안 바뀔걸요?"

말은 상냥해도 이쪽을 믿지 않고 선을 긋는다는 느낌이 확 들어, 박예림의 얼굴이 딱딱하게 굳어졌다. 각성을 했다고 해도 나는 그대로 나인데. 언제 터질지 모를 폭탄이 되어 버린 기분이었다.

그런 박예림의 기색을 눈치챈 권상은이 고개를 살짝 숙였다.

"죄송합니다, 박예림 헌터. 하지만 박예림 헌터를 비롯한 상급 각성자들이 일으킬 수 있는 최악의 사태를 가정해 최대한 주의 깊게 살피는 것이 제일이에요."

박예림은 짧게 한숨을 내쉬었다. 손가락을 들어 테이블을 꾹 누르자 단단한 대리석이 찰흙처럼 부드럽게 움푹 들어간다. 그 옆으로 하나 둘 셋 넷. 모두 다섯. 별다른 힘을 들이지 않고도 아주 쉽게 손가락무늬가 새겨졌다.

"…이해가 안 되는 건 아니지만요. 선생님 직업이기도 하고요. 어쨌든 저는 갖고 싶은 것도 많고 먹고 싶은 것도 많아요. 그동안 못 해 본 것도 다 해 볼 거고요. 좋아하는 시리즈 인형도 있거든요. 삼촌네 얹혀살고 나선 친구들이 생일 선물로 사 줄 때나 가질 수 있었는데, 이젠 직접 모을 거예요."

약간 굽혔던 상체를 다시 바로 펴며 박예림이 양손을 쫘악 펼쳐 보였다.

"그러려면 세상이 평화로워야 한다는 거 잘 알고 있다고요."

S급으로 각성했다고 해도 엄청난 야심 같은 건 없었다. 아직은 단순하게 즐겁고 신이 날 뿐이었다. 힘도 세지고 날아다닐 수도 있고 삼촌네서 벗어나 내 방은 물론 너른 숙소까지 생겼고 돈도 많이 받을 수 있고.

복잡한 어른들의 뒷사정까지 고민하기엔 당장의 변화가 너무도 크고 가슴 가득 벅차올랐다.

"지금은 그 정도로 해 둘래요."

펼친 두 손을 하느작하느작 흔들며 박예림이 말했다.

"아저씨도 머리 아픈 일은 어른들한테 맡기면 됐거든요."

"…네. 맞아요."

권상은의 입가에 씁쓰레한 미소가 걸렸다. 권상은 또한 아직 어린 박예림을 붙잡고 이러고 있는 스스로가 달갑진 않았다.

"원래는 그게 맞는 거죠."

"뭐어, 그래도 선생님은 괜찮은 거 같아요."

박예림이 고개를 느릿이 끄덕끄덕하며 말을 이었다.

"예비 범죄자 취급받는 기분은 별로지만, 솔직하게 다 말해 주신 건 좋아요. 앞에선 우린 너 경계 안 해~ 하고는 뒤에서 위험하니까 조심하자 수군거리는 것보단 나은 거 같거든요. 절 속일 거 같지도 않고요."

"다행이네요. 저도 박예림 헌터와 잘 지내고 싶어요."

권상은은 박예림에게 몇 가지 질문을 더 하고 이런저런 설명도 덧붙였다. 박예림은 성의껏 대답하고 귀담아들었다.

"시간이 벌써 이렇게 되었네요. 오늘은 여기까지 하죠."

"앗, 다른 S급 헌터 정보는요!"

"다음에요. 그러니까, 박예림 헌터가 첫 던전을 다녀온 후에 다시 상담을 할 거예요. 보통 각성자로서의 의식 변화는 던전을 공략한 후에 더욱 뚜렷이 나타나거든요."

"에이……. 그때 하면 끝이에요?"

"아뇨. 이후 한 달 내로 한 번 더 하고, 마무리로 다시 한번, 그리고 상황에 따라 또-."

"또요?"

박예림이 싫은 표정을 지었다. 각성자에 관한 이야기를 듣는 건 유용하겠지만 상담이라기보단 보충 수업을 받는 기분이었기 때문이었다.

"각성 초기니까요. 초기 상담이 마무리되면 상반기와 하반기에 각각 한 번씩, 총 일 년에 두 번 정기 상담을 받게 됩니다. 특이 사항이 있다면 추가될 수 있고요."

"일 년에 두 번……."

"사람은 계속 변화하니까요. 각성자도 그건 마찬가지죠. 그래도 박예림 헌터는 제가 만나 본 S급 각성자 중에 가장 사회적이에요. 모범적일 정도로요."

"제가 한 사회성 하죠."

"오늘 말씀하신 것 중에 혹 특별히 신경 써서 감추고 싶은 부분이 있나요?"

"어, 한유현에 대해 궁금해한 거요! 한유현은 저한테 관심 저언혀 없어 보이는데 전 물어봤다는 거 들키기 싫어요."

그거 말곤 없다면서 꾸벅 인사한 박예림이 홀가분하게 방을 떠났다. 권상은 또한 자료를 챙겨 들고 상담실을 나섰다.

"상급 각성자를 걱정하는 거요, 좀 더 이해될 거 같아요."

두 번째 상담을 시작한 박예림이 진지하게 말했다.

"던전 공략이 생각보다 더 재밌었거든요. 던전에 들어가기 전에는 제 힘이 세졌으니까 항상 조심하고 비각성자들을 위협하지 않도록 눌러야 했는데, 던전에선 아니잖아요."

각성 후 박예림은 해연 길드에서 안전 교육을 따로 받았다. 상급 각성자는 비각성자나 하급 각성자가 있는 장소에서는 조심하고 또 조심해야 했다.

"마음대로 뛰고 날고 억누를 필요 없이 힘껏 몸을 움직이는 게, 진짜 기분 좋았어요."

주위가 부서지거나 누군가 다칠 걱정은 안 해도 되었다. 그저 본능에 따라 무기를 휘두르고 마력을 끌어올려 스킬을 사용했다.

자신의 의지대로 뻗어 나가는 짙은 마나, 햇살 아래 반짝이는 얼음. 몬스터라는 생물을 죽인다는 거부감도 생각보다 옅었다. 오히려 더 강한 몬스터와 싸워 보고 싶어졌다.

"실컷 날뛰고 나서 밖으로 나오니까요, 갑갑해졌어요. 그래도 전 아직 선생님이 말한 안정적인 사회에서 노는 게 재밌긴 하지만요. 던전 밖에서도 마음껏 힘을 휘두르고 싶어 하는 헌터도 있을 거 같달까요?"

"박예림 헌터의 말이 맞아요. 정말 정확하게 잘 느끼셨어요."

권상은이 고개를 끄덕이며 동의했다.

"던전을 다녀온 각성자들은 갑갑함을 느끼는 경우가 더러 있죠. 상급 각성자는 물론이고 중급에 하급 각성자도 비슷해요."

"하지만 중하급과 달리 상급은 훨씬 더 위험하니까 이런 상담도 한다는 거죠?"

"네. 물론 중하급 각성자도 상담 신청은 무료로 가능해요. 필수가 아닐 뿐이죠. 앞으로는 던전을 일정 이상 출입하는 헌터는 등급 상관없이 의무적으로 이삼 년에 한 번 상담을 받아야 한다는 규정을 만들 예정이라고 하지만요."

나만 각성자 전문 상담 인력의 부족이 문제였다. 중급 헌터도 상급에 비해 그 수가 훨씬 많지만 하급은 더더욱 많아 모든 등급의 헌터가 상담을 받는 체계가 잡히기까진 시간이 꽤 걸리지 싶었다.

"박예림 헌터는 참을 만하시다니 다행이네요. F급 각성자 두 명과 동행하셨던데, 어떠셨나요."

"제가 잘 보호하고 경험치 얻는 것도 도와드렸죠~."

"거추장스럽게 느껴지진 않으셨나요?"

"어, 아뇨. 전혀요. 오히려 뿌듯했는데요? 특히 아저씨는 제가 보호해 주기로 약속도 했으니까요. 제 몫 하는 기분이 들어서 좋았어요."

불 뿌리는 새가 나타났을 땐 한유현보다 자기 스킬이 방어막 치기 훨씬 좋았다면서 박예림이 자랑스럽게 말했다. 그런 박예림의 모습에 권상은도 부드러운 미소를 머금었다.

"그럼 두 번째 던전은 어떻게 느끼셨나요."

박예림은 자신의 등급에 비해 훨씬 낮은 던전에 연습 삼아 다녀오고, 이어 두 번째 던전을 해연 길드의 헌터들과 함께 공략했다.

"첫 번째와 달리 상급 헌터 위주의 구성에 박예림 헌터가 가장 강한 각성자였지요."

"네. 던전 등급은 더 올라갔지만 쉬웠어요. 다들 손발도 잘 맞고 친절하고 그랬는데, 전 아저씨랑 같이 갔을 때가 더 즐겁긴 했어요. 이건 다른 사람들한텐 비밀이에요. 해연 언니들 저한테 신경 많이 써 줬는데 미안하잖아요."

"F급 각성자와 동행했을 때 더 즐거웠다, 로군요. 특이하네요. 아, 좋은 쪽의 의미예요. 보통의 상급 각성자들은 뒤처지는 동행을 달가워하지 않거든요. S급 각성자 중에선 A급 각성자마저 거추장스럽다고 말하는 사람도 있어요."

권상은의 말에 잠깐 생각에 잠겼던 박예림이 고개를 저었다.

"아저씨라서 그런 걸 거예요. 잘 알고 친한 사람이랑 놀러 간 거랑 처음 보는 사람이랑 놀러 간 차이? 한유현도 마찬가질걸요? 한유현은 저보다 더 아저씰 좋아하잖아요."

"…듣긴 했습니다만, 사실 아직 잘 믿어지진 않아요."

권상은이 복잡한 표정을 지으며 끄응, 낮은 신음을 흘렸다.

"한유현 헌터가… 형이자 F급 각성자인 한유진 헌터와 무척이나 사이가 좋다고… 하죠."

"어어엄청요. 아저씨 앞에서는 막 웃고 그런다니까요. 길드 일만 아님 종일 졸졸 쫓아다녔을걸요. 아저씨가 바라만 봐 줘도 좋다고 이렇게 눈 휘면서~."

"…그것 때문에 한유현 헌터와 추가 상담 일정을 잡았어요."

어둑어둑 그림자가 드리우는 권상은의 얼굴에 박예림이 고개를 갸웃거렸다.

"일하기 되게 싫어 보이신다."

"솔직히 한유현 헌터는 대하기 무척 까다롭죠. S급 각성자들 중에서도 가장 주위에 무심한 사람이기도 하고요. 비각성자는 물론 같은 S급 각성자들에게조차 관심을 두지 않지요. 타인과의 교류도 거의 없어요."

"그 정도예요?"

한유진과 함께 있는 한유현을 주로 봐 온 박예림이 눈을 동그랗게 떴다. 성격 안 좋은 거야 알고 있지만 아저씨랑 같이 있을 땐 나름 평범해 보였는데.

"객관적인 평가를 위해 공포 저항 아이템을 쓰고 정신력 강화 스킬을 받고 상담실에 들어간답니다. 그래도 한유현 헌터의 안정성은 높은 편이에요. 사회성은 낮지만 사람에게 관심이 없으며 일상 활동이 적기 때문이죠. 실제로도 비각성자를 이유 없이 공격한 적은 없고요. 나이에 비해 항시 차분하고 냉정한 편이기도 해요."

"던전 갈 때 말곤 집에만 얌전히 들어앉아 있다는 거네요? 친구 없어 보이긴 했어요."

"타인과의 접촉이 드무니 문제를 일으킬 가능성도 낮다. 하지만 한유진이라는 적극적으로 교류하는 F급 각성자가 나타나면서 상황이 바뀌었다.

"그래도 한유현 헌터의 적극적 교류 상대가 F급 각성자라는 점은 긍정적이에요. 박예림 헌터 또한 F급 각성자와 친근하다는 점이 높은 점수를 받고 있고요."

"저 학교 친구들이랑도 계속 연락하고 있어요. 다들 비각성자고요."

"앞으로도 쭉 친하게 지내길 바랄게요. 지금 상태가 유지된다면 학교를 다시 다닐 수도 있을 거예요."

"다행이다! 그냥 공부도 싫지만 혼자 공부하는 건 더욱 싫었거든요."

개인교습은 선생님이 바로 앞에 지켜보고 있어서 딴짓하기도 힘들다며 박예림이 한숨을 푹 내쉬었다.

"던전 공략 후 상태도 좋아서 앞으로 한두 번 정도만 더 상담하면 연말쯤에나 다시 보면 될 거 같아요. 이대로라면 웬만한 상급 각성자들보다 사회 적응도가 높을 듯한데요?"

"저 사회성 좋다니까요~."

박예림이 씨익 자신만만하게 웃었다.

"특히 한유현이랑은 비교 자체가 안 되죠!"

"참, 한유현 헌터 외의 S급 각성자와는 만나 보셨나요?"

"아저씨 만나러 해연에 우르르 왔었다는데 전 못 봤고요, 현아 언니랑만요. 아, 현아 언니는 성격 좋은 거 같던데요."

"문현아 헌터도 평판이 좋은 편이지요. 다른 S급 각성자들과의 접촉은 아직 없으시군요."

"네. 사실 잘 알지도 못해요. 비각성자일 때요, 각성하고 싶다~ 생각은 많이 했는데 헌터한테 관심은 별로 없었거든요. 헌터 좋아하는 애들은 있긴 했지만요."

특히 상급 헌터들은 팬이 많았다. 박예림이 조금 머뭇거리면서 말을 이었다.

"해연 길드장은 잘생겼다고 생각하긴 했었는데. 반에서 인기도 제일 많았고요. 이건 진짜 비밀이에요."

"걱정 마세요, 아무한테도 말 안 할게요."

권상은이 웃으며 고개를 끄덕였다.

"현아 언니 좋아하는 애들도 있었고요. 하지만 다른 S급 헌터는 별로 못 들어 봤어요."

"세성 길드장인 성현제 헌터도 인기가 많지 않나요?"

"어, 그 아저씨 이야기도 듣긴 했는데. 근데 외국인 같기도 해서 거리감쯤 있었달까. 제 친구는 맨날 정장 입는 거 답답해 보여서 별로랬어요. 세성 길드장 말고 A급 헌터인 신도연 오빠가 더 인기 많았는데."

"신도연 배우 말이죠? 한신 길드 소속인."

"맞아요! 그 오빠 잘생기긴 했더라고요."

"하긴 신도연 헌터는 이제 겨우 열아홉 살이었죠. 성현제 헌터는 중학생에겐 너무 나이가 많긴 해요. 부모뻘이니까."

"오~ 선생님 세성 길드장 좋아하시는구나~."

"잘생기긴 했잖아요. 물론 얼굴만 좋은 거예요. 직접 만나 보니 멀리서만 바라보고 싶어지더라니까요."

"저도 한유현 직접 만나 보니 얼굴만 잘생겼다 싶어졌어요."

얼굴이 아깝다며 박예림이 혀를 쯧쯧 찼다.

"어차피 문현아 헌터 외의 S급 각성자와는 마주칠 일이 별로 없을 거예요. 교류를 잘 안 하는 편이거든요."

"그래요?"

"네. 안전을 위해서라도 사적인 만남은 자제해 주길 부탁하곤 있는데, 그럴 필요가 없을 정도죠. 문현아 헌터도 박예림 헌터가 어린 여자 각성자이기에 접근해 온 걸 거예요."

문현아는 사교적이었지만 그렇다고 해도 S급 헌터와 교류하는 일은 적었다. 한유현이야 S급은 물론 다른 각성자, 비각성자와도 사적인 관계는 아예 없다시피 하였고 한신, 수담, MKC 길드장들 역시 자신의 영역에서 잘 벗어나지 않았다. 세성 길드장은 국내보다는 해외 교류에 더 신경 쓰고 있었기에 역시나 국내에서의 활동은 적었다.

"다만 해연 길드와 수담 길드 사이에 분쟁이 있었던 적이 있으니, 수담 길드장과는 개인적인 연락은 삼가시는 게 좋아요. 혹시 이미 주의받으셨나요?"

"아뇨. 그냥 다른 S급 길드랑은 따로 연락하지 말라는 정도만요. 특히 인사팀장 아저씨가 강조하셨어요."

박예림이 혹여 다른 길드의 꾐에 넘어가진 않을까 하는 걱정 때문일 것이다.

"수담 길드장인 윤경수 헌터가 일방적으로 해연 길드장 한유현 헌터에게 이를 갈고 있는 상태예요. 과거에 시비 걸었다가 호되게 당했었거든요. 한유현 헌터와의 실력 차이 때문에 실제 전투가 벌어질 확률은 낮지만, 박예림 헌터는 아직 미숙한 편이니까요. 혹여 도발하더라도 절대 넘어가지 마세요."

비슷한 등급인 각성자 간의 합의된 전투는 결과의 책임을 묻기가 힘들다. 그러니 막 각성한 박예림에게 분풀이를 하려 들 수도 있었다.

"저 그렇게 어리진 않거든요? 그런 치사한 아저씨쯤 깨끗하게 무시할 거예요."

"맞아요. 아무리 같은 S급이라지만 당시 한유현 헌터는 미성년자였는데 저러는 거 솔직히 치사하죠."

"와, 한유현 미자일 때 얻어맞고 원한 품었다고요? 그래서 나한테도 시비 걸 수 있단 거구나. 근데 그럼 아저씨도 위험하지 않을까요? 한유현이 유진이 아저씨 아끼는 거 이미 알고 있을 텐데."

"한유진 헌터는 국내 모든 S급 각성자들과 연관이 되었으니까 쉽게 손대지 못할 거예요. 스탯 등급 F이니 박예림 헌터처럼 정당하게 맞서는 것도 불가능하죠."

웬만해선 건드리지 못할 거라는 말에 박예림이 다행이라며 안심했다. 권상은이 그 밖의 S급 헌터와의 교류상 주의점에 대해 알려 주었다.

"그러니까 다른 S급 길드가 자리한 구역에는 별다른 이유 없이는 접근하지 않는 편이 좋아요. 근처에 볼일이 있다 해도 헌터협회를 통해 미리 알려둔 후 이동하시길 권장합니다."

"현아 언니는 맘대로 놀러 오라던데요."

"길드장에게 허가를 받은 셈이니 그건 괜찮죠. 그래도 최소한 해연 길드에라도 알리고 움직여 주세요. 만약의 사태를 대비해 S급 각성자의 행선지는 파악해 두어야 한답니다."

"우… S급 각성했으니 어른처럼 맘대로 다녀도 될 줄 알았는데."

"확인만 해 두는 거예요. 혹시라도 S급 각성자 간에 충돌이 일어나지 않도록."

외부에서 S급 헌터끼리 마주쳐서 좋을 일은 없었다. 한유현과 한신 길드장은 잘 움직이지 않았으며 세성 길드장은 해외에 주로 머물렀지만 나머지 셋은 부딪치는 일이 이따금 있었다. 특히 최근에 MKC 길드장이 해연과 브레이커의 성장을 전보다 더 경계하고 있어 각성자 관리실과 헌터협회에서도 신경을 곤두세우는 실정이었다.

이런 상황에서 해연 소속이자 미숙한 S급인 박예림이 보고 없이 혼자 돌아다녔다간 사고가 날 수도 있었다.

"각성자 관련 법률과 기관에 대해선 이미 배우셨죠?"

"그랬던 거 같긴 한데~ 한 반쯤은 기억하고 있을걸요?"

"해연에 재교육을 요청해야겠네요."

"아악, 선생님!"

사실 반의반의 반도 기억 못 하는 박예림이 애절하게 외쳤다. 그거 진짜 지겨웠는데! 하지만 권상은은 단호하게 말했다.

"S급 각성자를 억지로 수업에 집중시키긴 힘드니까 박예림 헌터 스스로 귀담아들으셔야 해요. 해연에는 진짜 중요한 것만 다시 가르쳐 드리는 게 좋겠다고만 전해 둘게요."

"우으으으……."

여느 중학생과 다를 바 없는 표정으로 테이블 위에 늘어지는 박예림의 모습에 권상은은 미소를 머금으며 몸을 일으켰다. 다음 한 번 정도만 더 대화를 나누면 박예림의 추가 상담은 필요 없을 듯했다.

"정말 많은 일이 있었지요."

박예림이 자신이 담을 수 있는 최대의 무게감을 담아 말했다. 권상은 또한 그에 동의했다.

"정말… 그랬었죠."

"진짜요, 진짜. 아저씨 납치당하고 명우 오빠는 S급 무기를 만들고, 보셨어요? 제 창! 파르미니의 얼음나무 창, S급!"

박예림의 목소리가 확 올라가며 흥분을 감추지 못한 채 물었다. 권상은이 물론이라며 고개를 끄덕였다.

"방송하는 거 봤죠. 박예림 헌터에게 정말 잘 어울렸어요."

"예쁘죠! 덕분에 저 완전히 빚쟁이 됐지만요……. 제 사회 적응은 당분간 신경 쓸 필요 없으실걸요. 빚 얼른 갚으려면 열심히 일해야 하고, 벌금 안 내게 사고도 안 쳐야 하고. 아무튼 그리고 또! S급 헌터들이랑 우르르 던전 가서 엄청 쎈 몬스터 튀어나오고! 귀걸이! 요, 이쁜 귀걸이!"

박예림이 상체를 옆으로 돌리며 귀에 달랑달랑 매달린 푸른 귀걸이를 자랑스럽게 보여 줬다.

"이게 무려! 아, 말하면 안 됐는데. 암튼 되게 좋은 템이에요! 이거 얻었죠, 그리고 성한 아저씨 S급 됐죠, 또 각관실 실장 아저씨 만났는데 되게 이상했고요, 노아 오빠도! 제가 멋지게 우리 아저씨를 지켜 냈죠!"

후후 웃던 박예림이 다시금 무게감 넘치는 표정을 지어 보였다.

"그렇게 마많은 일들이 있었습니다. 네에."

그 짧은 사이에. 권상은 또한 잠깐 먼 허공을 바라보았다. 무엇부터 꺼내 들어야 할지 모를 큼직한 사건들이 줄줄이 벌어졌다.

"…우선, 시간이 좀 지나긴 했지만 한유진 헌터께서 무사하셔서 다행이에요."

"에이, 별로 안 지났어요. 납치는 좀 됐지만 던전 갔다 온 것도 오래 안 됐고 노아 오빠 덤벼든 건 진짜 얼마 안 됐잖아요."

"…예."

"아저씨는 건강해요. 애들 키우느라 힘드신 거 같긴 한데, 그래도 설마 또 저렇게 줄줄이 일 터지겠어요? 이젠 괜찮을 거예요."

그래, 설마 또 저런 난리가 한 번도 아니고 연속으로 벌어질까. 아무렴 설마.

"박예림 헌터의 성과와 해연 길드에 S급 각성자가 한 명 더 늘어난 것도 축하드려요. 해연이 빠르게 성장해 나가네요."

"저 있으니까 당연히 1위 해야죠~."

그리고 언젠가 길드장 자리를 차지하겠노라며 박예림이 야망 가득한 눈빛을 빛냈다.

"한유현하고는 상담하셨어요?"

"네, 덕분에 무사히 잘 끝냈어요. 박예림 헌터의 조언을 따르니 대화하기 비교적 편해지더군요."

저번 상담을 마치고 나갈 때 박예림은 권상은에게 한유현이랑 상담할 때 아저씨랑 사이좋아 보인다고 칭찬하라며 가르쳐 주었었다.

"한유진 헌터와 닮았다거나 한유진 헌터가 동생을 무척 아끼는 것 같다거나 한유진 헌터에겐 한유현 헌터가 꼭 필요할 듯하다는 등의 말을 할 때마다 냉랭한 분위기도 한결 나아졌어요."

"그렇다니까요. 심지어 갈수록 더 심해지고 있어요! 한유현 완전 아저씨바라기예요!"

"스탯 F급인 한유진 헌터를 아끼는 것 자체는 환영할 일이지만… 과보호하는 면은 조금 걱정이 되더군요. 자칫하면 주위의 위험을 미리 처리해 버리려 들 수가 있으니까요."

약자를 보호하는 S급 헌터는 바람직하다. 하지만 그것이 단 한 명에게만 국한되는 건 위험했다. 한유현은 모든 이들에게 공평하게 무관심한 S급 헌터였다. 그렇기에 오히려 안전했건만 이제는 그 공평함이 깨지고 만 것이다.

"에이, 아저씨가 그렇게 놔두진 않을걸요. 한유현 아저씨 말은 잘 들어요. 노아 오빠도 살아 있잖아요."

한유진을 공격했음에도 사지 멀쩡하다 못해 사육소 쪽에서 받아 주기로까지 하였다. 박예림의 태평한 말에 권상은은 그냥 마주 미소 지었다. 같은 해연 소속이라 하나 한유현의 일로 박예림의 심경을 너무 복잡하게 만들고 싶지는 않았기 때문이었다.

"그래도 비각성자 또는 하급 각성자와 가까운 관계를 유지하는 것은 좋게 평가되고 있어요. 대표적으로 한신 길드장인 박민규 헌터가 있죠."

"전 한 번도 못 봤는데."

"대외 활동을 잘 안 하는 편이라 앞으로도 마주칠 일은 드물 거예요. 박민규 헌터는 비각성자와 결혼했죠."

"아, 전에 뉴스 봤어요. 회사 회장님 따님이랬던가 손녀분이랬던가?"

"보기엔 정략결혼 같지만 사실은 연애결혼이에요. 이게 가장 중요한 포인트죠!"

권상은이 열정적으로 말했다.

"그전까지 학계에선 상급 각성자, 특히 S급 각성자는 다른 종족으로 봐야 하지 않느냐는 말까지 나오고 있었거든요. 유전자 정보와 외양은 동일하다지만 사자와 고양이만큼의 능력치 차이가 있으니까요."

사람의 능력 차이는 다양하다. 100미터를 10초 내로 달려도, 30초 넘게 달려도 동일한 인간이다. 같은 분량을 한 시간 내로 암기해도, 하루 종일 걸려 외워도 역시나 동일한 인간이다. 그러니 S급 각성자라 해도 종족적 차이는 없다, 라고 말하기에는 비각성자와의 차이가 너무나도 극명했다.

"생물학적인 부분조차 달라요. 수명부터도 크게 차이가 날 가능성이 높아요. 현재까지 보고된 바로는 S급 각성자는 노화의 진행이 거의 없는 수준이라고 하거든요. 사례가 너무 적긴 하지만요. A급 각성자도 무척 느린 편이고요. A급만 되어도 비각성자의 최소 두 배 이상의 수명을 가지지 않을까 짐작하고 있어요."

"…두 배요? 저 이백 살 넘게 사는 거예요?"

"아직 추측에 불과하지만요. 거기에 각종 내성, 면역력, 회복력 등등 신체 자체가 아주, 엄청나게 튼튼하죠. 평균적인 체온은 더 높고 맥박은 좀 더 느리며 변화가 적어요. 해독력은 시중의 약이 통하지 않는 수준이죠."

"어? 그럼 감기 걸리면 어떡해요?"

"안 걸려요."

안 걸리는구나. 박예림이 눈을 깜박거렸다.

"각종 질병에서 벗어났다고 봐도 될 정도예요. 암은 어떨지 아직 모르지만, 비정상 세포가 발생할 가능성 자체가 낮을 거라고 해요. 연구가 쉽지 않아 자료가 별로 없지만 실제로 돌연변이 세포의 발생을 확인하지 못했다더라고요."

그쪽 몸 좀 연구합시다, 하는 요청을 흔쾌히 받아들이는 S급 헌터는 없었다. 있다 해도 던전 발생 초기에는 세상 지키느라 바빠서 정부에서 금지해야 할 판이었다. 지금도 S급 던전에 주기적으로 들어가 줘야 하니 연구는 더딜 수밖에 없었다. 또한 어차피 비각성자와는 너무 다르고 마력의 요소가 미치는 영향도 크기에 현대의 과학으로는 실질적 연구 가치가 없을 거란 비관적 의견도 있었다.

"신체 외에 전에 말한 정신력 스탯 문제도 있고요. 덕분에 과연 상급 각성자가 동일 종족으로서 인간과 어울릴 수 있을 것인가 하는 말이 나오는 상황에! S급 각성자가 비각성자와 연애결혼을 한 거죠!"

그때 얼마나 난리가 났던지. 믿을 수 없다며 한신 길드에 무작정 쳐들어갔다가 쫓겨난 학자들도 수두룩했다. 권상은이 흥분을 가라앉히지 못하며 말을 이었다.

"원래 있던 가족도 아니고 친구나 동료도 아니고 새로운 가정을 이룬 거예요!"

"…대단한 거예요?"

"대단하죠! 비각성자 간에도 결혼은 서로 다른 가정, 문화에서 살아온 두 사람이 합쳐지는 일이라고요. 가정은 사회의 가장 작은 단위기도 하죠. 기초적인 생활 공동체예요. S급 각성자가 비각성자와 자의적으로, 상호 동의하에 건강한 가정을 이룰 수 있다는 뜻은 비각성자와 하급 각성자 위주인 인간 사회에 상급 각성자가 적응하기 충분하다는 의미랍니다."

"어… 그래요?"

"네. 그래서 박민규 헌터는 국내 다른 S급 각성자에 비해 활동이 두드러지지 않음에도 세계적으로 유명해요. 식은 무사히 올렸으나 결혼 생활까지 잘 이어질지 학계는 물론이고 각국의 온갖 기관과 정부가 지켜보고 있었지요."

그리고 박민규 부부는 잘 살았으며 지금까지도 사이좋은 부부 관계를 이어가고 있었다. 권상은이 과거의 일들을 떠올리며 감격 어린 표정을 지었다. 박예림은 그렇구나 하고 곰 인형의 두 팔을 잡고 만세시켰다가 꾸벅 인사도 하고 춤도 추게 했다.

"S급 각성자와 비각성자의 성공적인 결합 덕분에 상급 각성자에 대한 경계심도 한결 누그러지게 되었어요. 그 후 A급 각성자 중에서도 비각성자, 하급 각성자와 결혼하는 사례가 몇 나오기도 했고요."

"음, 아무튼 잘됐네요."

"잘되었죠, 정말. 덕분에 현재로선 박민규 헌터가 국내에서 가장 안정성 높은 S급 각성자예요. 세계적으로도 마찬가지일 거예요. 아이까지 가진다면 더욱 확고해지겠죠."

부인에 더해 친가는 물론 시가와도 관계가 좋았으며 비교적 덜 호전적인 방어계라는 점도 평가에 한몫을 했다. 박예림이 잠깐 잃었던 관심을 되살리며 고개를 들었다.

"그다음은 저죠?"

"아쉽지만 박예림 헌터는 아직 좀 더 지켜봐야 해요. 김성한 헌터도 마찬가지고요. 제가 보기엔 박예림 헌터가 두 번째가 될 거 같지만요."

"저 진짜 성격 좋다니까요. 현아 언니도 좋긴 했지만."

"문현아 헌터는 얽매인 것이 많다는 점에서 약간 우려되긴 해요. 그래도 박민규 헌터 다음으로 안정적으로 보고 있죠."

"얽매인 거요?"

"네. 정확히는 S급 각성자임에도 참아 주는 부분이 많아요. 근접 전투계라 호전적임에도 자제심이 강하죠."

박예림이 고개를 갸우뚱 기울였다.

"그거 좋은 거 아녜요?"

"음, 너무 참으면 병난다는 말도 있잖아요. 기세도 성격도 강한 S급 각성자가 스스로를 너무 억누르기만 하면 언젠가는 터질 가능성이 높고, 평소보다 진정시키기도 훨씬 힘들겠지요."

그나마 던전에서 풀 수 있으니 다행이라며 권상은이 덧붙여 설명했다.

"그래서 국내 S급 각성자 중 잠재적 위험요소가 가장 크다고 평가되는 사람은 다름 아닌 송태원 각관실 실장님이세요."

"오, 알 거 같아요!"

병원 앞에서 송태원과 처음 만났던 기억을 떠올리며 박예림이 크게 끄덕거렸다. 정말 이상하고 특이한 S급 헌터였다.

"차도 요만한 거 타고 다니고, 세성 길드장이 대놓고 시비 걸었는데도 안색 하나 안 변하고. 근데 그래도 공무원이잖아요? 아저씨는 공무원 아저씨가 있어서 한국의 상급 헌터들이 그나마 민간 피해를 못 일으키는 거라던데."

"그것도 맞아요. 송 실장님의 덕을 정말 많이 보고 있죠. 하지만 안정성 문제는 그와 별개니까요. 무엇보다… S급 각성자가 공직에 몸을 담고 법을 지키며 개인적인 이득을 멀리한다는 점이… 스스로의 욕구를 대체 얼마나 억누르고 있는 것일까 하는 걱정이 들 수밖에 없어요."

단순하게 보면 바람직한 모습이다. 하지만 상급 각성자, 특히 전투계에 대해 알고 있는 사람이라면 스스로 발톱과 이빨을 뽑아 버리고 풀을 뜯어먹는 호랑이를 바라보는 듯한 이질감을 느낄 수밖에 없었다.

"S급 각성자는 기본적으로 신체는 물론이고 정신적 문제도 별로 없어요. 스트레스받을 일 자체가 드무니까요."

길드를 운영하고 사회에 섞이면서 자잘하게 신경 쓰는 일은 생긴다. 그렇다고 해도 정신적으로 크게 억눌리진 않았다. 정 싫으면 그냥 다 버리고 혼자 잘 먹고 잘살 수도 있는 능력을 지녔으니까.

비각성자 권력자와는 달랐다. 한순간에 모든 것이 무너져 내린다더라도 S급 몸뚱이만 있다면 얼마든지 다시 올라갈 수 있다. 자기 자신의 존재 자체가 빼앗기지도, 흔들리지도 않는 절대적인 기반인 것이다.

그런 근본을 지녔기에 S급 각성자들은 정신적으로도 단단하기 그지없었다.

"대충 살아도 미래에 대한 걱정이 없으며 질병은 물론 노화에서도 벗어날 가능성이 높죠. 사고를 당할 일도 없고 강도나 폭도가 덤벼들거나 재난에 휩쓸릴 일도 없어요. 걱정거리라면 기본적인 인간관계 정도일까요. 혹은 어떻게 하면 더 강해질까 같은?"

"…그러네요? 생각해 보니 저도 걱정할 게 별로 없어지긴 했어요. 빚이 생기긴 했는데 얼마든지 갚을 수 있고. 아저씨가 걱정되고 한유현이 짜증 난다 정도?"

"보통은 그런데 송 실장님께서는… 항상 근심과 짐을 얹고 다니는 느낌이죠."

"쫌 어두워 보이긴 했어요."

덩치가 큰 탓도 있겠지만 전체적으로 무거운 분위기였다.

"정중하고 딱딱하고 감정 표현도 잘 안 하고요? 되게, 일에 시달리는 회사원? 그림자 막 드리워져 있고"

"세계 어딜 가더라도 그런 S급 각성자는 없지요. 그 특이성 자체도 불안한 점이에요. 그래서 저희 쪽에서는 성현제 헌터에게 기대고 있어요."

"세성 길드장 아저씨한테요?"

박예림이 눈살을 확 찌푸렸다. 던전에서 갑자기 한유진을 납치하려고 했던 만큼 성현제에 대한 인상이 나쁜 편이었기 때문이었다. 그때 말고는 괜찮았지만 난데없이 사람을 잡아가려 하다니.

"성현제 헌터는 예측이 힘들며 돌발 행동이 잦다는 점 외에는 무척 안정적인 S급 각성자예요."

"묘사가 전혀 안정적이지 않은데요."

"그렇다곤 해도 선은 확실히 지키거든요. 민간인에게 심각한 피해를 입힌 적 없으며 책임도 분명하게 지는 편이지요. 정부나 헌터협회 등 주위에 떠넘기는 경우가 종종 있긴 해도 적정 수준이에요. 자기가 감당하기 힘들다기보단 이 정도는 너희가 해야지, 라는 느낌이랄까요. 부려 먹히며 지시에 따르는 하급자가 된 기분이라 싫어하는 사람들은 많지만요."

특히 나이 있고 지위가 높은 편인 자들이 눈엣가시처럼 여겼다. 성현제야 눈썹 하나 까딱하지 않았지만.

"일부러 약자를 괴롭히거나 하지도 않아요. 위치에 비해 상당히 도덕적인 편이지요. 박예림 헌터로선 가까이해서 이득일 상대이기도 하고요."

"…이득이요? 별로 그럴 것 같진 않던데. 게다가 나이도 엄청 많잖아요. 말도 잘 안 통할 진짜 아저씨랑 가까이 지내서 뭐 해요. 이미지도 나빠질 거 같고."

박예림의 냉정한 말에 권상은이 당황하면서도 이어 말했다.

"그렇긴 한데, S급 각성자로서는 세대 차이가 별로 없으니까요. 이제 겨우 4년도 안 지났잖아요. 그쪽 관련으로는 얼마든지 말도 잘 통하고 정보도 많이 얻을 수 있을걸요? 또 전에 성현제 헌터와 강소영 헌터 사이에 스캔들이 난 적 있거든요."

"엥? 소영 언니랑요? 미친 거 아니에요? 나이 차이 엄청 나는데!"

"물론 거짓이었지만, 확인은 해야 했기에 상담을 했었어요. 당장은 아니더라도 향후에는 또 관계가 바뀔 수도 있으니까요. 그때 성현제 헌터가 미성년자 시절부터 봐 온 자식뻘 어린애는 나이를 얼마나 더 먹든 어린애일 뿐이라고 확실하게 못을 박았죠."

단순한 후견인 이상도 이하도 될 일이 없다고 잘라 말했다. 관련 소문에 대해서도 심히 불쾌해하며 수습도 철저히 한 덕에 그런 유의 헛소리는 익명으로조차 사라졌다. 이미지 관리 철저하며 어린애는 어린애 취급을 해 주는 어른다운 어른이다. 권상은이 성현제 대신 늘어놓는 변명에 박예림이 그건 당연한 거고요, 하고 떨떠름히 입을 열었다.

"싸울 땐 안 봐줄 거 같던데."

던전에서 한유진을 데리고 가려 했던 성현제는. 박예림은 그때의 그를 떠올렸다. 아무렇지 않게 박예림의 머리를 잘라 버릴 수 있는 S급 헌터. 그런 직감이 들었었다. 박예림의 말에 권상은이 살짝 난감한 눈빛을 했다.

"S급 각성자 간의 전투는 저로서는 잘 모르지만, 목숨이 걸렸을 때까지는 봐주지 않겠죠? 아무래도요. 하지만 성현제 헌터가 강소영 헌터에게 관대한 것만큼은 사실이에요. 해연 길드도 한유현 헌터가 미성년자였기에 안 좋은 쪽의 간섭은 하지 않았다고도 하고요. 다른 길드 상대할 때와 달리 시비 건 적도 없을걸요."

"그래요? 하긴 한유현도 미자일 때 각성했댔죠. 근데 선생님 확실히 세성 길드장 팬인 거 같은데~. 얼굴만 보는 거 아닌 거 같은데~."

"…선을 지킨다는 점은 칭찬할 만하니까요."

엣헴, 하고 권상은이 헛기침을 했다. 실제로 성현제는 강력한 힘을 지니고서 권력을 능동적으로 휘두르는 사람치고는 상당히 윤리적이기에 그런 면을 높게 치는 이도 많았다.

"아무튼 성현제 헌터는 적극적으로 사회 질서를 지키려는 성향도 있기에 송태원 실장님의 상대로 적합합니다. 성현제 헌터 스스로도 그 역할을 자처하는 듯하고요."

"자처한다고요? 진짜요? 잠깐 봤지만 그 반대일 거 같았는데."

"평소에는 송 실장님께서 성현제 헌터의 돌발 행동을 저지하고 계시긴 해요."

"공무원 아저씨가 사고 친 적은 있으시고요?"

"음… 아뇨. 없죠. 그런 쪽으론 철저한 분이시라."

박예림의 표정이 미묘해졌다.

"그럼 그냥 공무원 아저씨가 세성 길드장 뒤처리하는 거 아니에요? 그것도 일방적으로."

"…일단은 그렇긴 하지요?"

무어라 설명하기 복잡하다는 눈빛으로 권상은이 작게 끄덕였다. 언뜻 보기엔 일방적이지만 또 실은 그렇지만은 않은 관계. 이걸 어떻게 말해 줘야 할까 하다가 적당히 넘기기로 했다. 어차피 박예림과는 크게 상관없는 일이었다.

"그냥 서로 자주 접촉하니까 만에 하나 반대로 송 실장님께서 폭주하는 일이 있다면 성현제 헌터가 빠르게 막아 줄 수 있다는 뜻이죠."

"대충 알겠어요. 저도 한유현이 사고 치면 열심히 막을게요."

"하하하, 네. 그 외 MKC와 수담 길드장은 무난한 편이에요. 전형적인 권력자형으로 오만하고 독선적인 성향이 있지만 성현제 헌터와 송태원 실장님께서 누름돌 역할을 하고 있기에 별다른 문제는 없었죠. 윤경수 헌터는 한유현 헌터에게 당한 것도 크고요."

한국의 S급 각성자들은 전체적으로 균형을 잘 이루고 있는 편이었다. 다만 특수 스킬을 지닌 한유진과 유명우가 나타나고 새로운 S급 각성자의 탄생 및 유입으로 조금씩 흔들리기 시작했다.

"결론은 제가 신경 쓸 헌터는 한유현과 세성 길드장뿐이라는 뜻이네요! 공무원 아저씨는 법만 잘 지킴 된댔고."

그 둘만 이기면 내가 최고! 박예림이 자신만만하게 말하고 권상은이 힘 내라며 응원을 던져 주었다.

"던전 밖에서는 가급적 싸우지 마시고요."

"옙~ 명심하겠습니다~."

권상은은 박예림의 상담을 천천히 마무리 지었다. 박예림은 상담 내내 상당히 협조적이며 사교성 높은 태도를 보였다. 비각성자 및 하급 각성자와의 관계도 원만히 유지 중이며 던전 공략 및 S급 각성자들과의 접촉 후에도 부정적인 변화를 나타내지 않았다.

"박예림 헌터의 안정성은 높게 나오지 싶어요. 다만 아직 각성 후 고양감과 흥분감이 완전히 가라앉진 않았어요. 아마도 연이어 사건이 벌어진 탓이겠죠."

"흥분하지 않기가 힘들었다고요! 정말로."

"네에. 조금만 더 차분해지길 바랄게요. 이후 추가 상담은 필요 없고 연말쯤 다시 뵙죠."

테이블 위의 자료를 정리하는 권상은에게 박예림이 휴대폰을 내밀었다.

"번호 교환해요~."

"죄송하지만 안 됩니다. 객관성 유지를 위해 상담 대상과의 개인적인 연락은 금지되어 있거든요."

"에이……."

권상은은 아쉬워하는 박예림에게 인사했다. 연말에는 어쩌면 자신이 아닌 다른 사람이 이 자리에 앉게 될 수도 있다. 권상은 또한 박예림과의 헤어짐이 아쉽게 느껴졌으니 스스로 물러나는 것이 맞을 터였다.

"그럼, 박예림 헌터. 행복하게 잘 지내시길 바랄게요."

"선생님도요~."

그렇게 끝이 났다고 생각했었는데.

"안녕하세요, 선생님! 그동안 저엉말 많은 일이 있었죠!"

"…네. 어서 오세요, 박예림 헌터. 한유현 헌터."

권상은이 쓴웃음을 머금으며 두 사람을 맞이했다. 박예림이 먼저 폴짝 뛰듯이 소파에 앉고 한유현이 조금 떨어진 의자에 묵묵히 자리 잡았다.

"그러니까… 그동안……."

"아저씨가 또 납치당했죠. 홍콩에도 갔다 왔고요. 아, 그 전에 이상한 던전도 튀어나왔고요. 그 전엔 세성 길드장이 아저씨랑 노아 오빠랑 던전 갔었고, 거기서 수담 길드장이랑 MKC 길드장이랑 싸웠고, 리에트 언니는 나쁜 용 놀이 했댔고요, 그러다가 수담 길드장은 죽었고요."

"네……. S급 각성자가 사망했죠."

"아저씨가 세성 아저씨네 놀러 갔었고, 눈 나빠지기도 했어요. 그리고 MKC 길드장이 엄청 쎄졌다가 죽었죠."

"네……. S급 각성자가 한 명 더 사망, 아니 실종되었죠."

그야말로 전대미문의 사태였다. S급 각성자의 사망은 아직 공식적으론 기록되지 않았다. 던전에서는 물론이고 던전 밖에서도 목숨에 위협을 받는 일은 없었기 때문이었다. S급 각성자의 사망은 국가적인 손실이기에 S급끼리의 충돌은 최대한 피해 온 덕이기도 하였다.

그런데 연속으로 두 명이나 사망하다니. 참으로 경악스러운 일이 아닐 수가 없었다. 심지어 그중 한 명은 시체조차 건지지 못하여 일단은 실종으로 처리된 상태였다.

"마지막으로 한유현 헌터와 박예림 헌터가 한유진 헌터의 집에 들어가 살게 되었고요."

"맞아요!"

권상은의 말에 박예림이 활짝 웃으며 고개를 끄덕였다.

"아저씨랑 같이 살게 되었죠~ 한유현은 덤 같은 거고요."

한유현은 아무 말 없이 박예림을 흘끔 쳐다보았다. 밖으로 꺼내진 않았지만 그 또한 박예림과 비슷한 심경이었다.

"우선 두 분이, 한유진 헌터가 무사하셔서 다행입니다."

"아저씨는 진짜요."

박예림이 어휴, 하고 긴 한숨을 흘려 냈다. 한유현의 미간도 희미하게 좁혀졌다.

"가둬 두고 싶어 하는 한유현이 이해가 갈 정도라니까요."

"형은 너무 무모해."

한유현이 짧고 단호하게 말했다. 박예림이 그에 동의하며 재차 한숨을 내쉬었다.

"맨날 말만 쉴 거야, 쉰다니까, 진짜 얌전히 있을게, 이러구."

"노아 헌터의 일에는 왜 또 쓸데없이 나서려는 건지."

"아, A급 헌터들 랭킹전 준비도 하신댔잖아. 그냥 서류 작업만 좀 돕는 거야~ 라고 했지만 믿음이 안 가."

"송태원 실장, 세성 길드장과 계속 가깝게 지내는 것도 문제다. 위험해."

"그래도 공무원 아저씨는 괜찮지 않나? 세성 길드장 아저씬 나도 아저씨한텐 좀 위험해 보이긴 해. 재밌는 아저씨긴 한데 제멋대로잖아."

권상은은 한유진을 놓고 투덜투덜 주거니 받거니 하는 한유현과 박예림을 가만히 바라보았다. 불과 물. 속성부터가 상극에 서로 거리를 두며 냉랭한 기류가 흐르는, 사이좋다고 말하긴 힘든 모습이었지만 그 사이에 한유진이 끼자 자연스럽게 섞여들고 있었다. 적어도 한유진과 관련된 일에 한해서는 의견도 제법 잘 맞는다.

"S급 각성자가 다른 S급 각성자와 동거하는 일은 이제껏 없었어요."

두 사람의 대화가 잦아들자 권상은이 입을 열었다.

"노아 헌터 또한 S급이 된 직후 리에트 헌터로부터 독립했다고 하지요. 무엇보다 다른 S급 각성자가 근처에 있으면 편안한 일상생활은 물론 깊은 휴식을 취하는 것부터가 힘들다고 알고 있어요."

"맞아요. 전에 아저씨랑 피스랑 한유현이랑 김성한 아저씨랑 현아 언니랑 세성 길드장이랑 던전 갔을 때 아저씨 말곤 아무도 안 잤잖아요. 저도 쫌 거슬리긴 하더라고요. 한유현도 자기 공략 차례 아닐 땐 아저씨 텐트 옆에서 묵묵히 앉아만 있고."

한유진이 잠들기가 무섭게 공기가 답답해졌었다. 그나마 문현아와 이야기를 나눴을 뿐, 다들 거리감 장난 아니었다면서 박예림이 고개를 절레절레 저었다.

"저 혼자 S급이고 나머진 A급인 헌터들이랑 던전 들어갔을 땐 분위기 좋았는데 말이에요."

"리더 한 명만 등급이 높고 나머지는 동일 등급인 파티가 가장 이상적이란 말이 있지요. 같은 등급은, 특히 같은 전투계이기까지 하면 아무래도 견제하는 기색이 생기기 마련인데 혼자면 그럴 일이 없으니까요. 동시에 등급 낮은 각성자들은 강한 리더이자 보호자의 존재로 안정감을 얻게 되지요. 이미 확실한 강자가 있기에 서로 서열을 다툴 일도 적어지고요."

"이미 배웠을 텐데."

한유현이 박예림을 쳐다보며 말했다. 박예림은 못 들은 척 시선을 피했다.

"그래도 던전은 넓게 트인 공간이라 괜찮았을 거예요. 하지만 집은 좁지요. 상급 각성자 특수격리소를 가 보긴 하셨을 텐데……."

"제가 갔을 땐 활활 불타고 있었죠~."

"……네. 방은 분리되어 있다 해도 같은 상급 각성자들과 같은 건물 내에 무력화된 채 갇혀 있다는 것만으로도 상당한 스트레스를 받는다고 해요. S급은 동시에 수감될 일이 거의 없다 보니 괜찮겠지만요."

그래서 A급 헌터들은 격리소에 갇히는 것을 무척 싫어했다. 갇히는 것 자체도 달갑지 않았지만 본능적으로 항시 경계태세를 유지한 채 버텨야 했기 때문이었다.

"S급 각성자는 안전문제상 거리를 충분히 띄워 둡니다. 또한 대체 불가능한 던전 공략 때문에라도 장기 구금은 하지 않습니다."

한유현이 고저 없는 목소리로 보충 설명을 해 주었다. 박예림이 눈을 반짝이며 한유현을 돌아보았다.

"갇힌 적 있는 거야?"

"S급 헌터는 구치소 이상은 잘 보내지 않아. 주로 비각성자 및 하급 각성자를 고의적, 악의적으로 심각하게 해하는 등의 사회적 위험요소가 큰 경우에만 격리소까지 가게 된다."

"그럼 안 갔겠네."

박예림은 당연하다는 듯이 말했다. 한유현이 맘에 들지 않았음에도 그가 약자를 이유 없이 해치진 않을 거라는 믿음을 가지고 있었다.

"박예림 헌터는 물론이고 한유현 헌터 또한 같은 실내 공간에서 다른 S급 각성자와 긴 시간 머무른 적은 별로 없었을 거예요."

"송태원 실장에게 조사받을 때 정도입니다. 그것도 길어야 한나절을 채 넘기지 않았죠. 송태원 실장 외엔 각성 초기 모임 때 한 번. ···형이 각성한 후로 형과 관련된 일로 몇 번."

한유진이 아니었다면 공무원인 송태원 외에는 여전히 마주칠 일도 거의 없었을 것이다. 형은 왜 자꾸만 다른 S급 헌터들과 엮이는 것일까. 한유현의 표정이 어둑해졌다.

"보통은 그렇죠. 송태원 실장님만이 업무상 예외적인 정도며 문헌아 헌터 또한 다른 S급 각성자에 비하면 사교적이지만 교류가 잦지는 않아요."

"세성 길드장 아저씨는 꽤 사교적으로 보이던데요?"

"전에도 말씀드렸지만 한유진 헌터가 부각되기 전까진 해외에 주로 머물러 국내 S급 각성자와는 마주칠 일 자체가 별로 없었죠. 세성 길드장 외에 해외로 나간 적 있는 국내 S급 각성자는 브레이커와 MKC 길드장뿐이라 국외에서 만날 일도 드물고요. 성현제 헌터가 해외에선 다른 S급 각성자들과 교류가 많은 편이라는 송태원 실장님의 보고가 있었지만, 음."

권상은은 말을 잠시 멈추고 정보 제공이 가능한 부분을 확인했다.

"해외에서의 성현제 헌터는 같은 S급 각성자와의 교류에서 동등한 위치에 서지 않았던 경우가 대부분이라고 합니다."

"보나마나 세성 아저씨가 윗사람 노릇 했죠?"

"네. 그렇기에 심각한 갈등도 종종 있었다고 하지요. S급 각성자들이 그걸 참아 줄 리 없으니까요. …송태원 실장님께서 고생이 많으셨어요."

"공무원 아저씨 정말 안됐다."

"송태원 실장님의 해외 출장은 대부분 성현제 헌터 때문이었다고 해요. 그것도 비공식인 경우가 잦아서 지원도 제대로 못 받으시고…….”

"세성 길드장이 진짜진짜 너무했네요."

박예림이 혀를 쯧쯧 찼다. 공무원 아저씨 안 그래도 힘들어 보이시던데.

"다시 말해 한유현 헌터와 박예림 헌터가 같은 공간에서 함께 생활하는 것은 최초의 사례이며 위험성 또한 크다는 뜻입니다."

권상은이 잠시 엇나갔던 주제를 바로잡으며 말했다.

"서울 한복판이기도 한 만큼 위쪽에서는 가급적 분리된 생활을 바라고 있어요."

"제 방이랑 한유현 방이랑 멀어요."

"그래도 같은 집이긴 하니까요."

"박예림 네가 나가면 되겠군."

한유현의 말에 박예림이 눈을 사납게 치켜떴다.

"왜!"

"형은 내 형이니까."

"나, 나는 아저씨 경호원이야! 아무튼 아저씨도 허락했어! 그리고 또, 피스도 있잖아! 선생님, 피스도 S급이거든요? 나가려면 한유현이랑 저랑 둘 다 나가야죠. 피스가 있으니까."

"당장 나가시라는 건 아니고요."

두 S급 헌터의 신경전에 권상은이 당황해하며 두 손을 내저었다.

"위험성이 있으니 이렇게 두 분과 함께 상담을 하고 앞으로의 추이도 지켜봐야 한다는 뜻이랍니다. 제 개인적인 의견이지만 지금으로서는 괜찮은 것 같아요. 두 분께서도 별다른 일 없으셨죠?"

"음, 그냥 쪼끔 다툰 정도? 밥 먹다 짜증 나서 젓가락 던지긴 했어요. 한유현이 자꾸 아저씨는 무슨 반찬을 좋아하고 어쩌고 잘난 척을 해 대잖아요."

"그 정도면 평범하네요."

권상은이 웃으며 끄덕거렸다. 서로 다른 사람이 하루아침에 함께 살기 시작한 것인데 다툼이 아예 없다면 오히려 위험한 징조일 것이다. 심각한 것도 아닌 가벼운 투덕거림이야 평화롭달 수 있는 모습이었다.

'단둘만 둔다면 불안하지만… 한유진 헌터의 존재가 균형을 잡아 준다고 보면 될까.'

박예림은 한유현을 거슬려 하지만 길드장으로 인정하며 능력적으로 믿고는 있다. 한유현은 박예림을 무시하지만 길드장으로서 기본적인 조언은 해 주고 있다. 상반되는 속성과 달리 서로의 관계가 최악은 아니었다. 좀 더 시간이 흐른다면 의외로 괜찮은 사이가 될지도 모른다.

무엇보다도 두 S급 헌터가 한유진을 아끼고 걱정한다는 사실만큼은 분명했다. 다시 말해 한유진이 머무는 집 안에서 주위에 큰 피해가 갈 정도의 싸움은 벌이지 않을 것이다.

"앞으로도 별문제 없이 잘 지내신다면 괜찮을 거예요. 위쪽에서도 가급적 S급 각성자의 의사를 존중해 주니까요."

"그래요?"

"솔직히 해외로 떠나 버리면 대책 없잖아요."

강제로 붙잡아 둘 힘도 없다. 박예림이 사고 안 치고 얌전히 살 테니까 걱정 말라면서 기지개를 쭉 시원하게 켰다. 내심 쫓겨나지 않을까 걱정이 된 모양이었다.

"다만 앞서 말한 휴식의 문제로 신체적 정신적 건강에 이상이 생긴다면 바로 분리를 하셔야 합니다. 이 부분은 차후 헌터협회에서 방문해 컨디션 확인을 할 예정이에요."

"네~ 근데 진짜 아저씨 있을 땐 괜찮더라고요."

박예림이 자신 있게 말했다. 한유현과 단둘만 좁은 공간에 머문다면 거슬리다 못해 짜증 나서 뛰쳐나가겠지만 한유진이 있다면 말이 달라졌다. 박예림 스스로도 자세히 설명하기 어려운 기분이었지만, 최소한 한유현이 한유진의 눈앞에서 박예림을 공격할 린 없으니까. 그런 점에선 안심해도 되는 것이었다.

"형."

그때 벨소리가 울리고 한유현이 곧장 전화를 받았다. 내내 무심하던 표정에 부드러운 미소가 맺힌다.

"응, 나도 일 끝났어. …박예림도. 알았어. 여기 21층이야."

"어? 아저씨 여기 있대?"

"해연에 볼일이 있어서 왔다고."

"같이 점심 먹자는 거 다 들었어! 나 빼놓을 생각 하지 마라, 한유현."

한유현은 대답 대신 자리에서 일어나며 권상은에게 가볍게 묵례했다. 박예림 또한 서둘러 몸을 일으켰다.

"저흰 이만 가 볼게요, 선생님! 점심 맛있게 드시고요!"

"네. 두 분 모두 식사 맛있게 하세요."

"한유현! 혼자 가지 말라고!"

먼저 문을 여는 한유현을 박예림이 후다닥 쫓아갔다. 권상은은 천천히 테이블 위를 정리했다.

'앞으로도 괜찮기를 바라지만…….'

박예림이 각성하고 오늘까지, 결코 길다곤 할 수 없는 시간 동안 수많은 일이 벌어졌다. 그리고 앞으로도 평탄치 않을 듯한 직감이 들어 권상은은 얕게 한숨을 흘렸다. 그나마 튼튼하기론 둘째가라면 서러울 S급 각성자라 다행일까.

"아저씨는 어리광을 너무 받아 준다니까요? 한유현은 물론이고 피스도요."

문을 열고 복도로 나가자 저만치 엘리베이터가 있는 부근에서 박예림의 쾌활한 목소리가 들려왔다.

"예림이 너도 어리광 부려도 돼."

"아, 전 다 커서! 가끔은 한유현보다 제가 더 어른스러운 거 같거든요. 가끔이 아닌가?"

"난 어리광 부릴 거야."

— 끼앙.

"으웩! 피스는 그래도 귀엽지만 한유현 넌 징그럽거든?"

"셋 다 귀여워, 셋 다."

"응, 형."

— 꺄아앙.

"…아저씨, 무슨 해탈한 부처님처럼 웃지만 마시고요."

"싫으면 박예림 넌 저리 가."

"누구 좋으라고? 나도 아저씨 옆에 딱 달라붙어 있을 거거든?"

"그래, 그래. 싸우지만 말고 얼마든지 붙어 있으렴. 엘리베이터 도착했다."

양옆에 S급 헌터를 매달고 품에는 S급 마수를 안은 채 한유진이 엘리베이터로 들어섰다. 문 쪽으로 몸을 돌리며 자연히 복도에 서 있던 권상은과 눈이 마주친다. 한유진이 미소 지으며 말했다.

"타시겠어요?"

"괜찮아요. 다음 거 타고 가겠습니다."

S급 헌터와 좁은 공간에 들어가길 꺼리는 사람들은 흔했기에 한유진은 긴말 없이 인사 후 문을 닫았다. 권상은은 닫힌 엘리베이터를 가만히 바라보았다.

여전히 걱정은 되었지만, 그래도 괜찮지 않을까.

앞으로 지금까지보다 더 많은 일들이 벌어질지도 모른다. 그럼에도 저들의 모습을 보고 나니, 괜찮을 것이라는 생각이 들었다. 어떤 험난한 굴곡이 이어지든 그럼에도 마지막에는 저렇게 웃고 있지 않을까, 하는 그런 예감이.

5권에서 계속.

내가 키운 S급들 4

초판 1쇄 인쇄 2024년 12월 02일
초판 1쇄 발행 2024년 12월 26일

지은이 근서
펴낸이 김주형
마케팅 한재혁

펴낸곳 제이플미디어(주) | **이메일** jplusmedia@hanmail.net
출판등록 2017년 5월 25일 제25100-2022-000077호

주소 서울특별시 구로구 디지털로 288, 2층 204호(구로동, 대륭포스트타워 1차)
전화번호 02-322-6076 | **팩스번호** 02-332-6076

ISBN 979-11-396-3518-8 (04810)
ISBN 979-11-396-3514-0 (set)

정가 13,000원

*저자와 협의하여 인지는 붙이지 않습니다.
*이 책은 제이플미디어(주)가 저작권자와의 계약에 따라 발행한 것으로 본사와 저자의 허락 없이 어떠한 형태나 수단으로도 내용을 이용할 수 없습니다.